云南师范大学文学院资助出版

# 西方文学中的创伤书写研究

王霞◎著

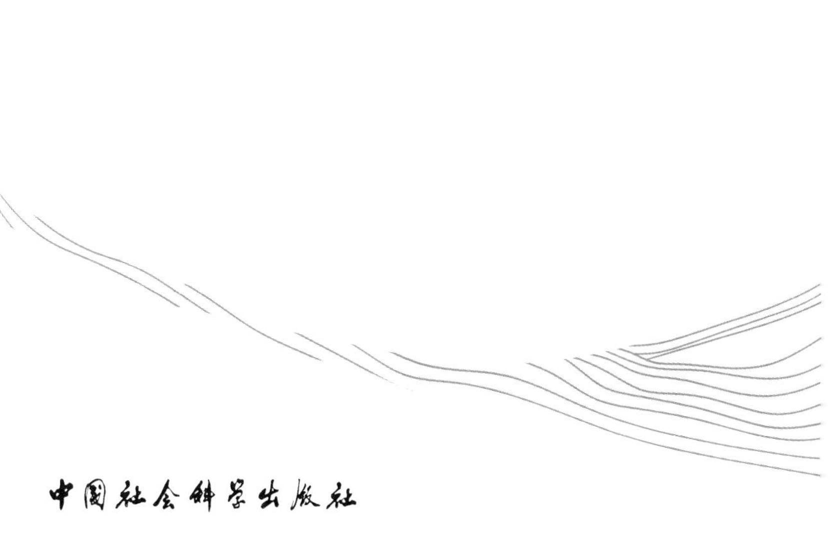

中国社会科学出版社

**图书在版编目(CIP)数据**

西方文学中的创伤书写研究/王霞著.—北京：中国社会科学出版社，2023.3
ISBN 978-7-5227-1554-4

Ⅰ.①西… Ⅱ.①王… Ⅲ.①外国文学—文学研究 Ⅳ.①I106

中国国家版本馆CIP数据核字(2023)第039231号

出 版 人 赵剑英
责任编辑 刘 艳
责任校对 陈 晨
责任印制 戴 宽

出 版 中国社会科学出版社
社 址 北京鼓楼西大街甲158号
邮 编 100720
网 址 http://www.csspw.cn
发 行 部 010-84083685
门 市 部 010-84029450
经 销 新华书店及其他书店

印 刷 北京明恒达印务有限公司
装 订 廊坊市广阳区广增装订厂
版 次 2023年3月第1版
印 次 2023年3月第1次印刷

开 本 710×1000 1/16
印 张 16.25
插 页 2
字 数 271千字
定 价 86.00元

凡购买中国社会科学出版社图书，如有质量问题请与本社营销中心联系调换
电话：010-84083683

# 目　录

# 绪　论

## 一　“创伤”的界定

“创伤”，源自希腊语，原意为伤口。创伤分为生理和心理两个层面。心理创伤指的是由于外在的威胁与个体防御机制的失衡而引起的心理、情绪等方面的变化。弗洛伊德认为：“一种经验如果在一个很短暂的时期内，使心灵受一种最高度的刺激，以致不能用正常的方法谋求适应，从而使心灵的有效能力的分配受到永久的扰乱，我们便称这种经验为创伤的。”① 人类生活在这个世界上，可能会经历地震、海啸、龙卷风等自然界的灾害，家庭暴力，战争的危险，目击或亲身经历恐怖事件以及严重车祸，强奸，身体攻击等各种直接或间接的创伤经历。每个人都可能会经历创伤性事件。这些创伤经历会对受创者的身心造成消极影响，伤害其身体或精神，甚至导致其抑郁、自杀。创伤经历既有日常生活中的家庭暴力、车祸等，也有非同一般的诸如战争、大屠杀、自然灾害、恐怖袭击等经历。赵冬梅指出，创伤性事件可以分为自然灾难、意外灾难、人为灾难。“创伤性事件是指那些严重威胁安全或躯体完整性的、引起个体社会地位或社会关系网络发生急骤的威胁性改变的、引起灾难性反应的事件，其共同特点是使个体感觉到强烈的恐惧、无助、失控和毁灭性威胁。”② 朱迪斯·赫尔曼认为，创伤事件使受创者失去掌控感，产生创伤反应，心理上感到无助、绝望、恐惧。“创伤事件对生理激发反应、情绪、认知和记忆都造成严重而

① ［奥］弗洛伊德：《精神分析引论》，高觉敷译，商务印书馆 2015 年版，第 218 页。

② 赵冬梅：《心理创伤的理论与研究》，暨南大学出版社 2011 年版，第 4 页。

长期的改变。”① 尽管每个人的创伤经历不同，但总体来说，创伤“通常是指突发性的、威胁性的或灾难性的生活事件所导致的极度危机、恐惧、无望、恐怖以及对于大多数人来说在这种情况下引发的痛彻心扉的悲伤”②。

受创者在创伤经历之后会出现一些创伤反应。受创者在创伤体验的一个月之内出现的应激反应称为急性应激障碍。急性应激障碍往往发生在亲身经历或者目击创伤性事件之后，受创者会出现感觉麻木、没有强烈的情绪反应、失去意识和茫然无措、感觉自己与周围环境脱离的非现实感以及无法回忆起创伤性事件的一些重要细节的分离性健忘症等反应、症状。受创者在创伤经历的一个月之后仍然持续出现一些反应与症状，被称为创伤后应激障碍（PTSD）。“创伤后应激障碍的临床表现往往是重新体验到那些痛苦的残酷折磨”，具体包括“反复而痛苦地回忆起那些事件，包括印象和想法”、“反复而痛苦地梦及此事件”、“不断闪回创伤片段（仿佛此刻创伤性事件要再次发生）以及极度恐惧的想法”、“对某种味道、声音、地点以及某个触及创伤经历的人感到惴惴不安”和“生理唤起，如心跳加速、对危险和逃生的警觉性提高，即使并不存在危险情景”。③ 受创者会逃避与创伤性事件相关的回忆、场景、地点与人，还会产生脱离人群、疏远他人、情绪混乱、对未来不存希望等反应。受创者会有一些生理唤起症状，比如睡眠障碍、过度警觉、易怒、夸张的受惊反应、药物和酒精依赖等。此外，很多受创者往往饱受抑郁症的折磨，会出现悲伤、焦虑、悲观、绝望、失眠、疲惫无力、记忆力减退、惴惴不安、自我评价过低、濒死或自杀等症状。朱迪斯·赫尔曼指出，创伤事件的经历者会变得没有安全感、没有秩序感，失去对自己的正面评价。④“很多遭受创伤打击的人都曾有过沮丧和悲伤的感受，并觉得生活就此将毫无意义。那些沮丧的人痛失了对既往生活和工作的热忱以及乐趣，对任何事情都兴趣索然。而且，

① ［美］朱迪斯·赫尔曼：《创伤与复原》，施宏达、陈文琪译，机械工业出版社 2015 年版，第 30 页。

② ［美］弗莱特等：《找到创伤之外的生活》，任娜等译，中国轻工业出版社 2009 年版，第 11 页。

③ ［美］弗莱特等：《找到创伤之外的生活》，任娜等译，中国轻工业出版社 2009 年版，第 21 页。

④ ［美］朱迪斯·赫尔曼：《创伤与复原》，施宏达、陈文琪译，机械工业出版社 2015 年版，第 47 页。

抑郁的人还在饮食、睡眠和注意力方面发生变化，他们常常感到无助和绝望。当人们抑郁时，他们会把自己孤立起来，因为他们觉得自己几乎没有精力或觉得自己的状态实在是糟透了。……有时，当人们感到压抑难耐时，他们就可能会冒出‘我不想再这样继续下去了’或者‘我想去死’等自杀的念头。”① 可见，创伤性事件会给受创者带来难以愈合的身心伤害。

此外，创伤还可以进行代际传递。安妮·怀特海德指出：“一件被一个个体所经历的创伤性事件能够被传递，因此它的影响在另一个个体或更多的后代身上重演。”② 换言之，创伤记忆能够传递给下一代甚至几代，决定整个家族的记忆、命运走向。人的记忆包括个体记忆、集体记忆和文化记忆三个层面。莫里斯·哈布瓦赫指出：“个体通过把自己置于群体的位置来进行回忆，但也可以确信，群体的记忆是通过个体记忆来实现的，并且在个体记忆之中体现自身。”③ 也就是说，个体记忆短暂而琐碎，集体记忆由个体记忆构成，更为长久、稳固。个体通过成为集体的一员来建构自己的身份认同。“一个集体的成员通过一同选择值得回忆的东西来加强集体身份，而集体身份的确立反过来又有助于记忆的恒久。”④ 扬·阿斯曼指出，个体记忆会随着个体生命的终结而消失，集体记忆一般持续三代，也就是八十年到一百年，只有文化记忆是永恒的。“我们知道我们在尘世的生命有其终结的一天，而文化记忆帮助我们在远远超出今生的地平线上开辟出一个永恒的时空。”⑤ 由此来说，个体的创伤记忆只有转化为集体记忆才能得以保存、传递，进而构建为文化记忆。

## 二　创伤理论与文学批评研究综述

当前学界对创伤理论的研究涉及历史、哲学、心理学、文学、社会学

① ［美］弗莱特等：《找到创伤之外的生活》，任娜等译，中国轻工业出版社 2009 年版，第 24 页。

② ［英］安妮·怀特海德：《创伤小说》，李敏译，河南大学出版社 2011 年版，第 15 页。

③ ［法］莫里斯·哈布瓦赫：《论集体记忆》，毕然、郭金华译，上海人民出版社 2002 年版，第 71 页。

④ 金寿福：《评述扬·阿斯曼的文化记忆理论》，载陈新、彭刚主编《文化记忆与历史主义》（第 1 辑），浙江大学出版社 2014 年版，第 31 页。

⑤ ［德］扬·阿斯曼：《关于文化记忆理论》，金寿福译，载陈新、彭刚主编《文化记忆与历史主义》（第 1 辑），浙江大学出版社 2014 年版，第 24 页。

等多学科的内容。西方学界的研究较早，国内学界对创伤理论的研究往往是通过梳理、分析西方学界的相关研究展开的，对弗洛伊德、荣格、法农、卡鲁思等相关的创伤理论研究者的观点进行了阐释，探究了创伤性事件的再现方式、创伤与记忆、创伤与复原、创伤理论的功能等问题。国内学者广泛运用创伤理论进行文学批评实践，包括对某一作家的一部或多部作品中的创伤叙事进行解读，分析作品中呈现的种族或族群创伤、个体创伤与集体创伤、性别创伤等方面。

林庆新的论文《创伤叙事与“不及物写作”》首先对创伤进行了界定，即创伤是指“由灾难性事件导致的、在心理发展过程中造成持续和深远影响甚至可能导致精神失常的心理伤害”[①]。他认为，创伤叙事不仅包括对创伤性事件的历史与文学表现，还包括见证创伤历史的证词及电影等表现形式，并通过分析克罗德·朗兹曼执导的电影《浩劫》、法国学者哈布瓦赫与美国学者卡里·塔尔关于集体记忆的观点以及美国学者丹尼尔·乔纳·戈德哈根的《希特勒的志愿行刑者——普通德国人与犹太大屠杀》，探讨了证词的作用及其真实性问题。“证词不仅有助于个人的创伤经历及其后遗症的了解，而且涉及记忆及如何重构过去历史，如何对受害者做出符合道德伦理的反应等问题，录制证词者与幸存者/见证人之间的对话关系也存在一种微妙复杂的感情因素。幸存者或见证人的证词是他们现在对过去事件的重温，是创伤事件在个人记忆中的复现。”[②] 受创者的证词尽管与历史真相存在差距，但是它所表达的却是受创者对于创伤历史的内心体验的真实。同时，作者通过对罗兰·巴尔特、海登·怀特等学者关于创伤事件再现方式的分析，讨论了一种适合于创伤叙事的写作方法，即“不及物写作”。在探讨创伤研究的文学意义时，作者认为卡西·卡鲁思、安妮·怀特海德是将创伤理论运用于创伤文学研究中的很好例证。

陶家俊的《创伤》一文对创伤的分类、发展阶段等进行了阐述。作者认为，创伤源于现代性暴力，分为心理创伤、文化创伤、个体创伤、集体创伤、战争创伤、儿童创伤、成人创伤、直接创伤、间接创伤等类别，并将创伤的当代核心内涵界定为：“人对自然灾难和战争、种族大屠杀、性

---

① 林庆新：《创伤叙事与“不及物写作”》，《国外文学》2008 年第 4 期。
② 林庆新：《创伤叙事与“不及物写作”》，《国外文学》2008 年第 4 期。

侵犯等暴行的心理反应，影响受创主体的幻觉、梦境、思想和行为，产生遗忘、恐怖、麻木、抑郁、歇斯底里等非常态情感，使受创主体无力建构正常的个体和集体文化身份。"① 作者指出，创伤理论受到弗洛伊德精神分析理论的影响，从心理创伤理论向当代创伤文化理论转向，其发展经历了弗洛伊德心理创伤理论、后弗洛伊德心理创伤理论、种族/性别创伤理论与创伤文化理论四个阶段。作者通过分析弗洛伊德的《悲悼与抑郁症》《超越快感原则》《文明及其不满》《摩西与唯一神教》，指出弗洛伊德的创伤理论集中于研究个体的心理创伤、客体关系心理与文化创伤三个方面，弗洛伊德对创伤研究奠定了理论基础。作者分析了后弗洛伊德心理创伤理论的两派，即匈牙利哲学家和心理学家亚伯拉罕与托罗克的秘穴与代际间幽灵理论、英国心理学家维尼柯特的过渡客体理论；在对后殖民种族创伤理论的阐述中，他分析了法农的《黑皮肤，白面具》、古吉·塞昂哥的《精神去殖民》、南迪的《亲密的敌人》、安林·成的《种族的抑郁》等相关著述；在对创伤文化批判与文化再现的阐述中，他认为，从20世纪80年代开始，创伤转向了大学的历史、文学、哲学、文化研究等人文领域，并打上了解构主义的烙印，创伤体验与历史记忆、象征性创伤事件与创伤认知的矛盾、创伤的沉默与文学的发声以及再现危机是西方创伤文化的几大疑难。

陶东风、朱荣华、赵冬梅等学者对杰弗里·亚历山大、多米尼克·拉卡普拉、弗洛伊德、荣格等创伤理论研究者的观点进行了阐释与解读。陶东风《文化创伤与见证文学》探讨了耶鲁大学社会学系教授杰弗里·亚历山大的文化创伤理论。亚历山大建构主义的文化创伤理论主张文化创伤是被社会文化建构的，对某一个创伤事件的解释和体验需要放在特定的社会文化语境中，认为文化创伤建构的过程包括言说者、言说面对的公众对象、言说面对的特定语境等环节。作者认为，文化创伤经过了这样的建构和再现之后，集体认同将会有重大的修整，而作为创伤记忆的一种书写方式，见证文学不仅记录了历史，还把创伤记忆转化为文化记忆，起到修复作用。作者探究了中国的"思痛文学"与幸存者文学、见证文学的相似性，"都是为了保存历史真相，都体现了走出历史灾难的责任意识，都是纪实性的，其书写者都有双重特征：既是一个灾难的承受者，也是灾后的

① 陶家俊：《创伤》，《外国文学》2011年第4期。

积极自觉的反思者。更加重要的是，见证文学中的见证者和思痛文学中的思痛者还有类似的负疚感甚至负罪感，因为他们都不同程度地参与了作恶”①。朱荣华《多米尼克·拉卡普拉对创伤理论的建构》一文对多米尼克·拉卡普拉的创伤理论进行了阐述。首先，作者解释了拉卡普拉对历史性创伤与结构性创伤的区分。历史性创伤具有具体性与排他性的特点，是一种可以追寻至某种创伤性事件的体验；结构性创伤具有抽象与超历史性特点，它在本质上并不取决于某一历史性事件的影响。“历史性创伤总是由具体的，甚至有日期可查的事件所引发，而结构性创伤是与人的本体存在有关，更像是一种精神气质。”② 其次，作者梳理并分析了复现创伤与处理创伤两个概念，这两者之间并非截然的二元对立关系。复现创伤是指对创伤性事件不由自主地重复，沉浸于过去的创伤回忆中无法自拔；处理创伤强调受创者对创伤经历的积极面对，有助于受创者接近事件的真相，履行社会责任与义务，避免类似的创伤性事件再次发生。“拉卡普拉对创伤伦理性与政治性的强调使创伤不再局限于个人心理问题范畴，而是把创伤当事人的个人命运与其对他人、对社会的责任联系起来，处理创伤的过程是当事人为某段历史负责、为个体生命意义之外的事情承担责任的过程。”③ 赵冬梅《弗洛伊德和荣格对心理创伤的理解》一文对弗洛伊德与荣格的创伤理论进行了研究。作者指出，创伤既包括外部力量造成的身体损伤，也包括心理损伤。而心理创伤常见的外在反应可表现于生理层面、认知层面、情绪层面、行为层面。作者分析了弗洛伊德的诱导理论，指出弗洛伊德对创伤的理解包括童年早期经历的事件的记忆、青春期后经历的事件的记忆与后期经历事件触发的对早年事件的记忆三个方面。“弗洛伊德不关注创伤事件本身，而是强调创伤性记忆，他对创伤概念的理解来源于严格的线性、时序性的模型。”④ 荣格与弗洛伊德的共同之处在于都强调无意识幻想对于处理创伤的作用，然而，不同于弗洛伊德对于本能的强调，荣格对于创伤的理解更为宽泛，他认为心理创伤是有情结的，并研究各种创伤所形成的情结。

---

① 陶东风：《文化创伤与见证文学》，《当代文坛》2011 年第 5 期。

② 朱荣华：《多米尼克·拉卡普拉对创伤理论的建构》，《浙江学刊》2012 年第 4 期。

③ 朱荣华：《多米尼克·拉卡普拉对创伤理论的建构》，《浙江学刊》2012 年第 4 期。

④ 赵冬梅：《弗洛伊德和荣格对心理创伤的理解》，《南京师大学报》2009 年第 6 期。

师彦灵《再现·记忆·复原——欧美创伤理论研究的三个方面》一文阐述了从创伤的病理学研究、对战争创伤的心理研究到创伤的跨学科研究的发展脉络，考察了创伤见证的真实性、创伤再现的方式、记忆与历史创伤、创伤与复原等问题，认为创伤研究主要关注的是处于社会边缘的个体或群体的创伤经历，比如遭受家庭暴力的女性与儿童、遭受战争伤害的士兵、遭受种族压迫的少数族裔的创伤史。作者指出，创伤事件的再现不可能完全复原过去的事件，而是要受到幸存者主观感受的影响，不可避免地含有对创伤经历的重新编辑、想象，具有主观性与虚构性。创伤记忆对于颠覆与修正西方官方历史叙述、揭示边缘群体的真实创伤史、建构新的历史叙事具有十分重要的作用。帮助受创者建立与外部世界的联系是使其走出创伤的重要方法，“建立与外部世界的关系是创伤复原的基础，创伤叙述是创伤复原必须经历的过程，也是幸存者与外界建立联系的方式。创伤叙述不仅包括幸存者向治疗师或亲人讲述自己的创伤经历，也包括书写叙述”[①]。身体对于创伤者的复原也起着不可或缺的作用。

综上可见，国内学界对西方创伤理论进行了梳理与阐释，在梳理创伤理论的发展脉络、对创伤进行界定与分类的基础上，对弗洛伊德、荣格、卡西·卡鲁思、安妮·怀特海德、多米尼克·拉卡普拉、法农等相关的创伤理论研究者的观点进行了阐释，探究了创伤性事件的再现方式、创伤与记忆、创伤与复原、象征性创伤事件与创伤认知的矛盾、创伤见证的真实性、创伤理论的功能等问题。

此外，国内学者广泛运用创伤理论进行文学批评实践，对某一作家的一部或多部作品中的种族或族群创伤、性别创伤等创伤叙事进行解读；对不同作家作品的创伤叙事进行比较研究；对创伤与记忆、个体创伤与集体创伤等问题进行探讨。

在种族、族群创伤记忆的书写方面，邵凌《库切与创伤书写》一文概述了创伤理论的主要观点，进而指出，南非作家库切的创作中始终贯穿了创伤书写，这与其成长经历、南非独特的历史文化语境密切相关。库切对南非的种族隔离制度深恶痛绝，创伤性的心理体验对他的创作有着重要影响，他的

① 师彦灵：《再现·记忆·复原——欧美创伤理论研究的三个方面》，《兰州大学学报》2011年第2期。

作品中充溢着创伤叙事。作者以库切的《幽暗之地》《等待野蛮人》《铁器时代》与《耻》四部小说为例，结合弗洛伊德、荣格、卡鲁斯等人的创伤理论，从库切小说中的人物、视角、主题等方面分析了其创伤书写，认为库切将南非种族隔离的创伤记忆与殖民、反殖民的历史主题以及后现代的自由书写联系起来，通过创伤书写揭示出殖民主义、种族主义的罪恶与黑人、白人、有色人种的心理创伤，从而表达了社会变革的诉求。“库切的小说站在历史的高度见证了黑人族群的历史创伤，同时又突出了种族隔离带给白人知识分子的道德耻辱和精神创伤。流淌于他笔端的创伤是多维的、立体的、丰满的，个体心理创伤、集体创伤、身体创伤、精神创伤，乃至要实现建立一个和谐共处的混杂性民族南非所要克服的文化创伤，无不在他的小说里暗潮汹涌。”① 李长中的论文《“创伤”记忆与族群身份的寓言化想象——以人口较少民族文学为中心的考察》则结合相关的创伤理论对人口较少民族文学中的创伤叙事进行了论述。在鄂温克族作家乌热尔图的《老人与鹿》、德昂族诗人艾傈木诺的《梨花碎满幸福的门》、布朗族诗人罗彩惠的《贵州行吟》、裕固族诗人贺继新的《告别昨天的梦乡》等作品中，都充斥着创伤性氛围以及人口较少民族面对现代文明时的创伤性体验。作者还指出了人口较少民族文学的创伤叙事所存在的问题，“因过于强烈的民族主义意识形态诉求，导致人口较少民族文学的‘创伤’书写面临着如何通过文学叙事医治这些创伤、如何在多元文化混杂中重建身份认同、又如何避免在创伤记忆中被文化民族主义所裹挟等问题”②。

在创伤叙事的作用与比较研究方面，季广茂《精神创伤及其叙事》一文对鲁迅、柔石、台静农等作家的创伤叙事进行了比较，探究了创伤叙事的作用。作者首先阐述了弗洛伊德的创伤理论以及创伤的界定、表现、类别。作者指出，创伤包括身体创伤与精神创伤，与文学相关的创伤主要是精神创伤，并分析了鲁迅《祝福》中的创伤叙事，祥林嫂经历了人间最为悲惨的创伤性事件，她的精神创伤也最为深重。柔石的《为奴隶的母亲》、台静农的《新坟》、丁玲的《我在霞村的时候》等作品中的创伤叙事的深

---

① 邵凌：《库切与创伤书写》，《当代外国文学》2011 年第 1 期。

② 李长中：《“创伤”记忆与族群身份的寓言化想象——以人口较少民族文学为中心的考察》，《青海社会科学》2012 年第 6 期。

刻程度都不如鲁迅的《祝福》。作者还考察了沈从文的短篇小说《生》、陀思妥耶夫斯基的创作、芭芭拉·史翠珊执导的电影《浪潮王子》、匈牙利犹太作家凯尔泰斯·伊姆雷表现奥斯维辛集中营经历的小说《命运无常》等小说与影视作品中的创伤叙事，认为创伤叙事是对创伤的治疗，“创伤叙事是人在遭遇现实困厄和精神磨难后的真诚的心灵告白。也只有通过真诚的心灵告白，心灵的创伤才能得到医治”①。

林庆新《创伤记忆的“重演”与“修通”——解读科辛斯基的〈彩绘鸟〉》一文对波兰裔美国作家科辛斯基1965年发表的小说《彩绘鸟》中的创伤记忆进行了解读。《彩绘鸟》讲述了二战期间在纳粹德国占领下的东欧农村中的一位流浪儿童的悲惨故事，并用彩绘鸟来象征小说中的人物，天生的黑头发黑眼睛的无名氏男孩备受村民的歧视，象征了被排除在群体之外的被孤立的彩绘鸟，而村民则充当了摧残、迫害彩绘鸟的角色。在小说中，小男孩与村民兼有受害者及施虐者的双重身份，象征了现代人的异化。《彩绘鸟》中没有人物对话，从而创造了一个无法沟通的失语的彩绘鸟世界，失语是彩绘鸟的共性。失语源于残暴事件，也是对残暴的无声反抗。科辛斯基创造了彩绘鸟这一中心意象，并在情节与结构上不断强化这一意象，“作为暴力的受害者，彩绘鸟的人生经历沿着遭遇暴力、躲避暴力、暴力复仇的轨迹循环往复。在情节结构上《彩绘鸟》很像流浪汉小说，这种结构与暴力循环主题相得益彰”②。科辛斯基揭示了纳粹统治之下东欧农村的生存状况，村庄是奥斯维辛的缩影，正是纳粹的残暴让村民们失去了宽容，激发起他们人性中的恶，他们的残暴只不过是对极权的模仿。通过对《彩绘鸟》中的创伤性经历的阅读，读者体验到相同的精神创伤，然而，创伤叙事不仅要让读者感受、沉浸于过去的创伤之中，还要激起他们对创伤性事件的反省和批判，也就是说：“既把读者带入创伤性情景，又有意识地让他们超越创伤性情结，修通创伤记忆并对小说人物和事件保持批判性距离。”③ 郭红、魏艳辉的论文《记忆、死亡与时间——库尔

① 季广茂：《精神创伤及其叙事》，《山东师范大学学报》2011年第5期。

② 林庆新：《创伤记忆的“重演”与“修通”——解读科辛斯基的〈彩绘鸟〉》，《国外文学》2013年第1期。

③ 林庆新：《创伤记忆的“重演”与“修通”——解读科辛斯基的〈彩绘鸟〉》，《国外文学》2013年第1期。

特·冯内古特〈五号屠场〉中的创伤写作》也以冯内古特的《五号屠场》为例，探讨了小说中的记忆、死亡与时间，认为冯内古特对创伤性存在的再现，隐含着深层的人文关怀。①

关于个体创伤与集体创伤，王欣《个人创伤和集体创伤——〈国王的人马〉中的历史叙事研究》一文结合卡鲁斯、艾瑞克森的创伤理论，对美国南方文学的经典作品罗伯特·佩恩·沃伦的小说《国王的人马》进行了解读，对小说中体现的个人生活中的创伤性事件与集体记忆中的历史创伤及其影响进行了分析。作者认为："在个体的层面上，创伤是一种孤独的私密的体验；但在集体的层面上，集体创伤缓慢地破坏了组织之间的联系、相应的价值观和固定的社会关系，对于形成并维系这个集体的重要价值理念和认知程度造成普遍的破坏。"② 作者认为，正是这种个人与集体的双重创伤体验，真实地再现了20世纪美国的南方社会。此外，黄丽娟和陶家俊的《生命中不能承受之痛——托尼·莫里森的小说〈宠儿〉中黑人代际间创伤研究》、王建会的《创伤理论与亚裔美国文学批评——以亚裔男性研究为视角》、尚必武的《创伤·记忆·叙述疗法——评莫里森新作〈慈悲〉》等论文，以及丁玫的《艾·巴·辛格小说中的创伤研究》、刘毅的《多丽丝·莱辛的创伤书写》、刘卓的《从创伤理论分析〈五号屠场〉》、李明娇的《创伤与复原：〈宠儿〉中的母亲杀婴主题研究》等硕博学位论文，也以创伤理论为依据，考察了创伤文学中的代际间创伤、种族创伤、性别创伤、创伤与记忆、创伤与复原等问题。

在专著方面，卫岭的《奥尼尔的创伤记忆与悲剧创作》一书（中国人民大学出版社2009年版），联系奥尼尔的创伤记忆与其创作之间的关系，对奥尼尔的《上帝的儿女都有翅膀》《榆树下的欲望》《进入黑夜的漫长旅程》等作品中体现的创伤记忆进行解读，指出奥尼尔创造了"大海"、"面具"、"雾"、"笼子"等创伤记忆的意象，在此基础上对奥尼尔悲剧的思想与艺术特征进行了归纳。苏忱的《再现创伤的历史：格雷厄姆·斯威夫特小说研究》（苏州大学出版社2009年版）、李桂荣的《创伤叙事：安

---

① 郭红、魏艳辉：《记忆、死亡与时间——库尔特·冯内古特〈五号屠场〉中的创伤写作》，《黑龙江社会科学》2011年第6期。

② 王欣：《个人创伤和集体创伤——〈国王的人马〉中的历史叙事研究》，《国外文学》2013年第2期。

东尼·伯吉斯创伤文学作品研究》（知识产权出版社2010年版）等书也以创伤理论为基础，对斯威夫特、伯吉斯等作家的作品中的创伤叙事进行了研究，探讨了叙事与创伤历史的关系及其在文学作品中的体现、文学创伤叙事的意义，以及家庭创伤、社会创伤、种族创伤、战争创伤等在作品中的表达等问题。

综上所述，国内学界对于创伤的研究，包括对创伤理论的研究与运用创伤理论进行文学批评实践两个方面，取得了丰富的研究成果。在前人研究基础上，本书拟从殖民之伤、种族之伤、女性之伤、生态之伤、现代人的生存困境之伤五个方面对西方文学中的创伤书写进行探究。事实上，西方文学作品中的创伤书写与创伤历史是不可分割的。创伤性事件或者经验能够以文学的方式进行再现。不同的叙事方式与叙事主体，决定了对创伤性事件的不同叙事视角与内容，构成了历史真实的不同层面。就此来说，文学是对创伤历史的一种传达与再现，而创伤历史又与殖民主义、东方主义、西方中心主义、种族主义等关键词有着紧密的联系。因此，在对西方文学作品进行分析与阐释时，本书参考和借鉴了创伤理论、新历史主义理论、后殖民主义理论、比较文学形象学理论等相关理论，以期加深对这些作品的理解，拓展研究的视角。本书的具体思路如下：以约瑟夫·康拉德的《黑暗的心》、威廉·莎士比亚的《暴风雨》、萨拉·康格的《北京信札》为例来探究殖民创伤的历史真实与文本再现。以哈丽特·伊丽莎白·斯托的《汤姆叔叔的小屋》、阿特·斯皮格曼的《鼠族》、本哈德·施林克的《朗读者》为例探究黑人奴隶与犹太人的创伤叙事以及创伤的代际传递、种族屠杀的个体罪责与集体罪责等问题。以莎士比亚的《李尔王》、哈丽特·伊丽莎白·斯托的《汤姆叔叔的小屋》、艾丽丝·沃克的《紫色》、简·里斯的《藻海无边》为文本依据探究女性创伤与殖民、种族、男性话语、帝国意识之间的密切关联。鉴于全球范围内的生态危机日益严重，以海明威的《老人与海》、赫尔曼·梅尔维尔的《白鲸》、威廉·戈尔丁的《蝇王》、E. B. 怀特的《夏洛的网》为例探究海洋生态、荒岛生态、生态反思与修复等问题。以弗兰茨·卡夫卡的作品为例探究现代西方人的生存困境之伤。总之，本书在跨学科的视野下，力图实现返回经典与深化实践的有机融合。

# 第一章　殖民之伤：殖民暴力的历史真实与文本再现

欧洲的扩张始于15世纪末。哥伦布于1492年发现美洲以及达·伽马于1498年航行抵达亚洲这两个事件在欧洲的殖民扩张史上具有重要意义。H. L. 韦瑟林指出，尽管欧洲殖民者在亚洲的扩张是以较为温和的贸易接触开始的，并最终实现了对几乎整个南亚和东南亚的殖民统治。但是，殖民者对亚洲大部分地区和几乎整个非洲的征服、占有伴随着大量的战争。就此来说，“殖民吞并的过程就是暴力征服的过程”[①]。欧洲的殖民扩张意味着暴力、战争、屠杀、掠夺、奴役以及黑奴贸易，殖民者在殖民地掠夺了大量的财富，成为欧洲资本积累的重要来源。可以说，正是海外殖民地的存在，为帝国内部提供了稳定的经济来源。“在西半球殖民扩张的意义影响深远。正是在这里，一个新的海外欧洲，确切地说是一个新的世界开始发展。殖民地的名字（新西班牙、新尼德兰、新斯科舍、新英格兰、新法兰西）以及这里城市的名字（新阿姆斯特丹、新奥尔良、纽约）都可以证明这一点。”[②] 斯文·贝克特则提出了战争资本主义的概念，其核心是帝国扩张、武装贸易、奴隶制度、剥削原住民。“我们通常认为资本主义——至少就我们今天所认知的全球化的、大规模生产的资本主义——是1780年左右随着工业革命而出现的。但是16世纪开始发展的战争资本主义在机器和工厂出现很久之前就已经存在。战争资本主义繁荣于战场而非工厂；战争资本主义不是机械化的，而是土地和劳动力密集型的，基于对

① ［荷兰］H. L. 韦瑟林：《欧洲殖民帝国：1815—1919》，夏岩等译，中国社会科学出版社2012年版，第30页。

② ［荷兰］H. L. 韦瑟林：《欧洲殖民帝国：1815—1919》，夏岩等译，中国社会科学出版社2012年版，第9页。

非洲和美洲的土地和劳动力的暴力掠夺。通过这些暴力掠夺，欧洲人获得了大量的财富和新知识，这些反过来又加强了欧洲的机构和国家——这一切都是欧洲 19 世纪及之后非凡经济发展的重要前提。”[①] 也就是说，欧洲殖民者通过殖民扩张、暴力掠夺、杀害土著、奴隶贸易、资本家控制土地，造就了欧洲资本主义的崛起。换言之，充满血腥暴力的战争资本主义打开了贸易渠道，为工业资本主义的发展奠定了基础。

可以说，欧洲的全球扩张史是一部被殖民地区和人民的血泪创伤史。本章以约瑟夫·康拉德的《黑暗的心》、威廉·莎士比亚的《暴风雨》、萨拉·康格的《北京信札》三部作品为例来探究欧洲的殖民暴力、被殖民者的反抗、注视者与他者的关系以及历史真实与文本再现的互动关系等。康拉德的《黑暗的心》叙述了欧洲殖民主义暴力的罪恶与非洲土著的深重创伤。欧洲殖民者凭借先进的武器对非洲进行殖民征服、暴力屠杀，搜刮与掠夺财富。非洲黑人土著为白人殖民者修建铁路、做苦役，他们肮脏、丑陋、无神的眼睛表现出痛苦和绝望、身心俱伤，甚至连死亡的权利都没有。他们的创伤还体现在话语权的缺失，不能言说自己。在欧洲白人的话语体系中，作为他者的黑人土著无疑是愚昧、落后的，甚至有食人的恶俗。欧洲白人通过妖魔化黑人来言说与彰显自身的文明与进步，为其打着“拯救”的旗号进行殖民征服提供依据。在莎士比亚的《暴风雨》中，普洛斯帕罗与卡力班两人象征了殖民者与被殖民者的二元对立关系。在作品中，作为殖民者的普洛斯帕罗不仅以暴力来进行殖民统治，还对被殖民者进行语言教化。在普洛斯帕罗的话语体系中，他象征着高贵、权威、知识、文明，而卡力班则象征着野蛮、卑贱、落后，因而，普洛斯帕罗扮演着“拯救者”的形象。此外，以卡力班为代表的被殖民者对普洛斯帕罗进行了语言和行动上的反抗。

在 19 世纪西方中心主义占主导地位的时代，萨拉·康格的《北京信札》却能够以一种了解之同情的亲善态度去描述晚清时期的妇女形象，显得格外引人注目。这与萨拉·康格基督徒的文化身份以及她对西方文明的反思有关，因而总是要尽量表现出作为基督徒和文明者的宽容和亲善。但是通过文

---

① ［美］斯文·贝克特：《棉花帝国：一部资本主义全球史》，徐轶杰、杨燕译，民主与建设出版社 2019 年版，第 6—7 页。

本细读可以发现，萨拉·康格毕竟长期浸润在西方文化的大语境之下，受西方的思维方式以及社会集体想象物的影响，她的思想中不可避免地流淌着西方中心主义的暗流，她甚至认同西方对中国的殖民征服活动。事实上，她在不自觉地扮演着“入侵者”和“拯救者”的角色。尽管当时的中国并未成为欧洲国家的殖民地，但是却面临着西方列强对中国的殖民侵略和强权，并最终签订了丧权辱国的条约。通过对上述三部作品的分析可以发现，欧洲殖民者在进行殖民征服的时候，往往会妖魔化被殖民者，将其作为一个异己的他者来表现。同时，这种殖民征服往往是打着“拯救”的旗号进行的。在对这些作品进行解读时，要挖掘其隐含的西方中心主义思想以及殖民创伤的历史真实。有研究者指出：“创伤理论的分析离不开东方主义的历史根源。”① 尤其是文化创伤理论往往与历史真实密切相连，“文化创伤理论在文学作品中一般会与历史创伤结合在一起，通过很多的文学作品来表现某一个群体在一种特定文化体系下受到的创伤”②。

## 第一节　《黑暗的心》中的非洲土著与殖民创伤

波兰裔英籍作家约瑟夫·康拉德的《黑暗的心》以文学文本为媒介，对欧洲殖民主义暴力之下的非洲土著及其所遭受的殖民创伤进行了话语建构，传达了历史的真实意蕴。这表现了康拉德将历史真实加工成文学作品的能力，也彰显出历史真实能够以文学的方式进行再现的可能，以及历史与文学之间的辩证张力结构。可以说，《黑暗的心》实现了文本与历史的交融。问题在于，这一作品如何将文学文本与19世纪末非洲被殖民的创伤历史交融在一起，文学文本为何能够再现历史真实，又是如何再现历史真实的？因此，有必要对这一作品进行重新审视，探究康拉德如何通过这一作品对非洲土著形象与殖民创伤进行历史话语建构。为此，笔者将主要以新历史主义理论为基点，运用该理论中“历史的文本性”与“文本的历史性”、“历史的诗性建构”等核心概念，考察《黑暗的心》作为文学文

① 王庆奖等：《冲突、创伤与巨变：美国“9·11”小说作品研究》，云南大学出版社2015年版，第6页。

② 王庆奖等：《冲突、创伤与巨变：美国“9·11”小说作品研究》，云南大学出版社2015年版，第33页。

本如何具有历史性、反映历史真实，如何再现19世纪后期殖民主义严酷暴力之下的非洲土著形象与殖民创伤。

## 一　历史创伤与文学再现

新历史主义的重要代表人物蒙特罗斯（Louis Adian Montrose）曾提出“历史的文本性”与“文本的历史性”，主张历史与文本进行互动、对话。所谓“历史的文本性”是指历史著作与文学文本并无本质区别，历史大多数是由文本构成的，历史著作与文学创作都具有虚构性，我们要通过再文本才能接近与认识过去的历史，同时历史文本也不断成为更大的文化语境中的文本；“文本的历史性”，是指包括文学文本、社会文本在内的一切文本，都具有特定的社会历史性和文化性。新历史主义的另一代表人物海登·怀特（Hayden White）认为，历史叙事是一种语言虚构，类似于文学的语言虚构，同时，历史叙事不是对过去发生的所有事件的照搬和机械的模仿，也不只是记录到底发生了什么事情，而是在对原有资料进行整理、加工、提炼的基础上，重新描写事件，使其成为一个具有因果关系的故事。怀特指出，只要历史学家“不能给历史实在提供一个故事的形式，他的描述就不是严格意义上的历史”①。同时，史学家还要对故事进行情节编织、形式论证、意识形态解释，这是一个诗性构筑的过程。由此，传统的客观历史叙事便在怀特的理论下轰然瓦解，代之以历史叙事的虚构性、修辞性、主观性，其强烈的诗性色彩、文学底蕴，更为怀特所关注。怀特认为，历史编纂过程中渗透着史料的选择、语言修辞、情节编织、意识形态等主观建构因素，在这个意义上，历史具有文本性，类似于文学创作。为此，美国纽约州立大学教授乔治·伊格斯（George Iggers）将怀特的理论称为“介于学术与诗歌之间的历史编纂”②。新历史主义的理论观点打破了传统学科视域下历史与文学之间森严的壁垒及二元对立的思维模式，强调了历史与文学之间互动的对话关系。

19世纪的非洲历史，是一段黑暗的被殖民被征服的创伤历史。欧洲殖

① Hayden White, *The Content of the Form: Narrative Discourse and Historical Representation*, Baltimore and London: The Johns Hopkins University Press, 1987, p. 5.

② ［美］乔治·伊格斯：《介于学术与诗歌之间的历史编纂——对海登·怀特历史编纂方法的反思》，《史学史研究》2008年第4期。

民者将土著黑人看作牲口一样。黑人没有丝毫的人身自由、结婚和受教育的权利。英国作为当时最大的殖民帝国，自诩文明与进步，将殖民地看作愚昧、野蛮、落后、未开化的等待被拯救、被开发、被教化的“他者”，启发了殖民者向海外冒险、寻求财富与领土的狂热情绪，也为其对殖民地进行杀戮、占有和剥削提供了理所当然的依据。暴力的殖民征服，往往伴随着文化霸权主义，比如在英国作家丹尼尔·笛福的小说《鲁滨逊漂流记》中，鲁滨逊先是以武器征服了星期五，接着对星期五进行文化征服，教他语言，用基督教思想去改造他。最终，星期五不仅失去了人身自由，更重要的是丢弃了自己的种族文化，完全成为殖民者的忠实仆人。在殖民主义者的话语体系中，殖民主义不是侵略，而是拯救，是文明的教化、财富的开拓。这样的殖民话语背景，不可避免地会影响到身处其中的作家，如与康拉德同时代的吉卜林就承认殖民霸权的合理性，白种人优于其他人种。而康拉德在作品中却讲述了殖民征服的残酷性、破坏性与巨大创伤，反思并质疑了这种殖民行为的正当性。

在《黑暗的心》中，康拉德以马洛之口批判了殖民暴力的罪恶：殖民者是充满暴力的征服者，只需要拥有残暴的力量就可以堂而皇之地去征服比自己弱小的种族，殖民者凭借着暴力与大规模的屠杀去掠夺抢劫、搜刮财富。“他们看到有东西可捞，便把凡能到手的一切全搜刮过来。这不过是一种依靠暴力——加上大规模屠杀——的抢劫，然而人们却盲目地干下去——对那些要去对付黑暗的人来说，却也正应如此。”① 在此，康拉德清晰地指出了殖民者凭借先进的武器对殖民地进行武力征服、暴力屠杀、财富的搜刮与掠夺，而这种殖民暴力并不值得骄傲，更不是一种荣耀。因为所谓对土地的征服与占有，往往只不过是把一片土地从其他种族的人们手中抢夺过来，据为己有，这种强盗式的野蛮行为并不值得赞许。“我有时不禁怀疑，这一切到底是为了什么？他们手里都拿着一根可笑的哭丧棒，从这里蹓到那里，像一群失去信心的香客，让鬼魅给迷在这一圈乱树丛中了。‘象牙’这个词儿在空气中，在人的耳语和叹息中跳跃，你简直觉得他们是在向它祈祷。这里到处都可以闻到一种愚蠢的贪婪的气息，完全像

① ［英］约瑟夫·康拉德：《黑暗的心·吉姆爷》，黄雨石、熊蕾译，人民文学出版社 2011 年版，第 8 页。

是从尸体上发出的臭味。天哪！我一生中还从未见到过如此缺乏真实感的东西。那外在世界，那包围着大地上这一小块地方的寂静的荒野，我觉得它像罪恶或者真理一样，无比伟大，而且不可战胜，现在在耐心地等待着这种疯狂的侵袭最后结束。"① 正是在这种残暴的殖民活动中，殖民者贪婪而愚蠢，无情地鞭打黑人、奴役黑人做苦工，让他们忍饥挨饿、衣不蔽体，忍受身体的病痛的折磨，默默等死，而殖民者获得了土地、财富，并将殖民地变成一个更加黑暗的饱受创伤的地域。

马洛讲述了一个丹麦人向黑人买两只黑母鸡后，觉得自己在交易中受骗了，于是用一根棍子不停地狠狠抽打那个村子的村长。村长的儿子听到老人痛苦的叫喊实在难以忍受，就用长矛扎向了丹麦白人。从那以后，全村的村民由于"疯狂的恐惧"而消失得无影无踪。这个简单的故事蕴含着深刻的寓意。一方面，它显示了自以为文明、体面的白人对于黑人的暴力行为，两者在交易中不是彼此平等、尊重的关系，白人明显优越于黑人，正是这种高高在上的优越感使白人能够毫不犹豫地狠狠抽打黑人老人。另一方面，黑人在白人的暴力征服下，开始会胆怯而试探性地反抗，但最终由于对白人的巨大恐惧而逃避、退缩甚至屈从。而黑人对白人的"疯狂的恐惧"，表现了手无寸铁的弱小者对于强大的征服者与杀戮者的根深蒂固的畏惧与心理创伤，也从侧面表达了白人在殖民活动中残暴的程度。这种发自灵魂深处的恐惧与创伤体验，还存在于奥斯维辛集中营中那些无辜的犹太男人、女人、小孩的身上。正是在这个意义上，艾梅·赛萨尔指出："没有人进行殖民统治是出于天真无邪的，也没有任何进行殖民统治的人不受惩罚；一个开拓殖民地的民族，一种为殖民主义从而也为武力进行辩护的文明是一种病态的文明，一种在道德上患了病的文明。经过一个又一个阶段，一次又一次危急，最终来了希特勒，我是说那是对它的惩罚。"② 可见，殖民暴力对被殖民者、对整个欧洲文明的毁灭性破坏。殖民主义对被殖民者进行野蛮化、兽性化，崇尚暴力，深怀种族歧视与种族仇恨，正是这些使自诩文明的欧洲走向野蛮。总之，殖民主义"令暴虐成为文明的

① ［英］约瑟夫·康拉德：《黑暗的心·吉姆爷》，黄雨石、熊蕾译，人民文学出版社 2011 年版，第 31 页。

② ［法］艾梅·赛萨尔：《关于殖民主义的话语》，载［英］巴特·穆尔－吉尔伯特等编撰《后殖民批评》，杨乃乔等译，北京大学出版社 2001 年版，第 145 页。

战役中的一个桥头堡，在这个战役中的任何时刻，文明都可能被否定”①。

## 二　文学文本的历史性与殖民创伤

新历史主义反对对文学文本进行内部的封闭研究的形式主义、新批评等批评理念，主张恢复文学研究的历史维度，将文学文本置于社会政治、经济、文化、历史的大语境中去考察和分析。文学文本也具有历史性，能够起到反映历史真实的作用。海登·怀特指出，真实与文学并非二元对立的关系，文学可以传达真实，可以揭示真理，具有认知功能。怀特认为，其一，尽管许多文学作品是作家完全虚构、想象的产物，但不是所有的文学创作都是随意虚构的，还有大量的文学作品是在历史真实的基础上进行的情节编织，并非天马行空的纯粹虚构。文学也可以传达某种真理和历史真实。② 伊格尔顿也认为，从虚构的意义上来定义文学，将文学看成不真实的、想象性的作品的观点是行不通的。事实与虚构的区分本身就值得怀疑，在 16 世纪末 17 世纪初的英国文学中，小说（novel）一词就同时蕴含着真实与虚构的双重含义，既不仅仅指向事实，也不仅仅指向虚构，而是两者的融合。因而，“文学不在于虚构性、想象性”③。也就是说，文学并不等于虚构，特别是现实主义文学作品，主张客观、冷静、真实地观察与描写现实生活，按照生活的原本面目去精确而真实地再现生活。其二，对于某一个特定时期与地域来说，历史与文学共享的是同一个社会或文化语境，因而历史完全可以联合文学去更好地再现这个社会、文化的意义体系和人文内涵。既然不同学科，不论历史还是文学，都共享着某一个社会或文化所特有的意义生产体系，那么，不管用什么方式去再现这个体系，诗性的还是科学的，都不重要，重要的是能够将这个体系的意义和内涵表达清楚。同时，如果能够以通俗的文学手段将社会、文化体系的内涵表达得更生动形象、更具体完备，就没有必要仅仅因为文学含有虚构和想象的因

---

① ［法］艾梅·赛萨尔：《关于殖民主义的话语》，载［英］巴特·穆尔－吉尔伯特等编撰《后殖民批评》，杨乃乔等译，北京大学出版社 2001 年版，第 145 页。

② ［美］海登·怀特：《旧事重提：历史编撰是艺术还是科学?》，陈恒译，载陈启能、倪为国主编《书写历史》（第一辑），上海三联书店 2004 年版，第 25 页。

③ ［英］特雷·伊格尔顿：《导言》，载［英］特雷·伊格尔顿《二十世纪西方文学理论》，伍晓明译，北京大学出版社 2007 年版，第 2 页。

素而排斥，而应该充分地肯定文学对传达现实生活意义的独特作用。[①]

文学的创作、流传与当时具体的社会历史语境密切相关，康拉德《黑暗的心》以文学文本为媒介，对欧洲殖民主义之下的非洲黑人形象及其殖民创伤进行了历史话语建构，传达了历史的真实意蕴。一方面，康拉德表现了对土著黑人原始生命力的认同与赞美，认为划船的黑人与白人一样有骨头，有肌肉，有一股狂野的活力和强烈的活动能量，他们生活在自己的土地上，自然而真实，并不需要得到任何人的许可。另一方面，康拉德将土著黑人作为未开化的野人，他们所处的地区是世界的尽头，是一片黑暗蛮荒的地带。“沙岸、沼泽、森林、野人，——很少有什么可以让一个文明人食用的食品，要喝就只有泰晤士河的河水。这里没有法勒里酒，没有可以上岸的码头。”[②] 可见，土著黑人被看作野蛮人，由此呈现了野蛮与文明、黑人与白人的二元对立关系。“进入一片沼泽地，步行穿过一片森林，然后，在某一个离河岸较远的驿站，他感到自己周围是一片蛮荒，彻头彻尾的蛮荒，——是在森林中、在丛林中、在野蛮人的心中活动着的荒野的神秘生命。而且谁也不可能真正进入那神秘境界中去。”[③] 这些野人生活在地球上的黑暗的区域，需要被文明的欧洲人救赎与教化，马洛的姨母就认为马洛是一个光明使者，要对生活在黑暗地域的人进行文明教化，从而让几百万愚昧无知的人慢慢改掉当地那些可怕的习俗。

在欧洲白人的话语体系中，黑人土著无疑是愚昧、野蛮、落后的，甚至有食人的恶俗。然而，小说中提到的食人生番并未在马洛面前食人，“当着我的面，我从来也没见他们谁吃过谁”[④]。在白人殖民者看来，非洲野蛮部落的黑人根本不可能和欧洲的文明人一样优雅、节制，他们似乎本来就是应该食人的。因而，马洛所雇用的土著水手没有当着他的面吃人，竟然让他觉得不可思议：“他们为什么没有以撕裂心肝的饥饿的魔鬼的名

---

① Hayden White, *The Content of the Form: Narrative Discourse and Historical Representation*, Baltimore and London: The Johns Hopkins University Press, 1987, pp. 43 - 45.

② ［英］约瑟夫·康拉德：《黑暗的心·吉姆爷》，黄雨石、熊蕾译，人民文学出版社 2011 年版，第 7 页。

③ ［英］约瑟夫·康拉德：《黑暗的心·吉姆爷》，黄雨石、熊蕾译，人民文学出版社 2011 年版，第 7—8 页。

④ ［英］约瑟夫·康拉德：《黑暗的心·吉姆爷》，黄雨石、熊蕾译，人民文学出版社 2011 年版，第 48 页。

义抓住我们——他们和我们的比例是三十个对五个——痛痛快快饱餐一顿，我现在想起来，还觉得简直无法理解。他们都是些身材高大的强壮的男人，不大需要去考虑什么后果问题，尽管当时他们的皮肤已经不再是那么光亮，肌肉也不再是那么板结了，他们还是具有足够的勇气和力量的。”① 陶家俊指出，白人种族主义和殖民主义的话语体系否定黑人的文化认同欲望，往往将黑人建构成丑恶、恐怖、性侵犯、肮脏、愚昧、原始等暴力原型，这剥夺了黑人存在的价值。② 那么，在白人种族话语体系中，黑人为什么往往被界定成恐怖、粗野、罪恶等否定性的形象？

欧洲白人对于土著黑人的贬低、歪曲正是为了言说与彰显自身的文明与进步，并为此妖魔化黑人，认为他们肮脏、落后、食人。事实上，“进步”、“自由”、“平等”的欧洲白人正是打着“拯救”的旗号对其所认为的“落后”、“野蛮”的国家和民族进行实质性的侵略和殖民活动。他们以自身的道德标准去评价异己的个人、社会习俗和文化价值观念，否定文化多样性与道德多样性，并将异己文化界定为“野蛮”、“落后”，导致文化中心主义和种族中心主义。有学者认为，“跨文化的道德评价必然是种族中心主义的，必然会产生投射错误，即把自己社会的文化价值标准投射到其他种族身上”③。因此，“否定普遍伦理、否定伦理原则的普遍价值，不仅在理论上是错误的，而且在实践上是有害的”④。这种理论上的错误与实践上的有害，最明显的体现就是种族主义者将异己的他者界定为野蛮、落后、罪恶、等待拯救的民族，并进而理所当然地进行武力与文化殖民，给被殖民者留下巨大的不可愈合的创伤记忆。

非洲土著的创伤还体现为话语权的缺失。显然，在白人种族主义与殖民主义的话语体系中，土著黑人是没有话语权的，他们处于失语状态，根本不能言说自己，无法表达与证明自己，而黑人女性更是如此。斯皮瓦克

---

① ［英］约瑟夫·康拉德：《黑暗的心·吉姆爷》，黄雨石、熊蕾译，人民文学出版社 2011 年版，第 57 页。

② 陶家俊：《创伤》，《外国文学》2011 年第 4 期。

③ 王晓升：《道德相对主义的方法论基础批判——兼谈普遍伦理的可能性》，《哲学研究》2001 年第 2 期。

④ 王晓升：《道德相对主义的方法论基础批判——兼谈普遍伦理的可能性》，《哲学研究》2001 年第 2 期。

曾把妇女问题作为属下问题进行探讨，并提出属下是否能说话的问题。她认为，不论是白人殖民者的表述，还是殖民地父权制捍卫者的表述，都无法听到属于妇女的声音，“在殖民生产的语境中，如果属下没有历史、不能说话，那么，作为女性的属下就被更深地掩盖了”①。在《黑暗的心》中，库尔茨的黑人情妇就代表了当时不能言说自己的被殖民者形象。在马洛看来，库尔茨的黑人情妇显得既野蛮又高贵，眼神既狂野又威严，步态既从容又庄重。“她脸上露出一种悲伤而凶猛的神情，狂野的悲伤与无法诉说的痛苦以及某些正在挣扎、尚未形成的决心所带来的恐惧交融在一起。她不动声色地站在那里看着我们，和那荒野本身一样，似乎正在为某种不可思议的目的进行思索。”② 然而，自始至终，康拉德都没有让她清晰地言说自己的情感，她最后也只能隔着河流举起手臂，以动作表达自己。与此相应地，库尔茨的欧洲未婚妻则被描写成一个高雅、忠诚、和善、朴实、坚守信仰、忍受痛苦的成熟女人，最重要的是，她能用语言尽情地诉说对库尔茨的尊敬、崇拜与爱。“那姑娘不停地谈着，十分肯定我对她的同情，并以此来安抚她自己的痛苦。她如饥似渴地谈着她和库尔茨订婚的事，我听说她家里的人全都不赞成。”③ 在马洛看来，库尔茨的欧洲未婚妻与他的黑人情妇有相似之处，但是两人的地位与境遇却截然不同。无疑，这两个女性形象形成了一种对比。“她现在这姿态和另外一个同样悲伤的女人的姿态十分相似，那女人曾浑身佩戴着全然无用的符咒，在那地狱的河流——黑暗之流——的闪光中，伸出她光着的棕色的双臂。”④ 阿契贝认为，康拉德对这两位女性的态度的最大差异在于“授予了其中一位而阻止了另一位使用人类表达方式的权力”⑤。

---

① ［美］加亚特里·查克拉沃尔蒂·斯皮瓦克：《属下能说话吗?》，载罗钢、刘象愚主编《后殖民主义文化理论》，陈永国等译，中国社会科学出版社 1999 年版，第 125 页。

② ［英］约瑟夫·康拉德：《黑暗的心·吉姆爷》，黄雨石、熊蕾译，人民文学出版社 2011 年版，第 85 页。

③ ［英］约瑟夫·康拉德：《黑暗的心·吉姆爷》，黄雨石、熊蕾译，人民文学出版社 2011 年版，第 104—105 页。

④ ［英］约瑟夫·康拉德：《黑暗的心·吉姆爷》，黄雨石、熊蕾译，人民文学出版社 2011 年版，第 106 页。

⑤ ［尼日利亚］钦努阿·阿契贝：《非洲形象之一种：康拉德的〈黑暗的心〉中的种族主义》，载［英］约瑟夫·康拉德《黑暗的心·吉姆爷》，黄雨石、熊蕾译，人民文学出版社 2011 年版，第 453 页。

在艺术形式上，《黑暗的心》运用了隐喻、象征等修辞手法，更加深刻地呈现出欧洲白人对非洲土著黑人的殖民暴力。海登·怀特曾提出，运用文学的语言修辞手法往往是为了更好地、形象化地呈现历史真实，在某种程度上，语言的修辞性不仅是一种形式，也是内容，是真实性的一部分。为此，理查德·汪曾说："对怀特而言，语言应是历史学家的仆人，而非历史学家是语言的一个例证。"[①] 也就是说，语言的形式本身就蕴含着某些内容，传达着某种意义。康拉德在《黑暗的心》中运用了象征的手法，赋予了"黑"与"白"不同的意义。野蛮的非洲土著是黑色的，"那里有许多人，大多数是光着身子的黑人，像蚂蚁一般来回移动着"[②]，"左边是一片树林，林中空地上似乎有些黑色的东西在有气无力地活动"[③]。在马洛的眼里，这些黑人像蚂蚁一样弱小、可怜，甚至不能称他们为人，只是些"黑色的东西"，可见这些黑人的生存状态是多么恶劣。马洛接着描写了在修建铁路的黑人，"六个黑人排成一排，吃力地沿着那条小道往上爬去。他们都直着身子慢慢走着，头上顶着装满泥土的小筐。他们每走一步便发出一阵哐啷声。他们腰里系着一些黑色的破布，破布头在他们身后像尾巴一样摆动着。我可以看见他们的每一根肋骨，他们手脚上的关节都像绳子上的疙瘩一样鼓了出来；每个人的脖子上都戴着个脖圈，把他们全拴在一起的铁链在他们之间晃动着，有节奏地发出哐啷声。……所有那些人的干瘦的胸脯一起随着气息起伏，使劲张开的鼻孔翕动着，无神的眼睛全都望着山上。他们从我身边经过，距我不到六英寸，谁也不曾看我一眼，带着不幸的野蛮人的彻底的、死一般的冷漠"[④]。这些黑人生活在地球上的黑暗的地域，为白人殖民者修建铁路、做苦役，他们满身尘土、肮脏、丑陋，像蚂蚁一样来回移动。在康拉德笔下，这些拥有干瘦的胸脯、无神的眼睛的黑人如此痛苦、备受折磨，身心满是创伤，甚至连死亡的权

① ［美］R. T. 汪：《转向语言学：1960—1975 年的历史与理论和〈历史与理论〉（续）》，陈新译，《哲学译丛》1999 年第 4 期。

② ［英］约瑟夫·康拉德：《黑暗的心·吉姆爷》，黄雨石、熊蕾译，人民文学出版社 2011 年版，第 20 页。

③ ［英］约瑟夫·康拉德：《黑暗的心·吉姆爷》，黄雨石、熊蕾译，人民文学出版社 2011 年版，第 20 页。

④ ［英］约瑟夫·康拉德：《黑暗的心·吉姆爷》，黄雨石、熊蕾译，人民文学出版社 2011 年版，第 20—21 页。

利都没有，只有当他们生病了，失去了工作能力，才能获得允许慢慢死去。“黑色的身躯蹲着，躺着，有的坐在两棵树中间倚在树干上，有的趴在地上，有的身子一半暴露在阳光中，一半没在阴影里，表现出各种痛苦、认命和绝望的姿势。……这里正是一些参与那件工作的人最后躺着等死的地方。他们都死得很慢——这是很明显的。他们不是敌人，他们也不是罪犯，他们现在已不属于尘世所有——他们只不过是疾病和饥饿的黑色影子，横七竖八地倒在青绿色的阴影中。通过有期限的合同，他们让人完全合法地从海岸深处各个角落里弄来，迷失在这难以适应的环境中，吃着他们从来不曾吃过的食物，他们生病，失去了工作能力，然后才能获得允许，爬到这里来慢慢死去。”①

与此形成鲜明对比的是，欧洲的文明人是白色、干净、优雅的，他们穿着一尘不染的淡黄色的羊毛上衣、雪白的裤子、干净的领带、锃亮的皮靴，衣领是浆过的，袖口是雪白的，干净整洁，有时还洒上一点香水。“他没戴帽子。头发从中间分开，上了油，刷得亮光光的，一只大白手举着一把绿线条图案的阳伞，耳朵后边还夹着一支蘸水钢笔，那神态实在惊人。”② 从表面上看，黑色是肮脏、野蛮、落后的，白色是干净、高贵、文明的，但事实上，康拉德通过对非洲土著灵魂所蕴含的原始生命活力以及白人残酷的殖民活动、贪婪的掠夺等描写，表现了对土著黑人的认可，而所谓文明的欧洲白人的心灵却是肮脏、堕落、黑暗的。可见，象征手法的运用本身就喻示了非洲黑人所承受的巨大殖民创伤。康拉德对于殖民主义暴力造成的创伤的再现，表现了他将历史真实加工成文学作品的能力，也表现了对历史真实进行文学再现的可能性。

需要注意的是，殖民主义不仅给包括非洲黑人在内的被殖民者造成了巨大的创伤，还给白人造成了创伤，造成了欧洲殖民者对自我、自我文明的怀疑与失落。陶家俊指出，文化心理殖民“不仅改变被殖民者的心理图景，而且深刻影响殖民者的精神世界，给被殖民者和殖民者都打上心理殖

---

① ［英］约瑟夫·康拉德：《黑暗的心·吉姆爷》，黄雨石、熊蕾译，人民文学出版社 2011 年版，第 22 页。

② ［英］约瑟夫·康拉德：《黑暗的心·吉姆爷》，黄雨石、熊蕾译，人民文学出版社 2011 年版，第 23 页。

民的创伤烙印”[①]。在《黑暗的心》中，马洛寻访库尔茨的航行过程，其实是一个不断地进行自我认识、自我探索与怀疑的过程。马洛在孩子时代幻想着宏伟的探险事业，然而，当他看到生活于黑暗腹地的非洲黑人被欧洲殖民者奴役、痛苦、生不如死，看到所谓文明的欧洲人对财富、象牙的贪婪，残暴、钩心斗角、诽谤、卑躬屈膝，他原本的幻想破灭了，并对欧洲的殖民行为进行反思，认为殖民者并没有任何高尚的宗旨与动机，贪婪而野蛮，他们就像半夜撬开保险柜的小偷一样从非洲的大地夺取所有的财富。“我们这些胡乱窜到这里来的，到底都是些什么人呢？我们能够控制住这无声的荒野吗？还是它将控制住我们？我能感觉到那个不能言语的、也许甚至完全聋哑的东西是何等巨大，巨大得令人不知所措。”[②] 马洛看到受人尊敬的库尔茨为了弄更多的象牙而杀戮、掠夺、征服，内心装满了邪恶、贪婪的欲望，迷惑、恐吓住非洲黑人土著，最终，这片黑暗的荒野对库尔茨所进行的荒唐的袭击做出了可怕的报复。此刻的马洛可能才真正明白，欧洲白人在对非洲进行殖民暴力与文化征服的同时，也被它征服和控制，失去了自我，成为灵魂完全黑暗的人。艾梅·赛萨尔一针见血地指出了殖民主义对欧洲文明的危害：“印第安人被杀戮，穆斯林世界被压榨，中国人的世界被玷污、被引入歧途足有一个世纪，而黑人世界则被取消资格，强大的声音被永远抑制，家园在野风中化为废墟。所有这些灾难，所有这些破坏，使人类的舞台出现了一个独白场面，而你认为这一切都是没有什么价值的？事实上，这样的政策惟一的结果就是毁掉欧洲自身，而且，说不定欧洲会在自己创造的这种寂寞中消亡。他们以为他们仅仅在残杀印第安人，或印度人，或太平洋岛民，或非洲人。他们实际上一个又一个地推翻了可保护欧洲文明自由发展的壁垒。”[③]

由上可见，《黑暗的心》作为文学文本，展现了19世纪后期欧洲的殖民主义活动，为我们认识殖民主义暴力下非洲土著的创伤提供了文本依据，传达出历史的真实内涵，也表明，对过去的历史真实进行再现，不仅

① 陶家俊：《创伤》，《外国文学》2011年第4期。

② ［英］约瑟夫·康拉德：《黑暗的心·吉姆爷》，黄雨石、熊蕾译，人民文学出版社2011年版，第36页。

③ ［法］艾梅·赛萨尔：《关于殖民主义的话语》，载［英］巴特·穆尔－吉尔伯特等编撰《后殖民批评》，杨乃乔等译，北京大学出版社2001年版，第155页。

可以通过拘泥于史实的历史编纂的如实直述，还可以通过情节编织的方式进行文学创作，实现历史与文学的互动、对话。在欧洲白人的殖民话语体系中，非洲黑人土著无疑是落后、野蛮、罪恶的，非洲黑人形象作为反面教材，正衬托了欧洲自身的文明、进步、优雅、高贵。殖民暴力造成了非洲黑人的深重创伤，因此欧洲应该放弃对非洲黑人的种族偏见与殖民征服的思想，不再歪曲、妖魔化甚或通过殖民暴力征服非洲。

## 第二节　《暴风雨》中殖民者与被殖民者的对抗

《暴风雨》是英国戏剧家威廉·莎士比亚（1564—1616）的传奇剧，故事发生于地中海的一个无名孤岛。意大利北部米兰城邦的公爵普洛斯帕罗被野心勃勃的弟弟安图尼欧与那不勒斯国王阿龙索陷害，与他年仅三岁的女儿米兰达历尽艰险漂流到孤岛上。普洛斯帕罗用魔法控制了岛屿原来的主人卡力班和岛上的精灵。某一天，阿龙索带着弟弟西巴斯善、王子飞蝶南、安图尼欧等人去非洲突尼斯参加女儿的婚礼。在归途中，普洛斯帕罗用魔术唤起一阵暴风雨来复仇，降服了他的弟弟安图尼欧与那不勒斯国王阿龙索，使他们答应恢复他的爵位。最后，大家一起回到意大利。后殖民主义批评的重要理论家爱德华·萨义德在《文化与帝国主义》一书中指出，世界范围内的帝国主义文化和对帝国主义的对抗是同时存在的。这样一种对位阅读法不再仅仅将关注点放在殖民者的征服活动上，还关注到了作为客体的被殖民者的反抗，即关注到殖民者与被殖民者的互动关系。在这种互动关系中，萨义德尤为强调被殖民者的抗争。他指出："在几乎所有的非欧洲地区，白人的到来总是伴随着某种方式的反抗。我在《东方学》中没有谈到的，就是以遍布第三世界的声势浩大的非殖民化运动为顶峰的对西方控制的反应。与19世纪发生在阿尔及利亚、爱尔兰、印度尼西亚这样不同地区的武装斗争遥相呼应的，还有各地的文化抵抗运动和对民族属性的诉求。在政治层面，涌现了各种组织和政党，以自治和民族独立为共同的目标。没有一处，西方入侵者所遇到的是麻木不仁的非西方的当地人，相反，他们总是遭遇到某种形式的反抗；而且，在大多数情况下，总是以反抗一方的胜利而告终。”①

以后殖民主义理论的视角对莎士比亚的传奇剧《暴风雨》进行解读，可以发现，普洛斯帕罗与卡力班象征了殖民者与被殖民者的二元对立关系。作为殖民者，普洛斯帕罗奴役、统治了爱丽儿等精灵。普洛斯帕罗是通过暴力维持自己的统治的，他还对被殖民者进行语言教化。同时，以卡力班为代表的被殖民者对普洛斯帕罗进行了语言与行动上的反抗。后殖民主义批评主要关注的是西方宗主国与殖民地之间的文化权力关系。后殖民主义批评形成于 20 世纪七八十年代，90 年代中后期趋于成熟，以萨义德《东方学》的出版为标志，重要的理论家还有加亚特里·斯皮瓦克、霍米·巴巴等。后殖民主义从其诞生开始就是一个众说纷纭的概念，它跨越历史学、政治学、人类学、地理学、文学等不同学科，主要研究宗主国与殖民地、白种人与非白种人之间文化权力的对立互动关系，具有强烈的政治性和文化批判色彩。邱运华指出：“西方的殖民主义者虽然离开了亚非拉殖民地，但他们不仅把它们当作市场，而且当作思想意识的领地保留起来，继续他们在精神与思想上的统治。与此同时，不少非殖民化、解殖民化而获得主权独立的民族国家也并没有如期达到摆脱宗主国殖民统治之后的全面复兴，而是在传统的专制与落后的阴影中和更加复杂的殖民后遗症、殖民综合症的影响下徘徊不前，这也为西方的西方中心主义者和西方的东方主义者制造或曲解东方的文化与历史提供了种种口实。”② 后殖民主义批评就是对上述文化殖民的一种反思、批判。在后殖民主义批评的视域下对《暴风雨》进行解读，可以发现普洛斯帕罗与卡力班表现了殖民者与被殖民者的互动关系，被殖民者是殖民者建构出来的，而普洛斯帕罗正是通过建构出一个丑恶、堕落、野蛮的卡力班来彰显自己的高贵、进步与文明。普洛斯帕罗对卡力班的贬抑成为其殖民侵略的借口。他们之间是一种殖民与被殖民、支配与被支配的关系。卡力班对普洛斯帕罗的反抗则象征着被殖民者对于殖民入侵和殖民文化的抗争。

---

① ［美］爱德华·W. 萨义德：《前言》，载［美］爱德华·W. 萨义德《文化与帝国主义》，李琨译，生活·读书·新知三联书店 2020 年版，第 2 页。

② 邱运华主编：《文学批评方法与案例》，北京大学出版社 2006 年版，第 252 页。

## 一　殖民者对被殖民者的征服与规训

在《暴风雨》中，普洛斯帕罗与卡力班象征了殖民者与被殖民者的二元对立关系。根据普洛斯帕罗的描述，他曾是很有威望的国王、米兰的公爵，出身高贵，而且热爱研究学问，“讲到威权学问，真可说是远近闻名，无人可比”[①]。为了休养心灵，专心研究魔法，普洛斯帕罗荒疏了政事，他信赖地把国家交给弟弟安图尼欧治理，但是安图尼欧却野心勃勃，联合那不勒斯的国王陷害了普洛斯帕罗。在此，普洛斯帕罗的尊贵、文明、德行与安图尼欧的野心、背叛、奸诈形成对比，从而凸显了普洛斯帕罗的美好形象，“我的信赖，像是贤良的父母，却在他身上生出了和我的信赖一般大的奸诈；我的信赖是无限的，是没界线的信任。他于是妄自尊大起来，他不但吞没了我的入款，并且搜刮了我的权力所能征收的一切”[②]。从普洛斯帕罗的自我表述中，可以看出他作为一个文明、进步的人文主义者形象。与他形成鲜明对立的是卡力班。一方面，普洛斯帕罗称呼卡力班为“我们的奴隶卡力班”、“贱奴”、“你这块泥土”、“你这乌龟”、“恶毒的贱奴”，米兰达称呼他为“下流东西”。从他们对卡力班的称呼可以看出，在欧洲殖民者看来，被殖民者是劣等的低贱的奴隶，甚至不是人，而是物。这样，被殖民者就被异化为非人。萨义德指出：“帝国主义和殖民主义都不是简单的积累和获得的行为。它们都为强烈的意识形态所支持和驱使。这些意识形态的观念包括：某些领土和人民要求和需要被统治；还需要有与统治相关的知识形式：传统19世纪帝国主义文化中存在着大量的诸如‘劣等’或‘臣属种族’、‘臣民’、‘依赖’、‘扩张’和‘权威’之类的字词和概念。”[③] 另一方面，尽管普洛斯帕罗如此鄙视卡力班，他还是不得不承认他们离不开卡力班。“在现下，我们还不能缺了他：他给我们生火，捡柴；还做些于我们有益的工作。”[④] 殖民者对于被殖民者的剥削与

---

① ［英］莎士比亚：《莎士比亚全集1（〈暴风雨〉）》，梁实秋译，中国广播电视出版社2002年版，第23页。

② ［英］莎士比亚：《莎士比亚全集1（〈暴风雨〉）》，梁实秋译，中国广播电视出版社2002年版，第25页。

③ ［美］爱德华·W. 萨义德：《文化与帝国主义》，李琨译，生活·读书·新知三联书店2020年版，第10页。

④ ［英］莎士比亚：《莎士比亚全集1（〈暴风雨〉）》，梁实秋译，中国广播电视出版社2002年版，第41页。

压榨由此可见。

萨义德在《东方学》一书中探究了“东方”这一概念是如何被西方建构起来的。他认为，东方是相对于西方而言的，并不是指真正的东方，而是一种人为的建构，关于东方的观念往往出自许多西方人的经验。西方之所以要建构一个与自己相区别的东方，目的在于建构一个文化等级结构，东方处于边缘的、从属的位置，而西方则处于权力话语的中心，并以权威话语设置了一系列的二元对立，比如文明与野蛮、先进与落后、科学与愚昧。也就是说，西方与东方之间存在一种权力关系、支配关系、霸权关系。“欧洲文化的核心正是那种使这一文化在欧洲内和欧洲外都获得霸权地位的东西——认为欧洲民族和文化优越于所有非欧洲的民族和文化。此外，欧洲的东方观念本身也存在着霸权，这种观念不断重申欧洲比东方优越、比东方先进，这一霸权往往排除了更具独立意识和怀疑精神的思想家对此提出异议的可能性。”① 萨义德指出，在现存最早的雅典戏剧埃斯库罗斯的《波斯人》与现存最晚的雅典戏剧欧里庇得斯的《酒神的女祭司》中就出现了西方对于东方的想象。在《波斯人》中，亚洲本身没有话语权，它需要通过欧洲的想象来表达自己，欧洲是胜利者，而亚洲则是绝望、失败和灾难的化身。《酒神的女祭司》具有明显的亚洲特色，展示了酒神狄奥尼索斯与亚洲诸神以及东方神话中那些恐怖的奇怪的非理性行为之间的联系。在这两部戏剧中，首先，东方与西方被区别开，欧洲是强大的，掌握着话语权，能够表达自己；亚洲是失败的、遥远的，没有话语权，必须借助西方的言说才能表达自己。西方对东方显示出一种居高临下的态度。其次，东方总是喻指恐怖、危险、神秘、堕落。事实上，这种被建构的东方完全是西方权力意志的产物。“作为权威话语系统，东方主义的发展，始终脱离不了其征服对象。就是说，西方文明是通过压迫东方，描述东方、将自己同东方分割对立，才得以从中获取力量，确立自身主体与支配权力。因此，没有东方文明，就没有西方文化的权威心态与战略位置。”②

---

① ［美］爱德华·W. 萨义德：《东方学》，王宇根译，生活·读书·新知三联书店 2011 年版，第 10 页。

② 赵一凡：《从卢卡奇到萨义德：西方文论讲稿续编》，生活·读书·新知三联书店 2009 年版，第 780 页。

显然，东方主义是西方建构的产物，西方正是通过建构出一个丑恶、堕落、野蛮的东方来彰显自己的高贵、进步与文明。西方对东方的贬抑往往成为其侵略东方的借口，为殖民侵略的目的服务。由此，萨义德认为，东方并不是一个思想与行动的自由主体，欧洲文化通过东方获得力量与自我身份。"东方并非一种自然的存在。它不仅仅存在于自然之中，正如西方也并不仅仅存在于自然之中一样。……作为一个地理的和文化的——更不用说历史的——实体，'东方'和'西方'这样的地方和地理区域都是人为建构起来的。因此，像'西方'一样，'东方'这一观念有着自身的历史以及思维、意象和词汇传统，正是这一历史与传统使其能够与'西方'相对峙而存在，并且为'西方'而存在。因此，这两个地理实体实际上是相互支持并且在一定程度上互相反映对方的。"[①] 也就是说，西方通过想象与建构一个异己的东方，通过对遥远的野蛮人的地理空间与熟悉的我们的领地的区分，凸显了自我的主体地位与优越感。而这样的建构与区分，是不需要得到对方的同意与确认的。

此外，地理空间往往承载着种族、民族、政治、文化等诸多复杂内涵。"地域的边界以一种可以想见的方式与社会的、民族的和文化的边界相对应。"[②] 正是在这个意义上，亨利·列斐伏尔认为，地理空间并不是一个中性的容器，而是具有政治性、意识形态性、战略性的。列斐伏尔提醒人们注意在空间的战略中权力关系的重要性。统治阶级通过控制空间来管控社会，使空间服从于权力，空间也是资本主义进行征服的工具。"通过战略，处于政治统治之下的某个空间的全部资源，充当了追求和实现那些全球性的目标和其他目标的手段。那些总体性的战略，同时也是经济的、科学的、文化的、军事的和政治的战略。"[③] 迈克·克朗（Mike Crang）也指出，文化地理学的研究与帝国时代的发展具有密不可分的内在相关性。"从词源学上考察，'地理'这个术语的意义是'书写世界'，也就是说把

---

① ［美］爱德华·W. 萨义德：《东方学》，王宇根译，生活·读书·新知三联书店2011年版，第6—7页。

② ［美］爱德华·W. 萨义德：《东方学》，王宇根译，生活·读书·新知三联书店2011年版，第68页。

③ ［法］亨利·列斐伏尔：《空间与政治》，李春译，上海人民出版社2018年版，第108页。

意义刻在地球上。”[①] 在《暴风雨》中，卡力班是巫婆西考拉克斯的儿子。据普洛斯帕罗的描述，西考拉克斯作恶多端，使用骇人听闻的巫术，被驱逐出阿尔及耳，被水手们丢在孤岛上。而这样一个邪恶的母亲所生的儿子卡力班，则被普洛斯帕罗称为“一个遍体生斑的怪胎”。西考拉克斯死后，将岛留给了卡力班。张德明认为，卡力班可能是莎士比亚综合了旅行文学和现实中的土著形象，结合东西半球与新旧大陆的原住民的体貌特征，在此基础上发挥想象力建构出来的他者。[②] 由此，普洛斯帕罗通过对卡力班及其母亲的贬抑来彰显自己的高贵与文明，为殖民征服提供动机与借口。普洛斯帕罗与卡力班的直接冲突在于争夺岛屿的控制权。萨义德指出：“帝国主义的主要战场当然是在土地的争夺上，但是在关于谁曾经拥有土地，谁有权力在土地上定居和工作，谁管理过它，谁把它夺回，以及现在谁在规划它的未来，这些问题都在叙事中有所反映、争论甚至有时被故事所决定。”[③] 普洛斯帕罗通过对卡力班的岛屿的侵占来完成其殖民征服，占有了岛屿之后便具有了话语权，通过侮辱、贬低、歪曲卡力班来为自己的殖民掠夺正名，赋予殖民暴力以正当性与合理性。

事实上，在《暴风雨》中存在两套话语，一套是普洛斯帕罗的表述，在他看来，他象征着高贵、权威、进步、文明，而卡力班则象征着野蛮、丑恶、落后。普洛斯帕罗通过这样一种二元对立的区分，一方面确立了自己的身份，另一方面也为自己对卡力班的统治提供了借口。另一套话语是卡力班的描述。普洛斯帕罗刚来到岛上时，安抚与厚待卡力班，对他进行教化，赢得了他的信任，后来就以魔法控制了他，使他成为奴隶，并侵占了孤岛。他认为自己受到普洛斯帕罗的欺骗，被夺走了属于自己的领地。“这岛是我的，我的母亲西考拉克斯留下的，而你夺了去。你初来的时候，你安抚我，厚待我；给我浸干果的水喝；教我怎样叫那昼夜照耀的日和月；我于是欢喜你了，把岛上的富源都指示给你，

---

① ［英］迈克·克朗：《文化地理学》，杨淑华、宋慧敏译，南京大学出版社 2003 年版，第75—76 页。

② 张德明：《〈暴风雨〉：荒岛时空体的文化叙事功能》，《外国文学》2011 年第 4 期。

③ ［美］爱德华·W. 萨义德：《前言》，载［美］爱德华·W. 萨义德《文化与帝国主义》，李琨译，生活·读书·新知三联书店 2020 年版，第 3 页。

清泉、盐池、荒土、肥田。”[①] 而卡力班的表述被普洛斯帕罗认为是胡说八道。普洛斯帕罗掌握着话语权，并且根据自己的需要对西考拉克斯、卡力班等进行表述，建构起异于自己的他者形象。因而，李伟民认为，在这个岛上，卡力班的话语权已经被普洛斯帕罗完全剥夺了，卡力班也由此沦为普洛斯帕罗等人的参照物。[②]

此外，作为殖民者，普洛斯帕罗还奴役、统治了爱丽儿等精灵。当普洛斯帕罗被放逐到荒岛上时，他用魔法控制、奴役了岛上的生灵，所有的生灵都臣服于他。精灵爱丽儿称他为“伟大的主人”、“尊贵的主人”，对他言听计从，“我来听候你的吩咐；无论是去飞翔、去泳水、去蹈火、去驾云，爱丽儿愿尽全力地执行你的严命”[③]。普洛斯帕罗命令爱丽儿去执行他的复仇计划，当爱丽儿完成工作后，他又安排其他事情让她去做。爱丽儿提醒他：“我请你要记着，我曾给你尽了很大的力；不曾对你说过谎，不曾犯过错，伺候你的时候不曾说过抱怨的话；你曾答应我给我缩减一整年的期限。”[④] 此时，普洛斯帕罗让爱丽儿不要说了，认为自己将爱丽儿从苦痛中解救出来，爱丽儿理所当然地应该将他作为主人，为他服务，“你是忘记了，以为踩着海底的污泥，冒着寒峭的北风，地面凝霜的时候到地里面给我工作，便算是了不得的工作了”[⑤]，“你说谎，坏东西”[⑥]！在此，普洛斯帕罗是一个拯救者的形象，他要求被拯救者的绝对服从、感恩戴德，而弱势的爱丽儿只能屈从于普洛斯帕罗的权威，为他工作。在殖民与被殖民、主体与他者的关系中，殖民者与主体往往是强势的、有威权的、占主导地位的，而被殖民者、他者则往往是弱势的、从属的、被动的接受

① ［英］莎士比亚：《莎士比亚全集1（〈暴风雨〉）》，梁实秋译，中国广播电视出版社2002年版，第43页。

② 李伟民：《从殖民主义到后殖民主义的双重空间——对莎士比亚〈暴风雨〉的两种解读》，《外国语文》2009年第4期。

③ ［英］莎士比亚：《莎士比亚全集1（〈暴风雨〉）》，梁实秋译，中国广播电视出版社2002年版，第31页。

④ ［英］莎士比亚：《莎士比亚全集1（〈暴风雨〉）》，梁实秋译，中国广播电视出版社2002年版，第37页。

⑤ ［英］莎士比亚：《莎士比亚全集1（〈暴风雨〉）》，梁实秋译，中国广播电视出版社2002年版，第37页。

⑥ ［英］莎士比亚：《莎士比亚全集1（〈暴风雨〉）》，梁实秋译，中国广播电视出版社2002年版，第37页。

者，是一个异己的存在。萨义德指出，每一个时代、社会和文化都需要创造一个与其相异质并且与其相竞争的他者，以此来完成自我身份的建构。“身份的建构与每一社会中的权力运作密切相关，因此决不是一种纯学术的随想（woolgathering）。”① 无疑，这样的建构是一种政治性的、策略性的建构，体现了西方的文化话语力量与权力。“在西方的东方主义者看来，东方的贫弱只是验证西方强大神话的工具，与西方对立的东方文化视角的设定，是一种文化霸权的产物，是对西方理性文化的补充。‘东方主义’者虚构和发明了一个‘东方’，使东方（Orient）与西方（Occident）具有了本体论上的差异，并使得西方得以用新奇和带有偏见的眼光去看东方，从而‘创造’了一种与自己完全不同的民族本质，使自己终于能把握‘异己者’。但这种‘想象的地理和表述形式’，这种人为杜撰的‘真实’，这种‘东方主义者’在学术文化上研究产生的异域‘文化惊讶’（culture shock），使得帝国主义在殖民主义时代终结之后仍然可以怀着巨大的文化心理优势居高临下地觊觎或漠视东方，顺理成章地剥削或启蒙东方，改头换面地继续在东方享有其海外利益和主人权力。”② 《暴风雨》中普洛斯帕罗与卡力班、爱丽儿的关系，正体现了萨义德所论述的这样一种西方对东方的定义、歪曲与征服的殖民逻辑。

在《暴风雨》中，以普洛斯帕罗为代表的殖民者与以爱丽儿、卡力班为代表的被殖民者是一种二元对立的殖民与被殖民、奴役与被奴役的对抗关系。首先，普洛斯帕罗是通过暴力维持自己的统治的。萨义德曾指出，欧洲人在描述东方时，往往以一种刻板印象来建构一个原始的、野蛮的遥远异域、民族。“当‘他们’行为不轨或造反时，就可以加以惩罚，因为‘他们’只懂得强权和暴力。‘他们’和‘我们’不一样，因此就只能被统治。”③ 在爱丽儿等精灵面前，普洛斯帕罗是高高在上的拯救者、主人，而他征服这些精灵的武器是象征武力的魔法，他以魔法解救了他们，又以魔法威胁他们，要他们听命于他，做他的奴仆。当爱丽儿向他要求自由

---

① ［美］爱德华·W. 萨义德：《东方学》，王宇根译，生活·读书·新知三联书店2011年版，第427页。

② 邱运华主编：《文学批评方法与案例》，北京大学出版社2006年版，第255—256页。

③ ［美］爱德华·W. 萨义德：《前言》，载［美］爱德华·W. 萨义德《文化与帝国主义》，李琨译，生活·读书·新知三联书店2020年版，第1—2页。

时，他说：“你若再抱怨，我要劈开一株橡树，把你塞进那多瘤的树心里去，让你再哭喊十二年。”① 面对卡力班的反抗，他说：“你若是不理会我的命令，或是不甘愿，我要用痉挛的老法子治你，让你所有的骨头发痛；令你吼叫，野兽听了你的吼声都要抖颤。”② 华泉坤、张浩指出，普洛斯帕罗的魔法成为欧洲殖民者进行殖民统治的工具，象征了殖民者对海外殖民地的军事管制，他的神奇威力与支配他人的情节“显示出基督教中对于无所不能的耶和华的暗指，以基督教为精神支柱的正是西方文明中那些传统上笃信东方主义的欧洲”③。普洛斯帕罗正是以魔法对反抗他的被殖民者进行威慑与统治。卡力班曾控诉普洛斯帕罗经常因为一点小事就派精灵来惩罚他。“有时候化为猿猴，同我做脸嘴，喋喋不休，随后就咬我；有时候变做刺猬，横在我赤脚走的路上，刺我的脚；有时候我又整个的被毒蛇绕起，吐着两尖的舌头嘶嘶做声。把我吓得发狂。”④ 可以看出，普洛斯帕罗从书本中修炼的魔法使他具有无穷的魔力，借此控制精灵，帮助他统治卡力班。华泉坤、张浩指出，普洛斯帕罗所修炼的魔法在某种程度上使他成了神，而普洛斯帕罗又来自传统上信仰基督教的欧洲大陆，因此，当他遇到了卡力班，就理所当然地成了基督教中上帝的化身，而卡力班则被贬抑为异质文化的代表。⑤

与此同时，普洛斯帕罗对被殖民者进行语言教化。当时，作为野人的卡力班根本不会说话。普洛斯帕罗教卡力班说话，学习用语言来表达自己的想法。然而，普洛斯帕罗并没有将卡力班成功地培养成一个文明人。在普洛斯帕罗看来，卡力班的本性就是低劣的，是个天生的恶魔，对他的教育完全不起作用。“在他身上我枉费了苦心，我的好意全失败了，完全失

---

① ［英］莎士比亚：《莎士比亚全集1（〈暴风雨〉）》，梁实秋译，中国广播电视出版社2002年版，第39页。

② ［英］莎士比亚：《莎士比亚全集1（〈暴风雨〉）》，梁实秋译，中国广播电视出版社2002年版，第45页。

③ 华泉坤、张浩：《〈暴风雨〉——莎士比亚后殖民解读的一个个案》，《安徽大学学报》2004年第5期。

④ ［英］莎士比亚：《莎士比亚全集1（〈暴风雨〉）》，梁实秋译，中国广播电视出版社2002年版，第85页。

⑤ 华泉坤、张浩：《〈暴风雨〉——莎士比亚后殖民解读的一个个案》，《安徽大学学报》2004年第5期。

败了；他的身体越长越丑，他的心也越来越腐蚀。”① 狄泽林克曾指出：“每一种他者形象的形成同时伴随着自我形象的形成。”② 就普洛斯帕罗来说，他对卡力班的教化，一方面可以显示自己作为西方人的文明与优越，另一方面卡力班的野蛮、邪恶、难以教化，为普洛斯帕罗侵犯卡力班的领地提供了冠冕堂皇的理由。

普洛斯帕罗用以维持其统治的魔法以及他的语言等，都显示出书本、知识的重要性。正是在这个意义上，王宁、生安锋等学者指出，西方对东方的建构具有明显的政治和意识形态特征，是因为西方的知识具有政治意义，“‘知识’永远是一个表述的问题，因为表述是一个赋予意识形态的概念以具体形式和使某些能指代表所指的过程。构成这些表述的基础的权力，即使是一种更为微妙、渗透力更强，更为隐蔽的不同的权力，它也不能与政治力量的作用相分离”③。普洛斯帕罗之所以能够统治与奴役爱丽儿、卡力班等，原因就在于他掌握着知识，知识赋予他魔法、权力、话语，让他能够顺利地占领原本属于卡力班的领地，并统治当地的精灵与卡力班。也就是说，知识成为权力的表征，也是殖民者进行殖民征服的暴力工具。正如段方指出的：“知识的应用体现在普洛斯彼罗身上即暴力——象征着殖民征服所依赖的军事力量。”④

## 二 被殖民者的反抗

以卡力班为代表的被殖民者对普洛斯帕罗进行了反抗。在《暴风雨》中，卡力班的母亲西考拉克斯从非洲被流放到孤岛，而她当时怀有卡力班，据此可以推测卡力班可能是一个非洲人。而西方殖民者向来有贩卖非洲黑人的传统。正是在这个层面上，华泉坤、张浩指出，莎士比亚有意无意地把卡力班当作殖民对象和受奴役的有色人种的典型来刻画。以普洛斯

① ［英］莎士比亚：《莎士比亚全集1（〈暴风雨〉）》，梁实秋译，中国广播电视出版社2002年版，第141页。

② ［德］狄泽林克：《论比较文学形象学的发展》，《中国比较文学》1993年第1期。

③ 王宁、生安锋、赵建红：《又见东方——后殖民主义理论与思潮》，重庆大学出版社2011年版，第32页。

④ 段方：《普洛斯彼罗的魔法和凯列班的诉求——后殖民主义视角下的〈暴风雨〉》，《外国文学研究》2005年第2期。

帕罗为代表的殖民者对以卡力班为代表的被殖民者进行征服与规训，使其失去民族主体意识，失去自己的声音，成为无声的“属下”与后殖民的牺牲品。[①] 笔者认为，普洛斯帕罗确实对卡力班进行了规训与教化，但是卡力班并未认同前者的殖民思维，也没有成为殖民话语权力主宰下的失语者。相反，作为被殖民者与被奴役的有色人种，卡力班对殖民者普洛斯帕罗进行了反抗，表现在两个方面：其一，卡力班以语言进行反抗。卡力班不像爱丽儿那样对普洛斯帕罗言听计从。因而普洛斯帕罗抱怨说：“他对我们答话永远没有好气的。”[②] 孙坚、杨仁敬指出，普洛斯帕罗与爱丽儿属于殖民者与代理人的关系，爱丽儿是普洛斯帕罗的命令的执行者。而卡力班与爱丽儿的不同之处在于，他与普洛斯帕罗的关系是“赤裸裸的殖民者和被殖民者、压迫和被压迫、高高在上的白人和低等的他者的控制与反控制的关系”[③]。张德明则指出：“卡力班—爱丽儿是一体两面的形象，投射出 17 世纪欧洲人在与异文化交往时普遍的文化心理。”[④] 卡力班的妖魔化外形、性格与行为方式源于欧洲中世纪以来的魔鬼系统，代表了英国人对殖民地他者的恐惧与担忧；而听话、顺从的爱丽儿代表了欧洲殖民者眼中的理想化“他者”、“高贵的野蛮人”。可见，卡力班和爱丽儿虽然都是被殖民者，但是又有不同。不论是勇于反抗的被殖民者还是顺从的被殖民者，不论是妖魔化的他者还是理想化的他者，都是欧洲殖民者建构出来的，背后蕴含着欧洲主体对于殖民地客体的凝视、定义与控制。

卡力班不仅以语言来反抗普洛斯帕罗，还大胆地诅咒他。“我愿从前我母亲用乌鸦的羽毛在龌龊的池沼中刷着的那样的毒露，洒在你们两个身上！愿西南风吹在你们身上，使你们遍体生疮！”[⑤] 为此，普洛斯帕罗威胁卡力班，要让他痉挛、疼痛，要用各种方式来收拾他。“就为了你这诅咒，今晚就得叫你痉挛，叫你肋骨痛得喘不过气；黑夜里刺猬都出

① 华泉坤、张浩：《〈暴风雨〉——莎士比亚后殖民解读的一个个案》，《安徽大学学报》2004 年第 5 期。

② ［英］莎士比亚：《莎士比亚全集 1（〈暴风雨〉）》，梁实秋译，中国广播电视出版社 2002 年版，第 41 页。

③ 孙坚、杨仁敬：《后殖民主义理论视阈下的〈暴风雨〉》，《外国语文》2009 年第 5 期。

④ 张德明：《〈暴风雨〉：荒岛时空体的文化叙事功能》，《外国文学》2011 年第 4 期。

⑤ ［英］莎士比亚：《莎士比亚全集 1（〈暴风雨〉）》，梁实秋译，中国广播电视出版社 2002 年版，第 43 页。

来，用各种方法收拾你；把你刺成一个蜂窠似的，每一刺都比蜜蜂的刺还凶。”① 即便如此，卡力班还是坚持以语言对普洛斯帕罗进行控诉：“愿西考拉克斯的所有符咒，蟾蜍、甲虫、蝙蝠，都落在你身上！因为我成了你的唯一的臣仆，而我本来是独自称王的；并且你把我囚禁在这岩石里，岛上别的地方你都霸占了去。”② 卡力班的控诉表明了自诩为文明的欧洲人的普洛斯帕罗内心的贪婪，正是他的贪婪与占有欲使卡力班失去了岛屿的所有权，使卡力班产生仇恨与报复之心。“太阳从泥沼、污泽、浅滩，摄取起来的一切毒疫，都降在普洛斯帕罗头上，令他浑身一寸一寸的生疮！虽然他手下的精灵能听见我，我还是诅咒他。”③ 卡力班之所以诅咒普洛斯帕罗，正是因为他意识到了后者对他的掠夺与控制、奴役。“这位荒岛野人已经朦胧意识到，他的主人在奴役他的身体的同时还试图奴役他的精神。”④

其二，卡力班通过归顺斯蒂番诺，与之联合起来对抗普洛斯帕罗。卡力班宣布自己要将斯蒂番诺作为自己的神来崇拜，“我引你看这岛上的每一吋的肥沃的地；我愿吻你的脚。我请你，做我的神吧”，“我发誓做你的顺民”。⑤ 问题是，卡力班为什么拒绝做普洛斯帕罗的奴隶，却甘愿做斯蒂番诺的顺民呢？其实，这是卡力班想通过联合斯蒂番诺对抗普洛斯帕罗的策略，而不是因为他真正地崇拜斯蒂番诺。从“假如您愿意，请报复他一下”可以看出，卡力班只是想借助斯蒂番诺的力量来实行自己的报复计划。由此来说，卡力班之所以声称愿意臣服于斯蒂番诺，原因在于他想通过斯蒂番诺来报复普洛斯帕罗，最终夺回属于自己的岛屿。不仅如此，卡力班还提供了对抗普洛斯帕罗的具体方法，也就是趁普洛斯帕罗午睡的时候杀死他，但是要先抓到他的书，失去书的普洛斯

---

① ［英］莎士比亚：《莎士比亚全集 1（〈暴风雨〉）》，梁实秋译，中国广播电视出版社 2002 年版，第 43 页。

② ［英］莎士比亚：《莎士比亚全集 1（〈暴风雨〉）》，梁实秋译，中国广播电视出版社 2002 年版，第 43—44 页。

③ ［英］莎士比亚：《莎士比亚全集 1（〈暴风雨〉）》，梁实秋译，中国广播电视出版社 2002 年版，第 85 页。

④ 张德明：《〈暴风雨〉：荒岛时空体的文化叙事功能》，《外国文学》2011 年第 4 期。

⑤ ［英］莎士比亚：《莎士比亚全集 1（〈暴风雨〉）》，梁实秋译，中国广播电视出版社 2002 年版，第 93—94 页。

帕罗就没有魔法了。最后，他们的反抗以失败收场，普洛斯帕罗是胜利者，正如他自己所说："我的所有的敌人现在都由我摆布了。"① 卡力班不得不再次臣服于普洛斯帕罗，然而，这种臣服无疑只是策略性的，并非真心归顺。

综上可见，卡力班以语言与行动对普洛斯帕罗的殖民统治进行了反抗，这种反抗尽管失败了，但依然具有意义。"凯利班对于普洛斯彼罗的反抗显然是第三或第四世界人民对于殖民入侵和殖民文化的抗争，事实上被殖民国家的文化精神生活正是时刻处于民族文化和以基督教为主导的西方帝国主义文化的张力状态中的。"② 由此来说，以普洛斯帕罗为代表的殖民者与以卡力班为代表的被殖民者的张力关系，一方面表现了殖民者的暴虐与殖民活动的罪恶；另一方面也凸显了被殖民者的不屈与抗争。简言之，伴随着殖民活动的罪恶史与创伤史的，还有生生不息的对殖民霸权的抵抗。"抵抗远不只是对帝国主义的一种反动，它是形成人类历史的另一种方式。特别重要的是，要知道这种不同概念的形成在多大程度上是建立在打破文化间的障碍的基础上的。"③

## 第三节 《北京信札》中的晚清妇女形象与西方中心主义思想

中国形象始终是西方长期关注的一种文化现象。从马可波罗的美化到启蒙时代的向往，西方的中国形象主要是正面、积极的。伴随着18世纪中后期至19世纪西方全面的海外殖民扩张，特别是1840年鸦片战争之后，西方对中国的负面、否定性形象成为主流。在西方文明处于强势地位的时代，西方作为注视者与主体，对中国这个被注视者与客体的贬低、否定甚至歪曲，根本意图在于凸显西方文明的优越，从而带有明显的西方中

① ［英］莎士比亚：《莎士比亚全集1（〈暴风雨〉）》，梁实秋译，中国广播电视出版社2002年版，第147页。

② 华泉坤、张浩：《〈暴风雨〉——莎士比亚后殖民解读的一个个案》，《安徽大学学报》2004年第5期。

③ ［美］爱德华·W. 萨义德：《文化与帝国主义》，李琨译，生活·读书·新知三联书店2020年版，第307页。

心论的色彩。一些学者已经注意到，西方的中国形象关键不在于中国这个被言说的他者和被注视者，而在于作为注视者和言说者的西方。对此，法国当代比较文学学者达尼埃尔·亨利·巴柔明确指出："在个人（一个作家）、集体（一个社会、一个国家、一个民族）或半集体（一种思想流派、一种'舆论'）的层面上，他者形象不可避免地要表现出对他者的否定，对自身、对我自己所处空间的补充和外延。我想言说他者（最常见的是由于专断和复杂的原因），但在言说他者时，我却否认了他，而言说了自我。"[①] 这种观点，我们可以从近代西方传教士的各种游记文学及传记文学中得到充分的印证。

在近代，西方文明正处于绝对的强势地位，西方人眼中的中国是停滞、落后、专制的，他们对中国人的外表、服饰、个性品质等基本上持一种否定、负面的态度。例如，纪里备将中国看成一个停滞不前的国家，其知识与文明程度不仅远远落后于西方世界，甚至不比一千多年前进步多少，如果一定要承认中国的文明，那么它也只能是粗加工的、野蛮的文明。[②] 卫三畏曾指出，欧洲旅游者对中国的普遍印象是："中国人总的来说是一个了无兴趣、不自然和不文明的'猪眼'民族，对他们，你尽可以嘲笑；他们还是'打伞民族'，'长辫子的天朝人'，极度骄傲的、无知的，而且几乎是不长进的民族。"[③] M. G. 马森写道："中国人那种让西方人一见就忍俊不禁的外表，他们从嗓子里发出的嘶哑的呜呜声，带着刺耳的鼻音、含混不清的语调，他们女人一般的衣着打扮，他们夸张的礼节，他们的长辫子、扇子、念珠和刺绣饰品，外国人觉得这些十分可笑。"[④] 在受西方嘲笑和批判的中国人中，中国女人要么被批评得一无是处，要么就是一种备受摧残和压迫的不幸者形象。赛尔在对中国人的面部特征进行细致考察之后评价道："尽管中国女人的面相和外型与男人特别相似，她们的面

---

① ［法］达尼埃尔·亨利·巴柔：《从文化形象到集体想象物》，载孟华主编《比较文学形象学》，北京大学出版社 2001 年版，第 123—124 页。

② ［英］约·罗伯茨编著：《十九世纪西方人眼中的中国》，蒋重跃、刘林海译，时事出版社 1999 年版，第 197 页。

③ ［英］约·罗伯茨编著：《十九世纪西方人眼中的中国》，蒋重跃、刘林海译，时事出版社 1999 年版，第 194 页。

④ ［美］M. G. 马森：《西方的中国及中国人观念（1840—1876）》，杨德山译，中华书局 2006 年版，第 172 页。

部却毫无表情。……她们宽大的脑门、塌塌的鼻子、细长的眼睛被看成是非常丑陋的特征。中国女人的体型比欧洲女人小。”① E. A. 罗斯在谈到中国女性的时候，其视角基本是描写中国女性负面的、压抑的生活，比如中国女性裹脚的生理和心理痛苦、没有受教育的权利，大部分有地位的女性由于缺乏自由、心理压抑而吸食鸦片、赌博，“鸦片收获的季节，往往成了年轻女性自杀的时节”②。E. A. 罗斯将中国女性与美国女性进行对比，以此彰显美国女性的自由、平等生活，进而衬托了中国女性的不幸。根据比较文学形象学的理论，在西方中心论居于主导地位的时代，对中国这个他者形象的贬低、否定甚至歪曲体现了对于社会集体想象物的趋同。在此时代氛围中，近代美国驻中国公使夫人萨拉·康格（Sarah Pike Conger）的《北京信札》（*Letters from China*，1909）以“超越”西方中心论的中国形象描述而引人注目，值得探究。它使我们追问如下有关形象学理论运用的相关问题：两种不对等的异质文明之间，以“超越”自身思维局限而对“他者”具有同情态度的相对客观理解是否可能？原因何在？带着上述问题意识，笔者对萨拉·康格《北京信札》中的晚清妇女形象加以梳理、分析。

## 一 萨拉·康格对晚清妇女的亲善态度

萨拉·康格作为美国公使夫人，能够接触到很多常人接触不到的人与事，比如她曾经多次进宫，晋见慈禧太后、皇帝、皇后、格格、嫔妃等，并与中国上层社会的达官贵人以及夫人小姐来往密切。同时她又以一种独特而细腻的视角将这些经历、印象作为书信记录下来。因此，我们才能够通过阅读这些书信而回到19世纪末20世纪初的那个风雨飘摇的时代，见识到那个时代的中国女性形象，她们的服饰妆容、品质修养等。

康格夫人在与中国上层社会的皇后、格格、夫人小姐们进行礼尚往来的时候，首先对她们的服饰妆容进行了直观而形象的描述。在给妹妹的一封信中，她描写了第一次进宫的情景。“庆福晋穿着华贵的镶有珍珠的绣

① ［美］M. G. 马森：《西方的中国及中国人观念（1840—1876）》，杨德山译，中华书局2006年版，第172页。

② ［美］E. A. 罗斯：《E. A. 罗斯眼中的中国》，晓凯译，重庆出版社2004年版，第145页。

花绸缎衣服，她虽然没化妆，头发却梳得极为精致。其他格格、福晋也穿着刺绣精美、颜色鲜亮的绸缎衣服。她们都化了妆，头发上还点缀着珍珠、流苏和花朵，就连她们的长指甲也用镶有宝石的护指套着。”① 皇后“是一位漂亮的年轻女子，穿着皇家华贵的衣服，戴着价值连城的饰品”②。在给侄女的一封信中，她讲述了在去广州游玩时，去拜访当地的按察使周先生，华南最富有的人之一，并经介绍认识了他的 11 个女儿。“这些姑娘都裹着小脚，她们的衣着颜色非常鲜艳，装饰优雅。这场景美得让人目炫。她们的脸几乎完全被染成白色，然后又很雅致地被染成红色，下唇点了一个深红的红点。”③ 在给女儿劳拉的一封信中，她这样描写接受邀请前来做客的皇室宫眷：“这些女士都是满族人。她们头发乌黑，又密又长，梳理得一丝不苟。头发两边插满了装饰物。她们的脸白里透红，下唇都点了个红点。她们穿金戴银，修长的指甲都戴着金护指。”④ 康格夫人有一次去拜访克勤郡王府，正巧那天是节日，王府内人来人往，她遇见了很多权贵家的女眷。她这样描述她们：“她们个个衣着华丽，衣服上镶嵌着很多奇妙而又雅致的珠宝，额帽也装饰着精致明亮的珠玉。”⑤

由此我们可以发现，晚清时期中国上层社会的女性，不论是皇室宫眷，还是权贵家的夫人小姐，在服饰妆容上是极其相似的。她们的衣服都是质地非常好的绣花绸缎，颜色鲜艳华丽，而且有高雅名贵的珍珠、宝石作为装饰，脸上的化妆很精致，头发上装饰着珠宝或者花朵，指甲很长，戴着护指。这些中国上层社会的女性，她们的服饰妆容无疑是尊贵而优雅的。康格夫人对此也持赞美与欣赏的态度。“她们的衣着质地精良，装饰华丽，色彩缤纷，构成了一幅美丽的图画。我无法完全按照我所看见的样

① ［美］萨拉·康格：《北京信札——特别是关于慈禧太后和中国妇女》，沈春蕾等译，南京出版社 2006 年版，第 38—40 页。

② ［美］萨拉·康格：《北京信札——特别是关于慈禧太后和中国妇女》，沈春蕾等译，南京出版社 2006 年版，第 40 页。

③ ［美］萨拉·康格：《北京信札——特别是关于慈禧太后和中国妇女》，沈春蕾等译，南京出版社 2006 年版，第 171 页。

④ ［美］萨拉·康格：《北京信札——特别是关于慈禧太后和中国妇女》，沈春蕾等译，南京出版社 2006 年版，第 189 页。

⑤ ［美］萨拉·康格：《北京信札——特别是关于慈禧太后和中国妇女》，沈春蕾等译，南京出版社 2006 年版，第 234 页。

子将这幅画呈现给你，但我会一直记住这幅画面的。黑白照片无法充分展现她们的美。另外，我十分喜欢中国女人和男人的服饰。”① “这些女士都十分耐看，你越看就会越发欣赏她们。”② “多漂亮的画面啊！”③

康格夫人对中国上层社会的女性印象并非仅停留于外在的服饰妆容上，由于经常和她们礼尚往来，聊天谈心，因而对她们的品质修养也有较为细致的描述。在拜访老克勤郡王福晋及其府上的女士们时，她这样描写克勤郡王福晋：“她是一位漂亮、聪明、有教养的中国贵族妇女，她是家里的女王。别人总是对她很敬畏，但我们都能看出来她对下人很温和慈善。”④ 此外，康格夫人还认为中国女性殷勤好客，优雅温柔，“溥伦福晋的嗓音悦耳动听，她说话得体，举止优雅，面目清秀，服饰漂亮。……他们夫妻之间的态度和对客人的态度都非常友善得体”⑤。随着与中国女性交往的深入，康格夫人对她们的认识与了解也越来越多。她们不仅聪明友善、优雅得体，还知书达礼、关心时事，读书看报，热心教育，并非整天只对穿衣打扮感兴趣，也并不封闭狭隘。在一次与中国高官的妻女、格格们共进午餐时，她谈道：“这些中国女士并不难以取悦，和通常想象的一样，她们也不大爱谈论穿衣打扮等无聊的事。”⑥ 在给女儿劳拉的一封信里，她写道：“我觉得她们对自己国家的大事和他国的事务都很关心。她们研究各种法令，也读书看报。有时候我就某些话题和事件询问她们的看法时，她们总能发表很多意见。越接近这些人，她们就会让我思考越多。”⑦ 康格夫人在中国最后的两年中，更是见证了中国上层社会的名媛贵

---

① ［美］萨拉·康格：《北京信札——特别是关于慈禧太后和中国妇女》，沈春蕾等译，南京出版社2006年版，第189—191页。

② ［美］萨拉·康格：《北京信札——特别是关于慈禧太后和中国妇女》，沈春蕾等译，南京出版社2006年版，第234页。

③ ［美］萨拉·康格：《北京信札——特别是关于慈禧太后和中国妇女》，沈春蕾等译，南京出版社2006年版，第249页。

④ ［美］萨拉·康格：《北京信札——特别是关于慈禧太后和中国妇女》，沈春蕾等译，南京出版社2006年版，第233页。

⑤ ［美］萨拉·康格：《北京信札——特别是关于慈禧太后和中国妇女》，沈春蕾等译，南京出版社2006年版，第260页。

⑥ ［美］萨拉·康格：《北京信札——特别是关于慈禧太后和中国妇女》，沈春蕾等译，南京出版社2006年版，第243页。

⑦ ［美］萨拉·康格：《北京信札——特别是关于慈禧太后和中国妇女》，沈春蕾等译，南京出版社2006年版，第247页。

妇们所表现出的日益强烈的想了解外面世界的愿望。肃亲王府上的一位格格具有的广博的历史知识和风俗文化方面的知识让她惊讶。另一位格格在嫁到蒙古之后，想去美国学习关于采矿的相关知识，以便充分利用蒙古矿产丰富的优势，还为蒙古的妇女和女孩子们创办了一所学校，把其中的十五人带到北京来作为一次实践教育，她还聘请了一位有文化的日本女教师帮她在国民中推行教育事业。在康格夫人回国之后，从上层社会女性的来信中得知，她们正在开展一项更为广博的教育事业，还在北京发行一份女性日报，很多女性热切地阅读这份报纸，互相传阅交流。“这些女士比以前更渴望在更多方面受到教育。”①

由于身份的原因，康格夫人平时接触的大多是中国上层社会的女性，她对她们的服饰妆容、品质修养都持一种积极、欣赏、赞美的态度，认为她们外表清秀漂亮、声音动听，不仅在穿着打扮上显得尊贵优雅、美丽如画，而且具有极高的品德修养、温柔贤惠、优雅得体，有独特的学识和见解，研究各种法令，关心时事政治，热衷于开展教育事业。在康格夫人外出游玩的时候，也在大街上看到过不少中国社会的下层劳动妇女，她对她们的印象也是正面的，认为她们勤劳能干、干净整齐、性情娴静。在游览福州的时候，她写道：“女人们上街干活，身负重担，而且这是她们分内的活儿。她们不鲁莽，性情娴静。……她们把舢板打扫得和她们自己一样整洁，头发也梳得一丝不乱，戴着花儿和银饰，就连身边的孩子也干干净净，忙着给她们打下手。”② 康格夫人对晚清时期的妇女形象的近乎完全正面的描述，在形象学的视野中显得格外引人关注。因为在康格生活的时代，西方文明正处于绝对的强势地位，西方人眼中的中国是停滞、落后、专制的。他们对中国人的外表、服饰、个性品质基本上持一种否定、批判的态度。有别于当时整个西方大语境中的中国形象特别是中国妇女形象，康格夫人对中国妇女从外貌长相、衣着妆容到佩戴的饰品等都是称赞欣赏的。我们不禁要追问：康格夫人处于西方文明的大语境中，何以能够或者是否真的能够“超越”西方中心主义从而对中国妇女形象有一个相对客观

---

① ［美］萨拉·康格：《北京信札——特别是关于慈禧太后和中国妇女》，沈春蕾等译，南京出版社2006年版，第306页。

② ［美］萨拉·康格：《北京信札——特别是关于慈禧太后和中国妇女》，沈春蕾等译，南京出版社2006年版，第281页。

的评述？

通过对《北京信札》的文本细读，我们可以发现，康格夫人之所以能够对中国形象有一个相对客观的描述，主要在于她对中国及中国人具有一种“亲善”态度。这种态度使她能够怀着一种了解之同情去走近中国人的生活。巴柔认为，注视者对异国的态度主要存在三种类型，分别是“狂热型”（如启蒙时代法国思想家对英国自由、宽容的文化、制度的赞美）、“憎恶型”（如19世纪法国的反德情绪）及“亲善型”①。何为形象学视野中的“亲善型”？巴柔并没有给出具体的例证，只是从理论上说明：“异国现实被看成、被认为是正面的，它纳入了注视者文化，而后者也被视为是正面的，且是对被注视者文化的补充。”② 从前文分析可以看出，康格对于中国妇女形象的正面描述，可以归诸形象学理论中的“亲善型”。

在康格眼中，中国妇女呈现出正面的、积极的形象，诸如漂亮、聪明、优雅、尊贵、知书达礼等，既是对中国妇女形象的写实，同时也蕴含着康格所处的西方文明对此类妇女品质及形象的认同，由此呈现了一种互相了解和承认的“亲善”形象。这种形象与近代中国文人笔下的中国妇女形象又是基本契合的，比如林语堂在《京华烟云》中塑造的姚木兰不仅美丽大方，还善理家事、温顺谦恭，有极好的知识与文化涵养。而辜鸿铭则认为，真实的中国女性是优雅、温柔、无私奉献的，“中国的女性形象中的温文尔雅、殷勤有礼是基督教女性观念所不具备的”③。从康格夫人的字里行间可以看出，她虽然处于西方中心主义的大语境之下，却能相对“超越”同时代人对中国所持有的一种不公正、不客观态度，以一种了解的、同情的、友善的态度，为中国人鸣不平，谴责外国对中国的侵略行为，以及他们对中国人性格、形象的偏见、歪曲。在给女儿的信中，她写道：“我渐渐了解到中国人在1900年庚子之乱期间所遭受的巨大磨难和损失。但是，他们内心深深的痛楚是别人无从得知的。我亲爱的孩子，尽管你也

---

① ［法］达尼埃尔·亨利·巴柔：《形象》，孟华译，载孟华主编《比较文学形象学》，北京大学出版社2001年版，第175—176页。

② ［法］达尼埃尔·亨利·巴柔：《形象》，孟华译，载孟华主编《比较文学形象学》，北京大学出版社2001年版，第176页。

③ 辜鸿铭：《中国人的精神》，载［美］阿瑟·史密斯、［日］桑原隲藏、辜鸿铭《中国人三书》，北方文艺出版社2006年版，第288页。

经历了那场动乱，但如果你能像我一样去那些王府看看，你所有的辛酸就都会消失得无影无踪，之后心中就会生出温柔的怜悯之情。”① 她认为外国人撬开中国的大门，打破了中国自古以来宁静的与世无争的生活，把他们的生活强加给中国，在北京驻兵，强迫中国对外开放，甚至强行瓜分、占有中国的财产，这是一种侵略行为。“可怜的中国！为什么外国人就不能不去打扰她呢？中国已经受了委屈，绝望中的她已经竭尽全力去阻拦外族的侵犯，想要忘记那些已经造成的伤害。我同情中国。”② 针对外国人对中国人性格、形象的偏见，康格夫人指出，西方人在看待中国的时候，只是用他们心中武断设立的标准，而人性在世界的任何地方都是大同小异的，只是由于教育和环境不同而有所差异。“我正处在一个所谓异教徒的国度里。我们受过的教育说异教徒是迷信、残忍和无知的化身。但我发现，这些品质在那些被称为文明的基督教国家里和那些构成这些国家的个人甚至我自己的身上也能或多或少地找到痕迹。”③ 问题在于，在西方中心主义占据强势地位的时代，康格夫人何以能够对中国形象持一种“亲善”态度？笔者以为，主要有以下三个方面的原因。

首先，当政者慈禧太后及上层贵族女性对康格夫人的热情、亲善态度。慈禧太后多次亲密接见康格夫人，邀请其一起游览颐和园，牵手去宫里的戏楼看戏。在给女儿的信里，康格夫人多次提到慈禧与她之间的友谊，认为慈禧体贴、亲切，待人接物十分周到、友好，总是尽力让客人们感到安逸和愉快。事实上，她和慈禧的交往与友谊一直是她引以为傲的一件事。她 60 岁生日时，慈禧派人送来鲜花、蜜桃等贺礼。她从一位女士那儿得知，慈禧从未这样赐福于别人。有一次，她向慈禧建议派一些优秀的少年去国外接受教育，学习新思想。慈禧立即同意并颁发懿旨。尽管公使们要求朝廷不要送礼给前来晋见的外国女士，但是慈禧仍然尽量多地送给她各种贵重的珠宝首饰、玉雕、各种鲜花、水果、糕点、亲笔题画的横

---

① ［美］萨拉·康格：《北京信札——特别是关于慈禧太后和中国妇女》，沈春蕾等译，南京出版社 2006 年版，第 246 页。

② ［美］萨拉·康格：《北京信札——特别是关于慈禧太后和中国妇女》，沈春蕾等译，南京出版社 2006 年版，第 148 页。

③ ［美］萨拉·康格：《北京信札——特别是关于慈禧太后和中国妇女》，沈春蕾等译，南京出版社 2006 年版，第 169 页。

幅和扇子。在她即将回国时，慈禧将一块鸡血石制成的护身玉佩送给她。后来，她从一位嫔妃那儿得知，这块玉佩极其珍贵，是皇帝佩戴过的，有两千多年的历史，慈禧当政后一直随身佩戴着它。知道了这些，康格夫人说："我对太后的感激简直无以言表。"[①] 在给妹妹的信里，她写道："我想起了她（笔者注：慈禧）说话时和悦的嗓音、轻轻交握的双手、热忱的笑容，她对我们的热情和欢迎是其他国家做不到的。"[②] 此外，中国上层社会的贵族女性也与康格夫人交往甚密，对她十分热情，经常登门拜访，或者送上礼物与问候。"朝廷对我们友谊的认可为其他友谊打开了方便之门。……我们的友谊日益深厚，彼此逐渐互相信任，而且我完全有理由相信我们之间的尊重和喜爱是相互的。"[③] 慈禧以及上层贵族女性对康格夫人的这种格外友好、亲善的态度，她们彼此之间的礼尚往来以及日益深入的了解和友谊无疑对康格夫人笔下的中国形象有着巨大的影响。

其次，基督徒的仁爱、宽容精神。康格夫人作为中国形象的注视者和描述者，其主要的文化身份是一个宣扬爱、宽容、平等的基督教徒。根据巴柔的理论，所有的形象都源于一种自我意识，它是对一个与他者相比较的自我，一个与被注视者相比的注视者的意识。因此巴柔强调在进行形象学研究的时候，应该更为注重注视者，了解注视者文化的基础、组成成分、运作机制和社会功能。[④] 康格夫人作为基督徒的文化身份决定了她在面对和关注中国形象的时候，总是自觉不自觉地提醒自己要消除对中国人的一些偏见，表现出一个基督徒的宽容和亲善。义和团袭击东交民巷大使馆一事，使许多外国人更加仇视中国人。虽然康格夫人也谴责义和团狂暴、残忍，但是她在给慕懋德教士的信中写道："我不想使中国人与外国人之间的裂痕变得越来越宽。我很愿意让中国人看到基督教国度更好的一面。既然我们心中有根深蒂固的基督精神，难道我们不能原谅和遗忘吗！

① ［美］萨拉·康格：《北京信札——特别是关于慈禧太后和中国妇女》，沈春蕾等译，南京出版社 2006 年版，第 292 页。

② ［美］萨拉·康格：《北京信札——特别是关于慈禧太后和中国妇女》，沈春蕾等译，南京出版社 2006 年版，第 242 页。

③ ［美］萨拉·康格：《北京信札——特别是关于慈禧太后和中国妇女》，沈春蕾等译，南京出版社 2006 年版，第 305 页。

④ ［法］达尼埃尔·亨利·巴柔：《形象》，孟华译，载孟华主编《比较文学形象学》，北京大学出版社 2001 年版，第 123 页。

我们应该减轻重担，而不是增加负担。的确，过往的日子记录了我们在中国的那段黑暗恐怖的岁月，但紧抱着仇恨的毒刺我们又能得到什么呢？”① 有一位外国女士说她憎恶中国人，询问康格夫人怎么竟然在家里接待中国人，并与他们打成一片。康格夫人回答说她喜欢中国人，“正是这种想法帮我打开了他们紧闭的心扉，让我能涉足其他外国女士从未靠近的地方。希望我的言行真的能按照基督精神的指示，将他们带入慈爱而非仇恨之中”②。可以看出，康格夫人的中国形象，受基督教精神中的宽容、爱等理念的影响很大。

最后，注视者眼中的他者只是一面镜子，是为了烛照注视者本身的优点、缺点。康格夫人在中国生活期间，通过中国这个他者，看到了自诩文明的西方人的许多不文明甚至野蛮的行为，看到了西方人对中国的侵略、偏见、狭隘和傲慢以及仇恨心理，并对此提出质疑和反思。在给侄子的一封信中，她写道：“外国人在这个不属于自己的国度里频繁地巧取豪夺，变本加厉。他们对待中国人就像对待狗和那些毫无尊严的东西一样。毫无疑问中国人会怒吼，甚至有时会伤人。这些来自基督国度的人们难道不能向中国人展示出更多一点的基督精神吗？”③ 有些外国人因为义和团杀死传教士和基督徒、围困使馆等行为，对中国人怀有强烈的复仇心理，坚决反对怜悯中国人，甚至还说要烧光所有的城市和村庄。康格夫人反驳说：“不错，中国人对待外国人极端残酷，但那是因为中国人不希望在自己的土地上受到他人的打扰啊。”④ 由此我们可以看到，康格夫人透过中国这面镜子，照出了自身文明中的许多缺点。她对西方文明中固有的傲慢与偏见的反思体现了她试图超越西方中心主义并以此完善西方人作为文明者的形象的一种努力。

---

① ［美］萨拉·康格：《北京信札——特别是关于慈禧太后和中国妇女》，沈春蕾等译，南京出版社 2006 年版，第 195—196 页。

② ［美］萨拉·康格：《北京信札——特别是关于慈禧太后和中国妇女》，沈春蕾等译，南京出版社 2006 年版，第 241 页。

③ ［美］萨拉·康格：《北京信札——特别是关于慈禧太后和中国妇女》，沈春蕾等译，南京出版社 2006 年版，第 42—43 页。

④ ［美］萨拉·康格：《北京信札——特别是关于慈禧太后和中国妇女》，沈春蕾等译，南京出版社 2006 年版，第 147 页。

## 二　隐性的西方中心主义思想

康格夫人能够怀着一种了解之同情的亲善态度去描述中国人，她作为基督徒的文化身份以及她对西方文明的反思也决定了她在面对和关注中国形象的时候，总是要尽量表现出作为基督徒和文明者的宽容和亲善，这些都使得她笔下的中国形象相对客观。但是，在两种不对等的异质文明之间，在西方文明处于绝对的强势地位之时，她真的能够超越西方中心主义吗？

通过对文本的细读，我们可以发现，尽管康格夫人对中国尽量表现得宽容、友善、同情、理解，谴责某些国家的侵略者，但是她毕竟长期浸润在西方文明的大语境之下，受西方的思维方式以及社会集体想象物的影响，她思想的无意识层面中仍然流淌着隐性的西方中心主义的暗流，甚至认同西方对中国的殖民征服。正如有学者所言：“作为一名迫使有着几千年历史的泱泱大国臣服的侵略国家的驻华公使夫人，对于八国列强入侵中国的事实和他们的瓜分图谋，她常常在字里行间闪烁其辞、欲盖弥彰，这就透露出作者本人在文化、教育上的优越感和自我推崇心理。”①当时西方文明正处于绝对的强势地位，康格夫人不能不受其影响。事实上，在面对中国的时候，她常常扮演着“入侵者”的角色。她站在一个入侵者的立场上，认为中国打开大门，与旧的习俗告别是一件好事，并在某种程度上肯定甚至赞扬了外国军队对中国的侵略行为与殖民活动。“《议和大纲》、《辛丑条约》以及皇室安全回归——他们的皇宫受到外国军队的保护，并被交还到清政府手里——这一切都表明这些国家做的比预期的要好。”②而1900年的庚子之乱则是“外国人为在这个国家创造世界和平而进行的一系列尝试的结果”③。在给女儿的一封信里谈及《中美贸易条约》时，她只站在一个美国人的立场上来看这个条约对美国的传教士、对外贸易所带来

① 沈春蕾：《译者序》，载［美］萨拉·康格《北京信札——特别是关于慈禧太后和中国妇女》，沈春蕾等译，南京出版社2006年版，第3—4页。

② ［美］萨拉·康格：《北京信札——特别是关于慈禧太后和中国妇女》，沈春蕾等译，南京出版社2006年版，第186页。

③ ［美］萨拉·康格：《北京信札——特别是关于慈禧太后和中国妇女》，沈春蕾等译，南京出版社2006年版，第304页。

的好处，甚至认为这是为了促进中美两国更好地互相理解、友好合作，却没意识到这对中国来说是一个被迫签订的屈辱性的条约。

康格夫人的基督教文化背景，使她能够相对客观、真实地呈现中国形象，同时又恰恰因为这样的文化背景，使其笔下的中国形象呈现出落后的底色。事实上，她出于自身基督教文明的优越感而常常扮演着“拯救者”的角色。在给妹妹的一封信里，她写道：“我发现了中国人具有不可超越的重要品质，在这些品质之上可以构建一种基督般的仁爱生活。……这个古老大国的人民并不羸弱，真正的基督国家应该帮她一把。”① 她在给侄子的一封信里所讲的一个关于铁块的寓言故事最能够体现其隐性的西方中心主义思想。她认为要探索和了解中国，赢得人心，需要用感化力，而非强硬的入侵。锤子、斧子、锯子都想弄开铁块，它们用强力去攻击，结果都失败了。而火焰用小小的火苗温柔地拥抱铁块，慢慢地施加影响，最后，铁块终于屈服了，熔化了，火焰取得了胜利。这个故事无疑表明了康格夫人和其他西方人一样想探索中国、征服中国，将中国作为其殖民地，只不过手段不同，主张用一种温和的潜移默化的同化政策。

综上所述，异质文明之间的形象很难完全摆脱注视者自身文化逻辑及思维方式的潜移默化的影响。即使像康格夫人这样对当时的西方中心论有所警觉并试图超越的注视者，事实上最终也未能彻底摆脱西方中心论的影响，只不过比较隐蔽而已。这是在实力悬殊的不同文明之间很难克服的一个文化魔咒。由此我们可以看到，当康格夫人怀着复杂的情感来描述中国妇女形象时，形象学理论的运用呈现出一种多元的、复数的特质。这决定了我们在运用形象学理论来分析某一具体的文本时，既不能仅仅关注被注视的形象与其实际状态的关系，同时也不能过于关注注视者从而使得被注视者处于一种严重的失语境地，而应该给予两者各自应有的地位和声音，尤其要关注两者之间的互动关系。

异质文明之间的形象问题已经成为热点，形象学理论备受关注。然而，如何运用形象学理论来进行具体的文本分析却存在诸多问题，最典型者就是僵化、模式化地运用形象学理论来套文本，从而切割了文本鲜活而

---

① ［美］萨拉·康格：《北京信札——特别是关于慈禧太后和中国妇女》，沈春蕾等译，南京出版社 2006 年版，第 299 页。

复杂的生命内涵。一提到形象学，研究者往往就去分析和探讨所谓的他者视野下的注视者，把注视者作为一个重点，而被注视者则成为一个模糊的背景，基本被忽略。这种研究范式充分体现到了形象创造者的主体地位，不足之处在于很少注意到被注视者对注视者所描写的内容和边界的制约作用，缺乏对被注视者这一异国形象产生的原型和客观基础的关注，缺乏注视者与被注视者的互动，尤其未能很好地考虑到注视者与被注视者之间的契合关系。大致说来，形象学理论在逻辑上内在地蕴含着两个层次：其一，被注视者与其真实存在之间的关系一度成为形象学的首要问题，即一个形象是否与现实相一致，一个形象对被注视者反映的忠实程度问题。基亚认为形象总是某种事物的形象，并且要与其忠实再现的现实保持某种关系。这一层次倾向于历史性的实证研究，强调形象的现实性，但是容易落入将异国形象作为现实复制品的窠臼。其二，一改第一层次对被注视者的关注，转而将重点集中于注视者本身的研究和探讨。在此层次中又包含两种倾向：一种倾向是受萨义德后殖民主义方法论的影响，以文明差异性来否定异域形象的客观性，集中体现为西方中心论视角下的异域形象与事实严重不相吻合的偏见。另一种倾向就是巴柔所指出的“他者”对于注视者的价值与意义，认为对形象学的研究应该更多地关注注视者文化，注视者之所以关注被注视者，是为了将被注视者作为“他者”、作为一面镜子来映照自身文化的优点与缺点，归根结底在于注视者自身的文化而非被注视者的事实真相如何。[①] 莫哈也多次强调，“研究一个形象时，真正的关键在于揭示其内在‘逻辑’、‘真实情况’，而非核实它是否与现实相符”[②]。事实上，已经有学者注意到，巴柔、莫哈等当代形象学研究者过于强调注视者而忽视了对被注视者应有的关注这一问题。孟华认为，对传统过度关注被注视者的纠偏固然重要，但若将其作为理论原则来倡导，则会给研究带来新的弊端。由此，孟华进而强调注视者与被注视者之间的真正互动，注重形象学研究的总体性及多样性。[③] 问题在于，在具体个案分析及文本研

① ［法］达尼埃尔·亨利·巴柔：《形象》，孟华译，载孟华主编《比较文学形象学》，北京大学出版社 2001 年版，第 121—124 页。

② ［法］让·马克·莫哈：《试论文学形象学的研究史及方法论》，孟华译，载孟华主编《比较文学形象学》，北京大学出版社 2001 年版，第 17 页。

③ 孟华：《形象学研究要注重总体性与综合性》，《中国比较文学》2000 年第 4 期。

究中，形象学理论的上述层次能够完全涵盖具体文本蕴含的所有可能吗？如何才能充分观照内涵丰富的形象学理论运用的复杂性从而有效避免模式化的生搬硬套呢？这是需要我们认真反思的一个重要问题。

通过对《北京信札》的文本分析，我们可以看到，其实很难简单运用形象学上述层次的任何一种内涵来简单套用。从第一个层次来说，康格夫人的中国妇女形象明显受到中国妇女尤其是上层妇女现实的规范和制约，慈禧及其他贵族妇女在康格夫人面前表现出的高贵、优雅、大方等良好品质，以及热情、友好的态度，可以说与康格夫人对中国妇女产生亲善的情感密不可分。就第二个层次而论，康格夫人在与中国人的交往中，有了解之同情，有作为基督徒的宽容和友善，也有文明者自身道德要求的对中国的尊重，似乎能够超越同时代的西方中心主义偏见。尽管如此，她仍不可避免地受其影响，许多时候仍然不自觉地站在殖民入侵者和拯救者的立场来看待中国，从而呈现了一种隐蔽的西方中心主义思想。

# 第二章 种族之伤：黑人奴隶与纳粹屠犹

奴隶贸易在15—16世纪缓慢起步之后，在17世纪发展迅速。葡萄牙、英国、荷兰、法国和西班牙等国家都曾参与到奴隶贸易中。在18世纪，奴隶贸易数占据了整个人类历史上奴隶贸易数的一半以上，此时的奴隶贸易达到了顶峰。在这一时期，60%的奴隶来自西非，40%的奴隶来自非洲中部和非洲东南部。在19世纪，开始了与奴隶制的斗争，尽管如此，19世纪仍然有超过300万的奴隶被贩运出非洲。[①] 在《汤姆叔叔的小屋》中，哈丽特·伊丽莎白·斯托对美国奴隶制下的黑人所承受的种族创伤进行了文学建构，生动地再现了历史真实。

二战期间，德国纳粹及其帮凶对犹太人、吉普赛人、同性恋者、精神病患者、反纳粹主义者、波兰知识分子、反社会分子与抵抗人士等进行杀害与迫害。在这次屠杀过程中，犹太人是唯一被挑选出来由纳粹进行有计划的灭绝的人群。这一种族灭绝计划被称为“最后解决”，目的是消灭欧洲所有的犹太人。在此过程中，约600万名犹太人遭到杀害。无疑，德国纳粹对犹太人的种族灭绝是一种超越普通人的理解力的罪恶，是人类文明的倒退。正如英国当代著名的社会学家、哲学家齐格蒙·鲍曼（Zygmunt Bauman）所说的：“大屠杀在现代理性社会、在人类文明的高度发展阶段和人类文化成就的最高峰中酝酿和执行，从这个意义上来说，大屠杀是这一社会、文明和文化的一个问题。”[②] 无论以何种方式对种族屠杀事件进行

---

① ［荷兰］H. L. 韦瑟林：《欧洲殖民帝国：1815—1919》，夏岩等译，中国社会科学出版社2012年版，第87页。

② ［英］齐格蒙·鲍曼：《现代性与大屠杀》，杨渝东、史建华译，译林出版社2011年版，第5页。

话语建构，都是一种创伤叙事。阿特·斯皮格曼的《鼠族》将图像与文本相结合，向我们描绘了纳粹对犹太人的种族屠杀行为及其后果，使我们了解到犹太人所经历的巨大浩劫与历史的真实细节，建构起一个令人震撼的创伤世界。尽管纳粹对犹太人的种族大屠杀已经成为过去，但是大屠杀的创伤记忆却不会消失。人们通过历史文献、小说、电影等方式来记忆这一历史。正如卡瑞林·格尔茨（Karein Goertz）所指出的，大屠杀的记忆并没有随着一代人的消逝而消逝，这些记忆经常以一种无意识的方式由幸存者传递给他们的后代。[①]

事实上，深受纳粹大屠杀的创伤记忆困扰的不仅是大屠杀幸存者的后代，还有战后德国的年青一代，他们对于父辈在大屠杀中的行为充满复杂的矛盾情感，以及一种挥之不去的罪感的传递。德国作家本哈德·施林克的《朗读者》则体现了对于二战时期种族屠杀所涉及的德国个体罪责与集体罪责问题的反思与探究。此外，纳粹的种族大屠杀作为极端的灾难性与创伤性事件，反映了人性之恶，由此也带来是否能够宽恕如此极端之恶的问题。在此，南非的德斯蒙德·图图、默福·图图与法国哲学家雅克·德里达的相关思想可以为我们思考上述问题提供某种理论资源。

## 第一节　《汤姆叔叔的小屋》中的黑人奴隶之伤

《汤姆叔叔的小屋》是美国作家哈丽特·伊丽莎白·斯托（Harriet Beecher Stowe）的代表作，1852 年首次以单行本出版，并获得巨大的成功。该书深刻地抨击了美国的奴隶制，曾影响了美国的历史。斯托夫人被林肯总统称为“写了一本引起一场伟大战争的书的小妇人”[②]。国内学界从不同的视角对《汤姆叔叔的小屋》进行了研究，例如：程巍研究了斯托夫人《汤姆叔叔的小屋》与美国的南北方问题，认为这本书使南北战争成为解放黑奴的圣战，但在北方胜利后，小说就失去了其原本的价值。[③] 郑丽

---

① Karein Goertz, “Transgenerational Representations of the Holocaust: From Memory to ‘Post-Memory’”, *World Literature Today*, 1998 (1).

② 转引自林玉鹏《译者序》，载［美］斯托夫人《汤姆叔叔的小屋》，林玉鹏译，译林出版社 2013 年版，第 1 页。

③ 程巍：《〈汤姆叔叔的小屋〉与南北方问题》，《外国文学》2004 年第 1 期。

从后殖民主义批评的视角对《汤姆叔叔的小屋》进行分析，认为这本书表现了斯托夫人对黑人奴隶的同情和对奴隶制的愤慨，但她无意识中对黑人形象的他者化显示了潜在的白人优越感和殖民意识。[①] 肖淑芬运用互文理论，将《汤姆叔叔的小屋》与托妮·莫里森（Toni Morrison）的《宠儿》进行比较研究，认为这两部作品存在明显的互文关系，主要表现在故事的起步、核心、关键、线索四个层面上。[②] 崔娃从伦理学批评的角度对《汤姆叔叔的小屋》中体现的家庭伦理进行解读，认为作品表现夫妻伦理、亲子伦理、兄弟伦理、主仆伦理四种伦理关系和伦理秩序。[③] 上述研究丰富了我们对《汤姆叔叔的小屋》的认识和理解。然而，稍感遗憾的是，很少有评论者从创伤理论的视角对这一作品所蕴含的种族创伤进行阐释。因此，有必要对这一作品进行重读，探究斯托夫人的《汤姆叔叔的小屋》如何对种族创伤进行历史叙事。

安妮·怀特海德在《创伤小说》一书中指出："'创伤小说'一词描述了一种自相矛盾或冲突的事物：如果创伤包含着一种令人不知所措并抗拒语言或表达的事件或经验的话，那么它怎么能够在小说中被叙述？"[④] 也就是说，创伤性的事件或者经验如何通过文学的方式进行表达，就《汤姆叔叔的小屋》来说，斯托夫人如何对种族创伤进行话语建构，同时，这种创伤性的叙事与历史真实性之间是何种关系？

在种族创伤理论中，弗朗兹·法农的《黑皮肤，白面具》是具有代表性的著作。在《黑皮肤，白面具》一书中，法农指出，白人确立了一种与黑人的对立关系，在这一二元对立中，白人具有从身体到精神的优越感，而黑人则感觉到自卑。因而，当一个黑人与另一个黑人在一起时，其表现将不同于他与一个白人在一起，原因就在于欧洲白人在印证自身文明的同时也在宣告非洲黑人的落后与野蛮。为了控制这种自卑感，黑人会通过穿欧洲人的服装、模仿欧洲人的外表、用欧洲人的语言或表达方法等来达到

---

① 郑丽：《从对黑人无意识的他者化看斯托夫人潜在的殖民意识——〈汤姆叔叔的小屋〉的后殖民主义解读》，《外国语言文学》2009 年第 1 期。

② 肖淑芬：《〈宠儿〉与〈汤姆大伯的小屋〉的互文性及其启示》，《武汉大学学报》2011 年第 2 期。

③ 崔娃：《〈汤姆叔叔的小屋〉的家庭伦理解读》，《社会科学战线》2012 年第 3 期。

④ ［英］安妮·怀特海德：《创伤小说》，李敏译，河南大学出版社 2011 年版，第 3 页。

一种与欧洲人及其生活方式相近似的平等感觉。“一切被殖民的民族——即一切由于地方文化的独创性进入坟墓而内部产生自卑感的民族——都面对开化民族的语言，即面对宗主国的文化。被殖民者尤其因为把宗主国的文化价值变为自己的而更要逃离他的穷乡僻壤了。他越是抛弃自己的黑肤色、自己的穷乡僻壤，便越是白人。”[①] 法农认为，语言与身份认同有着密切关系，起到文化工具的作用，讲述一种语言就意味着自觉地接受一个世界和一种文化，对于那些想当白人的黑人来说，只有接受并学习白种人的语言才能表现得更像白人，并以成为白人的复制品而骄傲。

在《汤姆叔叔的小屋》中，斯托夫人刻画了一些滑稽可笑的黑人奴隶形象。他们想通过模仿白人的言谈举止来接近白人世界。比如圣克莱尔的黑人奴仆阿道尔夫，长期以来费尽心思地模仿主人圣克莱尔的风度和才艺，偷穿偷用圣克莱尔的衣服、麻纱手帕，大量地使用香水，想以此改变自己的卑下地位，“最后弄得他误认为自己真的成了老爷”[②]。阿道尔夫除了擅自使用圣克莱尔的东西，还经常使用他的姓氏和地址，“他在新奥尔良黑人圈内活动时，使用的称谓就是‘圣克莱尔先生’”[③]。斯托夫人还描述了具有四分之一黑人血统的女仆为了舞会而不停地摆弄着一对闪闪发亮的珊瑚耳坠，目的是吸引注意力，获得认同。对此，另一个女仆黛娜讽刺地说：“我才不稀罕你们这些浅皮肤的舞会呢，招摇作态，假装自己是白人。其实你们跟我一样都是黑鬼。”[④] 在此，斯托夫人多次强调她的四分之一的黑人血统，也就是说，她有别于纯黑人血统的女仆。而混血儿之所以如此爱好虚伪、炫耀自己，原因就在于她们在肤色上与白人是接近的，而且有可能从奴隶的行列上升到主人的行列。此外，在《汤姆叔叔的小屋》中，许多黑人奴隶自愿地接受基督教。第一代混血青年乔治曾愤怒地指责基督教国家的法律庇护白人对黑人的妻子进行拍卖，将黑人的儿女送到奴隶贩子手中，残暴地鞭打年迈的黑人老母亲。但是，他在听了《圣经·旧约》中的《诗篇》后，所有的愤怒、疲惫、焦虑、抗争都化成了温和与顺从。基督教作为西方文明的精神支柱，对西方人的生活态度、思维方式等

---

① ［法］弗朗兹·法农：《黑皮肤，白面具》，万冰译，译林出版社 2005 年版，第 9 页。
② ［美］斯托夫人：《汤姆叔叔的小屋》，林玉鹏译，译林出版社 2013 年版，第 171 页。
③ ［美］斯托夫人：《汤姆叔叔的小屋》，林玉鹏译，译林出版社 2013 年版，第 210 页。
④ ［美］斯托夫人：《汤姆叔叔的小屋》，林玉鹏译，译林出版社 2013 年版，第 211 页。

产生着重要的作用和影响。黑人奴隶对基督教的接受，其实是对西方文化的接受，并以此区别于那些没有接受基督教信仰的黑人，显示出自身对于西方文化的靠拢，更接近于文明、高尚、有修养之人。“因为黑人属于一个‘低等’的种族，他试图与高等种族相似。”①

黑人之所以要学习白人的语言，模仿他们的穿着打扮、言谈举止，接受他们的宗教信仰，认同他们的文化，是因为对自身与自身文化的自卑。问题在于，是什么造成了这种自卑感？法农指出，黑人土著的自卑感与欧洲人的优越感有关，正是种族主义者制造出了这种自卑感。白人对黑人的歧视，使得黑人成为白人世界的寄生物，失去自身存在的价值与独创性，因而黑人必须尽可能地遵守白人世界的规则与秩序，并为自己不是个白人而痛苦。“于是我十分简单地变成白人，就是说我迫使白人承认我的人性。”② 也就是说，如果一个黑人想完全变成白人，那是由于他生活的社会环境造成的，正是自以为是优等人种的白人社会造就了所谓劣等人种的黑人的自卑情结。“在当了白人的奴隶之后，他自我奴隶制化。黑人从一切词义上来说，是白人文明的牺牲品。”③ 在西方的话语体系中，白人是文明的、高贵的、美好的、善意的、公平的、正直的。在白人看来，黑人面貌丑陋、性格低劣、野蛮愚昧、强壮、残暴，是牲口，是邪恶的坏人。黑人之所以代表邪恶，是因为他的肤色黑。与之相对应，白色则象征着公正、美德、贞洁。白与黑这两种颜色，分别对应着好与坏、善与恶、美与丑等二元对立的形象。“刽子手是黑肤色人，撒旦的皮肤是黑色的，人们谈到愚昧黑暗，如果人脏了那他就是黑色的，——这一点适用于身体肮脏或精神肮脏。如果有人费神把大量使黑人变成罪孽的表达法集中起来，人们会大吃一惊的。在欧洲，黑人或具体地或象征性地代表性格不好的一面。”④ 正因为如此，白人敌视、贬低黑人。

在《汤姆叔叔的小屋》中，黑利作为一个黑奴贩子，十分冷酷无情，他认为黑人不像白人那样有教养，因而可以将黑人母亲的孩子卖掉，将黑人夫妻分离。圣克莱尔的妻子玛丽认为，黑人是不可规劝与教化的，是低

---

① ［法］弗朗兹·法农：《黑皮肤，白面具》，万冰译，译林出版社 2005 年版，第 170 页。
② ［法］弗朗兹·法农：《黑皮肤，白面具》，万冰译，译林出版社 2005 年版，第 74 页。
③ ［法］弗朗兹·法农：《黑皮肤，白面具》，万冰译，译林出版社 2005 年版，第 150 页。
④ ［法］弗朗兹·法农：《黑皮肤，白面具》，万冰译，译林出版社 2005 年版，第 147 页。

等人种，跟猪差不多，而且永远如此，无法改变与教育。圣克莱尔曾指出奴隶制的弊端，在白人看来，黑人无知而软弱，白人则聪明又强壮；所有的脏活、累活都由黑人去做；白人不喜欢晒太阳，黑人就要待在太阳底下，黑人挣钱，白人花钱；黑人要躺在泥水坑里，免得白人走路时把鞋弄湿了。总之，黑人完全没有自由意志，要按照白人的意志去做事，而当黑人被白人剥削、压榨完，有没有机会进天堂，也要看白人是否愿意。“我遇到的每一个残暴、可憎、卑鄙、粗俗的家伙，只要能骗到、偷到或赌博赢到钱，买到多少男人、女人和儿童，法律就允许他们成为统治这些人的暴君。”① 奴隶主雷格里非常残忍、冷酷，他强迫黑奴进行超负荷的繁重劳动，还经常折磨黑奴，把黑奴当成动物、野兽，为了防止黑奴逃跑，他养了几条受过专门训练的恶狗，并将汤姆打得遍体鳞伤终至死去。正是因为白人社会如此认识和界定黑人，黑人才被当成货物拍卖，被当成牲口使用，白人奴役黑人、鞭打黑人。

法农指出，白人之所以要确立白与黑之间的二元对立关系，目的在于通过对黑人这个他者的描述，来彰显自身的优越。正是黑人的黑映照出白人的白，正是黑人的软弱映照出白人的勇敢，正是黑人的坏与丑映照出白人的好与美。“问题总是在于主体而毫不顾及客体。我试图在另一人的眼中看出欣赏，而如果不幸地，另一人给我投来不愉快的形象，我就贬低这面镜子：这另一人肯定是个笨蛋。我不力图赤裸裸地面对客体。作为个人和自由的客体是被否认的。客体是个工具。他应该能使我实现我主观的安全。我冒充自己完整无缺（想要完满）且不承认任何分裂。另一人进入舞台来布置舞台。主角则是我。”② 巴柔曾指出，注视者在描述和界定他者的时候，经常会表现出对于他者的否定，重要的不是他者的形象本身，而是通过他者的形象来反衬和映照出自我的形象，在自我与他者的二元对立关系中，自我是主体，他者只是一个用来言说和映照自己优越性的工具，作为主体的自我通过对作为客体的他者的否定而肯定了自己。“他者形象不可避免地要表现出对他者的否定，对自身、对我自己所处空间的补充和外延。我想言说他者（最常见的是由于专断和复杂的原因），但在言说他者

① ［美］斯托夫人：《汤姆叔叔的小屋》，林玉鹏译，译林出版社 2013 年版，第 219 页。
② ［法］弗朗兹·法农：《黑皮肤，白面具》，万冰译，译林出版社 2005 年版，第 166 页。

时，我却否认了他，而言说了自我。”[①] 在《汤姆叔叔的小屋》中，伊娃与托普西这两个孩子分别代表着社会的两极，白人是高贵的、文明的、支配他人的种族，黑人则是缺乏教养的、野蛮的、受压迫的种族。斯托夫人描写了托普西的伶俐、顽皮，但是她粗野、说谎、偷东西，挨打挨惯了，不打就不干活，而且总是炫耀自己的恶劣行为，自认为是个坏人。

托普西之所以总在强调自己的肤色，自暴自弃，原因就在于内心根深蒂固的自卑感，她经常被白人主人打骂，从来就没有父母的疼爱，生活在一种痛苦的生活处境中，而她又无力改变这种处境，因为她知道，在白人的社会里，黑人怎么努力都不会得到白人的认可，黑人是没有任何话语权的。要改变这种处境，唯一的办法就是变白，成为一个白人。当伊娃劝说托普西努力学好的时候，托普西说：“再好也没用，我只不过是个黑鬼。要是我的皮能剥掉，变成白人，那我就会争取。”[②] 朱迪斯·赫尔曼指出，儿童受到虐待时，往往很自然地认为所有这些打骂、虐待行为都是由于其与生俱来的坏胚子引起的，早期儿童的思考模式与自我责备是一致的，为了能合理地解释发生在他们身上的事情，他们会在自己的身上和行为中挑出错误。“当她无法逃避被虐的现实时，就必须建立某种系统以诠释虐行的意义。”[③] 对托普西来说，她只能将她经常被打骂的原因解释为她是个黑人小孩，天生就是坏的，这就是她的命运。“如同受虐的成人，受虐儿童通常满怀愤怒，有时甚至是有攻击性的。他们大多缺乏解决冲突的言语和社会性技巧；而且面临问题时，他们预期自己会遭到恶意的攻击。受虐儿童在调整愤怒情绪方面有可预见的困难，进一步加深她天生坏胚子的信念。每一次遭遇有敌意的冲突时，都让她再一次相信自己的确是个可恶的人。”[④] 当圣克莱尔问托普西为什么这么淘气时，她回答说大概是因为她的心不好，“她打我打得狠多了，常揪我的头发，把我的头往门上撞，可是

① ［法］达尼埃尔·亨利·巴柔：《从文化形象到集体想象物》，孟华译，载孟华主编《比较文学形象学》，北京大学出版社 2001 年版，第 123—124 页。

② ［美］斯托夫人：《汤姆叔叔的小屋》，林玉鹏译，译林出版社 2013 年版，第 278 页。

③ ［美］朱迪斯·赫尔曼：《创伤与复原》，施宏达、陈文琪译，机械工业出版社 2015 年版，第 97 页。

④ ［美］朱迪斯·赫尔曼：《创伤与复原》，施宏达、陈文琪译，机械工业出版社 2015 年版，第 98 页。

对我一点用处也没有！我想，就是他们把我的头发一绺一绺都揪光了也没用——我太坏了！天哪！我不过是个黑鬼，没有用的！”① 当圣克莱尔的女儿伊娃问托普西为什么变得这么坏，为什么不能因为爱而尽量变好时，托普西说她不知道什么是爱。她不能像一个正常的女孩一样过正常的生活，她甚至不知道一个孩子对于父母的爱是什么样的，因为她从来就没有父母、兄弟、姐妹等任何亲人。这一切都由于她是一个黑人。当伊娃说如果托普西变好了，经常打骂她的奥菲丽亚小姐就会爱她时，托普西表示怀疑。“不。她讨厌我，因为我是个黑鬼！她宁肯让癞蛤蟆碰她，也不让我碰！绝不会有人爱黑鬼的。黑鬼什么办法也没有。我可不在乎！”②

与托普西形成鲜明对比的是圣克莱尔的女儿伊娃。在斯托夫人的笔下，托普西和伊娃不论是外表还是心灵性格都形成了截然相反的对比。托普西是黑人里最黑的孩子，脸上的表情是精明和狡黠的混合，穿着又脏又破的衣服，偷丝带、手套，把房间弄得乱七八糟，把床单、床罩挥舞得满屋都是，内心充满了自卑；而伊娃的容貌是超凡脱俗的，眉清目秀，天真清纯，金黄色的头发，蓝色的眼睛，像一个可爱的小天使，是真善美的化身，她能够以平等和怜悯之心去对待黑奴，温和而高尚。“两个孩子站在那儿，分别代表着社会的两极。一个孩子出身高贵，白皮肤，金头发，眼睛深陷，额头典雅，富有灵气，举止十分优雅；她身边的这一个则是黑皮肤，狡黠、形容猥琐，然而却很机敏。她们代表各自的种族。一个是撒克逊种族，世世代代生活在文明、支配他人、享受教育和优越的物质、精神生活的环境里；另一个是非洲种族，世世代代生活在受压迫、卑顺、愚昧、劳苦和罪恶的环境之中！”③ 斯托夫人以托普西和伊娃这两个孩子为代表，描述了黑人与白人的巨大差异，而造成黑人的自卑、自弃的一个重要原因却是白人，是白人的种族主义造成的。

从上述分析可以看出，白人的种族歧视、奴隶贸易给黑人造成了严重的创伤。法农通过搜集黑人的古代历史资料指出，15 世纪就存在黑人文明，证明黑人不是原始人，更不是牲口，而是一个有着历史与文明的与白

① ［美］斯托夫人：《汤姆叔叔的小屋》，林玉鹏译，译林出版社 2013 年版，第 277 页。
② ［美］斯托夫人：《汤姆叔叔的小屋》，林玉鹏译，译林出版社 2013 年版，第 278 页。
③ ［美］斯托夫人：《汤姆叔叔的小屋》，林玉鹏译，译林出版社 2013 年版，第 241 页。

人一样平等的种族。法农进而提出："我想要是个人，仅仅想要是个人。"①钦努阿·阿契贝也指出，欧洲应该去除欧洲中心主义、种族主义思想，去除对非洲黑人的偏见、歧视与歪曲，不再将其当作原始之地，而要将黑人作为"人"来看待。②

斯托夫人在《汤姆叔叔的小屋》中，对黑人奴隶所承受的种族创伤进行了历史再现。1850 年，美国颁布了《逃奴法案》，允许奴隶主到自由州去追回他们的逃奴。正是在这一历史背景下，斯托夫人以文学的方式生动地阐释了历史，形成了文学与历史的互动与对话。她曾指出，这部小说中的具体细节大部分确有其事，许多人物形象都来源于现实生活，"书中介绍的人物的原型几乎都是作者和她的亲友见过的，这些人物说的话有许多就是作者亲耳听见或别人告诉她的一字不差的原话"③。从这个意义来说，《汤姆叔叔的小屋》中所描写的种族创伤是对当时历史现状的真实再现。

## 第二节　《鼠族》中犹太人的创伤叙事

《鼠族》是美国著名先锋派漫画家阿特·斯皮格曼（Art Spiegelman）的作品，是唯一一部获普利策奖的漫画小说。《鼠族》共有两部，第一部为"幸存者的故事：我父亲的泣血史"，讲述了二战时期阿特的父亲和母亲经历了血腥的杀戮与死亡的阴影，如何从希特勒统治下的欧洲幸存下来的故事；第二部为"幸存者的故事：我自己的受难史"，讲述的是阿特的父亲作为纳粹屠犹的幸存者所承受的永远无法消除的心理创伤，以及这种创伤记忆对其生活尤其是父子关系的影响。不同于对纳粹屠犹事件进行如实描述的历史著作，也不同于以诗性的方式对纳粹屠犹进行情节编织的文学作品，斯皮格曼的《鼠族》是绘本小说，将图像与文本相结合而建构起一个令人震撼的创伤世界。这种创伤不仅属于幸存者，也属于其后代，甚至所有的人，纳粹屠犹的创伤不会终止。

---

① ［法］弗朗兹·法农：《黑皮肤，白面具》，万冰译，译林出版社 2005 年版，第 85—86 页。

② ［尼日利亚］钦努阿·阿契贝：《非洲形象之一种：康拉德的〈黑暗的心〉中的种族主义》，载［英］约瑟夫·康拉德《黑暗的心·吉姆爷》，黄雨石、熊蕾译，人民文学出版社 2011 年版，第 461 页。

③ ［美］斯托夫人：《汤姆叔叔的小屋》，林玉鹏译，译林出版社 2013 年版，第 440 页。

## 一 《鼠族》中的创伤叙事

尽管人类历史上出现过许多次的灾难性屠杀事件，比如殖民战争、种族战争，但是二战期间德国纳粹对犹太人的种族屠杀却是前所未有的令人恐惧。这种屠杀是有意识、有目的、官方体制化的事件，并且带有现代工业化组织的特征，目的在于使犹太人群体彻底地完全地被消灭。显然，这样一个令人震惊的对于犹太人的“最后解决”方案，无论如何都不应该被21世纪的文明人忘记。那么，随着这次种族屠杀事件中幸存者的死去以及亲历者记忆的不断淡忘，我们如何才能知晓真相、铭记过去？或者说，我们如何才能言说、再现这样一个不可言说、不可再现的事件？

对于纳粹屠犹这一历史事件的话语建构，从叙事方式上来看，主要有两种，一种是字面意义的史实性叙事，另一种是比喻意义的诗性叙事。前者只能以一种方式（历史的字面意义的方式）进行情节建构，而后者则可以采用多种诗性的再现方式（小说、诗歌、戏剧、电影等）进行多种情节建构。① 有学者认为，上述两种历史的与诗性的再现方式，形成了对大屠杀的意义的完全不同的观察视角，分别是现实主义与反现实主义的，并试图整合这两种再现方式。② 从叙事主体上来看，纳粹屠犹的话语建构主要有三种类型：一是纳粹屠犹事件的亲身经历者的叙事；二是虽没有亲身经历纳粹屠犹，但经历二战的老辈历史学家的叙事；三是二战后成长起来的年青一代的叙事。不同的叙事方式与叙事主体，决定了对同一个纳粹屠犹事件的不同叙事视角与内容，构成了历史真实的不同层面。无疑，无论以何种方式对纳粹屠犹事件进行话语建构，都属于创伤叙事。纳粹屠犹事件的再现方式之所以存在争议，一个很重要的原因就是这一事件超越了人的

---

① 可参见罗伯特·布朗（Robert Braun）、汉斯·凯尔纳（Hans Kellner）、海登·怀特（Hayden White）等人的观点和论述。Robert Braun, “The Holocaust and Problems of Historical Representation”, *History and Theory*, Vol. 33, No. 2 (May, 1994), pp. 172 – 197. Hans Kellner, “‘Never Again’ is Now”, *History and Theory*, Vol. 33, No. 2 (May, 1994), pp. 127 – 144. Hayden White, “Historical Emplotment and Problem of Truth”, in *Probing the limits of Representation: Nazism and the “Final Solution”*, ed., Saul Friedlander, Cambridge, Massachusetts and London: Harvard University Press, 1992, pp. 37 – 53.

② Carolyn J. Dean, “History and Holocaust Representation”, *History and Theory*, Vol. 41, No. 2 (May, 2002), pp. 239 – 249.

理性与道德底线，给人们带来的心理创伤是巨大而不可想象的。正如有学者所指出的："对创伤者来说，创伤性事件在发生之时超出了他们的理解范围，尤其是像奥斯威辛这样的极端事件，更是超出普通人的想象，它所带来的情感惊吓是无法用语言来形容的……"[①] 因而，对再现纳粹屠犹的作品中的创伤性叙事的研读，能够使读者更形象地了解纳粹屠犹事件受害者的内心世界，尤其是幸存者难以愈合的心理创伤，从而更为深刻更为彻底地谴责纳粹屠犹事件的罪恶。

阿特·斯皮格曼《鼠族》的独特性在于斯皮格曼以通俗的卡通形式向我们描绘了纳粹对犹太人的屠杀行为及其后果，将犹太人描绘成老鼠，将德国人描绘成猫，将波兰人描绘成猪。许多学者认为，纳粹屠犹事件是人类历史上的一次重大灾难和悲剧，不论采用何种方式对其进行话语建构都不足以表达出这一事件给受害者带来的创伤。正是在这个意义上，阿多诺宣称奥斯维辛之后写诗是野蛮的。贝瑞尔·朗也提出，纳粹屠犹事件本质上是"反再现的"（antirepresentational）。这并不是说这一事件不能以任何方式来再现，也不是说这一事件不可被人们理解，而是说我们只能从事实或字面意义上去再现它，即采取一种直接的、字面意义上的、排除任何比喻性语言的写实性的再现方式。在贝瑞尔·朗看来，对于人类历史上如此黑暗而沉重的种族大屠杀，不能用小说、戏剧、诗歌等非史实性的话语建构方式，因为任何比喻性的语言都会导致对事实的某种偏离或歪曲，只能用最拘泥于字面意义的史实性方式来再现。也就是说，"朗认为种族灭绝不仅仅是一个真实的事件，一个真正发生过的事件，还是一个字面意义上的事件（literal event），也就是说，这个事件的本质使它成为一种只允许我们用'字面的'方式来讨论的事件的方式"[②]。

因此，当《鼠族》以连环漫画的方式来再现纳粹屠犹这一严肃的灾难性事件时，引起了人们的争议。海登·怀特曾提出纳粹屠犹事件的论争和研究中的核心问题，即关于纳粹屠犹的话语建构方式是否有边界和限定的

① 林庆新：《创伤叙事与"不及物写作"》，《国外文学》2008 年第 4 期。

② Hayden White, "Historical Emplotment and Problem of Truth", in *Probing the limits of Representation: Nazism and the "Final Solution"*, ed., Saul Friedlander, Cambridge, Massachusetts and London: Harvard University Press, 1992, p. 44.

问题。[①] 纳粹屠犹这一历史事件是否与其他诸如法国大革命、美国内战等历史事件一样，能够被不同的人以不同的方式进行情节建构？或者纳粹屠犹这一极端罕见的事件在本质上不同于历史上发生过的任何其他事件，只能够以一种方式进行情节建构和解释，表达一种意义？也就是说，斯皮格曼以图像与文本相结合的方式来重构纳粹屠犹是否可行，这是否意味着对于纳粹屠犹这一悲剧事件的曲解和解构？怀特认为，纳粹屠犹事件的悲惨性决定了这是一个不可言说的事件，特别是对亲身经历这一事件的幸存者或者他们的亲人来说，谈论这个事件本身就很痛苦，更不用说对其进行一种纯粹的学术讨论。人们之所以能够赋予法国大革命、美国内战等其他历史事件以不同的情节模式，以喜剧、悲剧或闹剧等方式来解释这些事件，与这些事件发生时间的久远有关。而纳粹屠杀的许多亲历者以及他们的后代依然对这一事件记忆犹新，依然存有心理上和情感上的沉重负担。这决定了我们不可能采用对待法国大革命、美国内战等事件那样的态度去对待纳粹屠犹事件，不可能仅仅将纳粹屠犹作为一个纯粹的学术问题就事论事地讨论。正是从这个角度说，纳粹屠犹这一事件的特殊性以及人们如何对待纳粹屠犹事件的记忆问题，对于包括历史研究在内的所有研究来说，都“蕴含着所有的解释的政治学”[②]。扫罗·弗里德兰德（Saul Friedlander）则指出，纳粹屠犹事件的极端性决定了其特殊性，决定了对这一事件的记录不能因为不恰当的话语建构方式而被歪曲或庸俗化，真实性也就显得尤为重要。但在具体的叙事与再现中，哪些应该再现、哪些不应该再现往往没有一个明确的限定，因而常常会出现有违真实性的问题。[③]

就此而言，尽管斯皮格曼的《鼠族》并没有采用史实性的话语建构方式，而是将犹太人描绘成老鼠、德国人描绘成猫、波兰人描绘成猪，以漫画的形式回忆与表达纳粹屠犹事件。但是，在历史真实性问题上，《鼠族》

---

① Hayden White, “Historical Emplotment and Problem of Truth”, in *Probing the limits of Representation: Nazism and the “Final Solution”*, ed., Saul Friedlander, Cambridge, Massachusetts and London: Harvard University Press, 1992, pp. 37–53.

② Hayden White, *The Content of the Form: Narrative Discourse and Historical Representation*, Baltimore and London: The Johns Hopkins University Press, 1987, p. 79.

③ Saul Friedlander, Introduction, in *Probing the limits of Representation: Nazism and the “Final Solution”*, ed., Saul Friedlander, Cambridge, Massachusetts and London: Harvard University Press, 1992, p. 3.

并没有颠倒或歪曲基本的历史事实，没有将德国人描绘成作为受害者的老鼠，也没有将犹太人描绘成猫。斯皮格曼通过动物化的脸谱描绘了犹太人被纳粹任意驱逐、逮捕以及他们失去人身自由、遭受非人待遇、被残忍杀戮的历史，并通过父亲弗拉德克回忆在奥斯维辛集中营的苦难经历，来再现奥斯维辛的罪恶。弗拉德克讲述了犹太人在奥斯维辛被拳打脚踢、挨冻受饿，“他们一心想把所有人都活活累死。累得要命的活儿，少得可怜的吃的”，“每个人都饥饿不堪”，“他们在面粉里混进锯末子——我们每天只能吃得到一丁点儿，凭这个还要撑一整天”。[①] 最后弗拉德克对阿特说：“你不会知道饥饿的滋味。”[②]

弗拉德克还讲述了毒气室与活人坑：“你听说过毒气，可是我要告诉你的不是传闻，而是我真真切切的亲眼所见。对此，我是个见证人。”[③] 犹太人被告知在一个浴室的大房间脱掉衣服，接着门被关上、密封住，一种杀虫剂从空柱子里投放进来，很快就无人生还。纳粹分子用装卸车把尸体拉到焚尸炉。毒气室无疑是极端灭绝人性的，而弗拉德克却说死在毒气室的人算是幸运的。因为犹太人太多了，焚尸炉装不完，于是纳粹命令挖了巨大的火葬坑。“那些洞坑很大，像是这里松树宾馆的游泳池。一火车一火车的匈籍犹太人被拉到这儿。”[④] 犹太人被迫活活地跳进坑里。“在那里工作的囚犯往这些活人和死人身上泼汽油……然后从那些燃烧的躯体上舀取脂肪，再淋到上面，这样每个人都烧得更旺。”[⑤]

斯皮格曼通过对作为纳粹屠犹事件幸存者的父亲弗拉德克的访谈，并以父亲平静的叙述与略显粗糙的画面，带给我们无以言表的心灵震撼与痛楚，使我们了解到犹太人所经历的巨大浩劫与历史的真实细节。正是在这

---

① ［美］阿特·斯皮格曼：《鼠族——幸存者的故事（二）》，王之光等译，陕西师范大学出版社 2008 年版，第 47—61 页。

② ［美］阿特·斯皮格曼：《鼠族——幸存者的故事（二）》，王之光等译，陕西师范大学出版社 2008 年版，第 103 页。

③ ［美］阿特·斯皮格曼：《鼠族——幸存者的故事（二）》，王之光等译，陕西师范大学出版社 2008 年版，第 81 页。

④ ［美］阿特·斯皮格曼：《鼠族——幸存者的故事（二）》，王之光等译，陕西师范大学出版社 2008 年版，第 84 页。

⑤ ［美］阿特·斯皮格曼：《鼠族——幸存者的故事（二）》，王之光等译，陕西师范大学出版社 2008 年版，第 84 页。

个意义上，迈克尔·斯陶博（Michael E. Staub）指出，《鼠族》不应该仅仅被看作一本漫画书，而应该被看作一种以图画与书写的方式来讲述回忆的口头叙事，作为21世纪的一种少数文学，反抗历史的“官方版本”。斯陶博认为，《鼠族》区别于其他的连环漫画的地方在于它的内容并非虚构，而是保持着与其口头叙事相关的纪实策略，而正是这一点构成了《鼠族》作为纳粹屠犹事件的回忆与话语建构的特殊性。“《鼠族》并没有模糊客观与主观的界限。”① 希拉里·楚特（Hillary Chute）则指出，大多数读者在阅读《鼠族》时，关注的往往是如何再现纳粹屠犹的问题，却很少关注《鼠族》的叙事形式，即图像阅读与漫画方式的特殊性。实际上，《鼠族》对于思考关于纳粹屠犹的“再现的危机”的贡献正在于它所提出的漫画的方法能表达出严肃的甚至灾难性的历史。楚特认为，叙事形式对于内容的表达具有十分重要的作用，漫画的形式也能生成新的语言并蕴含丰富的思想，《鼠族》利用了图像叙事的空间形式，其双重编码和视觉的悖论，能够叙述与重构历史。“《鼠族》的形式对于它再现历史是至关重要的。”②

## 二　大屠杀幸存者及其后代的创伤记忆

纳粹屠犹事件的话语建构方式之所以存在争议，纳粹屠犹事件之所以不同于人类历史上的其他事件，一个重要的原因就在于这一事件给人们尤其是受害者及其亲人所造成的创伤依然存在。正如扫罗·弗里德兰德所说的，使得纳粹屠犹事件成为一个有限制和边界的事件的原因在于，这一事件是历史上出现过的种族屠杀中的最极端形式。③ 这一事件的极端性特点必然会造成受害者难以愈合的不可言说的创伤。斯皮格曼的《鼠族》正是以一种独特的方式向我们讲述与描绘了纳粹屠犹给他的亲人及他本人所带来的创伤体验。

---

① Michael E. Staub, “The Shoah Goes on and on: Remembrance and Representation in Art Spiegel man's Maus”, *MELUS*, 1995 (3).

② Hillary Chute, “‘The Shadow of a Past Time’: History and Graphic Representation in ‘Maus’”, *Twentieth Century Literature*, 2006 (2).

③ Saul Friedlander, Introduction, in *Probing the limits of Representation: Nazism and the “Final Solution”*, ed., Saul Friedlander, Cambridge, Massachusetts and London: Harvard University Press, 1992, p. 3.

在《鼠族》中，奥斯维辛的幸存者弗拉德克·斯皮格曼，也就是作者的父亲，向我们再现了许多真实的历史细节。作为经历重重苦难、九死一生的幸存者，弗拉德克似乎是幸运的。然而，奥斯维辛毁灭的不仅是肉体，还给幸存者及其后代带来巨大的心理创伤与障碍。对于弗拉德克来说，纳粹屠犹事件是他人生中已经发生且无法回避的灾难，这一灾难作为一种不可控制、不可抹去的永久性创伤，不仅决定了他的过去，还影响着他的现在与未来的生活状态与走向。朱迪斯·赫尔曼指出，创伤后应激障碍的主要症状之一是“过度警觉”，也就是说，受创者在经历创伤事件时，处于一种极度恐惧、无助的状态下，存在即将被毁灭威胁的不安感，人类保全性命的本能会使其一直保持高度警觉的状态，好像危险的情况还可能随时出现。“如今大量类似的研究已显示出，创伤后应激障碍在心理生理上的改变是广泛而持久的。患者受到广泛性焦虑症状和特定恐惧的双重折磨。一般正常的注意力‘基线’是保持在警醒但放松的状态，患者却保持在高于常人的激发状态：他们的身体永远在为危险而警戒。”[①] 经历奥斯维辛的弗拉德克，变得难以相处，就连儿子也认为跟他在一起待一整天是一件很艰难的事情，因为他的神经绷得太紧了，不懂得放松，以至于邻居、朋友、第二个妻子玛拉都无法忍受他。斯皮格曼在《鼠族》第一部的开头，讲述了父亲弗拉德克对友谊的怀疑与不信任，作者少年时有一次和朋友滑旱冰不慎摔倒，朋友撇下他走了，他为此哭了。父亲听说后认为儿子没必要为所谓的朋友而伤心，“如果你把他们锁在一个屋子里，整整一个星期，没一点儿吃的……你就有得瞧了。哼，朋友！……”[②]。创伤事件能够粉碎人与人之间的联结感与信任感，如果创伤事件本身涉及受创者重要的关系的背叛，受创者对人、社群、信仰的不信任感将更加严重。受损的自我使得受创者无法建立与自我、他人的良好联结，无法维护亲密关系。“受创者因为自我感的基本架构受损而痛苦不堪。他们对自己、对他人、

① ［美］朱迪斯·赫尔曼：《创伤与复原》，施宏达、陈文琪译，机械工业出版社 2015 年版，第 32 页。

② ［美］阿特·斯皮格曼：《鼠族——幸存者的故事（一）》，王之光等译，陕西师范大学出版社 2008 年版，第 12 页。

对上帝都失去信赖感。”① 再婚后的弗拉德克，对妻子玛拉也充满了不信任，总抱怨她，还怀疑与担心她想霸占自己辛辛苦苦一辈子挣的钱。“对于玛拉而言，不存在相处问题，只有金钱问题。”② 不仅如此，弗拉德克十分节约，像一个守财奴，下水管漏了，他为了省钱不雇人修，自己修，而他的身体不能爬两层楼的梯子；由于燃气费包含在房租里，他为了节约火柴棒就整天不关煤气灶，他还把儿子打碎的盘子粘起来。“虽然幸存者们离开了旧世界，但是他们常常无法丢弃因为恐惧和迫害而产生的根深蒂固的习惯和态度。”③

弗拉德克的结发妻子安佳在笔记中记录了她在集中营的日子、纳粹屠杀的经历。而弗拉德克却扔掉了妻子的笔记。他还把朋友的信件也扔掉了。正如他自己所言：“和战争有关的所有东西，我想从我脑袋里永远清除出去……”④ 创伤研究表明，受害者在经历严重的创伤经验之后，往往会采取一种回避与创伤事件有关的态度。一方面，创伤性的经历与记忆不可控制地重现于脑海中。“就算危险早已事过境迁，受创者还是会不断在脑海中重新经历创伤事件，宛如发生在此时此刻。”⑤ 而另一方面，弗拉德克不愿回忆关于纳粹屠犹事件的创伤性记忆。弗拉德克尽管成功地度过了奥斯维辛的苦难岁月，却在心里留下了永久的创伤，扔掉朋友的信件和妻子的日记，只是为了永远逃离纳粹屠杀的噩梦。朱迪斯·赫尔曼认为，受创者不愿意回忆起创伤事件，是因为创伤事件的再体验伴随着高强度的情绪反应，受创者会感受到强烈的恐怖与愤怒的情感，就像当初经历创伤事件时的感受一样，受创者回忆起创伤事件时的这些情绪不同于正常的害怕、生气、愤怒等情绪经验，而是超出了正常人所能忍受的范围。正是由于这个原因，受创者会极力避免去再度忍受这种强烈的情绪折磨。然而，

---

① ［美］朱迪斯·赫尔曼：《创伤与复原》，施宏达、陈文琪译，机械工业出版社 2015 年版，第 52 页。

② ［美］阿特·斯皮格曼：《鼠族——幸存者的故事（一）》，王之光等译，陕西师范大学出版社 2008 年版，第 141 页。

③ ［英］安妮·怀特海德：《创伤小说》，李敏译，河南大学出版社 2011 年版，第 63 页。

④ ［美］阿特·斯皮格曼：《鼠族——幸存者的故事（二）》，王之光等译，陕西师范大学出版社 2008 年版，第 110 页。

⑤ ［美］朱迪斯·赫尔曼：《创伤与复原》，施宏达、陈文琪译，机械工业出版社 2015 年版，第 33 页。

对于创伤回忆的正视与再度体验却有助于受创者的复原。受创者对于创伤经历的不断重复的再体验代表了身体想要痊愈和复原却徒劳无功的企图。也就是说，受创者通过再度体验创伤经历而将其同化吸收和清算了结。而受创者对创伤回忆的逃避行为却不利于创伤的复原。“虽然原意是要自我保护，但这种避开侵扰症状的努力，却会进一步恶化创伤后应激障碍；因为如果经常刻意逃避这种创伤的再体验，会导致觉察力受限和从人际互动中退缩，徒然虚耗生命。”① 就此来说，弗拉德克刻意回避关于纳粹屠犹的创伤回忆，导致了他一直生活在创伤事件的影响之下，无法进行正常的生活、人际交往，无法和儿子、邻居、朋友、第二个妻子和谐地相处，尽管他肉体活着，精神却已经死去，只是徒然地虚耗生命。“受创者会避免任何足以勾起过往创伤回忆的情境，或任何可能涉及未来规划与风险的行动，却也同时剥夺了一些新的契机，因为如果能够成功地面对、处理，或许可以减轻创伤经历所带来的影响。”②

迈克尔·斯陶博指出，人们拥有许多的文本、录像、电影等，可以用来再现纳粹集中营中的幸存者和他们的回忆，但真实的声音将永远丢失。《鼠族》第一部所讲述的“我父亲的泣血史”的悲剧极点在于历史回忆不复存在，作为一个幸存者的弗拉德克自己毁灭了记录那段历史记忆的日记，而恢复历史的困境在于如何说出历史，如何将写出那些带有矛盾的寓意的语句。③ 因此，尽管《鼠族》第一部的标题是“我父亲的泣血史”。然而，很显然的是，阿特的父亲弗拉德克根本无意做一个证人，认为留下那段黑暗历史的信件、日记等记录没有什么意义。正如书中另一个捷克犹太人幸存者帕维尔所说的：“你看看出了多少本关于大屠杀的书。有什么意义呢？人们并没有改变……”④ 事实证明，虽然弗拉德克拒绝与过去有关的包括信件、日记在内的所有回忆、记录，但他始终没能摆脱掉纳粹屠

① ［美］朱迪斯·赫尔曼：《创伤与复原》，施宏达、陈文琪译，机械工业出版社 2015 年版，第 38 页。

② ［美］朱迪斯·赫尔曼：《创伤与复原》，施宏达、陈文琪译，机械工业出版社 2015 年版，第 43 页。

③ Michael E. Staub, “The Shoah Goes on and on: Remembrance and Representation in Art Spiegelman's Maus”, *MELUS*, 1995 (3).

④ ［美］阿特·斯皮格曼：《鼠族——幸存者的故事（二）》，王之光等译，陕西师范大学出版社 2008 年版，第 57 页。

犹这场噩梦的阴影与创伤，因为连他的儿子都无法与他相处。“他活下来是奇迹……但从某种意义上来说，他没能活下来。”① 也就是说，尽管纳粹屠犹的历史已经过去，弗拉德克似乎也已经回归正常的生活，但创伤后应激障碍的症状却一直在影响着他的生活，他并未真正从创伤事件中得以复原。“受创者可能不再感到害怕，从外表看来可能已回复到以往正常的生活形态。但没有改变的是，日常事务似乎脱离了它们原有的意义，现实感也不断受到扭曲。受创者可能会抱怨他只是行尸走肉，好像是从很远的地方观察自己每天的一举一动。只有当恐怖记忆重复再现时，才会暂时打断麻木无感和与现实的隔绝感。”②

朱迪斯·赫尔曼在研究被囚禁的创伤患者时提出，被囚禁时的创伤是长期而连续性的，这种创伤存在于监狱、集中营和奴工营、异端宗教团体等之中。不同于遭受个别事件的急性创伤患者，遭受如此长期创伤的受创者会发展出一种不断恶化的创伤后应激障碍，并侵害和腐蚀一个人正常的性格，会使他们丧失对自己原有的所有认同，认为自己永远不再是原来的自己。“受创者最害怕的是恐怖的时刻将再度来临，而这种恐惧最常见于长期受虐者身上。很自然地，不断重复的创伤会放大所有创伤后应激障碍的过度警觉症状，长期性受创者会持续地过度警戒、焦虑和激动。”③ 遭受长期重复创伤的受创者所受到的创伤后应激障碍的记忆侵扰症状也会比单纯的受创者要明显和严重，这些记忆侵扰症状并不会随着受创者重获自由而得到缓解和改变。尤其是对于纳粹集中营中的受创者来说，他们在获得自由之后的很多年仍然受到创伤记忆的纠缠和侵扰。这些受创者的时间感被破坏，失去了时间连续性，即使被释放以后依然如此。受创者表面上好像回归了正常的生活，但心理仍然停滞于被囚禁于集中营时失去时间感的状态里。为了恢复正常的生活状态，受创者会努力去避免或者压抑有关过去的创伤记忆，但是这种压抑和逃避却使得过去的长期创伤记忆无法整合

---

① ［美］阿特·斯皮格曼：《鼠族——幸存者的故事（二）》，王之光等译，陕西师范大学出版社 2008 年版，第 102 页。

② ［美］朱迪斯·赫尔曼：《创伤与复原》，施宏达、陈文琪译，机械工业出版社 2015 年版，第 44 页。

③ ［美］朱迪斯·赫尔曼：《创伤与复原》，施宏达、陈文琪译，机械工业出版社 2015 年版，第 80—81 页。

进入受创者的现实生活中。集中营中的创伤患者往往拒绝谈论过去。但是，创伤患者越是否认和躲避被囚禁的记忆，这些创伤记忆就越是鲜活地重现于脑海中。

《鼠族》没有明确描写阿特的母亲安佳为什么在度过奥斯维辛的黑暗岁月之后还选择了自杀，但这正是文本中引人思考的空白之处。也就是说，尽管奥斯维辛的幸存者保留了生命，但那段惨烈的回忆却也同时存留于灵魂深处，成为一个总在隐痛的伤口。创伤事件尽管已经过去，但是它对人的影响却是长期的。“即使在事件经过很久以后，许多受创者仍会觉得一部分的自己已经死了。病情最严重的那些患者，恨不得一死百了。”①朱迪斯·赫尔曼指出，被囚禁的受创者遭受着长期的重复创伤，这些受创者的人际关系与自我认同感都会被改变。即使受创者被释放，回归自由生活，也无法获得原有的认同。对于严重创伤后自杀率的估计仍是充满争议的谜，受创者在经历创伤事件时的恐惧感、被毁灭威胁的无助感会一直在受创者的生活中起着破坏性的作用，即使当初经历的危险已经不再存在，那种恐惧感、无助感、绝望感也会像心魔一样一直纠缠着创伤患者。“创伤时刻的恐怖、愤怒和怨恨，将继续存活在创伤症状的矛盾冲突中。”② 因此，很多创伤患者在幸存以后还会精神崩溃甚至自杀。另外，创伤事件的幸存者会有一种负罪感。在纳粹屠犹的残酷暴行中，那么多犹太人如蝼蚁般死去，而一些人却幸存下来，这些活下来的生命不仅背负着噩梦般的回忆，还背负着失去父母、孩子等至亲的痛苦，背负着愧疚、负罪感等重负。“当创伤患者曾目睹其他人的痛苦或死亡时，负罪感会特别严重。自己运气好死里逃生，别人却倒霉难逃一劫，这样的想法会产生良心上的重担。灾难和战争创伤患者萦绕心头的，是那些别人在垂死挣扎、他们却没有能力援救的影像。”③

对于安佳来说，她曾和许多犹太人一起被囚禁于集中营里，即使她获

---

① ［美］朱迪斯·赫尔曼：《创伤与复原》，施宏达、陈文琪译，机械工业出版社 2015 年版，第 45 页。

② ［美］朱迪斯·赫尔曼：《创伤与复原》，施宏达、陈文琪译，机械工业出版社 2015 年版，第 46 页。

③ ［美］朱迪斯·赫尔曼：《创伤与复原》，施宏达、陈文琪译，机械工业出版社 2015 年版，第 50 页。

得了自由，却仍然不能忘记曾经被奴役的创伤记忆，她对于自己的身体与意识，对于人际关系的看法，都会随之改变。“她对自己身体的印象，必定包含一个可被控制和侵犯的身体；她对人际关系的印象，必定包含一个可能失去他人或被他人所弃的关系；在她的道德理想中，也必定存在于囚禁过程中曾发生在别人心中，也发生在自己心中的邪恶念头。在胁迫下，假如她曾背叛自己的原则或牺牲他人的权益，她现在就得活在自己是加害者共犯的自我形象中——一个‘破碎’的自我。对大多数的受害者而言，结果是变成一个被污染的自我，受害者也可能因此在心中充满羞愧、自我厌恶和失败感。”① 这些超出正常人的心理承受能力的负罪感、恐惧感、无助感，可能会使得创伤患者处于一种无法摆脱的抑郁状态中，甚至导致创伤患者因此自杀。“在长期创伤中受到损坏的依恋关系，亦增强了抑郁症的隔绝感。长期创伤中被贬低的自我形象，则更加激起抑郁症的负罪感。而长期创伤对信仰的丧失，也与抑郁症中的绝望合为一体。”②

纳粹屠犹事件已经成为历史，奥斯维辛的苦难也已结束，然而对于幸存者来说，创伤一直存在着。有学者指出，阿特尽管没有描述与解释他母亲的自杀，但他通过仔细地追溯母亲话语的不在场，从而质疑了对犹太女性的再现。安佳的故事是由别人讲述的，她自己并不在场，具有隐含的深意：其一，安佳最初的日记在战争中丢失，表明了纳粹的最直接的毁坏性暴力；其二，安佳由于自杀不能讲述自己的故事，显示了幸存者无法愈合的伤口；其三，弗拉德克最后扔了安佳的笔记本，而笔记是她对于日记内容的重建，显示了战争中的暴力也作为一种遗产存在于一些幸存者中间。安佳本来可以有自己的声音，然而弗拉德克顽固地毁灭了她的日记。斯皮格曼通过安佳的自杀、弗拉德克对于她死亡的无力哀悼，使我们对于幸存者的认识复杂化。斯皮格曼所使用的这样一种不受主流文化注意的特殊的犹太女性的叙事策略具有深远的意义。③ 可以说，正是安佳的故事的不在

---

① ［美］朱迪斯·赫尔曼：《创伤与复原》，施宏达、陈文琪译，机械工业出版社 2015 年版，第 88 页。

② ［美］朱迪斯·赫尔曼：《创伤与复原》，施宏达、陈文琪译，机械工业出版社 2015 年版，第 88—89 页。

③ Michael Rothberg and Art Spiegelman, “‘We Were Talking Jewish’: Art Spiegelman's ‘Maus’ as ‘Holocaust’ Production”, *Contemporary Literature*, 1994 (4).

场，构成了一种最基本的创伤叙事的基调。

《鼠族》还描写了创伤的代际传递。创伤的代际传递，指的是家族中的创伤会如幽灵般纠缠于家族后代身上，造成后代的心灵创伤与人格缺陷。“创伤寄生在下一代的心理空间中，导致自我身份的紊乱或丧失。”① 无疑，纳粹屠犹事件给幸存者的后代也带来了沉重的精神创伤。斯皮格曼和父亲之间的令人黯然神伤的关系则让他陷入一种挫败感中。他试图以漫画的形式再现父母当年的经历，但他连与父亲的关系都无法处理好，怎么可能再现奥斯维辛这样一个最黑暗的噩梦。1986 年，斯皮格曼的《鼠族》第一部出版，获得了评论家的好评与商业上的成功，至少有 15 种外文版出版。问题在于，斯皮格曼为什么要重建父辈的创伤历史？有学者在论述创伤研究的文学意义时指出：“如果说创伤叙事是对创伤体验的一种模仿或见证，那么创伤叙事中的叙事人的确是通过写作过程来重现或体验创伤及召回创伤性事件的情景：他所叙述的对象是过去的历史，但是他是在现时重新体验那段历史，或者说是那段历史重新走进了他的记忆。他不是完全自主地选择了回忆，而往往是创伤性历史事件强迫性地闯入他的记忆。”② 斯皮格曼曾对自己的妻子弗朗索瓦丝表明，他渴望和父母一起在奥斯维辛集中营中，这样就能够真真切切地体会到他们当年所遭受的苦难与非人的折磨。“我想，这也许是一种愧疚，愧疚自己的生活比他们安逸。”③《鼠族》无疑是犹太人的种族创伤叙事，它在重建纳粹屠犹的历史真实的同时，也重建了一个伤痕累累的世界。斯皮格曼通过图像与文本相结合的方式重新建构了父母所经历的苦难，并重新体验了他们的苦难。也就是说，尽管他的叙事重现了过去的历史事件，但是他的创作意图并不仅限于此，他更主要的是通过写作与重建纳粹屠犹的历史来真实地体验创伤，并返回到当年父母所经历的创伤性事件的情景之中。

《鼠族》的出版给斯皮格曼带来了成功与荣誉，但他却并没有兴奋的感觉。相反，他甚至认为不应该重新建构父辈的经历，他所讲述的每句话都可能是对沉默和空白的不必要的玷污。之所以如此的一个重要原因在于

---

① 陶家俊：《创伤》，《外国文学》2011 年第 4 期。

② 林庆新：《创伤叙事与“不及物写作”》，《国外文学》2008 年第 4 期。

③ ［美］阿特·斯皮格曼：《鼠族——幸存者的故事（二）》，王之光等译，陕西师范大学出版社 2008 年版，第 28 页。

他仍未从父辈所经历的纳粹屠犹阴影中走出来。“不管我取得什么成就，和从奥斯维辛幸存下来的那一切相比，都微不足道了。”① 可以看出，尽管斯皮格曼通过创作来重新召唤并体验父母的创伤性经历，但他仍不能摆脱奥斯维辛的噩梦，承受着内心的愧疚、自责、无力与挫败感。朱迪斯·赫尔曼认为，遭受长期创伤的受创者会一直带着被囚禁的心理伤疤。“他们承受的折磨，不只由于典型的创伤后症候群，更因为他们与神、与他人，甚至与自己的关系都受到严重伤害。用大屠杀创伤患者利瓦伊的话说：我们知道自己的性格已经破碎，而这是比生命受到威胁更危险的事；古时候的智者只警告我们‘记住人生难免一死’，他们实在早该提醒我们有这种比死更危险的事会威胁到我们。假如可以从我们这里泄露一丝信息给外面自由的人，那将是：‘要小心哪，不要在你自己的家中，发生我们身上发生的苦难。’”② 事实上，德国纳粹对于犹太人进行的种族灭绝，不仅造成了600多万名犹太人被残酷杀戮，还给大屠杀的幸存者及其后代带来了永远无法抹除的精神创伤。正是在这个意义上，迈克尔·斯陶博指出，《鼠族》这个题目本身就暗示着奥斯维辛的幸存者与幸存者的后代所必然遭受的心理创伤，而且这种创伤不会停止，鼠族很可能会成为斯皮格曼。③

## 第三节 纳粹屠犹之罪的反思：《朗读者》中的罪责记忆与人性启蒙

《朗读者》由德国作家本哈德·施林克所写，讲述了米夏·伯格与汉娜·施密茨纠缠一生的爱、罪责与创伤的故事。小说中的汉娜·施密茨作为纳粹集中营的女看守，挑选犹太妇女，将她们送去奥斯维辛集中营，还眼看着几百名犹太妇女被烧死。汉娜无疑是有罪的，那么，她是不是一个无情、残忍的恶魔？与此相关的问题是，在当时纳粹德国的集体之恶中，

① ［美］阿特·斯皮格曼：《鼠族——幸存者的故事（二）》，王之光等译，陕西师范大学出版社2008年版，第56页。

② ［美］朱迪斯·赫尔曼：《创伤与复原》，施宏达、陈文琪译，机械工业出版社2015年版，第89页。

③ Michael E. Staub, “The Shoah Goes on and on: Remembrance and Representation in Art Spiegelman's Maus”, *MELUS*, 1995 (3).

每个个体成员是否要承担相应的罪责？汉娜由于无知而犯下的罪，是否情有可原？可以说，《朗读者》体现了对于二战时期德国个体罪责与集体罪责问题的反思与探究。另外，朗读作为贯穿全文的中心线索，也具有重要的象征意义。那么，朗读对于小说中人物的精神成长起着怎样的作用，朗读与启蒙有着怎样的关联？事实上，这种对于大屠杀的罪责问题的探究，不应只是德国人反思的问题。二战期间，日本在中国进行了惨绝人寰的南京大屠杀，却至今都没有公开认罪、悔罪、赎罪。正是在这个意义上，日文版《朗读者》的译者感叹说："这是一篇让日本人羞愧欲死的艺术檄文。"[①] 由此，对《朗读者》所蕴含的纳粹大屠杀中的罪责、人性、启蒙等问题进行分析与探究，以期为包括南京大屠杀在内的大屠杀事件的罪责问题提供某种参考。

## 一　"平庸之恶"与个体罪责、集体罪责

汉娜·施密茨曾经是纳粹集中营的一名女看守，不仅负责挑选没有利用价值的女性，将她们送到奥斯维辛集中营去送死，还眼睁睁地看着几百名犹太妇女在教堂里被火烧死，却一直没有开门。无疑，汉娜是有罪的。在法庭上，法官问看守，关押犹太人的教堂被烧毁时，为什么不开门，为什么眼看着犹太人被烧死却无动于衷。汉娜的回答是不能开门，作为看守，职责就是看管好囚犯，不能让她们逃跑。如果开门，秩序会很混乱，于是选择看着犹太人被活活烧死。汉娜的回答透露着一种冰冷的漠然。在职责和生命之间，她选择了职责，并且认为理所当然，自己没有任何过错。那么，汉娜是否属于十恶不赦的恶魔？是否属于邪恶之人？《朗读者》的作者本哈德·施林克曾在访谈中说："人并不因为曾做了罪恶的事而完全是一个魔鬼，或被贬为魔鬼。"[②] 事实上，汉娜并不是一个十恶不赦的恶魔、一个杀人不眨眼的刽子手。在《朗读者》的开始，米夏与汉娜的相遇就是因为汉娜帮助生病的米夏，可以看出汉娜是一个善良的女人，而非冷漠之人。两人在一起后，汉娜在听米夏朗读时，很专心，甚至动情。这些

---

① 转引自张悦《〈朗读者〉：爱情寓言与人性审判》，《艺术百家》2009 年第 7 期。

② ［德］本哈德·施林克、袁楠：《专访：人不因为曾做罪恶的事而完全是魔鬼》，载［德］本哈德·施林克《朗读者》，钱定平译，译林出版社 2012 年版，第 2 页。

表明了汉娜本质上并非恶魔，而是一个内心敏感、细腻的女人。问题是，这样一个善良、敏感、柔软、细腻的女人，为何会对大屠杀、对鲜活的生命的死亡无动于衷，甚至亲手将这些生命送去死亡之旅？

按照汉娜自己的说法，她只是在忠于职责，做自己分内之事。汉娜之恶，与阿道夫·艾希曼的“平庸之恶”有相似之处。人们往往以为，大屠杀的执行者、谋杀者都是一些残酷的恶魔。但是，犹太裔美国政治理论家汉娜·阿伦特（Hannah Arendt）认为，纳粹党卫军头目艾希曼，并非一个心理不正常的变态杀人狂，也不是一个恶魔形象，而是一个只知道执行命令的普通人。“他为获得个人提升而特别勤奋地工作，除此之外，他根本就没有任何动机。”[①] 艾希曼之所以能够成为纳粹大屠杀事件中的重大罪犯，原因在于缺乏思考能力、毫无想象力，根本没有意识到自己在做什么。即使面临死亡甚至在绞刑架下，他所想的也只是参加过的葬礼上听到的话，甚至忘记了自己即将赴死这一现实。“这种远离现实的做法、这种不思考所导致的灾难，比人类与生俱来的所有罪恶本能加在一起所做的还要可怕——事实上，这才是我们真正应该从耶路撒冷习得的教训。”[②] 通过阿伦特对纳粹战犯艾希曼的态度可以看出，她颠覆了人们对于纳粹分子的看法。在人们看来，纳粹屠犹是一种极端邪恶的种族屠杀行为。“如果不提到魔鬼、原罪或假设人类具有残杀侵犯的天性，人们便难以想象这种根本恶。”[③] 而将纳粹党卫军头目艾希曼作为“非人类的怪物”，也已经成为定论，公众都“没有表示任何异议”[④]。但是，当公众尤其是犹太人恨不得将艾希曼这个纳粹恶魔诛之而后快的时候，阿伦特，作为一个犹太人，却逾越了自己的民族身份、公认的道德评价标准及主流的意识形态，为艾希曼呼吁所谓的权利，质疑以美国价值为主导的审判艾希曼的正当性，并指出艾希曼并不是人们想象中的变态杀人狂，而是一个无思想的正常人。

---

① ［美］汉娜·阿伦特：《艾希曼在耶路撒冷：一份关于平庸的恶的报告》，安尼译，译林出版社 2017 年版，第 306 页。

② ［美］汉娜·阿伦特：《艾希曼在耶路撒冷：一份关于平庸的恶的报告》，安尼译，译林出版社 2017 年版，第 307 页。

③ ［美］伊丽莎白·扬-布鲁尔：《阿伦特为什么重要》，刘北成、刘小鸥译，译林出版社 2009 年版，第 75 页。

④ ［美］伊丽莎白·扬-布鲁尔：《爱这个世界：阿伦特传》，孙传钊译，江苏人民出版社 2009 年版，第 382 页。

此外，人们在谈及纳粹屠犹时，指的是20世纪纳粹德国对于犹太人的种族灭绝行为。很显然，在这一事件中，屠杀行为的执行者是纳粹分子，而受害者则是犹太人。从情感指向来说，前者是十恶不赦的杀人恶魔，而后者则是值得同情的无辜受害者。这已经成为谁也无法否认的对于纳粹屠犹的真相界定，成为人们公认的一种“常识”。但是，阿伦特却颠覆了纳粹屠犹的这种“常识”，指出了纳粹屠犹的执行者与受害者之间的关系并非那么简单，而是存在着复杂性。阿伦特颠覆了人们对于无辜的犹太受害者的看法，她指出，在纳粹时期，一些犹太评议会中的犹太领袖不仅没有帮助犹太人，反而协助纳粹去执行大屠杀的任务，间接地成为纳粹分子的同谋者。在犹太人还未从民族苦难中走出来的情境下，“当汉娜·阿伦特指出残暴统治下的受害者在走向死亡的路上可能丧失了他们部分人性时，冒犯了很多人的感情，而招来一片指责”①。就连阿伦特的多年好友肖莱姆也认为，阿伦特作为犹太民族的女儿，缺乏对本民族的爱，用一种冷淡的笔调去谈论犹太人的苦难，“无心地却又频繁地表现出来的几乎全是冷笑和充满恶意的口气”②。

由上可见，阿伦特颠覆了人们对于纳粹施害者与受害者之间的简单的二元对立关系，指出了这两者所蕴含的复杂性。但是，阿伦特对公认的“常识”的这种“越界”行为，并不是为了颠覆而颠覆，不是为了证明纳粹施害者是无罪的，也不是为了证明犹太领袖是本民族的叛徒，更不是为了证明作为受害者的犹太人需要承担起和作为施害者的纳粹分子同样的罪责。一方面，阿伦特逾越自己的民族身份、公认的道德评判标准而得出的独立的报告结论，显得过于冷静和理智，以致引起异议与批评。“她给我们的是‘平庸的’纳粹，取代了罪大恶极的纳粹；她给予我们的是作为邪恶的同案犯的犹太人，取代了高尚纯洁的犹太殉教者；她给了我们是犯罪

---

①［英］齐格蒙·鲍曼：《现代性与大屠杀》，杨渝东、史建华译，译林出版社2011年版，第4—5页。

② 肖莱姆、阿伦特：《关于〈耶路撒冷的艾希曼〉的往来书信》，载［美］汉娜·阿伦特等《〈耶路撒冷的艾希曼〉：伦理的现代困境》，孙传钊编，吉林人民出版社2003年版，第156页。在给肖莱姆的信中，阿伦特则回应说，正因为她是一个犹太人，所以能够更加客观深入地观察犹太民族本身所存在的问题，但她同时声明，她不属于任何民族、任何国家，只是作为自己而独立存在，并始终以自己的身份在言说和思考。

者与受害者的‘合作’，而代替了有罪与无罪之间的对立。”① 但是另一方面，我们要看到阿伦特为何“越界”。阿伦特之所以如此关注艾希曼的人格特征，甚至看起来似乎在为艾希曼“辩护”，只因为她是站在整个人类而非仅仅犹太人的立场上来思考审判艾希曼的意义所在。而当阿伦特认为应该判处艾希曼死刑的时候，也不是因为艾希曼的反犹太人罪，而是因为他的反人类罪。② 也就是说，阿伦特对艾希曼的态度的出发点不是他是否对犹太人犯下罪行，“她着眼的不是受害者，而是人类本身”③。在此，阿伦特追求与呼吁的唯一目标就是正义，而正义的主语，不应该是哪一个群体、哪一个民族或者哪一个国家，而应该是人类。

纳粹屠犹作为一个已经过去的历史事件，它对今天我们人类的意义，不能仅仅停留于对艾希曼这样的纳粹战犯的审判、判决，将之处以死刑上，更重要的是要思考是什么造就了这样的一个艾希曼？因为有这样的一个平庸至极的毫无思考能力的艾希曼，谁能保证在未来的某一天，当同样的时机、同样的情境具备，不会出现另一个甚至千千万万个艾希曼，谁能保证纳粹屠杀的历史永不会再发生？这也是阿伦特之所以提出艾希曼被审判不应因为反犹太人罪，而是反人类罪的原因。同时，纳粹屠犹事件，包括艾希曼审判之后，接下来还有一个相关的重要问题值得我们去反思，即在极权主义制度下，个体的良知源于何处？阿伦特认为，人的良知来源于一种思考的能力，与自己对话的习惯，它和人的社会地位、受教育程度没有必然的关联。④ 艾希曼并不愚蠢，只是缺乏一种思考能力。纳粹时期，许多受过高等教育的知识分子狂热地投身于“最后解决”方案中，成为纳粹的爪牙和帮凶，不少人甚至拥有博士学位、双博士学位。与之相反，那

① ［美］伊丽莎白·扬-布鲁尔：《爱这个世界：阿伦特传》，孙传钊译，江苏人民出版社2009年版，第387页。

② 雅斯贝尔斯也认为，艾希曼的罪行，不仅是对犹太人犯罪，也是对人类犯罪，“以犹太人受害的一种形式，人类自身成了受害者的缘故”。［德］卡尔·雅斯贝尔斯：《关于艾希曼审判——接受法朗西斯·蓬迪的采访》，载［美］汉娜·阿伦特等《〈耶路撒冷的艾希曼〉：伦理的现代困境》，孙传钊编，吉林人民出版社2003年版，第169页。

③ 张汝伦：《正义是否可能》，《读书》1996年第6期。

④ 美国学者塞瑞娜·潘琳在对阿伦特的研究中指出，我们可以将良知理解为每个健全人的内在声音，它可以引导我们独立地判断是非对错，而不盲从于法律或者周围人的意见、行为。［美］塞瑞娜·潘琳：《阿伦特与现代性的挑战》，张云龙译，江苏人民出版社2012年版，第196页。

些能够独立思考的人，能够识别是非对错，不盲从于法律、道德规范或者公众，从而拥有良知，拒绝纳粹。“他们的良知则不允许他们参与种族灭绝。”①

综上，阿伦特将我们对纳粹屠犹通常的界定扩展到对人类的认识层面，也就是说，纳粹屠犹不仅仅是独属于犹太民族的事件。② 同时，阿伦特把纳粹屠犹事件中施害者与受害者之间原本简单的界定呈现出来，指出被遮蔽的问题的复杂性。对于纳粹战犯艾希曼身上所具有的可怕的无思想性的平庸之恶，对于犹太领袖在纳粹屠犹事件中所起的协助作用，阿伦特说出了一个人们在理智上认可，但在感情上很难接受的事实。③ 正如雅斯贝尔斯所言：“她生存的基盘就是对真实的一种挚意，作为本来意义上的人类而生存。”④

在本哈德·施林克的小说《朗读者》中，汉娜不论是作为西门子工厂的员工，还是作为电车售票员，都显示出其对于工作的认真、负责，两次工作都被升职。在她作为纳粹集中营的看守时，忠于工作与上级的命令，却不会思考，不会去反思这个命令是否正确，是否应该执行。汉娜之所以加入党卫军，也并非主观上想作恶，而是出于文盲的羞耻感，主动放弃了西门子工厂的升职，失去了工作，而纳粹能为她提供一个集中营看守的工作。可以看出，不论是纳粹党卫军头目艾希曼还是纳粹一个小集中营中的看守汉娜，主观上都没有作恶的动机，只是为了做好本职工作，服从上级命令，对于社会、个人的生存状态没有一个清醒的认识和判断，缺乏思考能力。阿伦特指出：“艾希曼令人不安的原因恰恰在于：有如此多的人跟

---

① ［美］塞瑞娜·潘琳：《阿伦特与现代性的挑战》，张云龙译，江苏人民出版社 2012 年版，第 202 页。

② 鲍曼也认为，大屠杀不能仅仅被简化为专属于犹太民族的私有的悲剧和灾难，它不仅仅是发生在犹太人历史中的事件，而是整个人类社会、现代文明和文化的问题。［英］齐格蒙·鲍曼：《现代性与大屠杀》，杨渝东、史建华译，译林出版社 2011 年版，第 5 页。

③ 肖莱姆指责阿伦特缺乏对犹太人的爱，完全模糊了犯罪行为执行者和受害者的差异，是“胡言乱语，是一种偏激的言辞”，“典型的逻辑错误”。肖莱姆、阿伦特：《关于〈耶路撒冷的艾希曼〉的往来书信》，载［美］汉娜·阿伦特等《〈耶路撒冷的艾希曼〉：伦理的现代困境》，孙传钊编，吉林人民出版社 2003 年版，第 158 页。

④ ［德］卡尔·雅斯贝尔斯：《关于艾希曼审判——接受法朗西斯·蓬迪的采访》，载［美］汉娜·阿伦特等《〈耶路撒冷的艾希曼〉：伦理的现代困境》，孙传钊编，吉林人民出版社 2003 年版，第 188 页。

他一样，既不心理变态，也不暴虐成性，无论过去还是现在，他们都太正常了，甚至正常得可怕。从我们的法律制度和我们的道德准绳来看，这种正常比所有残暴加在一起更加可怕，因为它意味着，这类新的罪犯，这些实实在在犯了反人类罪的罪犯，是在不知情或非故意的情况下行凶作恶的。”① 在当时的纳粹德国，像艾希曼和汉娜这样的德国人很多。不论是纳粹的高级领导人还是中下阶层的党卫军成员甚至普通德国市民，都以服从上级的命令、获得上级的肯定与升迁为荣，他们在无意识中成为纳粹制度运行的螺丝钉和零部件而不自知，不具备基本的判断是非善恶的能力，导致平庸之恶盛行。正如徐贲所指出的：“在这个体制中，邪恶不是每个运作成员个人邪恶的简单相加，而是一种从上而下、自动丧失‘政治责任’的集体之恶。”②

致使“希特勒之恶”盛行，个别人的恶不断发展蔓延至整个社会的群体恶的原因，一方面是人性中弱点、“趋利避害”的心理、自我保全的需要等，“当反对的声音、人道的声音被封杀，个别人的恶与疯狂，迎合多数人的弱点，就可能迅速变成群体的恶和疯狂。而惟有群体恶的支持，才可能实现大屠杀”③。然而，更深层次的原因却是，当整个社会道德失范，人的不思考不判断所造成的良知的被蒙蔽。事实上，比大屠杀更可怕的是，屠杀执行者、配合或者默认屠杀的群体的心安理得与麻木不仁，他们不觉得自己在做一件错误的事情，而是在做一件理所当然的事情。这是因为，当时纳粹统治下的德国社会环境中，屠杀犹太人是一件合法的事情，是在执行最高首领的意志，在遵守社会普遍公认的道德规范。也就是说，道德是社会的产物，判断某个行为是道德的，是因为这个行为符合社会的规范，某个行为是不道德的，是因为其违背了社会规范。处在当时的社会情境中，绝大多数人为了自我保全，都会认同政治首领的决策，认同社会的主导价值规范和道德体系，这是一个理性的选择。

然而，正是这种理性的考虑，让本该帮助同类的犹太委员会将同类送

---

① ［美］汉娜·阿伦特：《艾希曼在耶路撒冷：一份关于平庸的恶的报告》，安尼译，译林出版社 2017 年版，第 294 页。

② 徐贲：《知识分子与公共政治》，中央编译出版社 2016 年版，第 59 页。

③ 林达：《面对今日奥斯威辛》，《随笔》2005 年第 3 期。

到毒气室，帮助纳粹分子寻找、抓捕犹太人；正是这种理性的考虑，让德国民众默认甚至助长这种屠杀。这种理性，看似道德中立，但最终演变成为一种残忍的道德冷漠，成为默认纳粹屠杀的借口。“这种冷漠是危险的……冷漠的人是无根的，并认识到他们的行动没有约束。”① 因此，塞瑞娜·潘琳指出，在道德危机的时候，对于这些冷漠的人，要教导他们如何思考和判断。② 当传统的道德律令，诸如“不杀人”、“不说谎”等不再是自明的时候，“真正有道德的人则是那些敢于反抗既定价值规范的人”③。当时有一些人为了保护犹太人而牺牲了自己的亲人、自己的生命，在理性的自我保全与道德的义务之间选择了后者。但是大多数人却选择了前者。当人们不思考，不能与自己对话，进而听不到他人的反对声，盲从于社会所谓的主导道德价值标准，盲从于所谓的理性，“他们已经准备好做和其他人一样的事——包括谋杀，甚至大屠杀”④。也许，在当时的境遇下，他们的所作所为是无奈的、合法的，不会被指责，不会被宣布有罪，但是在这种合法的理性保全和纵容中，“没有一个人可以从这种道德屈服的自我贬损中得到原谅”⑤。

至此，我们应该思考的是，为什么当整个社会都承认和执行某一道德准则的时候，有人选择了“从众”，默认这种道德准则的合理性、合法性，而极少数的人却不认同、不执行这种道德准则？不认同、不执行某一准则或命令的一个重要原因，是对其合法性与合理性的质疑，而这种质疑，源于一种独立思考能力。因此，人的独立思考能力至关重要，它将使我们在面对一个国家的大多数公众普遍道德失范的情况下，仍保持一种清醒的判断能力，而不会盲从以至助长犯罪。正是在这个意义上，阿伦特对艾希曼的“平庸之恶”的反思无疑是深刻的，正如有学者所指出的，“阿伦特对

---

① ［美］塞瑞娜·潘琳：《阿伦特与现代性的挑战》，张云龙译，江苏人民出版社 2012 年版，第 206 页。

② ［美］塞瑞娜·潘琳：《阿伦特与现代性的挑战》，张云龙译，江苏人民出版社 2012 年版，第 206 页。

③ 刘英：《汉娜·阿伦特关于“恶”的理论》，《武汉大学学报》2009 年第 3 期。

④ ［美］伊丽莎白·扬－布鲁尔：《阿伦特为什么重要》，刘北成、刘小鸥译，译林出版社 2009 年版，第 131 页。

⑤ ［英］齐格蒙·鲍曼：《现代性与大屠杀》，杨渝东、史建华译，译林出版社 2011 年版，第 268 页。

问题的提出与剖析尖锐到了冷酷的程度，充分体现了一个真正哲学家的智慧和勇气”[①]。

接下来的问题是，在这样一个集体之恶中，每个个体成员是否要承担相应的罪责？在《朗读者》中，由于汉娜是个文盲，担心别人发现这一秘密，才做了纳粹集中营的看守。因此，“汉娜不识字成为一个隐喻：她是一个愚昧的人，犯下的是‘无知之罪’”[②]。那么，由于无知而犯下的罪，是否情有可原？汉娜之所以作恶，一方面是外部原因使然。整个社会的外部环境推动着她不自觉地跟从社会风气、服从上级权威命令。正如她在法庭审判中反问法官时说的：“那么，要是您的话，您会怎么做呢？”[③] 徐贲指出：“在讨论专制制度下的个人道德责任问题时，外因同内因一样重要。”[④] 就此来说，要避免个人的作恶行为，就要改善个人所处的外部环境，减少作恶的机会。另一方面，汉娜作恶有其内在原因，是一种极权主义制度下的个人道德选择。在面对几百名犹太人即将被烧死的情况下，她可以选择开门，让犹太人逃跑，也可以选择无动于衷地看着她们被烧死。汉娜选择了后者。既然确实由于她的原因造成了几百名犹太人的死亡，就要承担相应的责任。“不论集体犯罪在道德和法律方面应该承担什么责任，从我们这一代学生看来，犯罪本身都是确凿无疑的事实。”[⑤] 正如阿伦特所指出的，尽管在极权主义制度下的个体只是官僚体系的零部件，但是，正是这些零部件使得官僚机器正常运转，一旦追究罪责，这些零部件都要回归为人的属性。阿伦特之所以如此关注艾希曼，认为艾希曼的恶是一种“平庸之恶”，并不是在为艾希曼辩护，也不是认为艾希曼作为一个纳粹战犯所作的恶是平常的、可以被理解和原谅的。正如布鲁尔所指出的，“在阿伦特看来，宽恕艾希曼乃是不可能的”[⑥]。针对艾希曼的辩护律师所说的齿轮理论，即艾希曼只是“最终解决”这架机器上的一个齿轮，只是在执

① 张汝伦：《正义是否可能》，《读书》1996 年第 6 期。

② 徐贲：《人以什么理由来记忆》，中央编译出版社 2016 年版，第 321 页。

③ ［德］本哈德·施林克：《朗读者》，钱定平译，译林出版社 2012 年版，第 115 页。

④ 徐贲：《知识分子与公共政治》，中央编译出版社 2016 年版，第 61 页。

⑤ ［德］本哈德·施林克：《朗读者》，钱定平译，译林出版社 2012 年版，第 171 页。

⑥ ［美］伊丽莎白·扬－布鲁尔：《阿伦特为什么重要》，刘北成、刘小鸥译，译林出版社 2009 年版，第 76 页。

行上级的命令、不负有直接责任，阿伦特持否定态度。因为“机器上的任何一只齿轮，也不管被押上法庭与否，都要还原成人”①。如果一个官员，不把自己当作一个人，而只是把自己作为某一个官僚体系中的工具，当他犯了罪就可以免去罪行，那么，所有可以获得这样一个官员职位的人，都可以用同样的借口去犯罪而免受惩罚。这无疑是极为荒唐的。阿伦特认为，正是极权主义和官僚制度把人变成了官吏，变成了庞大的行政体制中的一个单纯的齿轮，将人变成了非人。然而，即使考虑这些体制的因素，也不能忽略作为齿轮的罪犯本身的责任，不能成为赦免其犯罪或者不追究其罪行的理由。尽管就艾希曼来说，他作为一个对犹太人进行种族灭绝的执行者，不是制定者和主谋者，他也没有仇恨和杀死犹太人的卑劣动机，而且就算他不去执行“最后解决”的方案，也会有其他的“齿轮”去做同样的事情，即几乎所有德国人都有着潜在的和他一样去犯罪的可能性。但是，这些都不能成为他免罪的借口。在这里，不论艾希曼的内心生活和动机如何，不论他有没有犯罪的本性，不论他的犯罪是否具有偶然性，不论他以什么理由为自己辩解，谁都无法否认的事实就是，艾希曼在二战期间所做的事情，他确实作为纳粹实行种族灭绝的主要刽子手之一犯下了滔天大罪。因此，阿伦特认为应该判艾希曼死刑。就此来说，无论是艾希曼还是汉娜，以下判决都同样适用：“您之所以变成大屠杀组织里一枚任人摆布的工具，纯粹是时运不济；不过，您执行了，从而也支持了一个大屠杀的政策，却是不争的事实。政治不是儿戏。论及政治问题，服从就等于支持。”②

## 二　记忆传递与二代罪责

莫里斯·哈布瓦赫在谈到个体记忆与集体记忆时指出，个体的记忆存在于社会框架之中，具有社会性。也就是说，我们从来都不是一个个孤立的个体，我们的记忆总是集体性的。“个体通过把自己置于群体的位置来进行回忆，但也可以确信，群体的记忆是通过个体记忆来实现的，并且在

① 阿伦特：《耶路撒冷的艾希曼（结语·后记）》，载［美］汉娜·阿伦特等《〈耶路撒冷的艾希曼〉：伦理的现代困境》，孙传钊编，吉林人民出版社 2003 年版，第 56 页。

② ［美］汉娜·阿伦特：《艾希曼在耶路撒冷：一份关于平庸的恶的报告》，安尼译，译林出版社 2017 年版，第 297 页。

个体记忆之中体现自身。”① 个体在回忆过去的事情时，他所属的群体看似并不在场，但却会以一种无形的力量和方式而在场。换言之，“记忆是一项集体功能”②。就小说《朗读者》来说，父辈所承载的历史记忆传递给了米夏，米夏不仅仅是个体，也代表了战后一代。《朗读者》体现了本哈德·施林克对二战时期德国罪责问题的反思与探究。那么，战后一代德国人如何看待、评价父辈的这种罪责？

在米夏看来，汉娜是一个坚强、有魅力的女性，年龄上像他的母亲，肉体上是情人关系，情感上有割舍不去的爱。从年龄来说，米夏和汉娜是两代人。因此，《朗读者》中所反映的二战期间德国的罪责问题，不仅关系到作为第一代亲历者的德国人的罪责，还关系到作为第二代的年轻人对于父辈罪责的看法。“父辈们或者直接犯下了纳粹罪行，或者对罪行袖手旁观，或者碰到犯罪就视而不见，要不就是在 1945 年后还容忍罪犯、接受罪犯。试问，这样的父辈们还能够对子女们说什么呢？另外一方面，有些子女觉得无法谴责父辈，或者不愿意加以谴责。那么，对于这些孩子来说，如何对待纳粹历史就不能再说是代沟造成的了，它本身就是一个真正的问题。”③ 本哈德·施林克指出，米夏正是出于对汉娜的爱，才卷入汉娜的罪责中。“因为爱上了有罪的人而卷入所爱之人的罪恶中去，并将由此陷入理解和谴责的矛盾中；一代人的罪恶还将置下一代于这罪恶的阴影之中。”④ 也就是说，《朗读者》所探究的是后代人如何平衡自己对于父辈的爱与父辈的罪恶问题。对于米夏来说，一方面，他终其一生也无法忘却、割舍自己与汉娜之间的情感纽带；另一方面，他又很难面对和评价汉娜作为纳粹看守的罪责。汉娜是纳粹，米夏陷入对汉娜的爱中，也就连带着有了罪感，即爱上一个纳粹之罪。“如果说背叛一名罪犯不会让我罪孽深重，爱上一名罪犯却使我罪责难逃。”⑤ 可以说，米夏代表了二战后德国的第二

---

① ［法］莫里斯·哈布瓦赫：《论集体记忆》，毕然、郭金华译，上海人民出版社 2002 年版，第 71 页。

② ［法］莫里斯·哈布瓦赫：《论集体记忆》，毕然、郭金华译，上海人民出版社 2002 年版，第 304 页。

③ ［德］本哈德·施林克：《朗读者》，钱定平译，译林出版社 2012 年版，第 171 页。

④ ［德］本哈德·施林克、袁楠：《专访：人不因为曾做罪恶的事而完全是魔鬼》，载［德］本哈德·施林克《朗读者》，钱定平译，译林出版社 2012 年版，第 2—3 页。

⑤ ［德］本哈德·施林克：《朗读者》，钱定平译，译林出版社 2012 年版，第 136 页。

代年青人，他们爱自己的父辈、家人、老师，这些人有可能在二战期间扮演着纳粹帮凶的角色。就此来说，《朗读者》探究的问题是“后代人可以如何在不割舍个人对父辈亲情的情况下，对父辈参与造成的集体灾难记忆保持应有的记忆并作出应有的道德评价和反思”①。

米夏由于对汉娜的情感，使他对于汉娜的罪责抱有一份同情的理解，尤其在他发现汉娜是一个文盲之后。“在谴责她的同时，我还是尽力去理解她；不去理解她，就等于第二次背叛了她。”② 事实上，在纳粹大屠杀期间，有成千上万个集中营，但是法庭审判的只是某个小集中营中的几名看守，这几名看守被作为邪恶的罪人，其实是替罪羊，因为纳粹大屠杀时期的几乎所有德国人都有罪。“有整整一代人站在审判席上，他们或者曾经为看守或帮凶服务过，或者没有设法去制止他们，或者，在 1945 年以后，原应该把这些人从人群中揭发出来的，而实际上他们没有这么做。”③ 对于米夏来说，他的难题在于，既想要设身处地地理解汉娜的罪行，又要对其进行道德谴责。但事实是，理解与谴责很难同时进行。那么，这里的理解是否意味着米夏原谅汉娜的所作所为？汉娜在监狱中学会读写之后，给米夏写过一些书信，渴望与米夏进行交流。但是，米夏从未回复过汉娜，拒绝和她交流。在小说的最后，汉娜即将被释放出狱，米夏和汉娜在监狱里见面。米夏问汉娜是否会想起她过去的所作所为，并且拒绝与汉娜有更多的身体和情感交流。这些都表明，米夏尽管在情感上理解汉娜作为一个无知的文盲，在当时的社会环境下充当纳粹的帮手，但是在道德上他还是无法原谅她的所作所为。米夏的两难处境代表了当时战后一代年青人对于父辈罪责的复杂情感，无法在爱与道德评判之间取得一个很好的平衡。

雅斯贝尔斯在《德国罪过问题》中区分了刑法罪责、政治罪责、道德罪责和形而上罪责。刑法罪责指的是触犯法律，在法律意义上被定罪。政治罪责指的是每个公民都要为国家的罪责承担政治责任。道德罪责是个人良知意义上的罪。那些默认纳粹大屠杀发生的旁观者并没有直接加害别人，但是对于犯罪行为的沉默、冷漠也是属于在个人的良知面前犯下的

---

① 徐贲：《人以什么理由来记忆》，中央编译出版社 2016 年版，第 322 页。

② ［德］本哈德·施林克：《朗读者》，钱定平译，译林出版社 2012 年版，第 158 页。

③ ［德］本哈德·施林克：《朗读者》，钱定平译，译林出版社 2012 年版，第 94 页。

罪，即道德之罪。形而上罪责是每个人在上帝面前所犯的罪。前两者属于民族的集体罪恶，后两者属于个体的自我审视。“个人之所以负有形而上罪责，不是因为他个人做错了什么事，而是因为他所属的那个群体已经做出了人之为人所不能允许的事情。作为这个群体的一员，他无法撇清他的集体玷污。”① 在《朗读者》中，汉娜被法庭宣布谋杀罪成立，并处罚她终身监禁。作为德国的公民，她无法摆脱自己的政治罪责，要为德国政府的行为负责。从道德和形而上意义来说，她在通过朗读、学习读写之后，获得了启蒙，蒙昧的人性获得了复苏、觉醒，认识到了自己有罪。临死之前，她将自己毕生的积蓄装在一个茶叶罐中，希望由米夏转交给纳粹大屠杀幸存者的女儿。当米夏找到大屠杀幸存者的女儿，她却拒绝接受汉娜的钱。她认为如果接受这笔钱，就意味着宽恕，而她是没有权利也不能够去如此宽恕汉娜的。对于米夏来说，他作为战后成长起来的第二代德国公民，没有直接参与纳粹大屠杀，对于纳粹大屠杀不承担直接罪责，但是他承担着民族的责任，同时由于他爱着有罪之人，所以无法摆脱道德与形而上层面上的罪责审判。关于二代罪责的问题，刘文瑾指出，每个人的良知在善恶判断问题上都是自由的，都要为自己的判断与选择负责，不存在父债子偿的问题，“灵魂与灵魂之间不存在株连关系，每个人都得为自己的灵魂负责，每个人都将独自面对终极审判”②。

### 三　朗读与启蒙

在米夏和汉娜的关系中，朗读占据着非常重要的作用。不论是两人相识不久时还是汉娜被监禁以后，朗读都是两人之间交流的一个重要中介。另外，汉娜在做集中营看守期间，专门挑选年轻、体弱的女孩为她朗读。问题是，不论是集中营中被挑选的女孩，还是二战后被挑选的米夏，汉娜为什么要选择让他们为自己朗读？对于汉娜这样一个集中营的看守来说，她的罪恶与朗读是否具有内在的关联？当汉娜在监狱中度过十八年，即将刑满释放时，她为何选择了自杀？她的自杀是否与朗读有关？可以说，朗读贯穿了《朗读者》的始终。那么，朗读在《朗读者》中起着什么样的作用？

---

① 徐贲：《人以什么理由来记忆》，中央编译出版社 2016 年版，第 107 页。

② 刘文瑾：《不可能的宽恕与有限的“宽恕”》，《读书》2014 年第 10 期。

朗读是贯穿《朗读者》的一条核心线索。在米夏和汉娜两人发展为情人关系以后，朗读成为他们情爱生活中的一项重要内容。汉娜主动要求米夏为自己朗读。米夏也由被动的朗读转变为喜欢、享受朗读，两人一起沉浸在朗读带来的精神愉悦中。那么，汉娜为何如此迷恋朗读，并主动要求米夏为自己朗读？随着小说的推进，我们逐渐了解到，汉娜是一个文盲，对于书本有着强烈的渴求。二战期间，汉娜是一个小集中营里的看守，负责挑选一些没有利用价值的女工，将她们从小集中营送去奥斯维辛。汉娜挑选的方法与其他看守不同，她挑选那些年轻、体弱多病的女孩子，晚上去给她朗读，第二天再将她们送去奥斯维辛。不论是少年米夏，还是集中营中被挑选的女孩子，他们的朗读行为都是被动的。由于他们被汉娜选中，被汉娜要求朗读，才进行朗读。他们的朗读并没有改变汉娜的思想与行为。汉娜也没有思考过自己对于集中营中的犹太人、对于米夏是否犯有罪过，更意识不到自己有罪。汉娜思想的转变是从法庭审判开始的。在法庭上，我们得知，汉娜之所以加入党卫军，并非因为其本性邪恶，而仅仅是她听说集中营在招聘看守，可以为她提供一份工作。此前，她是西门子工厂的员工，刚刚升职，却主动辞职。原因在于，不想被别人发现她是一个文盲。正是出于对文盲身份的羞耻感与自卑感，汉娜放弃了西门子公司的升迁机会，放弃了二战后她作为电车售票员的升迁机会，甚至放弃了为自己辩解的机会。“羞耻感是主体对自我的强烈意识，具有掩盖自身的特性，其根本便是遮蔽和隐藏。”① 为了不暴露其文盲的身份，在法庭要求她写字来核对笔迹时，她承认报告是她写的，因此被判处终身监禁。其他的几个看守被判处有期徒刑。可以看出，对于汉娜来说，工作、升职甚至生命、自由，都远远比不上她心中对于文盲的羞耻感。

正是这种羞耻感，促使汉娜渴望知识，渴望读书，渴望听别人为她朗读。正是这种羞耻感，通过朗读的途径，完成了她最终的人性觉醒。在监狱中，当汉娜收到米夏录制的朗读磁带时，她充满幸福感地听着米夏的朗读录音。后来，汉娜由被动地听朗读，萌发出主动学习读书、写字的意识，到监狱图书馆中借书，阅读有关集中营的书籍，怀着激动和兴奋的心情自学，还能够给米夏写简单的书信。汉娜通过书本的启蒙，寻找到了精

① 张悦：《〈朗读者〉：爱情寓言与人性审判》，《艺术百家》2009 年第 7 期。

神家园，也意识到了自己的罪恶——无意中将很多无辜的犹太人送去死亡的道路。汉娜在狱中度过十八年后，即将提前刑满释放，见到米夏。尽管米夏为即将出狱的汉娜安排好了工作、住处，但是汉娜却自杀了。汉娜为什么自杀？陈家琪认为，汉娜因为朗读、学习写字，而对于自己所犯的罪有了自我意识，唤醒了她的爱、同情与思考的能力。“因为她识字了，因为她读了那么多书，知道了纳粹帝国是怎么一回事，知道了自己所犯下的罪行，所以，她不愿意活着面对世人，只好委托迈克把自己这么多年积攒下来的钱捐献给当年监牢里的幸存者。”①

正是朗读，召唤了汉娜内心深处沉睡的道德和良知，让她的人性觉醒，通过自杀来赎罪。此时的汉娜，已经不再是纳粹大屠杀时代集中营里那个毫无思想、不会思考的女看守，也不是法庭上仅仅因为文盲的羞耻感而认罪受罚的罪犯，而是一个能够反思过去所作所为并且勇于承担自己责任的具有清醒自我意识的人。在汉娜即将刑满释放的那次探视中，汉娜对米夏说，既然人们都不理解她，也就没有权力要求她说什么，即使是法庭也不能要求她讲清楚，但是，死去的那些人却可以，她每天夜里都会梦见他们，与他们在一起。“在这座监狱里面，他们跟我待在一起的时间很多。他们每天夜里都来，也不管我要不要他们来。”② 对于死者的负罪感与内疚折磨着汉娜。在面临道德抉择时，她选择了以死亡来面对罪责。“从这个意义上说，她的自杀则是早已注定的。在夜夜与死者的交谈中，她自觉坦然，相比之下，活在一个没有希望的现实中，她除了无所适从之外，还无时无刻不提醒自己的罪恶感，所以她愿意选择属于自己的永久的安宁和坦然，然后尽自己的余力为自己赎罪。”③ 汉娜的罪过，不仅在于挑选集中营中的女孩子为她朗读，并将她们送去奥斯维辛，不仅在于她作为看守，没有为教堂中的犹太人开门，致使她们死于火灾，还在于她作为一个比米夏大二十一岁的成年女性，引诱少年米夏，并造成他一生的创伤。不可否认，随着两人交往的深入，汉娜对米夏不仅是情欲，还有感情甚或爱情。但是，当面对自己的文盲身份即将暴露的情况时，汉娜选择的是没有任何

① 陈家琪：《个人以死为国家谢罪——我看〈朗读者〉》，《社会科学论坛》2010 年第 2 期。

② ［德］本哈德·施林克：《朗读者》，钱定平译，译林出版社 2012 年版，第 200 页。

③ 丁伟祥、房春光：《诵读与启蒙，拯救与逍遥——试论〈朗读者〉中朗读的启蒙隐喻意义》，《解放军外国语学院学报》2013 年第 4 期。

解释的不告而别。对于少年米夏来说，他付出的代价却是纯真的爱情、信赖以及一生的创伤。尽管他与汉娜的相见只持续了一个夏季，但是，他的一生都生活在由汉娜所造成的创伤中无法走出。比如他婚姻的不幸、离婚，无法与另外的女人建立和谐的夫妻关系。汉娜正是意识到了自己对犹太人、对米夏的罪过，才选择了自杀。

朗读不仅对于汉娜有重要的启蒙意义，对于米夏的成长、成熟也有重要意义。米夏在被动为汉娜朗读时，还是一个身体柔弱的懵懂少年。他因为黄疸发病而呕吐，被汉娜照顾时，竟然哭了起来。软弱、懵懂的孩子般的米夏因为和汉娜的情爱关系而获得一种成长，他不断地吸收着来自汉娜的情爱及为汉娜朗读的养料。而朗读又是米夏与汉娜情爱关系中的一个重要的程序和象征。当八年以后的米夏在法庭上再见到沦为被告的汉娜时，他回想起过往的点点滴滴及为汉娜朗读的经历，终于明白了汉娜为何要求他朗读。米夏在法庭上总是盯着汉娜看，但他却羞于承认他们之间的关系。事实上，不仅汉娜具有羞耻感，米夏也陷入一种深刻的羞耻感之中。如果说汉娜应该为作为纳粹集中营的看守而感到羞耻，那么米夏也为爱上一个纳粹而羞耻。米夏知道汉娜是一个不识字的文盲，却没有勇气去揭示这个秘密，使得汉娜被判处终身监禁。米夏也陷入自责、内疚之中。当汉娜入狱，米夏主动录制了朗读磁带，有意识地为汉娜朗读。朗读让他们双方能够跨越空间，进行一种深层的精神上的交流。相比于汉娜通过听朗读而获得的启蒙与人性救赎，米夏也在日复一日的朗读中获得了潜移默化的精神滋养。汉娜自杀之后，米夏为完成她的遗愿，将她的钱交给幸存者的女儿，并且第一次主动坦白承认了他和汉娜的关系。这表明米夏在朗读与反思中能够正视自己与汉娜的关系，正视汉娜的罪责以及由于自己爱汉娜而带来的罪责，实现了精神上的成长。

综上所述，《朗读者》中的汉娜作为集中营的看守，无疑是有罪的。但是，汉娜并非十恶不赦的恶魔。她也有温情、柔软、细腻的一面。汉娜之恶是无知、不思考造成的平庸的恶，也与当时整个德国社会的外部环境有关。在集体之恶中，个体也需要承担相应的罪责。米夏对汉娜的复杂情感反映了战后的年青一代对于父辈罪责的看法。小说中的朗读，具有重要的启蒙意义。朗读召唤了汉娜内心深处沉睡的道德和良知，让她的人性觉醒，通过自杀来赎罪。朗读也促成了米夏的精神成长。《朗读者》对于纳粹大屠杀中的罪责问题进行了反思，尤其探究了战后一代对于父辈罪责的心态。显然，对个体罪责与集体罪责的关系的探究，不应只是德国人反思的问题。在小说《朗读者》中，汉娜正是意识到了自己有罪才选择了自杀，以死赎罪。汉娜通过朗读、学习读写而实现了人性的复苏与良知的自由。正是在这个意义上，刘文瑾指出，包括中国人和日本人在内的所有人所追求的最终目的与最高内涵，就应该是这种良知的自由。[①] 正是由于良知的自由，汉娜选择了认罪、赎罪；正是由于良知的自由，大屠杀事件中的所有战犯都无法推脱自己的罪责；正是由于良知的自由，这些战犯、大屠杀的执行者、犯下平庸之恶的普通人，有可能意识到自己在道德选择中放弃了善，选择了恶，并为自己的邪恶行为而后悔、痛苦、补救、赎罪、承担罪责。对于今天的中国人来说，不仅要坚持历史真相，书写历史真实与南京大屠杀的创伤记忆，永不忘记历史的耻辱，还要拒绝廉价的宽恕。“根据文化记忆理论，遗忘过去，否认过去或者对此缄默不语都不利于正确地把握住当下，更何况文化记忆不是对过去的单纯反映，而是对未来的憧憬。”[②]

## 第四节　疗伤与复原：种族屠杀事件的宽恕问题探究

宽恕问题已经超越了医学、心理学领域而成为哲学、伦理学、社会、宗教等研究领域中的一个重要问题。当我们思考应该如何面对人类社会的种种罪恶，尤其是如何面对种族暴力恐怖事件、南非种族隔离制度、纳粹对犹太人的种族大屠杀等罪行时，关于宽恕问题的探究势必不可回避。在此，南非的德斯蒙德·图图与其女儿默福·图图的《宽恕》一书，为我们思考与探究这一问题提供了诸多参考。德斯蒙德·图图在 1986 年被选为南非圣公会教堂最高职位的开普敦大主教，1995 年被南非总统曼德拉指派为“真相与和解委员会”主席。在《宽恕》一书中，作者对“宽恕”一

① 刘文瑾：《不可能的宽恕与有限的“宽恕”》，《读书》2014 年第 10 期。

② 金寿福：《评述扬·阿斯曼的文化记忆理论》，载陈新、彭刚主编《文化记忆与历史主义》（第 1 辑），浙江大学出版社 2014 年版，第 62 页。

词进行了界定，分析了宽恕的困难以及仍要选择宽恕的原因，并从受害者与施害者两个方面阐述了如何进行宽恕的具体过程。在作者看来，宽恕存在两种类型，即有条件的宽恕与无条件的宽恕。宽恕不代表遗忘，不是懦弱的表现，也不等于免罪或容忍罪行。宽恕能够疗愈创伤，通往复原之路。宽恕的最大意义在于，宽恕能够为世界疗伤止痛。通过宽恕，让心灵的创伤得以治疗，让破碎的关系得以修复。种族大屠杀作为极端的灾难性与创伤性事件，反映了人性之恶，由此也带来是否能够宽恕如此极端之恶的问题。宽恕的困难在于种族大屠杀的行为极为残忍、灭绝人性，难以宽恕；同时，随着种族屠杀的受害者和施害者逐渐离世，个体意义上的受害者和施害者之间一对一的宽恕变得困难。此外，宽恕的困难之处还在于施害者拒不认罪，宽恕无从谈起。施害者获得宽恕的前提条件是真正认识到了罪行，还要进行公开悔罪的仪式，并以积极的行动去赎罪。

## 一　疗伤与复原：德斯蒙德·图图与默福·图图的宽恕思想

关于宽恕的界定，德斯蒙德·图图与默福·图图认为存在两种类型的宽恕，即有条件的宽恕与无条件的宽恕。有条件的宽恕是指只有施害者满足了受害者的某些条件，才可能被受害者宽恕。如果施害者不同意受害者的条件，受害者便无法宽恕。“我们可以设下宽恕的条件，但伤害我们的人却可以决定要不要费事履行我们开的条件，我们便依然还是那个人的受害者。”① 无条件的宽恕是另一种截然不同的宽恕模式，即受害者将宽恕作为一种恩典给予施害者，不需要施害者满足他的条件。无条件的宽恕能够使受害者解除对施害者的怨恨，从创伤记忆的重压之下解脱出来。法国哲学家雅克·德里达也曾关注宽恕的内在矛盾性，他认为，宽恕这一概念具有自我解构的双重内涵：一方面，宽恕具有无条件性，应当被无条件地给予，不需要任何交换或回馈就可以给予对方；另一方面，还存在一种经济学意义上的有条件的宽恕，只有在施害者请求宽恕、承认错误并表示悔改的条件下才能给予宽恕，通过这种对于已犯下的罪过的忏悔行为，罪犯才能够弃恶从善，并且承诺不再犯下同样的罪过。德里达指出：“宽恕的这

① ［南非］德斯蒙德·图图、默福·图图：《宽恕》，祁怡玮译，华夏出版社2015年版，第10页。

种有条件逻辑在我们研读过的所有文本中比对无条件宽恕的要求更经常地占上风。”①

需要注意的是，宽恕不代表遗忘。宽恕不是默默忍受伤害，而是要说出承受的痛苦与创伤。宽恕与和解无法消除已经造成伤害的事实，也不是假装过去的伤害根本没有发生过、不再存在。相反，宽恕与和解需要承认现实、直面真相。雅克·德里达在对“宽恕”一词进行界定时指出，不能将宽恕等同于忘却。② 可以看出，宽恕并不等于遗忘过去的历史真实，也不是说创伤不再存在，更不是说施害者的行为并不严重。宽恕施害者并不表明没有骨气，不是懦弱的表现，宽恕也不意味着颠覆正义。

宽恕的困难之处在于，受害者所承受的创伤太过深重，根本无心考虑宽恕，尤其当施害者根本没有认识到自己的过错、罪行，不承认自己的过错，没有任何忏悔与道歉时，宽恕从何谈起？可以说，宽恕确实是一个难题，尤其当我们联系到第二次世界大战期间德国纳粹对犹太人的种族大屠杀时，不由得会思考一个问题，即超出正常人想象的邪恶暴行以及那些禽兽般十恶不赦的人也能够被宽恕吗？甚至有人认为如果宽恕大屠杀的罪行就等于默认甚至助长大屠杀，“宽恕一个要把孩子扔进火中，锁上门要把他们烧为灰烬的纳粹，无异于是自身变成一名纳粹”③。问题在于，既然宽恕如此困难，那么，为什么还要宽恕？

德斯蒙德·图图与默福·图图认为，尽管创伤会一直留存于心灵和记忆中，但还是要宽恕施害者，原因在于宽恕能够通往复原之路。气愤、报复的行为不会减缓疼痛，不会改变已经受害的事实，更不会治愈创伤。以暴易暴并不能够带来真正的和平。而宽恕能够让我们获得内心的平静。也就是说，宽恕一个施害者的目的并不是拯救他，而是拯救受害者，以摆脱仇恨的牢笼，成为自己的解救者。德斯蒙德·图图与默福·图图指出，宽恕正被作为一门学科来研究，受到哲学家、神学家、心理学家和医生的关注，并且关于宽恕的研究结果显示，宽恕能够给人带来情感、心智和生理

① ［法］雅克·德里达、张宁：《宽恕及跨文化哲学实践——德里达访谈》，载张宁著译《解构之旅·中国印记：德里达专集》，南京大学出版社 2009 年版，第 5 页。

② ［法］雅克·德里达：《宽恕：不可宽恕和不受时效约束》，杜小真译，《江苏社会科学》2002 年第 1 期。

③ ［奥］西蒙·威森塔尔：《宽恕》，陈德中译，商务印书馆 2014 年版，第 133 页。

上的诸多转变，能够减轻忧郁症、缓和愤怒的情绪、增强希望等。相反，不宽恕则会导致愤怒、报复、仇恨等，而这些情绪无疑是会让受害者的生活更加晦暗、阴郁。也就是说，宽恕的一个重要作用在于能够促使饱受创伤的身心复原。

那么，什么是复原呢？复原就是要说出真相，把所经历的创伤事件说出来，不能把伤害和愤怒压抑在心里，要正视内心的感受，通过宽恕来重建或放下受害者与施害者之间的关系。当然，德斯蒙德·图图与默福·图图指出，宽恕不是简单的几句话或者一个举动就可以完成的，而是要经历挖掘真相与和解的复杂过程。在报复与和解之间，在创伤与复原之间，如何选择是一个难题。尽管宽恕并不容易，但存在可能性。

问题是，是否存在不可宽恕之人？世界上有正常人无法理解的禽兽般的邪恶暴行，有十恶不赦的人，那么，是否可以宽恕这些人？德斯蒙德·图图与默福·图图认为，世界上确实有禽兽般的邪恶行为，但做出这些邪恶暴行的人并非禽兽。如果把一个人看成禽兽，就等于否定了这个人有向善转变的能力，也否定了这个人应该为自己的行为举止所承担的责任。尽管一些施害者确实犯下泯灭人性、禽兽不如的恶行，但是施害者并非禽兽，“以禽兽来称呼他实际上是轻纵了他，因为禽兽没有是非对错的道德观，也就不能在道德上被定罪，不能被认为应该在道德上受到谴责”①。当然，宽恕不等于免罪或容忍罪行。宽恕不是做表面文章，不代表对罪行的赦免，也不是说做坏事没关系，更不等于否认犯罪事实。宽恕无法消除受害者身心的创伤与剧痛，需要受害者拒绝羞愧和沉默，直面并接受创痛的现实，需要双方说出真相，诚实地记录下所发生的事情的前因后果，进而展开双方的对话。

那么，受害者如何宽恕施害者？首先，说出真相。这是从创伤中复原的一个重要部分。德斯蒙德·图图与默福·图图指出，真相与和解委员会的首要任务就是挖掘真相。真相是实现和解的必经通道。说出真相意味着不能假装过去的事情没有发生，而是要让真相以最直接、原始、真实的方式呈现在世人面前。也就是说，受害者要说出真实的事发经过，尽管情感

---

① ［南非］德斯蒙德·图图、默福·图图：《宽恕》，祁怡玮译，华夏出版社 2015 年版，第 55 页。

上很难做到直面创伤，尽管一开始可能无法按照时间的先后顺序进行清晰的叙述，尽管说出真相可能会受到二次伤害，但仍要根据记忆说出来。在说出真相的过程中，一个重要的选择是决定把真相告诉谁。德斯蒙德·图图与默福·图图认为，最好是对施害者说出真相，而且施害者已经表现出后悔，想请求原谅，愿意倾听并见证。这样，当受害者站在施害者面前，说出施害者的所作所为，对自己造成的伤害，就等于获得了尊严和力量。真相与和解委员会为受害者提供了一个安全的可以说出所受创伤的空间，承认事实确实发生过，不对当事人的说法进行质疑或者盘问，并对当事人的痛苦怀有同理心和信赖。除了对施害者说出真相，也可以告诉亲近的、信赖的人，还可以公开诉说。“就复原而言，最重要的一点就是‘说出来’。”①

其次，正视内心的感受。受害者在说出何时、何地、何人做了什么事情等客观细节时，就要正视内心的感受。说出创伤以后，就开始平复创伤。如果受害者不愿意正视伤痛、不愿意将伤口显露出来，那么，内心深处所积累的愤怒、怨恨、羞愧、报复等情绪便得不到释放，并在心灵深处生根。这样，受害者不仅不可能感到轻松和解脱，反而会感到更深的伤痛、更难承受的煎熬。对于受害者来说，肉体上的创伤或许可以很容易地显露出来、给予宽恕并治愈，但心理上的创伤却不是那么容易显露、正视的，无形的心理创伤会直接损害安全感、归属感、自我认同感等，因此，更难进行宽恕和复原。尽管如此，受害者也要努力地正视并接受内心的创伤。“平复伤痛的唯一办法就是接受它，接受它的唯一办法则是正视它，借由正视它，你完全而彻底地感受它。如此一来，你将发现你的痛苦是人类全体痛苦的一部分。”②

最后，予以宽恕、重建或放下这段关系。宽恕的过程有快有慢，真正宽恕的标志是受害者内心归于平静、放下心理上的重负，自由前行。然而，宽恕并不是复原过程的终点，只有重建或放下这段关系，才能解除过去的束缚。那么，什么才是重建或放下一段关系？重建一段关系不是简单

① ［南非］德斯蒙德·图图、默福·图图：《宽恕》，祁怡玮译，华夏出版社 2015 年版，第 93 页。

② ［南非］德斯蒙德·图图、默福·图图：《宽恕》，祁怡玮译，华夏出版社 2015 年版，第 116 页。

地将关系回复到原有状态，也不是假装伤害不曾发生，而是一种创造性的行为，重新创造一种新型的关系，一种经过面对真相、体认到彼此共通的人性之后的更加牢固的全新关系。放下关系是指放弃一段关系。德斯蒙德·图图与默福·图图指出，尽管可以选择放下一段关系，但在排除安全隐患的前提下，还是要优先考虑重建关系或者和好如初。原因在于，重建一段新的关系对双方都有益，而且是可能的，甚至有可能重建一段诞生于暴力的关系。

重建或放下一段关系取决于什么？在重建或放下一段关系时，受害者要问问自己需要什么，是需要施害者的道歉，还是补偿。受害者是选择重建一段关系还是放下一段关系，一个很重要的因素是施害者的态度。如果施害者对于自己的所作所为毫无悔意，那么受害者很可能会选择放下而非重建这段关系。正如德斯蒙德·图图与默福·图图所说："在重建关系之前，你可能需要知道加害者心里很后悔。如果这人一点儿也不后悔，你最后可能决定最好还是放下这段关系。"[①] 有时，受害者无法选择重建关系，只能选择放下。

接下来的问题是，施害者如何获得宽恕。首先，获得宽恕的前提是认识到自己的错误。承认错误并不容易，但却是获得宽恕的必要条件。施害者只有诚实地面对自己，承认真相并真心地忏悔，担负起自己的责任，愿意痛改前非，愿意做修补、重建一段关系所需要做的事情，满足受害者的需要，才有可能获得宽恕。也就是说，过去的事情已然过去，无法回头，无法改变历史的进程，无法假装过去的伤害不曾发生，但是，施害者可以尽自己的力量去承认并改正错误，确保同样的伤害不再发生，而不是用各种各样的借口为自己开脱。

那么，如何认错？其一，只有真切地体会到自己的所作所为给他人带来的身心创伤，才有可能真诚地忏悔，承认错误。"认错另一个关键的部分在于体认到我们做的是错的，并且明白我们伤害了对方，甚至可能伤得很重或无法挽回。"[②] 其二，施害者必须愿意回答受害者所提出的有关伤害

---

① ［南非］德斯蒙德·图图、默福·图图：《宽恕》，祁怡玮译，华夏出版社 2015 年版，第 172 页。

② ［南非］德斯蒙德·图图、默福·图图：《宽恕》，祁怡玮译，华夏出版社 2015 年版，第 201—202 页。

事件的任何问题，包括事件发生的时间、地点、经过、原因等。在双方交流的过程中，施害者必须具有承担自己错误行为的责任感，不能以任何方式为自己的行为寻找合理化的借口。一个人在做下错事、犯下罪行的时候，就失去了自己的部分人性，就要相应地承担起责任，并寻求补救之道。施害者可能会害怕面对认错之后即将发生的事情，但这是必须付出的代价。因此，施害者必须真诚地认识到自己的错误，直面真相。“没有赤裸裸的真相，就没有真心诚意的宽恕，也就不会有真正的复原。真相让所有人自由。”①

其次，见证痛苦并道歉。在承认自己的错误、完全坦承罪行之后，施害者需要站在受害者面前，倾听对方的痛苦。受害者可以自由地表达自己的创伤感，这种表达与倾诉也是复原的一个部分。因此，施害者有义务来承担起自己的责任，通过见证自己给他人带来的痛苦来帮助受害者复原。这种见证也有助于彼此关系的修复。需要注意的是，在倾听受害者的诉说、见证其痛苦的时候，施害者需要具备一种同理心，表达出对受害者的理解与认同，诚心地回答受害者的问题，不要进行质疑或争论，也不要为自己开脱或辩解。也就是说，“见证和道歉需要一种并不容易达到的谦卑”②。只有怀着这样一种谦卑的心理，才能够在坦承错误、见证痛苦之后，由衷地道歉。德斯蒙德·图图与默福·图图指出，道歉具有一种超乎我们想象的神奇的力量，也具有疗愈的效果，是走向宽恕的必经之路。“‘对不起’可以是国家、配偶、朋友和敌人之间的桥梁，整个世界都可以奠定在‘对不起’这三个字的基础上。”③ 关于悔罪和道歉，玛里·戈登指出，如果一个人公开犯下了某种罪行，就不能够在私下里对他进行赦免。作为施害者的犯罪者只有公开地承认罪行，才可以寻求赦免。④ 因此，施害者需要卸下防备，而且要通过公开悔罪的仪式进行道歉。

---

① ［南非］德斯蒙德·图图、默福·图图：《宽恕》，祁怡玮译，华夏出版社 2015 年版，第 204 页。

② ［南非］德斯蒙德·图图、默福·图图：《宽恕》，祁怡玮译，华夏出版社 2015 年版，第 205 页。

③ ［南非］德斯蒙德·图图、默福·图图：《宽恕》，祁怡玮译，华夏出版社 2015 年版，第 207 页。

④ ［奥］西蒙·威森塔尔：《宽恕》，陈德中译，商务印书馆 2014 年版，第 171 页。

再次，请求宽恕。在认错与见证痛苦的前提下，请求宽恕是负责任的最高表现。通过请求宽恕，来请求修复过去，重新开始一段关系。当然，请求宽恕并不是简单地说出“你能原谅我吗”这几个字，而是要体认到自己给对方造成的身心创伤，要充分地表达忏悔并道歉，并且保证不会再犯同样的错误，解释为什么不会再犯这样的错误以及如何才能不犯错误。也就是说，请求宽恕意味着一种悔改，既包含了对过去所做的恶行的忏悔，也有对今后不会再做类似恶行的保证，正如德波拉·E. 李普斯达特所说的：“彻底的悔改应表现在遇到同样的犯罪环境时能选择不再重复过去的罪恶行为。这个人还有能力再次犯罪；他的力量还没有完全丧失。但是，他选择不再重复犯罪。”①

请求宽恕的一个重要部分是根据受害者的需要做出补偿。施害者要努力把因自己所造成的损失偿还回去。如果无法偿还失去的东西，就要找机会弥补缺憾。弥补过失是对双方进行疗愈的方式。可以看出，请求宽恕绝不只是口头上的表达，更重要的是行动上的展现，通过行动来表达忏悔、歉意与弥补。当然，即便如此，受害者也可能拒绝宽恕。此时，施害者不能强迫别人原谅他，也不能向对方施压，而应该以谦卑和理解的态度去回应，并以实际行动表达自己的忏悔与补偿。

最后，重建或放下这段关系。重建一段关系并非彻底遗忘过去，不是让受害者忘记自己所受的伤害，而是请受害者了解并认同施害者改过自新的意愿，从而使双方重新进入一段新的关系。放下一段关系也不意味着彻底放弃和失去这段关系，而是意味着尽自己的努力去修复双方的关系。

## 二 宽恕的困难与条件

第二次世界大战期间，德国纳粹对犹太人进行有计划的迫害与灭绝，目的是消灭欧洲所有的犹太人，约 600 万犹太人遭到杀害。对于种族大屠杀进行宽恕如此困难的一个重要原因在于，大屠杀的行为极为残忍、灭绝人性，让人们难以宽恕，以至于有一些人认为如果宽恕大屠杀的罪行就等于默认甚至助长大屠杀。正如刘文瑾所指出的：“以奥斯维辛集中营和南京大屠杀作为代名词的反人类罪，之所以对宽恕构成了巨大的挑战，不仅

① ［奥］西蒙·威森塔尔：《宽恕》，陈德中译，商务印书馆 2014 年版，第 227 页。

是由于其残忍的手段以及所制造的深重苦难超出了任何能够衡量人类罪行的尺度，更是由于施害者在拒绝受害者的人性时，亦拒绝了自身的人性。”①

西蒙·威森塔尔在《宽恕》一书中讲述了他在纳粹集中营里的一次亲身经历。一个纳粹党卫队成员在将要死去时，为自己的所作所为感到后悔，并请求威森塔尔来宽恕他。当时，威森塔尔还是集中营中的一名犹太囚犯，拒绝宽恕这位党卫队成员，沉默地离开了。作者描写了集中营里的悲惨场景，纳粹挑选不再具有劳动能力的人，把他们扔进毒气室。“虽然毒气室在全力运转使用，但是仍赶不上等待送进毒气室的人数的急剧增加。从早到晚，焚尸炉上空总悬挂着一大团烟云，证明死亡工业在全力进行。”② 纳粹还用绳子把犹太人吊起来，鞭打他们、践踏他们、放驯犬咬他们、羞辱他们……因此，当那位党卫队员说自己仅仅 21 岁，还没有生活过，请求宽恕时，西蒙·威森塔尔感到愤怒。“21 岁就死去，确实也死得太早了些。但是纳粹在把我们的孩子送进毒气室时，是否问过他们是不是死得太早了些？他们是否问过我们的孩子是不是已经认真生活过了？”③ 威森塔尔认为，作为一个被纳粹残忍迫害的犹太人，根本没有任何义务去接受这名年青的纳粹党卫队员的忏悔，纳粹士兵没有权利去寻求犹太人的同情，也不值得同情。

纳粹大屠杀的幸存者让·阿迈里认为，从政治角度来说，他不想听到任何有关宽恕的问题，拒绝宽恕纳粹大屠杀的施害者，也拒绝与那些大屠杀的助长者、推动者、冷漠的旁观者和解。因为纳粹大屠杀这样的行为永远都不应该再发生，必须用严厉的法律来惩罚如此残忍的大屠杀行为，才可能阻止潜在的犯罪行为。④ 苏珊娜·赫舍尔指出，在犹太教中，宽恕要求既赎罪又补偿，对于纳粹大屠杀的罪恶行为，是不可能补偿的，因此也不可能宽恕。⑤ 罗伯特·麦克阿费·布朗指出，如果我们宽恕了纳粹大屠杀的暴行，就可能会助长纳粹的罪恶，他们会因此不再畏惧惩罚，宽恕就

① 刘文瑾：《不可能的宽恕与有限的“宽恕”》，《读书》2014 年第 10 期。
② ［奥］西蒙·威森塔尔：《宽恕》，陈德中译，商务印书馆 2014 年版，第 81 页。
③ ［奥］西蒙·威森塔尔：《宽恕》，陈德中译，商务印书馆 2014 年版，第 32 页。
④ ［奥］西蒙·威森塔尔：《宽恕》，陈德中译，商务印书馆 2014 年版，第 115 页。
⑤ ［奥］西蒙·威森塔尔：《宽恕》，陈德中译，商务印书馆 2014 年版，第 198 页。

会成为一种“软弱”的品质，如果我们宽恕而非抵抗和惩罚纳粹的罪恶行为，就意味着我们也成为纳粹行动的同谋。假如一个纳粹把无辜的犹太孩子扔进火里并使其烧死、成为灰烬，而我们宽恕了他，那么我们自己也和这个纳粹无异。[①]

也有学者认为，大屠杀事件是可以实现和解的。李彼得以埃里克·洛马克斯的案例证明了这一点。作为一名英国士兵，埃里克·洛马克斯在战场为日军所俘，遭受了两年非人的残酷折磨，不断地被英语审讯官永濑武志及其下属毒打。战争虽然结束了，但埃里克·洛马克斯所承受的痛苦并没有结束，他仍然受到种种战争后遗症的折磨，承受着身体和精神的创伤。他对永濑武志恨之入骨，根本不相信日本人在战后的悔意。机缘巧合，洛马克斯和永濑武志在泰国见面了，洛马克斯知道了永濑武志的忏悔。永濑武志在战后捐建桥梁、和平寺庙，谴责日本皇室应该为战争罪行负责，发表言论抨击军国主义等。这些实际行动说明了永濑武志的忏悔是真诚的，因此，洛马克斯表示，尽管他不能够忘记那段残酷的历史，但他愿意宽恕永濑武志。可以看出，洛马克斯宽恕永濑武志的一个重要原因在于后者的真诚忏悔，不仅承认自己所犯的罪行，而且愿意承担相应的惩罚，并努力去赎罪。正是在这个意义上，李彼得指出：“对于东亚的国家，尤其是那些曾遭受过日本侵略的国家来说，痛苦的记忆依然如新。因此，日本对此作出真诚而毫不含糊的道歉并对受害者作出赔偿是非常重要的，哪怕这些赔偿并不能减轻受害者的痛苦。”[②] 在现实语境中，宽恕面临着一系列的难题。比如，如果受害者甚或施害者都已不在人世，以谁的名义去宽恕？这样的宽恕是否还有意义，意义何在？宽恕的困难之处还在于施害者拒不认罪，宽恕无从谈起。

宽恕如果存在可能性，那么随之而来的第一个难题就是以谁的名义宽恕。对于那些已经死去的大屠杀的受害者来说，谈论宽恕已经不再可能。那么，大屠杀的幸存者、后代以及没有经历过大屠杀的本民族本国家的民众是否可以代表那些受害者去宽恕施害者？阿兰·L. 伯格曾设想，假如他

---

① ［奥］西蒙·威森塔尔：《宽恕》，陈德中译，商务印书馆2014年版，第133页。

② ［美］李彼得：《南京大屠杀：记忆、创伤与和解》，王山峰译，《日本侵华史研究》2010年第1期。

处于西蒙·威森塔尔的位置，他该怎么做，他是否有权利代表被杀害的人去宽恕那些作恶的人。伯格认为，西蒙·威森塔尔不应该也不能够代表那些被如此惨无人道地杀死的犹太人去宽恕，“犹太教教导我们有两种类型的罪恶。一种是由于人犯神而做下的。另一种是人犯人而做下的。我或许可以宽恕针对我而犯下的罪。我却不能宽恕因夺走别人的生命而犯下的罪过”①。因此，纳粹大屠杀的幸存者不应该也不能够代表那些被惨无人道地杀死的所有犹太人去宽恕。也就是说，饱受创伤的幸存者可以宽恕，但不能代替所有的受害者去宽恕，尤其当受害者已经不在这个世界上时。对于施害者来说，他们的罪行在于迫害、屠杀受害者，而只能向受害者请求宽恕。即只有当施害者请求受害者的宽恕时，宽恕才能成立，这也才是真正意义上的宽恕。

雅克·德里达指出，宽恕只能存在于施害者与受害者之间，与第三方没有任何关系。“从某种意义上讲，只有在‘一个人对一个人’，‘单独面对面’，或可以说只有在犯下不可补救或不可逆转的罪恶的人和受到这罪行伤害的男人或女人之间，宽恕才能够被要求或者被允许，后者是唯一能够听到宽恕请求，同意或拒绝这种请求的人。”② 宽恕的这种一对一的特性决定了它与法律、处罚、罪行，与公共机构、司法量刑统治等不相关联。也就是说，纳粹大屠杀的幸存者、后代以及没有经历过大屠杀的本民族本国家的民众没有权利代表那些受害者去宽恕战争罪犯，人们不应该以受害者的名义去宽恕，尤其当受害者已经不在这个世界上时。对于施害者来说，他们也不应该向活着的人、幸存者请求宽恕那些受害者被迫害致死的罪恶。只有当施害者请求受害者的宽恕时，宽恕才能成立，这也才是真正意义上的纯粹的宽恕。德里达认为，谁宽恕谁是一个很严重的问题，“唯有有罪者可以请求宽恕，也唯有受害者才能给人以宽恕。第三者不能为之”③。德里达以南非一位黑人妇女为例，讲述了宽恕的条件以及宽恕在实践中的困境。一位黑人妇女的丈夫被警察的酷刑折磨而死，但是她表示政府

① ［奥］西蒙·威森塔尔：《宽恕》，陈德中译，商务印书馆2014年版，第128页。

② ［法］雅克·德里达：《宽恕：不可宽恕和不受时效约束》，杜小真译，《江苏社会科学》2002年第1期。

③ ［法］雅克·德里达、张宁：《宽恕及跨文化哲学实践——德里达访谈》，载张宁著译《解构之旅·中国印记：德里达专集》，南京大学出版社2009年版，第8页。

或者南非“真相与和解委员会”都不能宽恕施害者，只有她有权利去宽恕，而她不准备宽恕。这无疑表明了，宽恕与第三方无关。斯迈尔·巴雷克指出：“改正不良行为是受害者与施害者之间的事。第三者团体至多能充当一个调解人的身份。若无真正的悔悟，恶是不可能被善所抵消的。”① 国家、法律、司法机关等都不能够代表受害者去宽恕施害者。“国家的代表可以审判，但宽恕与审判不相干。它甚至与公共政治领域不相干，即便它是‘公正的’，宽恕的那种公正性也许与司法的公正性、与法律无涉。法院处理的是司法公正问题，但严格说来它从不宽恕。”② 可以看出，如果有人以某种名义去宽恕，那么只能由受害人而非第三方去宽恕，但这也由此带来宽恕在实践中的一个难题，即严格来说，那位黑人妇女尽管也是受害者，但不算是绝对意义上的受害者。绝对的受害者应该是她死去的丈夫。

那么，幸存者是否能以死者的名义去宽恕施害者？本哈德·施林克的小说《朗读者》表现了对于这一问题的思考。纳粹集中营的女看守汉娜在临死之前，将自己毕生的积蓄装在一个茶叶罐中，希望由米夏转交给纳粹大屠杀幸存者的女儿。当米夏找到大屠杀幸存者的女儿时，她却拒绝接受汉娜的钱。她认为如果接受这笔钱，就意味着宽恕，而她是没有权利也不能够去宽恕汉娜的。因此，就纳粹对犹太人的种族大屠杀来说，幸存者没有权利以死去的犹太人的名义去宽恕。我们不能够代替受害者去宽恕罪行，更不能轻易地将宽恕廉价地给予施害者。因为如果施害者并没有真正地认清自己的罪行，没有表示忏悔、改过，此时给予其廉价的宽恕不但不可能引起施害者的悔悟、弃恶从善，反而会助长其罪恶行径。

综上所述，伯格和德里达等学者强调受害者和施害者作为个体的一对一的关系。这种观点有其特定的意义。但问题是，如果仅仅把受害者与施害者作为个体，那么，在现实语境中，如果受害者或施害者都已不在人世，宽恕问题就不再具有意义。笔者认为，大屠杀的受害者和施害者双方不仅仅是某个个体，也是群体的一员。大屠杀事件的罪责问题关系到集体犯罪还是个体犯罪。与之相对应，宽恕问题也应该区分集体恕罪与个体恕罪。

大屠杀事件的罪责问题关系到个体罪责还是集体罪责。一方面，宽恕

① ［奥］西蒙·威森塔尔：《宽恕》，陈德中译，商务印书馆 2014 年版，第 119 页。
② 张宁：《德里达的“宽恕”思想》，《南京大学学报》2001 年第 5 期。

问题不仅仅是受害者和施害者双方个体的问题。大屠杀的创伤已经成为一种集体创伤，这种创伤不随某个个体的受害者或施害者的离世而消失。另一方面，宽恕问题涉及我们应该如何看待那些屈从于当时主流意识形态并且默认罪恶行为的普通民众，涉及应该如何看待那些服从上级命令的无名士兵的罪行等问题。西蒙·威森塔尔讲述了行人看到犹太人被迫害时的冷漠表情，他们就像看一群被赶往屠宰场的家畜一样看待犹太人。为此，威森塔尔提出，迫害犹太人的可能不仅仅是纳粹。那些冷漠的旁观者眼睁睁地看着犹太人遭受如此非人的折磨、迫害与杀戮，但是这些旁观者既没有用语言来表达不满、抗议，也没有阻止杀戮。从某种程度来说，这些人也是不道德的。①

斯迈尔·巴雷克认为，那些表面上没有犯罪，却容忍罪行的发生，对犯罪行为袖手旁观，漠然地看着施害者对受害者进行羞辱、毒打和杀戮行为的人，实际上也犯了罪。② 齐格蒙·鲍曼也指出，在纳粹大屠杀事件中，最让人感到恐惧的事情，“不是‘这’也会发生在我们头上的可能性，而是想到我们也能够去进行屠杀”③。此外，在执行大屠杀政策的过程中，不负有直接责任、服从命令的士兵与看守等也不能够免责。如果有了犯罪的事实，就应该承担起相应的责任。本哈德·施林克的小说《朗读者》体现了对于二战时期德国罪责问题的反思与探究。汉娜作为纳粹集中营的一名女看守，忠于职守，服从上级命令，但是缺乏思考力，眼睁睁地看着300名犹太人被烧死。在当时的纳粹德国，像汉娜这样缺乏思考力与判断力的人很多，导致平庸之恶盛行。汉娜·阿伦特认为，也许他们只是某一个官僚体系中的工具，只是庞大的行政体制中的一个单纯的齿轮，但是这些都不能成为其免责的理由和借口，“机器上的任何一只齿轮，也不管被押上法庭与否，都要还原成人”④。问题是，那些施害者的后裔没有参与大屠杀，也没有犯罪事实，他们是否有罪？德波拉·E. 李普斯达特认为，纳粹大屠

① ［奥］西蒙·威森塔尔：《宽恕》，陈德中译，商务印书馆2014年版，第59页。

② ［奥］西蒙·威森塔尔：《宽恕》，陈德中译，商务印书馆2014年版，第119页。

③ ［英］齐格蒙·鲍曼：《现代性与大屠杀》，杨渝东、史建华译，译林出版社2011年版，第200页。

④ ［美］汉娜·阿伦特等：《〈耶路撒冷的艾希曼〉：伦理的现代困境》，孙传钊编，吉林人民出版社2003年版，第56页。

杀之后出生的参加过纳粹大屠杀的国家的公民，可能承担着民族的责任，但对发生的事不承担直接罪责。也就是说，施害者的后裔并不承担施害者的罪责。在《朗读者》中，米夏由于爱上曾经的纳粹女看守汉娜，而怀有一种难以抹去的罪恶感。米夏对于汉娜的复杂情感代表了德国战后一代年轻人对于父辈罪责的矛盾情感。尽管战后一代德国人并没有经历纳粹大屠杀，不承担直接的罪责。但是，由于对有罪的父辈的爱而怀有一种民族责任与道德罪责。由此，刘文瑾指出："每个人都将独自面对终极审判。"①

当受害者愿意说出真相、进行和解，施害者获得宽恕需要一些条件。德斯蒙德·图图与默福·图图认为，施害者获得宽恕的前提是认识到自己的错误。承认错误并不容易，但却是获得宽恕的必要条件。施害者只有诚实地面对真相，谦卑而坦诚地面对受害者，表示愿意痛改前非并且尽一切力量来修复双方的关系，才有可能获得宽恕。纳粹大屠杀作为人类历史上极端残忍的灾难性事件，是反人类罪行、反人性罪行。只有当施害者真正意识到并承认自己的罪行，对自己的行为进行忏悔、补救，采取积极的行动去赎罪时，宽恕才是可能的。玛里·戈登指出，请求西蒙·威森塔尔原谅的那个纳粹党卫队员误解了悔罪。因为，如果一个人公开犯下了某种罪行，就不能够在私下里对他进行赦免，也就是说，作为施害者的犯罪者只有公开地承认罪行，才可以寻求赦免。另外，纳粹党卫队员错误地将西蒙·威森塔尔一个人作为整个犹太群体的公共象征来请求宽恕。"没有人可以私下以他人名义给予宽恕，因为那将意味着窃取受伤害者的宽恕或不宽恕的权利。"② 斯万·阿尔卡拉日也认为，西蒙·威森塔尔确实不能代表死去的犹太人去宽恕那个党卫队员。如果认识不到发生了什么罪行，就永远不能宽恕。对战犯的判决十分重要，通过对于罪犯的惩罚不仅能够伸张正义，还能够重温过去的历史。也就是说，惩治犯罪不仅可以彰显正义，还能够避免世人遗忘战争的罪行，而遗忘就意味着二次屠杀。"忘记罪行比宽恕一个有悔改之心的罪犯要更糟糕。因为忘记罪行就贬损了死于这场暴行的人们。"③

① 刘文瑾：《不可能的宽恕与有限的"宽恕"》，《读书》2014 年第 10 期。

② ［奥］西蒙·威森塔尔：《宽恕》，陈德中译，商务印书馆 2014 年版，第 171 页。

③ ［奥］西蒙·威森塔尔：《宽恕》，陈德中译，商务印书馆 2014 年版，第 108 页。

因此，宽恕的一个基本前提是真正认识到了罪行。请求西蒙·威森塔尔宽恕的纳粹党卫队员无疑是认识到了自己的罪行，表示忏悔。然而，正如玛里·戈登所指出的，那个纳粹党卫队员误解了悔罪。只有双方都承认了罪的存在，并且通过公开悔罪的仪式才可能保证类似的罪恶不会发生，避免重复同样的历史悲剧。而且，那位党卫队员只是开始意识到自己的罪行，还没有完全理解、认清这些罪行为什么存在，以及为什么仍将存在。“假如他真的意识到了其罪过的巨大，他就永远不敢去寻求宽恕。绝对不敢！真正看清他的罪过意味着意识到他自己完全没有机会去寻求宽恕。他本来应该知道，他已经被永远收回了那种‘安宁地死去’的权利。或许到那时，也只有到那时，只有在他知道了自己的绝对不可被宽恕时，才有可能考虑他被宽恕——而那也只能由成千上万中那三个被烧死的灵魂来决定。”①

此外，宽恕不是一种廉价的恩典，单纯地悔悟本身并不能够得到宽恕，并不能够让受害者忘记他们的罪行。除了真诚地悔悟、公开地悔罪，还要有改过自新的行动。德波拉·E. 李普斯达特认为，悔改之人首先应该面对面地请求受害者个人或者团体的宽恕，不仅口头上表达对自己所犯下的罪行的羞耻与忏悔，还要决心以后不能够再犯下同样的罪行。“彻底的悔改应表现在遇到同样的犯罪环境时能选择不再重复过去的罪恶行为。这个人还有能力再次犯罪；他的力量还没有完全丧失。但是，他选择不再重复犯罪。”② 也就是说，单纯地悔改并不能被宽恕，更为重要的是承担起自己所犯罪行的后果、责任与惩罚，积极地补赎。与西蒙·威森塔尔在《宽恕》一书中所讲的故事不同，在埃里克·洛马克斯的案例中，永濑武志不仅认识到了自己所犯下的罪行的严重性，承认自己有罪，愿意接受惩罚，并且承担相应的责任，还在战后谴责日本皇室应该为战争罪行负责，发表言论抨击军国主义等，以积极的行动去赎罪。正因如此，作为受害者的埃里克·洛马克斯愿意去宽恕作为施害者的永濑武志。《朗读者》中的汉娜由于朗读而获得启蒙与良知的苏醒，选择了认罪、赎罪。这种良知的复苏是谈论宽恕问题的基本前提。

---

① ［奥］西蒙·威森塔尔：《宽恕》，陈德中译，商务印书馆 2014 年版，第 168—169 页。

② ［奥］西蒙·威森塔尔：《宽恕》，陈德中译，商务印书馆 2014 年版，第 227 页。

# 第三章　女性之伤：性别、种族与帝国

西蒙娜·德·波伏瓦（Simone de Beauvoir）的《第二性》从生物学、精神分析学、历史唯物主义的层面讨论了女性的生存现状，通过分析大量的西方神话、文学作品，指出女人是后天形成的。“第二性”指的就是女性，女性是相对于男性而言的，男性是本质，女性是非本质，男性是主体，女性是客体、他者。根据《旧约·创世纪》，人类的第一个女性夏娃是用亚当的骨头所造，是男性的附属。“人类是男性的，男人不是从女人本身，而是从相对男人而言来界定女人的，女人不被看做一个自主的存在。”① 波伏瓦指出，女人的处境类似于黑人的处境，都被固定在从属者的位置上，没有自主权，只有逆来顺受的黑人和女人才能得到肯定或者赞美。“当一个个体或一群个体被控制在低人一等的处境中，事实是他或他们就是低人一等的……是的，大体上，女人今日就是低男人一等。”② 那么，是什么造就了女人这样一个低人一等的他者呢？波伏瓦认为，这种处境不是天生的，而是后天形成的，是社会文化、习俗、教育等造成的。女性从小时候就被规训，被教育做一个有教养的女孩，这种规训会自动内化为女孩自己的第二天性，从而压抑了原本的生命活力。“她认为对自己提出许多要求是没有用的，因为她的命运最终不是取决于她。她献身于男人，并不是因为知道自己低于他，而是因为献身于男人，才建立起这种自身低下的想法。事实上，她并非提高了自身的人的价值，才在男性眼中获

① ［法］西蒙娜·德·波伏瓦：《第二性Ⅰ》，郑克鲁译，上海译文出版社2011年版，第8页。
② ［法］西蒙娜·德·波伏瓦：《第二性Ⅰ》，郑克鲁译，上海译文出版社2011年版，第18页。

得价值：而是按照男人的梦想去塑造自身，才能获得价值。”[①] 由此，波伏瓦区别了女性的生理属性与社会、文化属性，正是后天的社会文化造成了女人低人一等的从属者的地位。女人接受了这种界定，并用父权制社会的要求去塑造自己，以此获得肯定与自信。“这导致了性别特质的固化和再生产。”[②]

女性主义批评家桑德拉·吉尔伯特和苏珊·古芭在其合著代表作《阁楼上的疯女人：女性作家与19世纪文学想象（上）》中指出，在男性文学作品中存在两种不同的女性形象，即天使与怪物。[③] 天使是纯洁、美丽、温顺、无私、充满奉献精神的理想女性，她们没有自我，从不顾及自己的享受，是男性审美理想的体现。作为与天使形象对立的怪物，则是被男性作家描写成淫荡、风骚、丑陋、自私、不温顺、狠毒、反抗、野心勃勃的妖妇形象。对威廉·莎士比亚的四大悲剧之一《李尔王》进行阅读与阐释，可以发现，李尔王象征着专制独断的父权制权威；科迪利娅作为李尔王的小女儿，柔和温顺，具有强烈的自我牺牲精神，默默地爱着父亲，在父亲有难的时候挺身而出，不顾自己的安危，是个理想的家中天使形象；戈纳瑞和里甘代表着不肯顺从、自我意识强烈、野心勃勃的妖妇形象。在对《李尔王》进行解读时，不仅要关注到文本中占主导地位的男性声音，还要关注到被贬抑的女性声音。

与西方社会中的白人女性相比，黑人女性同时承受着种族创伤与性别创伤。因此，黑人女性主义批评注意到了白人女性与黑人女性所受的压迫的异同，特别关注黑人女性的历史境遇及其所承受的性别压迫和种族压迫，肯定黑人女性的身份诉求。黑人女性在罪恶的奴隶制下，被黑人男性和白人社会压迫，身体与精神都饱受折磨与摧残，她们没有根基，没有自我，没有话语权。在美国作家斯托夫人的《汤姆叔叔的小屋》与美国黑人女作家艾丽丝·沃克的《紫色》中，黑人女性往往只是性工具、劳动工具与生育机器，承受着生命中难以承受的痛苦、无助、恐惧等创伤体验。她们被鞭打、被折磨，沦为性奴，她们眼睁睁地看着自己的孩子被卖掉或者

① ［法］西蒙娜·德·波伏瓦：《第二性Ⅱ》，郑克鲁译，上海译文出版社2011年版，第87页。

② 刘岩等：《性别》，外语教学与研究出版社2019年版，第12页。

③ ［美］桑德拉·吉尔伯特、苏珊·古芭：《阁楼上的疯女人：女性作家与19世纪文学想象（上）》，杨莉馨译，上海人民出版社2015年版，第22页。

死去，犹如生活在毫无救赎希望的地狱中。艾丽丝·沃克在《紫色》中还描写了黑人女性从自卑、逆来顺受到觉醒的过程，描写了黑人女性勇于追求自我独立以及黑人女性之间的姐妹情谊。

女性的命运与男性、种族、殖民、帝国等有密切关系。出生于英国殖民地多米尼加的女作家简·里斯身世坎坷，一生颠沛流离，以同情之心写出了处于白人与黑人之间夹缝中的白克里奥尔女人的故事。在夏洛蒂·勃朗特的《简·爱》中，罗切斯特的疯妻子伯莎·梅森是一个被丑化、妖魔化的殖民地女性，被剥夺了话语权，不能发出自己的声音。简·里斯出生、成长于英属殖民地，成年后漂泊于宗主国的流散经历，使她对《简·爱》中的疯女人满怀同情，在小说《藻海无边》中重新写了这个疯女人的故事。《藻海无边》呈现了殖民地女性的创伤命运，颠覆了《简·爱》中的男性话语与帝国话语，赋予伯莎以话语权。由此，我们知道了伯莎如何从一个单纯的克里奥尔女孩安托瓦内特成为罗切斯特的疯妻子伯莎。安托瓦内特作为白克里奥尔人①，被纯正的英国男人罗切斯特确定一个无知、疯癫的他者。白克里奥尔人在白人与黑人之间，既是被殖民者，又是殖民者，既被英国殖民者鄙视，又被当地的土著排斥，处于一种尴尬的境遇中。正如张峰所指出的："作为西印度群岛早期欧洲移民的后裔，克里奥尔白人相对于英国在西印度群岛的殖民统治者来说，和黑人及混血种人一样都是被殖民的对象；相对于后者而言，他们又代表着早期的殖民者。这种殖民者和被殖民者的双重身份使他们既得不到英殖民主义者的认同，又受到土著人的仇视，因而处于一种尴尬的境地。"② 罗切斯特通过将安托瓦内特确定为一个异己的作为客体的他者，确立了自己作为观看者与主体的帝国意识。安托瓦内特与其生活的地理空间无疑是一种同构关系。在罗切斯特看来，安托瓦内特成长、生活的西印度群岛属于异域，荒凉、野蛮、危险而又具有神秘与原始之美。罗切斯特以帝国之眼对异域风景的凝视蕴含着政治性隐喻，表现了殖民者对殖民地与殖民地财富的开拓与占有的野心。罗切斯特对安托瓦内特及西印度群岛形成了一种既痛恨、恐惧又渴望、意欲占有的

---

① 白克里奥尔人（White Creole）原本指的是16—18世纪时欧洲白人的后裔，现在泛指所有出生于殖民地的欧洲后裔与混血儿。

② 张峰：《"属下"的声音——〈藻海无边〉中的后殖民抵抗话语》，《当代外国文学》2009年第1期。

矛盾情感，从而凸显了西方文明外衣下隐匿的邪恶。由此，安托瓦内特的创伤既体现为夹缝中克里奥尔人的身份认同之伤，同时被纯正白人与纯正黑人嘲笑、蔑视，也体现为无法得到男性认同的性别创伤，成为男性世界的异己者与边缘人，最终被囚禁在阁楼上，成为阁楼上的疯女人。

## 第一节　父权、天使与妖妇：《李尔王》中的女性之伤

威廉·莎士比亚是欧洲文艺复兴时期最伟大的戏剧家和诗人。《李尔王》是他的四大悲剧之一。此剧取材于古代不列颠的传说，描绘了两个家庭父子相逼、手足相残的悲剧，即李尔王的家庭悲剧与格罗斯特的家庭悲剧。有研究者指出："女性主义批判仍然是对莎士比亚最具有影响力的研究方法。莎士比亚的作品在创造了强大的女性、生动描写了女性的崛起的同时，也描写了父权社会下男性在面对女性的挑战和背叛时的矛盾心理，以及由此产生的对女人的憎恨和导致的悲剧。"① 女性主义批评是一种以妇女为中心的批评模式，与西方的妇女解放运动密切相关，主张通过女性的视角对文学作品进行重新解读，从性别的角度深入对社会文化的探究，批判男性文学对妇女形象的歪曲，揭示出造成性别压迫的历史原因，颠覆、反抗传统的父权制秩序。女性主义批评关注女作家的创作状况，寻觅、挖掘女性文学传统，研究女性特有的语言、写作方式、表达方式、主题、风格等，要求重新评价、重新建构文学史。② 女性主义批评强调女性的阅读方式和阅读体验，"作为女性的阅读就是避免作为男性的阅读，就是识别男性阅读中特殊的防护以及歪曲并提供修正"③。也就是说，许多男性文本

---

① 赵云梅、段晓玲：《女性批判主义视角下的李尔王——王权、父权、男权主体意识下的悲剧》，《作家杂志》2011 年第 7 期。

② 值得注意的是，女性主义批评是以妇女为中心的批评，包括妇女的创作和作品中的妇女形象，批评范围不仅是女性的文本，还包括对男性文本的研究，以女性的视角批判男性文本中的性别歧视。比如凯特·米利特在《性的政治》一书中，从政治的角度来重新审视男女两性关系，认为两性关系是一种权力支配与从属的关系，对西方著名男性作家的文学作品进行了阅读，批判了其贬低女性的男性中心主义意识以及父权制社会。

③ ［美］乔纳森·卡勒：《作为妇女的阅读》，载张京媛主编《当代女性主义文学批评》，北京大学出版社 1992 年版，第 55 页。

采用的是以男性为阅读对象的策略，女性阅读者往往会自觉不自觉地被引导去认同男性的角色、立场，认同男性中心主义，而女性主义批评则提醒读者在阅读时要排除对男性中心主义的认同，树立女性意识，以女性的立场去阅读文学作品。

正是在这个意义上，王一川指出，女性主义批评的重要性就在于它对女性视角的引入，“由于女性主义文论的倡导，读者第一次被要求作为女人去阅读文学作品，而在从前读者总是不知不觉作为男性去阅读文学作品”①。以女性的视角去重新阅读男性的经典文本，能够意识到文本中所具有的却往往被忽视掉的男性中心主义思想、女性意识的觉醒、男性对女性的歪曲与贬抑所造成的女性之伤等内容。在莎士比亚的《李尔王》中，李尔王是一个专制独断的封建君主，代表着男性社会的权力，喜怒无常、独断专行。他因为小女儿科迪利娅的忠言和她断绝父女关系，因为肯特的劝诫而将他驱逐出境。一个是自己最宠爱的女儿，一个是忠实耿直的臣子，而李尔王却置亲情与人情于不顾，一意孤行。科迪利娅作为李尔王的小女儿，是一个柔和温顺、默默奉献的天使形象，戈纳瑞和里甘则代表着反抗父权制及其规定的美德、追求自己价值的妖妇形象。

## 一　作为父权制象征的李尔王

李尔王是一个专制独断的封建君主，代表着父权制文化的权威，掌握着男性社会的财富、土地与权力。他脾气暴躁，喜怒无常，而且一意孤行，听不得半点的逆耳忠言。在他的眼中，他就是至高无上的权威，谁也不能反对，只能顺从。李尔王的父权思想首先体现在对国土的划分和分配上。在戏剧的开始，不列颠国王李尔将国土分为三个部分，根据三个女儿对他“爱的表白”分配国土。“告诉你们吧，朕已经把朕的国土划成三部分；朕因为年纪老了，决心摆脱一切公务和操心事的牵累，把责任交卸给年轻力壮之人，让自己好脱去负担，慢慢地走向死亡。……孩子们，在我即将放弃我的统治权、领土和国事的重任的时候，告诉我，你们中间哪一个最爱我？我要看看谁的天性之爱最值得奖赏，

① 王一川主编：《西方文论史教程》，北京大学出版社2009年版，第285页。

我就给她最大的恩惠。”① 大女儿戈纳瑞和二女儿里甘用甜言蜜语得到了父亲的欢心，她们声称对父亲李尔的爱超过了对自由、健康、视力、美貌等所有不可估价的事物的爱，无法用语言表达。戈纳瑞说：“父亲，我对您的爱，不是言语所能表达；我爱您胜过视力、世界和自由；超越一切可以估价的贵重稀有的事物；不亚于兼有天恩、健康、美貌和荣誉的生命；不曾有一个女儿这样爱过她的父亲，也不曾有一个父亲这样被他的女儿所爱；这种爱使口舌和言辞都无能为力；我对您的爱比所有上述都加起来还要多。”② 里甘对于父亲的爱的表白丝毫不逊于她的姐姐，甚至比姐姐的爱更多。“我跟姐姐是一样的，您凭着她就可以判断我。在我的真心之中，我觉得她刚才所说的话，正是我爱您的实际的情形，不过她还说得不够：我宣布厌弃敏锐的知觉所能感受到的其他一切快乐，只有您陛下的爱才是我的幸福。”③ 大女儿戈纳瑞和二女儿里甘的这番表白使她们成功地得到了属于自己的那份国土。另外也可以看出李尔王的专断，他自以为是的判断使他相信了她们的话。而小女儿科迪利娅却不愿像虚伪的姐姐们那样用甜言蜜语去欺骗父亲，当李尔问到她的时候，她的回答是没有话说。李尔感到很惊讶，并且说：“没有只能换到没有；重新说过。”④ 科迪利娅并没有改变自己的想法，她对父亲说，她只是按照自己的义务来回报、服从、爱父亲，不多不少。“如果我的姐姐们说要用她们整个的心来爱您，那她们为什么要有丈夫呢？有一天我出嫁了，那接受我的忠诚誓约的丈夫，将要得到我的一半的爱、我的一半的关心和义务；假如我只爱我的父亲，我一定不会像我的姐姐们一样去嫁人的。”⑤ 无疑，在三个女儿中，小女儿科迪利娅是最忠实的。但是，李尔王却因为科迪利娅没有像两个姐姐那样虚伪

---

① ［英］威廉·莎士比亚：《莎士比亚喜剧悲剧集》，朱生豪译，译林出版社 2012 年版，第 496 页。

② ［英］威廉·莎士比亚：《莎士比亚喜剧悲剧集》，朱生豪译，译林出版社 2012 年版，第 496 页。

③ ［英］威廉·莎士比亚：《莎士比亚喜剧悲剧集》，朱生豪译，译林出版社 2012 年版，第 496—497 页。

④ ［英］威廉·莎士比亚：《莎士比亚喜剧悲剧集》，朱生豪译，译林出版社 2012 年版，第 497 页。

⑤ ［英］威廉·莎士比亚：《莎士比亚喜剧悲剧集》，朱生豪译，译林出版社 2012 年版，第 497 页。

地说些甜言蜜语，就指责她没有良心，并宣布和她断绝父女关系，以后把她当作一个陌路人来看待，说她比吃自己儿女的野蛮人更可恨。

李尔王仅仅通过三个女儿对自己的“爱的表白”就决定国土的分配，可以看出他的老迈昏聩、唯我独尊。他对科迪利娅的态度更可以看出他的忠奸不辨、是非不分。“他把土地和财产作为嫁妆分配给女儿，借女儿的婚姻将不同政治势力联系起来——女儿成为男性之间权力交换的物品，维系着父权制的运作。”① 肯特伯爵向李尔王劝谏说，科迪利娅并不是不爱李尔王，请李尔王不要做愚蠢、鲁莽的决定。李尔王竟不允许肯特说话，要他闭嘴，听不得一点的逆耳忠言，足见其独断专行。那么，李尔王为何如此独断？有研究者认为李尔王的独断与其作为国王的地位有关，“由于李尔王身居高位，长期生活在一呼百应的宫廷之中，周围都是争先恐后向他邀功献媚之人，因此李尔王养成了刚愎自用、爱慕虚荣的心理，他喜欢听别人的赞扬和献媚”②。所以，李尔王不允许任何不同的意见和声音，更不允许别人违抗他的旨意。然而，更深层的原因却是作为父权制象征的李尔王，他的命令是不容置疑的，这关乎他的尊严与权威。在此剧中，李尔王对冒死劝谏他的肯特说：“听着，逆贼！如果你还是臣子，听我说！你想要使我毁弃我的不容更改的誓言，以你的不法的傲慢对我的命令和权力妄加阻挠，这种态度，我的天性和地位都不能容忍；为了维持王命的尊严，不能不给你应得的处分。我现在宽容你五天的时间，让你预备些应用的衣服、食物，以抵御尘世的困苦；在第六天上，你那可憎的身体必须离开我的王国；要是在此后十天之内，我们的领土上再发现了你的踪迹，那时候就要把你当场处死。滚吧！凭着朱庇特发誓，这一判决是无可改变的。”③ 可以看出，李尔王因为肯特的逆耳忠言就火冒三丈，认为肯特是在挑战他的权威，并且处罚他在五天之内离开国土，否则将会被处死。李尔王之所以如此刚愎自用、独断专制，最主要的原因是他的地位使然。作为一个父亲，作为一个国王，他代表着至高无上的权威和不容反抗的秩序，掌握着

---

① 刘岩等：《性别》，外语教学与研究出版社 2019 年版，第 1 页。

② 赵云梅、段晓玲：《女性批判主义视角下的李尔王——王权、父权、男权主体意识下的悲剧》，《作家杂志》2011 年第 7 期。

③ ［英］威廉·莎士比亚：《莎士比亚喜剧悲剧集》，朱生豪译，译林出版社 2012 年版，第 499 页。

巨大的权力。有学者指出："莎士比亚的戏剧是以父亲为中心的，几乎他所有的剧作都以父亲为焦点，母亲不存在，或者死了，或者根本不出现，也从不提起。剧作主要表现父亲与儿女的特殊关系。"① 原因在于，莎士比亚生活的时代是父权统治的时代，他的戏剧不可避免地会表现出鲜明的父权意识，而父权代表的是既定的法律和秩序，父亲的愿望和决定是不可违抗的。在李尔王看来，科迪利娅和肯特的言行，无疑是对他父权制权威的质疑、抵抗。因此，他宣布和科迪利娅断绝父女关系，将忠臣肯特逐出国境。

戈纳瑞和里甘也不满于父亲如此专断："你瞧他现在老了，脾气多么变化不定；我们已经多次注意到这点了。他一向最爱小妹，现在他把她撵走，可见他多么糊涂。"② 在戈纳瑞和里甘看来，父亲李尔王性情急躁、喜怒无常、昏聩，"这是他老年的昏悖，而且他向来缺乏自知之明"③，"他年轻健壮的时候性子就很急躁，现在他老了，我们得准备不仅对付他的长期形成的坏习惯，而且对付身体衰弱加火性给他带来的喜怒无常了"④。从戈纳瑞和里甘的对话可以看出，李尔王由于身居高位，长期以来就养成了急躁、容易暴怒、独断等性格特点。李尔王与科迪利娅断绝父女关系并将肯特驱逐出境的做法，让戈纳瑞和里甘充满了危机意识，担心父亲也会如此无情而独断专行地对待自己。"他把肯特也放逐了。我们也可能会遇到他这种突如其来的任性行为。"⑤ "要是父亲凭着他这种脾气滥施威权起来，这一次的让权只会损害我们。"⑥ 因此，戈纳瑞和里甘渴望在经济和政治上拥有自己的位置和声音。

在李尔王看来，女儿戈纳瑞和里甘对自己十分无情，连自己想保留一百

---

① 孙海芳：《解读莎士比亚戏剧中的父权意识》，《戏剧文学》2005 年第 9 期。

② ［英］威廉·莎士比亚：《莎士比亚喜剧悲剧集》，朱生豪译，译林出版社 2012 年版，第 501 页。

③ ［英］威廉·莎士比亚：《莎士比亚喜剧悲剧集》，朱生豪译，译林出版社 2012 年版，第 501 页。

④ ［英］威廉·莎士比亚：《莎士比亚喜剧悲剧集》，朱生豪译，译林出版社 2012 年版，第 501 页。

⑤ ［英］威廉·莎士比亚：《莎士比亚喜剧悲剧集》，朱生豪译，译林出版社 2012 年版，第 502 页。

⑥ ［英］威廉·莎士比亚：《莎士比亚喜剧悲剧集》，朱生豪译，译林出版社 2012 年版，第 502 页。

个骑士的愿望也不能够满足，是自私、阴险毒辣的女人。这实际上还是以男性的视角去评判女性，因此，阅读者不能片面地只关注李尔王的话语。事实上，在《李尔王》中有两套话语系统，一套是以李尔王为代表的男性话语，另一套是以戈纳瑞和里甘为代表的女性话语。从戈纳瑞和里甘的角度来看，失去昔日权势的李尔王想保留一百个骑士，是因为这代表着权力与地位。李尔王有意地纵容那些骑士横冲直撞、有恃无恐，他们的种种不法的暴行实在令她们忍无可忍。作为女儿，她们并非不愿意奉养父亲，她们只是反对父亲保留着一百个骑士。因为那些骑士“全都是些胡闹放荡、胆大妄为的家伙，我们的宫廷给他们骚扰得像一个喧嚣的客店；他们成天吃喝玩女人，把这里弄成了酒馆妓院，哪里还是一座庄严的宫殿”①。可是专制的李尔王不允许任何人反对他的决定和权威。虽然女儿戈纳瑞并没有说不养他，只是合理地减少那些跋扈的骑士人数，“酌量减少您的扈从的人数，只留下一些适合于您的年龄，知道自处也熟悉您的人跟随您”②。但是，李尔王马上动怒，骂女儿是地狱里的魔鬼、堕落的贱人，甚至诅咒女儿失去生殖能力，即使生出孩子也是忤逆之子。这根本不是一个父亲对女儿说的话，而是整个父权制社会对不顺从的女儿的评判与否定。李尔是要通过一百名骑士来维护自己的虚荣、排场、权威。戈纳瑞对父亲的反抗实际上是对父权制社会的反抗，而她之所以不让父亲保留一百个骑士，是因为他担心昏聩的父亲会随时用这些骑士的力量来危害自己的生命与利益。

## 二　受难的家中天使：科迪利娅

吉尔伯特和古芭分析了大量的西方文学作品，指出男性作家塑造的女性往往是天使或者妖妇的刻板形象。具有奉献精神、纯洁、温顺、谦逊、优雅、高贵特点的女性是男性心中的天使。“要求年轻姑娘做到顺从、谦逊、无私；提醒每一位女性，她们都应该成为一位天使。”③ 男性作家笔下

① ［英］威廉·莎士比亚：《莎士比亚喜剧悲剧集》，朱生豪译，译林出版社 2012 年版，第 513 页。

② ［英］威廉·莎士比亚：《莎士比亚喜剧悲剧集》，朱生豪译，译林出版社 2012 年版，第 513 页。

③ ［美］桑德拉·吉尔伯特、苏珊·古芭：《阁楼上的疯女人：女性作家与 19 世纪文学想象（上）》，杨莉馨译，上海人民出版社 2015 年版，第 31 页。

的女巫、淫妇、魔鬼、怪物则属于妖妇形象。不论是天使还是妖妇，都只是男性作家所刻画的一种与现实不符的虚假形象，都是对女性形象的歪曲、贬抑，反映了男性作家的性别偏见和男性中心主义思想。天使形象体现了男性的审美理想以及男性对女性的期待与需求；妖妇形象则体现出男性对不肯顺从、自我意识强烈的女人的厌恶和恐惧，表现出男性文学的“厌女症”。这些妖妇形象恰恰是女性创造力对男性压抑的反抗，男性对妖妇的厌恶、诅咒，反映出他们对女性自我意识觉醒的恐惧。吉尔伯特和古芭认为，夏洛蒂·勃朗特的《简·爱》中的疯女人伯莎·梅森正是这样的妖妇形象。伯莎·梅森，是被压抑的女性创造力量、反抗力量的象征，是叛逆的作家本身，就是简·爱本人。伯莎放火烧毁庄园、伤害罗切斯特，其实反映了简·爱反抗男权中心社会的潜在欲望，也是女性毁灭男权的象征。伯莎所做的一切，是简·爱在无意识中想做的事，是在执行简·爱的意志。

“在西方父权制文学的长廊里，我们所见的女性形象往往呈截然对立的模式，不是天使，就是魔鬼！”[①] 父权制下的理想女性是纯洁、温顺、自我牺牲、委曲求全的家中天使，但她们往往“没有独立的人格，只不过是男人生活中的点缀品，是男人享受人生的工具”[②]。伍尔夫在《女人的职业》中也阐述了这类女人：“她相当惹人喜爱，有无穷的魅力，一点也不自私，在家庭生活这门难度极高的学科中出类拔萃。每天，她都在牺牲自己。如果餐桌上有一只鸡，她吃的是脚，如果屋子里有穿堂风，她准坐在那儿挡着。”[③] 科迪利娅作为李尔王的小女儿，柔和温顺，具有强烈的自我牺牲精神，默默地爱着父亲，在父亲有难的时候挺身而出，不顾自己的安危，是个理想的家中天使形象。李尔王夸她的声音总是那么柔软温和，认为女人应该像她那样。可见，父权制社会喜欢的是科迪利娅这样顺从的天使。然而，这也是科迪利娅悲剧命运的重要原因。波伏瓦一针见血地指出，男人拥有经济特权、社会地位、威望，女人处于附庸的地位，要按照男人的期待去取悦男人，女人并不是为自己而存在的，而是为男人而存在

---

① 罗婷：《女性主义文学与欧美文学研究》，东方出版社 2002 年版，第 211 页。

② 罗婷：《女性主义文学与欧美文学研究》，东方出版社 2002 年版，第 211—212 页。

③ ［英］弗吉尼亚·伍尔夫：《伍尔夫随笔全集Ⅲ》，王斌等译，中国社会科学出版社 2001 年版，第 367 页。

的。“女人并非为其所是，而是作为男人所确定的那样认识自己和做出选择。”①

科迪利娅作为一个默默奉献的家中天使，其女性之伤主要表现为以下两个方面：首先，在国土与财富面前，她并没有用谎言欺骗父亲，更没有觊觎父亲的财产与权力，她认为自己的爱心比口才更为丰富，只想忠实、本分地爱着父亲。她的真实与忠诚却遭到父亲无情的责骂和憎恨。其次，当李尔王绝情地与她断绝父女关系时，她并不怨恨父亲。当她知道父亲的遭遇时，十分痛苦，派士兵到处搜寻她的父亲。“人的智慧能不能恢复他丧失的神志？谁要是能够医治他，我愿意把我的身外的富贵全都送给他。”② 科迪利娅为了父亲被俘，并且被处死。一方面，科迪利娅纯洁、善良、忠诚、富于奉献精神，她以自己的死证明了自己对父亲的爱，她的形象表现了父权制社会对女人美德的规定。正如法兰西国王对她的评价：“最美丽的科迪利娅！你因为贫穷，所以是最富有的；因为被遗弃，所以是最可贵的；因为遭轻视，所以最蒙我怜爱。我现在把你和你的美德一起攫在我的手里。”③ 科迪利娅是真爱的化身，她最后的死亡能够唤醒、拯救那些迷途、堕落的灵魂。从这个角度来说，莎士比亚对科迪利娅的描述无疑体现出他对理想女性的一种审美期待。然而，从另一个层面来说，就连科迪利娅这样一个完美、纯洁、温柔、无私奉献的天使也死去了，这可以说是对父权制价值的一个否定。

科迪利娅的悲剧表现了以李尔王为代表的父权制对以科迪利娅为代表的温柔的家中天使的戕害。“这种把女性神圣化为天使的做法，实际上一边将男性审美理想寄托在女性形象身上，一边却剥夺了女性形象的生命，把她们降低为男性的牺牲品。”④ 在父权制文化的影响下，女性意识不到自己作为附属与他者的地位，往往认同父权制的价值观念，按照父权制社会

---

① ［法］西蒙娜·德·波伏瓦：《第二性Ⅰ》，郑克鲁译，上海译文出版社2011年版，第196页。

② ［英］威廉·莎士比亚：《莎士比亚喜剧悲剧集》，朱生豪译，译林出版社2012年版，第557页。

③ ［英］威廉·莎士比亚：《莎士比亚喜剧悲剧集》，朱生豪译，译林出版社2012年版，第500页。

④ 赵炎秋主编：《文学批评实践教程》，中南大学出版社2011年版，第248页。

的期待来塑造自己，将父权制文化内化为自身行为的依据，参与到父权制文化价值的再生产中。有学者从神话原型理论的角度去阐释科迪利娅的形象，认为《圣经》中的上帝代表着神圣、完美、正义、仁爱，代表着绝对的善和绝对的爱。而科迪利娅具有耶稣基督的气质特点，“代表了人类身上拟神性的完美的一面，象征着善和爱的力量，在悲剧中，这类人物原型一方面扮演着拯救者的角色，做着用挚爱、宽恕和仁慈拯救罪人的努力，并至死无悔；一方面在人类膨胀的欲望和泛滥的罪恶之前，历尽磨难、横遭遗弃，并最终受难，带有很强的悲剧色彩”①。无疑，作为牺牲者与拯救者的被神化的科迪利娅，是被男性理想化的满足男性想象的存在。就此来说，科迪利娅并不是为她自己而存在，而是为男性所存在，是没有主体性的他者与附庸。

### 三　作为妖妇的反抗者：戈纳瑞和里甘

在《李尔王》中，戈纳瑞和里甘无疑是妖妇形象的代表。戈纳瑞和里甘冲破了男权社会对女人美德的规定，勇于追求自己的价值，追求经济、政治地位，追求自由爱情。她们是对男权社会天使形象的背离。李尔王曾多次责骂她们是地狱里的魔鬼、吸血的魔鬼、两个不孝的妖妇。就连戈纳瑞的丈夫奥本尼也骂她：“魔鬼！恶魔本身的丑恶形状，在一个女人身上更要可怕”，“要是我可以允许这双手服从我的怒气，它们一定会把你的肉和骨一块块扯下来；可是你虽然是一个魔鬼，女人的形状庇护着你”。② 李尔王与奥本尼对她们的责骂只是因为她们没有像科迪利娅那样温顺地遵从父权制规定下的妇道与美德。“如果女性做出超乎常规的举动，必然会被父权文化冠以疯狂、邪恶、怪诞等负面标签，招致贬损和唾弃。”③

首先，戈纳瑞和里甘的女性自我意识已经觉醒，表现为对经济、政治权力的追求和对以父亲李尔为代表的父权制的反抗。在戏剧的开始，李尔王觉得自己年岁已大，要把国家和财富分给三个女儿。戈纳瑞和里甘用甜

① 庄新红、逄金一：《神话原型视阈下莎士比亚戏剧人物形象阐释》，《东岳论丛》2010 年第 5 期。

② ［英］威廉·莎士比亚：《莎士比亚喜剧悲剧集》，朱生豪译，译林出版社 2012 年版，第 555 页。

③ 刘岩等：《性别》，外语教学与研究出版社 2019 年版，第 123 页。

蜜的话语获得了他的财富。小女儿却没有为财富的获取而进行半点努力，她这样旁白：“科迪利娅应该怎么说呢？只好默默地爱着吧。”[①] 这其实是父权制规定下的温顺与无私奉献。而戈纳瑞和里甘则具有了初步的女性自我意识。她们拒绝温顺与奉献，千方百计地争取财富与权力。这实质上反映了女性的独立意识，要求与男人享有同等的政治与经济权力，有自己的事业。伍尔夫在《一间自己的房间》里指出，在父权制社会，女性在经济上无法独立，不能与男性一样受教育、工作，操持家务、养育子女占据了她们全部的生活空间，她们很难有从事写作所需要的时间和空间。伍尔夫认为：“女人想要写小说，她就必须有钱，还有一间属于自己的房间。”[②] 即女性要想有自己的事业必须在经济上富有，还要有自由，有自己的独立位置和空间。从某种程度上可以说，戈纳瑞和里甘对财富和权力的追求就是对经济和政治位置的追求，也是对女性事业的追求。

其次，戈纳瑞和里甘对男权社会的反抗还体现在对自由爱情的追求上。戈纳瑞的丈夫并不理解她，反对她追求自己的事业、政治与经济权力。他说妻子的价值还比不上狂风吹在脸上的尘土。这是对妻子价值的彻底否定。他认为妻子不守妇道，是个魔鬼。戈纳瑞对丈夫的懦弱不满，对丈夫代表的父权制社会对她的否定不满，并且爱上了表面上看起来勇敢智慧的爱德蒙。她对爱情的追求反映了女性的独立意识、自我意识的觉醒，敢于向父权制的权威规定挑战。里甘也爱上了爱德蒙，但她并不因为和姐姐爱上同一个人就放弃，而是勇敢地争取。这是一种不同于传统女性的爱情观。而小女儿科迪利娅在此剧中并没有主动追求自己的爱情，被动地被法兰西国王选中，成为他的皇后。在爱情上，她是被动的、没有自主性。

但是，戈纳瑞和里甘又不是彻底的父权制的反抗者。她们的身上仍带有父权制长期毒害的印记。戈纳瑞在给爱德蒙的信中说：“我将要成为囚人，他的床就是我的牢狱。把我从它可憎的温暖中拯救出来，作为报酬你可以取代这个位置。你的亲爱的仆人（但愿我能换上‘妻子’两个字）戈

---

① ［英］威廉·莎士比亚：《莎士比亚喜剧悲剧集》，朱生豪译，译林出版社 2012 年版，第 496 页。

② ［英］维吉尼亚·伍尔夫：《一间自己的房间》，于是译，中信出版社 2019 年版，第 5 页。

纳瑞。”① 从这几句话中我们可以看出，戈纳瑞厌恶自己的丈夫，把爱德蒙当作一种拯救力量，并且把自己当作他的卑微、低贱的仆人。这个时候，她又成了父权制规定下的女性：娇弱，需要男性力量的保护和拯救，对男性充满崇拜。里甘也曾对爱德蒙说：“将军，请你接受我的军队、俘虏和财产；这一切连我自己都由你支配。我是你的献城降服的臣仆，让全世界为我证明，我在这里把你立为我的丈夫和君主。”② 在爱情面前，里甘变得卑微，成为男人的仆人，并且愿意放弃自己的尊严，放弃财产和军队，即放弃经济和政治权力，完全成为男人的附庸。所以，戈纳瑞和里甘最终成为男权社会的牺牲品，被利欲熏心的爱德蒙欺骗和利用，最后以戈纳瑞毒死了妹妹里甘并自尽的悲剧结尾。

波伏瓦在《第二性》中提出：“女人不是天生的，而是后天形成的。任何生理的、心理的、经济的命运都界定不了女人在社会内部具有的形象，是整个文明设计出这种介于男性和被去势者之间的、被称为女性的中介产物。唯有另一个人作为中介，才能使一个人确立为他者。”③ 也就是说，女人不是天生的，是后天的社会习俗、父权制社会造就了女人。在父权制社会，温顺、无私、默默奉献的女性被认为是理想的家中天使；而那些拒绝无私奉献、拒绝温顺、拒绝依附男人或者因为环境所迫而偏离所谓的妇道的则被看作魔鬼。比如偷吃禁果的夏娃、开启魔盒的潘多拉。“历史向我们表明，男人总是掌握所有的具体权力；从父权制开始，男人就认为将女人保持在从属的地位是有用的；他们的法典是为了对付女人而设立的；女人就是这样具体构成他者。”④ 在《李尔王》中，戈纳瑞和里甘反抗父权制及其规定的美德，追求自己的价值，标志着女性意识开始觉醒。但是她们最后的结果是失败的，说明了父权制与传统文化价值观念对女性依然施加着压迫。

有学者指出，“女性主义批评与其他文学理论相比，更需要保持与文

① ［英］威廉·莎士比亚：《莎士比亚喜剧悲剧集》，朱生豪译，译林出版社 2012 年版，第 566 页。

② ［英］威廉·莎士比亚：《莎士比亚喜剧悲剧集》，朱生豪译，译林出版社 2012 年版，第 574 页。

③ ［法］西蒙娜·德·波伏瓦：《第二性Ⅱ》，郑克鲁译，上海译文出版社 2011 年版，第 9 页。

④ ［法］西蒙娜·德·波伏瓦：《第二性Ⅰ》，郑克鲁译，上海译文出版社 2011 年版，第 199 页。

学的相对独立性，成为一种不受制于文学现状的自由写作。因为经过菲勒斯中心主义文学观的长期濡染，文学创作往往也是父权价值观施展权力的场所，在文学文本中充斥着大量的厌女症话语，即使是女性自己的创作，也时常成为父权文化伦理及美学原则的传声筒或牺牲品，而这样的文本正是女性主义批评要批判的，它们所承载的价值观正是女性主义批评要根除的"①。以女性主义批评的视角对莎士比亚的四大悲剧之一《李尔王》进行阅读与阐释，既可以听到以李尔王为代表的父权制的声音及其对女性的规定，也可以听到作为男性社会理想的女性的科迪利娅的声音以及作为被男性社会厌恶与恐惧的妖妇的戈纳瑞和里甘的声音。女性主义批评的意义在于它让我们不仅关注到文本中占主导地位的男性声音，也让我们关注到被贬抑的女性声音；让我们意识到文本是一个众声喧哗的场所，让我们注意到文本中充满的不同声音，这些声音中有觉醒，有妥协，有对抗，形成一个互相冲突的话语场，从而颠覆了传统规则与秩序，表达出对父权文化伦理与美学原则的抵制。② 不论是作为家中天使的默默奉献的科迪利娅，还是作为妖妇的反抗父权制的戈纳瑞和里甘，最后都是悲剧的结局，其实表明了无论是传统的理想女性还是自我意识觉醒的叛逆女性，都是父权制的受害者，都无法逃离其悲剧的命运。这也是父权制所造成的整个女性群体的不可摆脱的创伤。

## 第二节　黑人女性之伤

如果说西方社会中的白人女性是父权制文化下的他者与客体，是父权制的受害者，那么，黑人女性则同时承受着性别创伤与种族创伤。如果说黑人没有话语权，承受着生命中不可承受的身体与精神创伤，那么，黑人

① 马睿：《从伍尔夫到西苏的女性主义批评》，《外国文学研究》1999 年第 3 期。

② 当然，女性主义批评也存在自身的局限性，比如在男性权威话语体制下，尽管女性想表达出自己的声音，但并不掌握主流话语权，不得不运用男性的话语体系与模式，也就不可避免地蕴含了男性的声音；有些女性自觉不自觉地认同父权制文化秩序。正如有学者所指出的："女性主义文学批评在对人类文化及文学的解读所发生的影响及作用是不可低估的，但其自身的理论建构也还需要进一步的思考与完善。"（范景兰：《论女性主义文学批评的矛盾与困惑》，《宁夏社会科学》2008 年第 4 期。）

女性更是不能言说与表达自己。正如斯皮瓦克在《属下能说话吗》一文中所指出的："在殖民生产的语境中，如果属下没有历史、不能说话，那么，作为女性的属下就被更深地掩盖了。"① 一方面，黑人女性受到白人的种族压迫，另一方面，她们也受到男性的性别压迫，因而，黑人女性同时承受着种族与性别的双重创伤。首先，在奴隶贸易中，黑人女性的孩子经常被无情地卖掉，母子分离，她们常常充当生育机器，生孩子满足市场需要。其次，黑人女性往往充当劳动工具与性工具。她们不被尊重，不被认可，没有自我，没有话语权，没有身份归属感。沉重的创伤经历使她们饱受创伤后应激障碍的折磨，在身心创伤中艰难度日。

## 一 《汤姆叔叔的小屋》中的黑人女性之伤

黑人女性在奴隶贸易中所受的创伤是不可愈合的，她们的孩子经常会被强行夺走并被拍卖。有些黑人女性在失去孩子后痛苦地哭叫，有些被关起来，疯了或死了。在美国作家斯托夫人的《汤姆叔叔的小屋》中，汤姆·洛克这样的奴隶贩子对待黑人十分残忍，当他贩卖的黑人妇女哭闹的时候，他会猛击她们的头、冷酷地虐待她们。而自以为比汤姆·洛克仁慈的黑利，则会在卖黑人小孩之前先把母亲支开。在奴隶贩子看来，黑人女性并不具备和白人女性一样的情感，他们无法理解失去孩子的黑人母亲内心的痛苦，甚至觉得她们的哭泣是可笑的。黑利买过一个黑人女性，她有一个很可爱的孩子，可是那孩子看不见，于是黑利就用孩子换了一小桶威士忌。当买主准备把孩子带走时，母亲和孩子一起跳河自杀了。这样深受奴隶贸易毒害的女性不计其数，为此，斯托夫人曾评论道，奴隶贩子已经对失去孩子的黑人女性眼中彻底的绝望习以为常。"所以奴隶贩子把他看见的那张黑面孔上表现出的巨大的痛苦、那攥紧的双手和急促的呼吸仅仅当做这一行当难以避免的事情，他只是考虑她是否会尖声哭叫，在船上引起纷乱，因为就像我们这奇特制度的其他支持者一样，他是绝对不喜欢骚动和混乱的。"②

---

① ［美］加亚特里·查克拉沃尔蒂·斯皮瓦克：《属下能说话吗?》，载罗钢、刘象愚主编《后殖民主义文化理论》，陈永国等译，中国社会科学出版社1999年版，第125页。

② ［美］斯托夫人：《汤姆叔叔的小屋》，林玉鹏译，译林出版社2013年版，第126页。

一个叫蒲露的黑人女仆，经常偷主人的钱喝得醉醺醺的，如果主人发现了，她就会被打得半死。尽管如此，她还是要喝酒，没有酒她就没法活，生不如死，喝酒可以忘掉痛苦。那么，蒲露为什么如此痛苦，是什么造成了她的痛苦？蒲露的老家在肯塔基，她被一个男人养着，让她生孩子供应市场，孩子一长大就会马上被卖掉。最后，蒲露被卖给了一个奴隶贩子。她现在的主人从奴隶贩子那里买下她。她又生了一个孩子，长得又胖又漂亮可爱，可是她去服侍生病的女主人时被传染，也生病了，没有奶水，女主人不买牛奶喂孩子，孩子饿得总是哭。而女主人不仅嫌孩子烦，还不让蒲露带孩子睡，让孩子自己在一个小阁楼上，最后活活地哭死了。"我告诉她我没有奶水，可是她根本不听。她说她知道我能用别人能吃的东西喂他，那孩子就这样渐渐瘦下去，白天黑夜一个劲地哭啊，哭啊，哭啊，最后只剩下皮和骨头了。太太开始讨厌他，说他脾气坏，说巴不得他死掉。她晚上不让我带他睡，因为她说这样弄得我睡不好觉，结果白天什么活也干不成。她让我睡在她房间里，我只好把他放在一个小阁楼上，一天夜里他就在那儿活活地哭死了。真死了。后来我就喝起了酒，这样就听不见孩子的哭声了！真的，我就要喝！假如我真的要下地狱，我也要喝！老爷说我死后要下地狱，我对他说我现在已经在地狱里了！"①

蒲露作为一个母亲，却不能亲自抚养自己的孩子，只能眼睁睁地看着所生的孩子被卖掉，只能让自己新生的孩子饿得皮包骨头，不能给予孩子关爱与陪伴，让他独自在小阁楼上哭泣至死。这对于任何一个母亲来说，都是一种无法忍受的痛苦、无法排遣的哀伤。她感受到的是一个母亲最深的无助感、无力感、恐惧感。这些痛苦与哀伤、无助与恐惧在蒲露的心里留下了无法抹去的印记，形成一种创伤记忆，这种创伤记忆时时折磨她，甚至让她产生孩子仍旧在哭的幻觉。朱迪斯·赫尔曼曾指出，创伤后应激障碍的一个主要的症状类别就是记忆侵扰，也就是说，受创时刻的伤痛记忆总是盘旋在受创者的脑海中难以离去。创伤记忆具有凝固于受创当时又无法言说的特点，即使已经时过境迁，受创者还是会不断地重温已经过去的创伤事件。"创痛如此反复侵袭，使他们很难重返原先的生活轨道。时间仿佛冻结在受创的那一刻，并成了变调记忆中的一道符咒，随时闯入受

① ［美］斯托夫人：《汤姆叔叔的小屋》，林玉鹏译，译林出版社2013年版，第212页。

创者的意识中。醒着的时候，受创片段在脑海中一幕幕闪现；睡觉时，则成为挥之不去的梦魇。就连一件看似不怎么相关的小事，也可能勾动这些记忆，而且逼真程度与强烈感受一如事发当时。因此再平常、再安全的环境，对受创者而言都充满危机，因为谁也无法确保他的伤痛记忆不会被唤起。”① 对于蒲露来说，她的漂亮可爱的孩子整日哭泣，她却不能给予他食物和陪伴，眼看着孩子独自一人活活地哭死，这是她永远都不能够忘记的创伤记忆，而且这种创伤记忆时时侵袭着她，让她听见孩子仿佛还在哭的声音。为了暂时摆脱这种无法排遣、无法躲避的痛苦，蒲露只有通过酒精来麻痹自己。朱迪斯·赫尔曼指出：“那些无法在体内产生自发性解离的受创者，可能会企图使用酒精或镇静剂，以产生类似麻木无感的效果。”② 蒲露之所以会酗酒，正是为了麻痹自己，获得暂时的精神解脱，因为清醒时刻的她总是受创伤记忆的侵袭，她生不如死，就像沉陷在地狱中一样无法自拔。

创伤事件不仅给受创者带来无法抹去的创伤记忆，造成难以愈合的自我创伤，还会造成受创者对基本的人际关系、信仰、社会秩序等的质疑。“创伤事件造成人们对一些基本人际关系产生怀疑。它撕裂了家庭、朋友、情人、社群的依附关系，它粉碎了借由建立和维系与他人关系所架构起来的自我，它破坏了将人类经验赋予意义的信念体系，违背了受害者对大自然规律或上帝旨意的信仰，并将受害者丢入充满生存危机的深渊中。……创伤事件破坏了受害者对环境安全、正面自我价值和天地万物合理秩序的基本认定。”③ 因此，对于蒲露来说，孩子不断被卖、新生儿活活哭死这样的创伤事件粉碎了她生存的基本安全感。作为一个黑人母亲，她感到的只有深深的无助与绝望，内心的创伤使得她感觉生活在地狱中，在她最需要帮助的时候，并没有人，也并没有上帝来帮助她、救赎她。因此，创伤事件也造成了蒲露信仰的破灭。善良的汤姆曾经劝蒲露戒酒，向她宣传上帝

---

① ［美］朱迪斯·赫尔曼：《创伤与复原》，施宏达、陈文琪译，机械工业出版社 2015 年版，第 33 页。

② ［美］朱迪斯·赫尔曼：《创伤与复原》，施宏达、陈文琪译，机械工业出版社 2015 年版，第 40 页。

③ ［美］朱迪斯·赫尔曼：《创伤与复原》，施宏达、陈文琪译，机械工业出版社 2015 年版，第 47 页。

之爱。蒲露一针见血地指出：“我看起来像进天堂的人吗？天堂不是白人去的地方吗？你想他们会让我待在那儿吗？我宁肯下地狱，和老爷太太离远点。我情愿这样。”① 最后蒲露喝醉后被打，关进地窖里死去。蒲露的命运是无数黑人女性命运的写照，充当生育机器，孩子被卖掉或者死去，她们无力反抗也无力改变自己的命运。

在人世间如此的苦难与不可愈合的创伤面前，基督教的教义显得苍白，事实上，基督教国家的法律支持的正是罪恶的奴隶贸易，许多基督徒对奴隶贸易的残酷抱着冷漠的态度，对让人惊骇的社会的不公正行为视而不见，他们根本不愿意牺牲自己的经济利益，去为整个黑奴阶层做些什么。乔治曾悲愤地质疑道，上帝是否能够看见人世间所发生的这些悲惨的事情，上帝为什么要默许这些创伤事件的发生，《圣经》是为白人说话的，白人拥有健康、财富，拥有话语权，而同样信仰上帝的黑人基督徒却被白人歧视。“他们对我们说，《圣经》在为他们说话，当然所有的权力在他们一边。他们富有、健康、快乐，他们是教会成员，指望着进天国。他们在世上过得逍遥自在，随心所欲。可是那些可怜、诚实、信仰上帝的基督徒——跟他们不相上下或者比他们更好的基督徒——却被他们踩在脚下。他们把他们买来卖去，拿他们的生命、呻吟和眼泪做交易，而上帝却允许他们这样做。”② 基督教号召人道、爱心、慈善，宣扬人人平等，然而，白种人与黑种人的区分与不平等却是事实，正如法农所指出的：“在欧洲，即在所有的文明和开化的国家里，黑人象征罪孽。黑人代表道德标准低下的原型”③，“仁慈善良的上帝不可能是黑皮肤的，他是位双颊红润的白人”④。

其次，在白人的眼中，黑人女性是不值得尊重、不值得爱的。白人男人是主人，黑人女性是奴隶，前者处于支配地位，后者处于被支配地位。两者之间不存在平等关系。在奴隶贸易中，谁花钱买了黑人女性，不管他如何卑鄙如何邪恶冷酷，谁都可以占有她。苏珊和爱默琳母女的经历就说明了这一点。苏珊眼睁睁地看着美丽的女儿爱默琳被卑鄙龌龊的雷格里买走而无能为力。凯茜的命运更为悲惨，她被多次卖掉，沦为雷格里的性

① ［美］斯托夫人：《汤姆叔叔的小屋》，林玉鹏译，译林出版社 2013 年版，第 213 页。
② ［美］斯托夫人：《汤姆叔叔的小屋》，林玉鹏译，译林出版社 2013 年版，第 187 页。
③ ［法］弗朗兹·法农：《黑皮肤，白面具》，万冰译，译林出版社 2005 年版，第 148 页。
④ ［法］弗朗兹·法农：《黑皮肤，白面具》，万冰译，译林出版社 2005 年版，第 36 页。

奴。根据凯茜对汤姆的讲述，她与其他黑人女性不同，从小在无忧无虑的富贵环境中长大，还在修道院学习音乐、法语和刺绣等科目，外表美丽，举止高雅。然而，她父亲突然去世，且资不抵债。凯茜的母亲是奴隶，所以债主们也将凯茜列入财产清单，被一个声称爱她的年轻人以两千块钱的价格买下，成为他的财产。凯茜住进漂亮的大房子，家里有仆人、马车、家具、衣服等，她的生活很宽裕，并爱上了这个年轻人。后来凯茜救过他的命，还为他生了两个漂亮可爱的孩子，但他仍没有与凯茜结婚，并被表兄引诱出去玩乐、赌博、移情别恋，甚至卖掉凯茜和两个孩子来还赌债。之后，两个孩子被再次卖掉。作为母亲的凯茜非常痛苦。“一天他带我乘车兜风，回来时孩子们不见了踪影！他对我说他把他们卖了，还把得到的钱拿给我看，这是我的骨肉啊。这时，我觉得似乎一切美好的东西都弃我而去了。我又骂又叫，大声诅咒，诅咒上帝，诅咒人。”[①] 有一天，凯茜在外面散步时，经过当地的鞭笞站，看见她被卖掉的儿子亨利挣脱了抓着他的人，跑到她身边，抓住她的衣服。“可怜的孩子哭叫着看着我的脸，紧紧抓住我不放手。最后，他们把他拖走了，几乎把我的裙子都撕掉了。他们把他拖进去的时候，他还大声叫着：‘妈妈！妈妈！妈妈！’……我转身就跑，一路上我每跑一步都好像听见他的尖叫声。”凯茜苦苦地为儿子求情，可是没有人愿意出面干预，没有人愿意帮助她。她只能眼看着自己的孩子被几个成人拖走，听着孩子尖叫着寻求妈妈的帮助而自己却无能为力，让孩子去被惩治，得到终生难忘的教训，去忍受鞭笞之苦。此时，凯茜的内心一定在滴血！后来，凯茜听说亨利被卖给珍珠河上游的一个种植园主，就再也没有他的消息了。这样的创伤事件无疑可以摧毁凯茜的自我存在感、压垮她积极乐观的生活态度。正如朱迪斯·赫尔曼所指出的：“创伤事件会重挫人主动进取的能力和压垮个人的才能。无论受害者之前是多么英勇无畏、多么机智聪慧，他的行动都不足以避开灾难。在创伤事件之后，当创伤患者回顾和评价自己的行为时，负罪感与低人一等的感觉是相当普遍的。”[②] 作为母亲，目睹自己的孩子被其他人拖走、忍受鞭打和

① ［美］斯托夫人：《汤姆叔叔的小屋》，林玉鹏译，译林出版社 2013 年版，第 362 页。

② ［美］朱迪斯·赫尔曼：《创伤与复原》，施宏达、陈文琪译，机械工业出版社 2015 年版，第 49—50 页。

折磨而无能无力，内心势必充满了内疚感、负罪感。当创伤患者亲眼看见其他人遭受痛苦或死亡时，会有一种沉重的负罪感和良心上的负担，尤其是目睹自己的亲人受苦、挣扎而自己却无能为力。“他们产生负罪感，是因为觉得自己没有冒生命危险解救别人，或因未能满足垂死者的要求。”①

作为一名女性，凯茜多次被卖、沦为性奴，孩子也被卖掉，就此来说，凯茜和蒲露的命运是何其相似！作为受创者，凯茜与孩子被所爱的男子卖掉，致使她对最亲密的关系产生怀疑，不仅如此，她对整个社群、人际关系甚至上帝都失去了信任，所以她悲愤地诅咒一切，诅咒人、诅咒上帝。“受创者因为自我感的基本架构受损而痛苦不堪。他们对自己、对他人、对上帝都失去信赖感；他们的自尊心被羞耻感、负罪感和无助的经历所践踏；他们处理亲密关系的能力，也被既期待又怕受伤害的强烈矛盾情绪所危害；他们在创伤发生前建立的认同感也永久性地损毁。”② 正是因为凯茜深深地体会到孩子被卖掉、被鞭打时难以言说的创伤，所以当她被卖给一个船长并生下一个男孩时，她决定不让孩子活下去长大成人。“我把两星期大的小家伙抱在怀里，一边吻他一边哭，然后给他喂了鸦片酊，把他紧紧地搂在怀里，他就这样睡着死去了。我为他哭得多么伤心啊！别人都以为我是弄错了才给他吃了鸦片酊，谁会想到别的呢？可是这却是少数几件现在仍然让我感到高兴的事情之一。直到今天，我仍然不感到后悔，他至少已经脱离苦海了。除了死我还能给他什么更好的东西呢？可怜的孩子！”③ 船长死后，凯茜又被卖掉，经过多次转手，最后被丑恶、卑鄙的雷格里买下，成为他的性奴。经历了生活沉重的苦难，凯茜的内心千疮百孔。当汤姆劝说她信仰上帝时，凯茜说她童年时很虔诚地相信上帝，喜欢做祈祷。然而，当她多次被卖，当她的孩子被卖、被鞭打，并没有一个上帝来拯救他们。凯茜对上帝的存在表示怀疑，因为对于生活在底层的黑人奴隶来说，到处都是罪孽和漫无止境的绝望，根本不存在救赎的希望。“你对我说有一个上帝，这个上帝俯视下界，所有这一切他都看见了。也

① ［美］朱迪斯·赫尔曼：《创伤与复原》，施宏达、陈文琪译，机械工业出版社 2015 年版，第 50 页。

② ［美］朱迪斯·赫尔曼：《创伤与复原》，施宏达、陈文琪译，机械工业出版社 2015 年版，第 52 页。

③ ［美］斯托夫人：《汤姆叔叔的小屋》，林玉鹏译，译林出版社 2013 年版，第 363 页。

许是这样。修道院里的修女们过去常对我说，有一个最后审判日，到那天一切都会昭然若揭，那时候就能报仇雪恨了！他们认为我们受的苦算不了什么，我们的子女受的苦算不了什么！全都是小事一桩。可是，我在街上行走时，仿佛觉得我一个人心中的痛苦就足以让整个城市沉陷。我曾希望所有的房屋都倒塌，压在我身上，脚下的石头塌陷下去。是的！在最后审判日，我会在上帝面前站立起来，作为见证人控诉那些从灵魂到肉体毁了我和我的子女的人！"[①] 沉重的创伤经历使得凯茜对生活不抱任何希望，非常忧郁。当她对汤姆说完自己内心的强烈感受时，情感上处于近乎疯狂的状态，她发出一阵狂野的笑声，这笑声又变成歇斯底里的哭泣。事实上，凯茜是当时无数黑人女性悲惨境遇的代表，她们的孩子被卖掉、被鞭打、被折磨，她们自己也被多次卖掉，成为男人的性奴，她们不可能得到与男人平等的尊重与爱。法农指出，黑人、混血儿等有色种族的女性，从来也得不到白人的尊重，即使这个白人爱她。“似乎对于她来说白人和黑人代表世界的两极，永远在斗争的两极：真正的善恶二元论的世界观”，“我是白人，就是说我具有美色和美德，黑人从不具备这两样东西”。[②]

由上可见，在《汤姆叔叔的小屋》中，黑人女性的创伤无处不在，构成了小说中浓郁的创伤叙事氛围。黑人女性承受的既有种族创伤，又有性别创伤。正如刘戈所指出的：“性别主义歧视并非奴隶制的产物，它是父权社会普遍存在的毒瘤。即使是在美国社会中遭受残酷种族压迫的黑人男性，也同样具有男权至上的思想。”[③]

### 二 《紫色》中黑人女性的创伤与觉醒

《紫色》是美国著名黑人女作家艾丽丝·沃克的长篇书信体小说，发表于1982年，曾获美国文学界的三个大奖，即普利策奖、美国国家图书奖、全国书评家协会奖。《紫色》讲述了美国南部一个叫茜莉的黑人小女孩，屡次受到继父的强奸，生了一男一女两个孩子，都被继父抱走了。后来茜莉被迫嫁给一个有四个孩子的鳏夫 X 先生。X 先生经常对茜莉实行暴

---

① ［美］斯托夫人：《汤姆叔叔的小屋》，林玉鹏译，译林出版社2013年版，第364页。

② ［法］弗朗兹·法农：《黑皮肤，白面具》，万冰译，译林出版社2005年版，第31页。

③ 刘戈：《〈汤姆叔叔的小屋〉与美国文学中的性别歧视》，《郑州大学学报》2008年第3期。

力，随意打骂、欺辱，完全不尊重茜莉，仅仅将她作为泄欲工具和家里干活的女佣。茜莉过着一种身体与精神饱受折磨的痛苦生活，为此，她不停地给上帝和妹妹聂蒂写信。后来，茜莉认识 X 先生的情妇莎格，受其影响，开始走向觉醒、反抗的独立女性之路。

作为一部书信体小说，《紫色》全书由 92 封信构成，其中 70 封为茜莉所写，22 封是聂蒂所写。也就是说，这部小说的人物形象、构成故事的材料、情节的展开等是以书信的形式表现的。从俄国形式主义批评的角度来看，《紫色》一书的书信体形式赋予作品以丰富的内涵以及新奇的陌生化效果。俄国形式主义者认为形式决定了一切，甚至可以创造内容。在此，他们重新界定了形式，赋予其不同于以往的新含义，他们所说的形式不仅包括作品的语言、语气、修辞、技巧等，还包括材料的组合、安排、变形、篇章结构、各个部分的布局等。什克洛夫斯基提出“陌生化”的概念，要求以一种新颖奇特的方式对叙事文体进行选择，对构成情节的各种材料进行布局。“陌生化”又译为奇特化、反常化，是对自动化与程式化的背离。什克洛夫斯基认为，艺术存在的意义在于唤回人们对生活的感受，“艺术的手法是事物的‘反常化’手法，是复杂化形式的手法，它增加了感受的难度和时延”①。因此，陌生化是人们带着惊奇和诗意的眼光去看待寻常的事物，即“把人们本来所熟悉的、司空见惯的东西置入一种新的、陌生的环境中考察，进而使人们得到一种不同寻常的、新的感受”②。陌生化的概念对文学作品的语言、叙事文体、篇章结构、构成故事情节的各种材料的布局和构成等提出了一系列的理论方法。“如果说，对文学性的追求是该批评流派的终极目的，那么艺术形式的陌生化功能则使得文学性获得了实践的价值。”③ 在某种意义上，形式可以创造内容。而沃克的《紫色》就以书信体的形式赋予了小说独特的内涵、深刻的主题。

艾丽丝·沃克采用书信体的形式来结构全书，其实暗含着茜莉作为一个黑人女性的孤独，在现实中没有人与她进行交流、对话，她不能发出自

① ［俄］维克托·什克洛夫斯基等：《俄国形式主义文论选》，方珊等译，生活·读书·新知三联书店 1989 年版，第 6 页。

② 赵炎秋主编：《文学批评实践教程》，中南大学出版社 2011 年版，第 4 页。

③ 刘万勇：《论俄国形式主义诗学的“文学性”与“陌生化”》，《山西大学学报》1997 年第 2 期。

己的声音，所以只能用书信的形式来倾诉内心的情感。书信体的形式表达了每一个和茜莉一样的黑人女性所处的社会环境的恶劣。她们处于无法与人沟通的境遇，渴望得到理解，渴望拥有自己的语言，发出自己的声音，但她们只能处于失语的孤独状态。从写信主体来看，在《紫色》中，茜莉的70封信与聂蒂的22封信形成了两个不同的叙述者，构成了两种叙述视角的转换，这样丰富和扩大了小说的视野，使整个作品的叙事内容显得更加开阔。正如有学者所指出的，西莉的信件以种族问题和两性之间话语权抗衡为主线，而聂蒂的信件以传教士活动和殖民行径为主题，这给沃克带来很大的创作空间，这种叙事策略赋予《紫色》强烈的政治话语意识。[①] 另外，以书信的形式将写信主人公的创伤经历直接呈现给读者，显得真实可信，从而拉近读者与作品的距离，引发读者的共鸣。从写信的时间来看，尽管通过对小说的细读可以发现人物的成长与变化，比如茜莉最初写信时说自己十四岁，最后一封信里说她长了灰白头发，但是，小说的书信里没有出现明确的日期。事实上，作者没有写时间隐含着深意，表达了作者对黑人女性生存状态的理解，即黑人女性所过的受压迫的创伤历史是没有时间的，从古到今，不知什么时候开始，也不知什么时候结束。

### （一）《紫色》中黑人女性的创伤

艾丽丝·沃克的贡献在于她表现了美国黑人女性所受到的性别与种族的双重压迫。她们一方面与黑人男性一样长期受到种族歧视，另一方面她们受到黑人男性的压迫。黑人女性所受的双重压迫对她们的身体与精神都造成了严重的创伤。这与题目《紫色》所蕴含的深刻寓意密不可分。紫色往往象征着身体上的瘀紫的伤痕。对于黑人女性来说，这种伤痕是难以修复、难以愈合的。

首先，在黑人群体内部，黑人女性得不到男性的尊重，往往只是劳动的工具、性工具。茜莉的母亲即使生病，剩下半条命了，也还要做家务、管孩子，当她以身体生病为由拒绝第二任丈夫方索的性要求后，方索竟然强奸了不到十四岁的茜莉。茜莉在给上帝的第一封信中写道："他从没对我说过一句好话，只是说：你妈不干的事，你都得干！"[②] 在被继父强奸以

---

① 章汝雯：《〈紫色〉中的叙事策略》，《外语与外语教学》2009年第3期。

② ［美］艾丽丝·沃克：《紫色》，杨仁敬译，北京十月文艺出版社1993年版，第1页。

后，茜莉生的两个孩子，都被他抱走了。他还经常因为一些莫须有的原因而打茜莉。“他今天打我，因为他说我在教堂跟一个男人眉来眼去。我也许用自己的眼睛看到了什么，可我并没眉来眼去的。我连男人都不敢看一眼。这是真的。”[①] 茜莉被强奸的事情，对她的身心都造成了伤害，而当时，她完全没有反抗的力量，心里体验的是一种彻底的无助感。当她和莎格说起这件事情时，还忍不住痛苦地哭泣。“我哭呀哭呀哭，好象往事又浮现心头，我躺在莎格的怀里。他搞得我多疼！我多么惊奇！我理完他的头发的时候，那儿疼得多厉害呀！血从我腿上淌下，弄脏了我的裤子。他搞过以后，对我连看也不看一眼。对聂蒂也是这样的。”[②] 方索不仅将茜莉看成发泄性欲的工具，还把她作为干活的工具。当他想把茜莉嫁给X先生时，对X先生强调说，尽管茜莉长得丑，但是她能干重活，像个男人。茜莉嫁给X先生后，脑袋被X先生的儿子砸破了，鲜血直流，但茜莉包扎好伤口后，还麻利地做好了家务。在给上帝的一封信中，茜莉写道：“礼拜一白天剩下的时间和整个晚上，他都睡大觉。他醒来时，我在田里干活。他到田里时，我刨棉花根已经干了三个钟头了。我们彼此不说话。……X先生拿起一把锄头，动手砍棉花。他砍了大约三下，就不砍了。他把锄头丢在田埂上，转身拔腿就走回家，喝口凉水，拿着烟斗，坐在门口发呆。我跟着他回到家，因为我以为他病了。可是他说：你最好回地里去继续干活，用不着等我！”[③] 从茜莉的这封信中，可以看出，X先生游手好闲、懒惰，而茜莉却成为一个像男人一样的劳动力。

尽管茜莉完全成为性工具与劳动工具，忍受男性的暴力，此时的她却没有反抗的意识。身心的创伤让她自卑、麻木。朱迪斯·赫尔曼认为，当受创者感到彻底的无能为力、绝望时，会进入一种屈服放弃的状态，寻求自我解脱的本能会使受创者产生意识上的疏离状态、麻木无感等，以对抗难以忍受的痛苦。[④] 茜莉在给上帝的信中，讲述X先生像打孩子一样地用皮带打她时，她只是像一棵没有知觉的树一样麻木。“他打我，象打孩子

---

① ［美］艾丽丝·沃克：《紫色》，杨仁敬译，北京十月文艺出版社1993年版，第6页。

② ［美］艾丽丝·沃克：《紫色》，杨仁敬译，北京十月文艺出版社1993年版，第108—109页。

③ ［美］艾丽丝·沃克：《紫色》，杨仁敬译，北京十月文艺出版社1993年版，第28页。

④ ［美］朱迪斯·赫尔曼：《创伤与复原》，施宏达、陈文琪译，机械工业出版社2015年版，第40页。

们一样。可是，他极少打他们。他说：茜莉，把皮带拿来。孩子们在门外从门缝偷看。我能做到的只是不哭。我让自己象木头一样。我对自己说：茜莉，你是棵树。这就是我终于懂得树怕人的原因。”① 在丈夫X先生的眼中，他打茜莉，只是因为她是女人，是他的老婆，而女人就是应该被打的。这种逻辑，是一种典型的男性中心主义思维，对女性完全没有任何的尊重。所以，X先生和茜莉平时没有言语的交流和对话，更谈不上心灵的沟通。这种家庭暴力与虐待，让茜莉日渐麻木。而这正是她精神创伤的体现。对于这种命运，她选择了逆来顺受。“我想起聂蒂，她死了。她斗过，她逃跑。这有啥好处？我不斗，人家叫我在哪里，我就待在哪里。”② 她甚至教唆继子哈泼去揍索菲娅。与茜莉不同的是，索菲娅充满了反抗与斗争精神，拒绝做男性社会的柔顺天使，她独立、有主见，总是顶撞丈夫哈泼。当哈泼想通过暴力使她服帖、顺从时，她选择了反抗，毫不畏惧地与哈泼打架，打架之后还带着孩子们去姐姐那儿度周末。“我一生都得打架，跟我爹爹打，跟我兄弟打，跟我堂兄弟和叔叔伯伯打。一个女人在一个男人统治的家里是不安全的。可我没想到在自己家里也得打一架。她喘喘气，接着说，我爱哈泼，上帝知道我爱他。但是，在我让他打我之前，我就先打死他！”③ 与茜莉的婚姻不同的是，索菲娅与哈泼是自由恋爱而结婚的，即便如此，她在自己的家里也要与哈泼打架。可以看出，在当时的社会，不论婚姻是否建立在爱情基础上，男性都想要驯化女性、奴化女性。而大多数的黑人女性，完全没有话语权，只能像茜莉一样选择痛苦地默默忍受。

其次，黑人女性除了要忍受黑人男性的性别压迫，还要忍受白人的种族压迫。市长的老婆米丽小姐在大街上看到索菲娅，就直接问索菲娅是否喜欢做她的佣人。索菲娅坚定地拒绝她后，就被市长打了一个耳光。索菲娅把市长打倒了，却被警察群殴，关进了监狱。“他们砸破她的脑袋。他们打断了她的肋骨。他们把她的鼻子打得歪到了一边。他们弄瞎了她的一只眼睛。她从头到脚全身浮肿。她的舌头肿得象我的手掌，就象是一块橡

① ［美］艾丽丝·沃克：《紫色》，杨仁敬译，北京十月文艺出版社1993年版，第24页。
② ［美］艾丽丝·沃克：《紫色》，杨仁敬译，北京十月文艺出版社1993年版，第23页。
③ ［美］艾丽丝·沃克：《紫色》，杨仁敬译，北京十月文艺出版社1993年版，第41页。

胶从牙缝里伸出来。她不能说话。她浑身发紫，象茄子的颜色。”① 从这段话中，我们可以看到，以白人市长为代表的整个白人社会以及权力机关对黑人女性的残酷迫害，原因仅仅是黑人女性拒绝了白人的无理要求。索菲娅被打得浑身发紫，表明了索菲娅的身上到处都是伤痕和创痛。在监狱中，居住条件很差，伙食也很糟糕，到处都是蟑螂、老鼠、苍蝇、虱子甚至蛇。索菲娅要从事繁重的劳动，每天从五点到八点，她要洗堆积如山的囚犯们肮脏的制服、发臭的床单与毯子。非人的折磨以及毒打让强壮的索菲娅变得虚弱，脸色发黄，手指头肿得像香肠一样。然而，这种折磨与创伤不仅仅是身体上的，更是精神上的。“如果你敢说什么，他们就剥光你的衣服，叫你不点灯地睡在水泥地板上。”② 原本充满反抗精神的索菲娅只能顺从这些白人强权者，变得像茜莉一样听话，服从他们的安排与命令，成为一个所谓的好犯人，以至于他们都不相信她就是那个敢于跟市长老婆顶嘴并且把市长打倒的人。尽管索菲娅在这种严酷的监狱管理下变得顺从、听话，但这只是她自我保护的一种本能，而她是坚决不愿向他们卑躬屈膝地求饶的。“我真想去搞谋杀，她说，我真想去搞谋杀，不论睡觉的时候，还是醒着的时候，我都想杀人。”③ 由此可以看出，索菲娅不仅身体饱受创伤，精神也处于极端压抑的状态。最后，索菲娅被安排到市长家做佣人，把她关在屋子底下一间狭小的储藏室里，日夜听候他们的使唤，甚至不能见到自己的孩子，忍受骨肉分离之痛。她在教市长夫人开车的时候，经常坐在前面，因此，当市长夫人允许五年没有见过孩子的索菲娅回家待一天时，索菲娅习惯性地坐在前面的座位上。市长夫人说：“你可曾见过一个白人和一个黑人并肩坐在一部汽车里，而其中一个人并没有教另一个人开车和洗车的吗？”④ 从此可以看出，当时整个社会的种族歧视现象十分普遍和严重。索菲娅很高兴能够和孩子们团聚一天，然而市长夫人出尔反尔，最终只让她待了十五分钟。这一细节表明，黑人女性的感情完全不被尊重，没有被当成一个人来看待。有研究者指出，索菲娅对市长夫人的顶撞、对市长的反抗，象征着对整个白人强权制度的反抗，显示出黑人女性的

---

① ［美］艾丽丝·沃克：《紫色》，杨仁敬译，北京十月文艺出版社 1993 年版，第 86—87 页。
② ［美］艾丽丝·沃克：《紫色》，杨仁敬译，北京十月文艺出版社 1993 年版，第 88 页。
③ ［美］艾丽丝·沃克：《紫色》，杨仁敬译，北京十月文艺出版社 1993 年版，第 89 页。
④ ［美］艾丽丝·沃克：《紫色》，杨仁敬译，北京十月文艺出版社 1993 年版，第 101 页。

勇气与抗争精神，但是索菲娅的悲剧也显示了单个黑人女性的力量是十分薄弱的，根本无法抗衡、改变整个社会的种族压迫现象与不公平的等级秩序。索菲娅的反抗行为失败了，但是，“她却激励了所有想要去改变这种社会等级制度的黑人妇女，有助于团结妇女和黑人男人们与不公平的对待进行抗争。沃克相信这样的抗争也许是他们精神成长的一个必要的前奏”①。

从作品的语言来看，《紫色》的语言分为两种类型，白人语言与黑人语言，两种语言交织在一起。在茜莉的信中，人们都说美国黑人土语。市长作为白人的代表，辱骂、压迫黑人，索菲亚因为拒绝到他家做女佣，被他痛打一顿，并被投入监狱。但他使用的却是黑人土语。在茜莉的妹妹聂蒂的信中，不论黑人还是白人都说美国标准语言。一方面，白人使用黑人土语，使黑人与白人实现了一种语言上的平等，也说明，语言差异不是天生的，而是后天造成的。另一方面，黑人使用美国标准语言，体现了白人文化的优越，表明他们想通过使用语言而达到与白人平等的地位、人格，也表明他们在文化上的劣势地位、卑微心理，以及想要学习白人文化、语言的心理。俄国形式主义者打破了传统的内容与形式的二元对立思维模式，赋予文学作品的形式以重要地位。他们认为，“文学性”不存在于文学作品的内容中，而是存在于文学的艺术形式中。“在语言交流活动中，文学性把读者的目光聚焦于韵律、节奏、措词、语法、修辞等形式问题上，而不把读者的注意力吸引到形式之外的某物之上。”② 沃克在《紫色》中所采取的语言策略具有重要意义，正如有学者所指出的：“其意义不仅是表层的工具作用和深层的艺术魅力，更重要的是其民族意识和社会价值。”③

### （二）《紫色》中黑人女性的觉醒

在《紫色》中，以茜莉为代表的黑人女性一方面饱受身心创伤，另一方面又从逆来顺受、自卑开始逐渐走向觉醒。从作品的表达手法来看，沃克将书名定为《紫色》，具有深刻的象征意味。紫色，除了象征伤痕，还被视为高贵的颜色，象征着地位的尊贵、个人的尊严。在小说中，茜莉到

---

① 贾兴蓉：《〈紫色〉中的妇女主义研究》，《西南民族大学学报（人文社会科学版）》2012年第8期。

② 王一川主编：《文学批评教程》，高等教育出版社2010年版，第47页。

③ 王成宇、王平：《试析〈紫色〉的语言策略》，《外国文学研究》2002年第3期。

商店买衣服，她想买一件紫色或紫中带红的衣服，因为她的丈夫 X 先生所尊敬和喜爱的情妇莎格喜欢紫色。然而，茜莉没有找到紫色的衣服，有许多红色的衣服。但是，X 先生不肯为红色的衣服付钱。茜莉只能选择棕色的、栗色的或海军蓝的衣服。最后，茜莉选了一件蓝色的。这象征了茜莉渴望得到丈夫的尊敬、喜爱，却没有如愿。当莎格被 X 先生接回家养病时，茜莉想做的第一件事就是换衣服，但是她来不及换下旧衣服，莎格就到了。此时，茜莉觉得十分自卑、手足无措。她这么描写她当时的感受："一件新衣裳，对我那不听话的脑袋、肮脏的破头布和天天穿的旧鞋子，还有我身上的气味来讲，也毫无帮助。"① 与茜莉形成鲜明对比的是，莎格穿得十分讲究和时髦，她穿了一件红毛衣，戴着黑珠子、闪亮的插着野鸡毛的黑帽子，脸上涂了厚厚的黄粉、红色的口红。作品多次写到莎格穿着红裙子、红鞋子，而茜莉却没有穿过红色。在莎格的帮助下，茜莉的自我意识逐渐觉醒，对自己的身体有了自信。莎格引导茜莉认识和欣赏自己的身体，而身体的觉醒是思想觉醒的基础。正如有研究者所指出的："茜丽在莎格的引导下第一次在镜中欣赏到自己的女性特征之美，镜中的影像促进她女性意识的觉醒，是她实现自我意识的第一步。"② 茜莉对自己的身体和性有了更多的认识，也更加自信。在回去看她的继父时，她和莎格都穿着崭新的蓝花裤子，她还戴着黄色的大帽子。茜莉离开了 X 先生，通过为周围的人做裤子获得经济上的独立，并且勇敢地穿上了自己做的裤子，还创办了自己的大众裤子公司，为周围的女性做了许多裤子。裤子，在小说中象征着男女之间关系的平等。茜莉的丈夫 X 先生就曾直言不讳地告诉她说，穿裤子是男人的专利，女人不能和男人穿一样的衣服，只能穿裙子。可是，茜莉所做的裤子是女人也可以穿的，这是对当时父权制社会的挑战，也表明，女性只有通过自己的努力获得经济上的独立，才可能不再依附于男人，真正实现男女平等。当茜莉成立大众裤子公司，获得经济上的独立地位之后，她穿上了红色的鞋子，头上还别着一朵花去见 X 先生。X 先生甚至认不出茜莉。在小说的结尾，茜莉终于能用紫色和红色来装饰自

① ［美］艾丽丝·沃克：《紫色》，杨仁敬译，北京十月文艺出版社 1993 年版，第 45 页。

② 贾兴蓉：《〈紫色〉中的妇女主义研究》，《西南民族大学学报（人文社会科学版）》2012 年第 8 期。

己的屋子。茜莉对紫色、红色的喜爱象征着她对个人尊严的向往和追求，而她最后能以喜爱的颜色来装饰房间则象征着社会地位的提高以及她的独立。

此外，茜莉的觉醒还表现在她对上帝态度的变化上。作为一部书信体小说，作品由茜莉的信和聂蒂的信构成。茜莉先是给上帝写信，接着给妹妹写信。其实，给上帝写信就注定了这是一封不会有回音的信。当茜莉被继父强奸而怀孕，她不敢将真相告诉母亲，因为继父曾警告她，如果她将此事告诉除上帝之外的任何人，她妈妈就会被气死。孤独而逆来顺受的茜莉只好给上帝写信。茜莉把上帝作为精神上的唯一寄托与依靠。在给上帝的第一封信中，茜莉写道："亲爱的上帝：我十四岁了。我一直是个好姑娘。也许你能给我一点儿启示，让我知道自己出了什么事儿啦。"① 茜莉被继父嫁给 X 先生后，完全沦为干活的工具、性工具，苦不堪言，妹妹聂蒂说她不愿意看着茜莉跟 X 先生以及他的四个讨厌的孩子生活在一起，因为这种生活就像是一种被埋葬的生活。茜莉回答说，这种生活比被埋葬更糟糕，因为被埋葬就不用干活了。但她又接着说："不要紧，不要紧，只要我能念着'上——帝'，就有人陪我。"②

由此，我们可以看到茜莉对上帝的信赖与亲近，整日生活在迷茫与惧怕中的她只有向上帝倾诉心声，渴望得到上帝的陪伴与帮助，但是上帝从不回应她。在她被继父强奸、怀孕，孩子被继父抱走时，在她忍受丈夫的毒打、辱骂时，在她孤独无助时，她所信仰的上帝从不会向她伸出援助之手。所以她对上帝不再抱有希望，而且认为她一直祈祷和写信的上帝是个白人男性。可以看出，茜莉的身心创伤造成了她的信仰危机。正如朱迪斯·赫尔曼所指出的："创伤事件粉碎了人与社群之间的联结感，造成信仰的危机。"③ 在给上帝的一封信中，茜莉写道："我和斯贵克没说话。我不知道她想的啥，但我想念天使们，想到上帝乘着四轮马车从天上缓缓而下，把我们的索菲娅送回家来。我看见他们，看得那么清楚，犹如白天一样。天使们都披着白色的服装，白色的头发，白色的眼睛，看起来象患白

① ［美］艾丽丝·沃克：《紫色》，杨仁敬译，北京十月文艺出版社 1993 年版，第 1 页。

② ［美］艾丽丝·沃克：《紫色》，杨仁敬译，北京十月文艺出版社 1993 年版，第 20 页。

③ ［美］朱迪斯·赫尔曼：《创伤与复原》，施宏达、陈文琪译，机械工业出版社 2015 年版，第 51 页。

化病的人。上帝也是满身白色，就象在银行工作的肥胖的白人。天使们敲打着信号，其中一个吹响了号角。上帝喷出一团巨火，忽然间，索菲娅自由了。”① 在这封信中，天使们被茜莉描述成“象患白化病的人”，上帝也失去其神圣性，变得像是一个“在银行工作的肥胖的白人”。也就是说，上帝不再是一种拯救力量的化身，他只是和其他的任何一个普通的白人一样，不可能给苦难的黑人以博爱与救赎。茜莉对上帝的感情的变化说明她从一种屈辱无助的被压迫者角色转变为有自我意识的觉醒者。

随着自我意识的逐渐觉醒，茜莉开始意识到，以前她所信赖的、一直向他祈祷和写信的上帝，不过是一个男人，而且像她认识的其他男人一样轻薄、健忘而卑鄙。因此，茜莉不再给上帝写信。从第 56 封信开始，收信人从上帝转变为妹妹聂蒂，这表现了茜莉对上帝的信仰的破灭，也可以看出茜莉的觉醒与成长，她甚至能够质疑上帝。在和莎格的对话中，当茜莉质疑上帝为她做了什么时，莎格感到惊讶并回答说：“他给了你生命、健康的身体和一个爱你爱得要死的好女人。”② 茜莉却反驳说：“他还给了我一个受私刑处死的爸爸、一个发疯的妈妈、一个可鄙的混蛋继父和一个我可能永远不能再见到的妹妹。”③ 莎格劝茜莉不要说这些亵渎神明的话，上帝会听见的。茜莉却无所畏惧地说：“让他听听我说的吧！我说，我可以告诉你，假如他听过可怜的黑人妇女的呼声，世界也许会变个样。”④ 在现实生活中，有无数个同茜莉一样饱受性别压迫和种族压迫的黑人女性，她们生活在人间的地狱中。但是，上帝却无所作为。“我一生中，从来不管人们对我的所作所为怎么看，我说，可我心灵深处尊敬上帝，尊重他的思想。但我终于发现，他并不思考，老坐在那儿，不闻不问，自鸣得意，可我想，没有上帝，想做什么都不容易。即使你晓得他不在身边，但没有他，你想做什么都是吃力不讨好的。”⑤《紫色》中茜莉写信对象的变化反映了茜莉思想上的不断成长，从与虚无的神沟通到与真实的人沟通，也就是说，她经历了“一种由虚无到真实，从无到有、从神到

① ［美］艾丽丝·沃克：《紫色》，杨仁敬译，北京十月文艺出版社 1993 年版，第 90 页。
② ［美］艾丽丝·沃克：《紫色》，杨仁敬译，北京十月文艺出版社 1993 年版，第 179 页。
③ ［美］艾丽丝·沃克：《紫色》，杨仁敬译，北京十月文艺出版社 1993 年版，第 179 页。
④ ［美］艾丽丝·沃克：《紫色》，杨仁敬译，北京十月文艺出版社 1993 年版，第 179 页。
⑤ ［美］艾丽丝·沃克：《紫色》，杨仁敬译，北京十月文艺出版社 1993 年版，第 179—180 页。

人的变化”[①]。

## 第三节 在黑人与白人的夹缝中：《藻海无边》中的他者、风景与帝国

在夏洛蒂·勃朗特的《简·爱》中，罗切斯特的疯妻子伯莎·梅森被关在桑菲尔德庄园的阁楼上，成为大家熟知的阁楼上的疯女人。在简·爱的视野里看到的是：“在房间另一头的暗影里，一个人影在前后跑动，那究竟是什么，是动物还是人，粗粗一看难以辨认。它好像四肢着地趴着，又是抓又是叫，活像某种奇异的野生动物，只不过有衣服蔽体罢了。一头黑白相间、乱如鬃毛的头发遮去了她的头和脸。”[②] 在简·爱的这段描述中，我们看到的是人与兽的对立，伯莎成为一个穿着衣服的野兽。“这条穿了衣服的野狗直起身来，高高地站立在后腿上。”[③] “这疯子咆哮着，把她乱蓬蓬的头发从脸上撩开，凶狠地盯着来访者。我完全记得那发紫的脸膛，肿胀的五官。”[④] 在此，伯莎已经不具有人的特点，成为“野狗”、“疯子”。这个疯子不仅外表具有野兽的特征，行为也已经兽化。“疯子猛扑过来，凶恶地卡住他喉咙，往脸上就咬。”[⑤] 在罗切斯特的描述中，他与这个野兽般的疯女人的婚姻是他人生的不幸，他是最大的受害者。“尽管我发现她的个性与我格格不入，她的趣味使我感到厌恶，她的气质平庸、低下、狭隘，完全不可能向更高处引导，向更广处发展；我发现无法同她舒舒畅畅地度过一个晚上，甚至白天一个小时。我们之间没有真诚的对话，因为一谈任何话题，马上会得到她粗俗又陈腐、既怪癖又愚蠢的回应——我发觉自己决不会有一个清静安定的家，因为没有一个仆人能忍受她不断发作暴烈无理的脾性，能忍受她荒唐、矛盾和苛刻的命令所带来的烦恼——即使那样，我也克制住了。我避免责备，减少规劝，悄悄地吞下

① 王成宇：《〈紫色〉的空白语言艺术》，《外国文学研究》2000 年第 4 期。
② ［英］夏洛蒂·勃朗特：《简·爱》，黄源深译，译林出版社 2017 年版，第 293 页。
③ ［英］夏洛蒂·勃朗特：《简·爱》，黄源深译，译林出版社 2017 年版，第 293 页。
④ ［英］夏洛蒂·勃朗特：《简·爱》，黄源深译，译林出版社 2017 年版，第 293—294 页。
⑤ ［英］夏洛蒂·勃朗特：《简·爱》，黄源深译，译林出版社 2017 年版，第 294 页。

了自己的悔恨和厌恶。我抑制住了自己极度的反感。”[①] 可见，在罗切斯特的话语中，妻子庸俗、狭隘、愚蠢、无知、暴躁、野蛮，因而他尽是对妻子的不满、鄙视、厌恶，以至于简·爱为伯莎鸣不平：“对那个不幸的女人，你实在冷酷无情。你一谈起她就恨恨的——势不两立。那很残酷——她发疯也是身不由己。”[②] 伯莎·梅森，作为一个来自西印度群岛的他者，被丑化、兽化、妖魔化，被剥夺了话语权，不能言说自己，不能控诉罗切斯特的男性话语与帝国话语对自己的戕害。

英籍加勒比女作家简·里斯（Jan Rhys，1890—1979）的小说《藻海无边》以对《简·爱》中的帝国话语与男性话语的逆写，成为重要的后殖民文本。简·里斯打破了《简·爱》中的独白话语，改变了叙事策略，以多重叙事视角，重新讲述了伯莎的故事，使作品成为一个对话型的复调文本。国内外学界关于《藻海无边》的研究成果很丰富，主要从后殖民主义批评、身份认同、创伤叙事、互文性等角度展开。如张峰在《“属下”的声音——〈藻海无边〉中的后殖民抵抗话语》一文中指出，安托瓦内特处于“夹缝”中的文化身份一方面使其在身份认同上处于迷茫状态，另一方面又质疑了二元对立的殖民表述；克里斯托芬、巴蒂斯特等“属下”也发出了自己的抵抗声音。“他们的声音表现出多样性的特征，但作为整体，这些声音构成了一种强有力的后殖民抵抗话语。”[③] 陈李萍在《白皮肤、白面具——〈藻海无边〉中的身份认同障碍》一文中认为，安托瓦内特的身份认同困境类似于罗切斯特在殖民地的认同障碍，殖民者自身也成为殖民暴力的受害者，“安托瓦内特破碎的克里奥尔身份非但没能成全罗切斯特白人男性殖民者身份的完整性，反而使其深受殖民暴力‘同构式压迫’的创伤”[④]。而这实际上属于对黑格尔的主—奴辩证思想的回应。就此来说，简·里斯在实现对殖民话语和父权话语的双重抵抗的同时，也揭露了“隐藏于西方现代殖民权力/知识话语内部身份障碍的结构性因素——主/奴二

---

① ［英］夏洛蒂·勃朗特：《简·爱》，黄源深译，译林出版社2017年版，第309页。

② ［英］夏洛蒂·勃朗特：《简·爱》，黄源深译，译林出版社2017年版，第305页。

③ 张峰：《“属下”的声音——〈藻海无边〉中的后殖民抵抗话语》，《当代外国文学》2009年第1期。

④ 陈李萍：《白皮肤、白面具——〈藻海无边〉中的身份认同障碍》，《当代外国文学》2013年第2期。

元对立思维模式，并呼应了主/奴辩证哲学的后现代转向"[①]。张德明《〈藻海无边〉的身份意识与叙事策略》一文认为，简·里斯创作《藻海无边》属于"逆写帝国"，体现了其后殖民的创作冲动，安托瓦内特被赋予了话语权，使得作品具有了双重乃至多重的叙事角度，从而凸显了安托瓦内特的身份认同危机。[②] 萨伦·威尔逊认为，《藻海无边》可以被视为一部关于殖民权力、政治和后殖民身份认同的小说，简·里斯创造了一个女权主义和后殖民主义文本。[③] 巴罗斯·维多利亚认为，《藻海无边》的外部框架是白克里奥尔人的历史创伤，内部则是母—女关系的创伤叙事。[④] 罗米塔·乔杜里则从互文性的角度展开。[⑤] 上述研究具有重要的学术价值，为《藻海无边》提供了深广的阐释视野与话语资源，然而，现有的研究甚少将简·里斯对安托瓦内特的创伤书写与空间、风景及帝国关联起来，因此，这方面的研究尚有进一步深入展开的可能。

## 一 夹缝中安托瓦内特的创伤境遇

安托瓦内特的创伤首先体现为身份认同的困境。作为克里奥尔人的安托瓦内特处于白人与黑人的夹缝中。西印度群岛作为英国殖民地，当地的克里奥尔人是英国殖民者的后裔。伴随着奴隶制的解体，克里奥尔人处于

---

① 陈李萍：《白皮肤、白面具——〈藻海无边〉中的身份认同障碍》，《当代外国文学》2013 年第 2 期。

② 张德明：《〈藻海无边〉的身份意识与叙事策略》，《外国文学研究》2006 年第 3 期。

③ Sharon Wilson, "Bluebeard's Forbidden Room in Rhys's Post-Colonial MetaFairy Tale, 'Wide Sargasso Sea'", *Journal of Caribbean Literatures*, Summer 2003, Vol. 3, No. 3, pp. 111 – 122.

④ Burrows Victoria, *Whiteness and Trauma: The Mother-daughter Knot in the Fiction of Jean Rhys, Jamaica Kincaid, and Toni Morrison*, New York: Palgrave Macmillan, 2004. 巴罗斯·维多利亚认为，简·里斯的小说《藻海无边》为当代后殖民理论与文化做出了重要的贡献，里斯描绘了随着 19 世纪中期大英帝国在牙买加的加勒比岛上的没落，社会和心理上出现的断裂现象。《藻海无边》描写了处于两种文化之间的无所归属的焦虑感以及"母国"对白人克里奥尔殖民地的抛弃。

⑤ Romita Choudhury, "'Is there a ghost, a zombie there?' Postcolonial intertextuality and Jean Rhys's *Wide Sargasso Sea*", *Textual Practice* 10 (2), 1996, pp. 315 – 327. 其他相关研究可见于 Peter Hulme, "The place of wide Sargasso Sea", *Wasafiri*, Vol. 3, September, 1994, pp. 5 – 11; Vivian Nun Halloran, Race, "Creole, and National Identities in Rhys's Wide Sargasso Sea and Phillips's Cambridge", *Small Axe*, Number 21, October, 2006, pp. 87 – 104; Silvia Cappello, "Postcolonial Discourse in Wide Sargasso Sea: Creole Discourse vs. European Discourse, Periphery vs. Center, and Marginalized People vs. White Supremacy", *Journal of Caribbean Literatures*, Vol. 6, No. 1 (Summer, 2009), pp. 47 – 54。此处不再赘述。

真正的英国白人与当地的黑人之间的夹缝中。正如巴罗斯·维多利亚指出的，克里奥尔人失去了权力和威望，处于一种没有归属的焦虑状态。“因为他们既不是帝国的白人，也不是多米尼克黑人，他们正在进入一个激进的历史变革时期。”① 安托瓦内特既不属于纯正的英国人，又不属于当地土著。在纯正的白人眼里，安托瓦内特只不过是白皮黑鬼，被白人鄙视和远离。“背时的白人如今只落得是白皮黑鬼罢了，黑鬼比白皮黑鬼还强呢。”② 在当地土著眼里，安托瓦内特是让人痛恨、咒骂的白蟑螂。有一天，一个小姑娘跟在安托瓦内特的身后唱道：“白蟑螂走开，走开，走开。没人要你，走开。”③ 安托瓦内特赶快走，唱歌的小姑娘也跟着走得更快。安托瓦内特平安回到家的时候心里充满恐惧，靠着墙坐下，一动也不想动，筋疲力尽。天快黑了，克里斯托芬找到了她，此时她已经坐僵了。赵冬梅指出，创伤事件的经历者在受创时的年龄很重要，年龄越小的受创者以后形成创伤心理的可能性越大，对创伤事件的情感体验也会越深刻。“幼年期是形成无意识的关键时期，还没有形成足够的整合能力，还不能对创伤事件进行正确的加工，也不能用语言清晰地表达出创伤体验、创伤过程等，所以，创伤事件就留在了当事人的无意识当中，对其日后的生活会有很大的影响。”④ 童年的安托瓦内特就处于身份认同的夹缝中，备受困扰和歧视，这也造成了她心理上的不安。

安托瓦内特与一个叫蒂亚的黑人小姑娘成了朋友。她们形影不离，一起到池塘里洗澡，一起用旧铁锅煮香蕉吃。当库利布里庄园被一群情绪恶劣的黑人放火烧毁，安托瓦内特一家匆忙逃走时，安托瓦内特看见蒂亚和她母亲站在不远处。安托瓦内特朝蒂亚跑去，因为蒂亚曾经是她生活中的一部分，她决定以后要和蒂亚一起住，像蒂亚一样，不再离开库利布里。但是，当安托瓦内特跑近一看，却发现蒂亚手里有块石头。尽管安托瓦内特没看见蒂亚扔石头，但还是无法控制地流下泪水。“我瞧着她，只见她放声大哭时一张哭丧脸。我们互相瞪着，我脸上有血，她脸上有泪。就像

---

① Burrows Victoria, *Whiteness and Trauma: The Mother-daughter Knot in the Fiction of Jean Rhys, Jamaica Kincaid, and Toni Morrison*, New York: Palgrave Macmillan, 2004, pp. 25 - 26.

② ［英］简·里斯：《藻海无边》，陈良廷、刘文澜译，上海译文出版社1996年版，第6页。

③ ［英］简·里斯：《藻海无边》，陈良廷、刘文澜译，上海译文出版社1996年版，第5页。

④ 赵冬梅：《心理创伤的理论与研究》，暨南大学出版社2011年版，第5页。

看到了自己。像镜子里一样。”① 安托瓦内特本来想留在库利布里庄园，但她从蒂亚身上照见了自己，自己不属于蒂亚所属的群体，不属于当地的黑人文化。那么，她能否向白人文化靠拢？

安托瓦内特非常喜爱的一幅画是《磨坊主的女儿》，画上是一个有着一头棕色鬈发、一对碧蓝的眼睛的英国姑娘。可以说，安托瓦内特对于成为一个英国人、过英国人的生活充满了想象与期待。在那场大火中，随着库利布里庄园被烧成灰烬，那幅《磨坊主的女儿》的画也被烧了。库利布里庄园与《磨坊主的女儿》被烧毁，表达了安托瓦内特无法确认自己的身份，找不到自己的根。正如巴罗斯·维多利亚所一针见血地提出的：“白克里奥尔人相信他们已经被帝国母国所遗弃。”② 一方面，库利布里庄园是安托瓦内特的家园。“隔着深绿色的芒果树叶看上去，天空是深蓝色的，我不禁想道，‘这里才是我的家呢，这里才是我的归属，这里才是我想要安身的地方。’”③ 另一方面，英国是她想象的“母国”，一个救赎之地。“我已经太痛苦了，我心里想，这么痛苦的日子可熬不了，会送掉你命的。一旦住到英国去我就会判若两人，遇到的事也两样……”④ 安托瓦内特处于两种文化、两种身份之间，心情矛盾，无从选择。她既想成为一个英国姑娘，又对故土恋恋不舍。正如安托瓦内特在文中所说的：“我很高兴自己过得像个英国姑娘，可我怀念克里斯托芬做的菜那滋味。”⑤ 然而，库利布里庄园被烧、蒂亚手里的石头同时击碎了安托瓦内特想留在库利布里庄园，向蒂亚代表的黑人文化靠拢的梦。《磨坊主的女儿》的画被烧毁、与罗切斯特爱情的破灭则摧毁了她试图归依白人文化的幻想。安托瓦内特和罗切斯特结婚后，阿梅莉唱了一首歌：“白蟑螂她嫁了人，白蟑螂她嫁了人，白蟑螂她买了个年轻人，白蟑螂她嫁了人。”⑥ 对此，安托瓦内特跟罗切斯特解释说，阿梅莉唱的白蟑螂指的就是她。“他们把我们这些早在他

① ［英］简·里斯：《藻海无边》，陈良廷、刘文澜译，上海译文出版社 1996 年版，第 20 页。

② Burrows Victoria, *Whiteness and Trauma: The Mother-daughter Knot in the Fiction of Jean Rhys, Jamaica Kincaid, and Toni Morrison*, New York: Palgrave Macmillan, 2004, p. 26.

③ ［英］简·里斯：《藻海无边》，陈良廷、刘文澜译，上海译文出版社 1996 年版，第 65 页。

④ ［英］简·里斯：《藻海无边》，陈良廷、刘文澜译，上海译文出版社 1996 年版，第 66 页。

⑤ ［英］简·里斯：《藻海无边》，陈良廷、刘文澜译，上海译文出版社 1996 年版，第 14 页。

⑥ ［英］简·里斯：《藻海无边》，陈良廷、刘文澜译，上海译文出版社 1996 年版，第 59 页。

们给人从非洲卖给奴隶贩子之前就在这里的人统统叫做白蟑螂。可我又听到英国女人把我们叫做白皮黑鬼。所以在你们中间，我常常弄不清自己是什么人，自己的国家在哪儿，归属在哪儿，我究竟为什么要生下来。”① 由此可见，安托瓦内特处于殖民者与被殖民者、白人与黑人、英国与库利布里之间的夹缝中，承受着身份认同的困惑与创伤。正如朱峰指出的，殖民历史导致了像安托瓦内特这样的克里奥尔人在归属感和文化身份上的尴尬处境。“他们既不能完全欧洲化，又不能像本土民族主义者那样将身份建立于本土文化之上，无论在殖民地还是在欧洲他们都感到不适应和空虚。在殖民背景下，安托瓦内特这样的白种克里奥尔人的家园只能存在于想象中。”②

安托瓦内特的创伤还体现在童年的境遇、与母亲的关系及婚姻不幸上。安托瓦内特的父亲去世后，与母亲、弟弟相依为命。医生来看了弟弟的病后，母亲就突然变得瘦而沉默，加上当地土著黑人的嘲笑、歧视，母亲的性情郁郁寡欢，对安托瓦内特非常冷漠、不耐烦，把精力和关爱都放在生病的儿子身上。所以，童年的安托瓦内特是孤单的，只有克里斯托芬陪伴着她。母亲后来嫁给了梅森先生，但是他们之间存在的巨大的差异，正如安托瓦内特在饭桌上观察到的：“只见他自信心十足，一望而知是个十足的英国人。再瞧瞧我母亲，一望而知决不是英国人，但也不是白皮黑鬼。”③ 母亲和继父之间的差异是两种文化身份的差异。母亲认为由于当地黑人仇恨他们，住在库利布里很危险，多次劝继父尽快离开库利布里，但是他无法理解。终于，黑人放火烧了库利布里，安托瓦内特的弟弟因这场大火而死。库利布里的大火由此成为安托瓦内特生命中非常重要的创伤事件。这场大火使安托瓦内特受到了很大的惊吓，生了一场大病。母亲此后也经常处于稀里糊涂的状态，被当成疯子关起来，丈夫离开了她，身边没有亲人，没有朋友，受尽屈辱。“他们也不让安托瓦内特去看她。到末了——我不知道她疯不疯——她干脆死了心，什么都不在乎了。那个照管她的男人几时想要玩她就玩她，他女人就去乱说了。那个男人，还有别的

---

①［英］简·里斯：《藻海无边》，陈良廷、刘文澜译，上海译文出版社 1996 年版，第 60 页。

② 朱峰：《破碎的家园梦想：〈藻海无边〉中安托瓦内特的流浪》，《外语研究》2014 年第 1 期。

③［英］简·里斯：《藻海无边》，陈良廷、刘文澜译，上海译文出版社 1996 年版，第 14 页。

男人，他们都玩过她。唉，没有上帝啊。”[①] 母亲的遭遇对安托瓦内特来说也是一个很重要的创伤事件。安托瓦内特曾亲眼看到母亲被一个黑人玩弄，当时她哭着跑了回去。

朱迪斯·赫尔曼指出：“在成人阶段发生的持续性创伤，会侵蚀已经定型的性格结构；而在儿童期发生的持续性创伤，则会扭曲尚未成形的性格，使她朝不正常的方向发展。”[②] 也就是说，儿童期所经受的创伤会影响长大后的性格和成人的生活，成人期的创伤也会影响受创者的性格，受创者很难具有建立自我认同与稳定情感关系的能力，一直生活在精神创伤的困境里无法自拔。“正常情感状态的调节机制也被创伤经历一再引起的恐怖、愤怒和悲伤情绪扰乱。这些情绪最终会交错在一起而形成一种令人惧怕的感觉：精神科医生所谓的恶劣心境（dysphoria），患者几乎无法描述其感觉，这是一种混乱、骚动、空虚和全然孤独的状态。”[③] 安托瓦内特与罗切斯特结婚后，曾对他说她睡觉时常常在身边放着一根木棍，以便有人侵害她的时候她可以自卫。“过去我就是怕成这模样。”[④] 当罗切斯特问她怕什么时，她回答什么都怕。由此可以看出安托瓦内特根深蒂固的不安。当安托瓦内特感到罗切斯特的恨意与冷漠时，求助于克里斯托芬的巫术，披头散发地咒骂罗切斯特，痛哭、酗酒。朱迪斯·赫尔曼认为，受创者不仅会感到害怕，还会伴随无助感，“除对暴力的恐惧之外，创伤患者一致地报告他们有极大的无助感”[⑤]。作品中的昆虫意象形象地表达了安托瓦内特的这种无助心理。关于昆虫的第一次描写出现于安托瓦内特和罗切斯特吃饭的时候。很多飞蛾与小甲虫飞到房间里，扑到蜡烛上，被烧死了，掉到桌布上。罗切斯特向安托瓦内特保证并承诺给她安宁、幸福、平安，但他在占有了她的钱和爱后就弃之如敝屣，认定她有母亲的疯狂基因，以伯

---

① ［英］简·里斯：《藻海无边》，陈良廷、刘文澜译，上海译文出版社1996年版，第99—100页。

② ［美］朱迪斯·赫尔曼：《创伤与复原》，施宏达、陈文琪译，机械工业出版社2015年版，第90页。

③ ［美］朱迪斯·赫尔曼：《创伤与复原》，施宏达、陈文琪译，机械工业出版社2015年版，第102页。

④ ［英］简·里斯：《藻海无边》，陈良廷、刘文澜译，上海译文出版社1996年版，第39页。

⑤ ［美］朱迪斯·赫尔曼：《创伤与复原》，施宏达、陈文琪译，机械工业出版社2015年版，第92页。

莎称呼她，对她实行冷暴力。有一次，罗切斯特一边倾听外面夜晚的天籁，一边观看小飞蛾和小甲虫扑进烛火中。安托瓦内特请求罗切斯特解释他为什么恨她、对她冷淡、不亲近。但他对她爱搭不理。安托瓦内特感到无能为力，“我们就像这些虫子”[①]。可以说，从童年的孤单、蒂亚手里的石头、母亲的冷漠与凄惨境遇，到罗切斯特的欺骗、伤害、被当作疯子幽禁在阁楼上，安托瓦内特这一生都伴随着不安、恐惧与无助。正如玛伦·利内特（Maren Linett）指出的：“无助感是创伤的一种状态，受创者试图从生命或身体威胁的经历中拯救自己的方法越少，就越有可能经受这种经历的创伤。”[②]

## 二　恐惧与欲望的交织：被确定的他者

斯皮瓦克指出：“这个欧洲的主体试图生产一个能巩固一种内在的东西即其自身主体的地位的他者。”[③] 欧洲殖民者在描述被殖民者时往往有两种方式，一种是将被殖民者描写成“高尚的野蛮人”，表现土著的质朴、纯洁、未受到文明的污染；另一种是将被殖民者描写成低等的另类，表现土著是与欧洲人截然不同的没有知识的、感性的、未开化的劣等种族。“一般来说，人们尝试着揭示出具有区分性的定性体系，它能通过使属性和文化相融合的一组组的对立物来表达相异性：未开化的对应于文明的，野蛮的对应于有教养的，人对应于动物（兽化的人），男人对应于女人，成年人对应于儿童（我是成年人，而他者则是儿童……），高级人对应于下等人……”[④] 正是在这一系列的二元对立中，表现了一种等级关系，表现了西方人及其文化具有优越于被殖民者及其文化的特点。这是一种典型的种族主义的意识形态。西方殖民者眼中的他者形象，不论是“高尚的野蛮人”，还是未开化的劣等人，折射的都是欧洲的自我认知，即欧洲人是

---

① ［英］简·里斯：《藻海无边》，陈良廷、刘文澜译，上海译文出版社1996年版，第78页。

② Maren Linett, “ ‘New Words, New Everything’: Fragmentation and Trauma in Jean Rhys”, *Twentieth Century Literature*, Winter, 2005, Vol. 51, No. 4, p. 439.

③ ［美］加亚特里·查克拉沃尔蒂·斯皮瓦克：《属下能说话吗?》，载罗钢、刘象愚主编《后殖民主义文化理论》，陈永国等译，中国社会科学出版社1999年版，第133页。

④ ［法］达尼埃尔-亨利·巴柔：《从文化形象到集体想象物》，孟华译，载孟华主编《比较文学形象学》，北京大学出版社2001年版，第136页。

科学、理性与文明的化身，他们有自己的名字，并且有权力给野蛮人命名。也就是说，殖民地是欧洲的对照，被殖民者是殖民者的对照，目的在于凸显后者的文明、秩序、理性。正如弗朗兹·法农指出的，“一切自己的观点，一切自己的扎根、保持同另一人的垮台的依赖关系。我是在周围的废墟上建立起自己的男子气概的”①。

西方注视者对他者的地位与形象的界定是为了进行自我界定和自我言说，关涉到注视者自身的身份认同。即“对他者的思辨就变成了自我思辨。殖民地国家的文学，美洲和非洲的文学都直接或间接地涉及到这些问题：美洲对应于欧洲，‘新世界’对应于‘旧世界’，旧殖民地对应于欧洲大都会，西属、葡属殖民地的‘克里奥尔’白种人面对着大都会里的欧洲人，西化了的土著人面对着殖民者”②。在《藻海无边》中，罗切斯特正是通过一组组的二元对立关系的建立，如文明与未开化、有教养与野蛮、人与兽、理性与疯癫、高等人与低等人等，建构起一个异己的他者。在罗切斯特与安托瓦内特的蜜月旅行之初，罗切斯特就苛刻地描述过安托瓦内特的眼睛。“那双眼睛太大了，会叫人发窘。看来好像从来不眨眼。眼睛长长的，黑黑的，神色忧伤，目光异样。她可能是纯英国血统的克里奥耳人，不过眼睛既不是英国型的，也不是欧洲型的。”③ 无疑，罗切斯特是以欧洲尤其是英国的审美标准来审视安托瓦内特的，这样一种帝国之眼的凝视，带着根深蒂固的优越感。在讲到当地人的外表、语言时也是如此，如“一脸自以为是的蠢相”、“显得一副野相”和“懒相，磨磨蹭蹭的”，说的语言不是英语，而是蹩脚的法国腔土话，“她们看上去反正都一个样儿”，“她们脸上都有同样的表情”，总之是“阴阳怪气的地方，阴阳怪气的人”。在此，罗切斯特刻画了一幅当地人的群像。而对于自己美丽的妻子，罗切斯特除了以挑剔的眼光评判她，还忽视她、故意冷淡她，接连几个小时不与安托瓦内特讲话，甚至故意与阿梅莉偷情。在罗切斯特的精神暴力下，安托瓦内特从一个单纯、美丽的女子变成一个头发蓬乱、满眼血丝、污言秽语、酗酒的神经质的女人。

---

① ［法］弗朗兹·法农：《黑皮肤，白面具》，万冰译，译林出版社 2005 年版，第 166 页。

② ［法］达尼埃尔－亨利·巴柔：《形象》，孟华译，载孟华主编《比较文学形象学》，北京大学出版社 2001 年版，第 179 页。

③ ［英］简·里斯：《藻海无边》，陈良廷、刘文澜译，上海译文出版社 1996 年版，第 34 页。

克里斯托芬一语道破了罗切斯特的邪恶心理："大家都知道你是图她的钱才娶了她，你把钱都拿走了。接下来你就想要气死她，因为你妒忌她。她比你强多了，血统也比你的高贵，她也不在乎钱——钱在她看来算不上什么。啊，我头一回看见你就看出那点来了。你虽然年轻，但是心肠已经很硬，你要了她。你让她以为你看了她一眼就活不了啦。"① 克里斯托芬指出，罗切斯特为了钱而向安托瓦内特求爱，当安托瓦内特不可自拔地爱上他，他占有了安托瓦内特的财产，却又急于摆脱她。"她的眼睛里只有你。可是你却一心想气死她。"② 安托瓦内特渴望着罗切斯特的爱，但是罗切斯特对她十分冷漠无情，只是把她当作玩偶，以至于克里斯托芬说他年纪轻轻，心肠却够狠的。

> 要是你抛弃她，人家就会把她彻底搞垮的——就像他们搞垮她母亲那样。③
>
> 你是存心硬说她发疯了。我知道的。你跟医生们怎么说，他们就怎么说。你想要理查怎么说，他这个人就怎么说——而且心甘情愿，我知道。她就将成为她母亲那样。那那样做是图钱吗？可你真像撒旦一样恶毒呀！④

总之，罗切斯特只想占有安托瓦内特的钱，却不想要她的人，将安托瓦内特带到英国，关在阁楼上，成为阁楼上的疯女人，备受折磨，精神崩溃，放火烧了房子，结束悲剧的一生。陈良廷认为，如果安托瓦内特能够得到丈夫的爱护，那么她是不至于疯的，至少不会这么严重。安托瓦内特的疯有家族史、种族歧视环境下夹缝中生存的压力等原因，但最大的原因应该还是婚姻生活的不幸所造成的精神上的刺激与创伤。⑤ 萨伦·威尔逊指出，罗切斯特和维多利亚时代的其他英国人一样，成为一个殖民主义

---

① ［英］简·里斯：《藻海无边》，陈良廷、刘文澜译，上海译文出版社 1996 年版，第 96 页。

② ［英］简·里斯：《藻海无边》，陈良廷、刘文澜译，上海译文出版社 1996 年版，第 96 页。

③ ［英］简·里斯：《藻海无边》，陈良廷、刘文澜译，上海译文出版社 1996 年版，第 100 页。

④ ［英］简·里斯：《藻海无边》，陈良廷、刘文澜译，上海译文出版社 1996 年版，第 102 页。

⑤ 陈良廷：《幽禁在顶楼上的疯女人与简·里斯》，载［英］简·里斯《藻海无边》，陈良廷、刘文澜译，上海译文出版社 1996 年版，第 XIII 页。

者，不断地粉碎、玷污或者杀死那些看起来不再有利可图但又必须要占有的东西。[①]

由上可见，罗切斯特并不是把安托瓦内特当作一个有主体意识的平等的人，而是当作一个不对等的客体的物，他们之间有着清晰的不可逾越的界限。“我并不爱她。我渴望得到她，可那不是爱。我对她没几分温情，她在我心目中是个陌生人，是个思想感情方式跟我那套方式不同的陌生人。”[②] 这种心理上的隔离与边界感贯穿了全书。之所以如此的根本原因在于罗切斯特思想深处根深蒂固的种族优越感。在罗切斯特眼中，安托瓦内特及其生活的土地是感性的、疯狂的、混乱的、野蛮的、充满了巫术的一片“黑暗世界”。迈克·克朗指出：“西方人依据他们自己对时间和历史的认识，对其他民族、地区、物种以及过程进行命名，而这种思想认识总是将其他民族文化看成居于从属地位的文化。”[③] 理性与疯癫、文明与野蛮、欧洲与殖民地等二元对立的结构关系实质上是一个自诩文明进步的西方人对于非西方的命名与言说，进而实现其权力与控制。当然，在此过程中，注视者往往把自我的恐惧、厌恶、害怕的“缺点”和欲望也投射到他者身上。“作为个人和自由的客体是被否认的。客体是个工具。他应该能使我实现我主观的安全。我冒充自己完满无缺（想要完满）且不承认任何分裂。另一人进入舞台来布置舞台。主角则是我。……我不愿遭受客体的打击。同客体接触是冲突的。我是那喀索斯，我要在另一人的眼睛中看出使我满意的自我形象。”[④] 在《藻海无边》中，罗切斯特对安托瓦内特就体现了这种恐惧与被禁锢的欲望的混合。一方面，罗切斯特来到西印度群岛后对包括安托瓦内特在内的当地人及其生活的地理空间充满了怀疑、贬低与恐惧，心理上经常感到不安、害怕，以至于他自己都认为自己过于谨小慎微、优柔寡断、懦弱无能。另一方面，罗切斯特还多次表达对于安托瓦

---

① Sharon Wilson, “Bluebeard’s Forbidden Room in Rhys’s Post-Colonial MetaFairy Tale, ‘Wide Sargasso Sea’”, *Journal of Caribbean Literatures*, Summer 2003, Vol. 3, No. 3, p. 117.

② ［英］简·里斯：《藻海无边》，陈良廷、刘文澜译，上海译文出版社 1996 年版，第 53 页。

③ ［英］迈克·克朗：《文化地理学》，杨淑华、宋慧敏译，南京大学出版社 2003 年版，第 100 页。

④ ［法］弗朗兹·法农：《黑皮肤，白面具》，万冰译，译林出版社 2005 年版，第 166—167 页。

内特的欲望。“她留给我的是渴望，我这一生在没找到丢失的东西之前总是这么渴望着、惦念着。”① 上述都体现了罗切斯特对安托瓦内特的厌恶之情与欲望之火的交织。“在这种投射过程中，恐惧与欲望有时是交织的便不足为奇了。”②

## 三　观看之道：帝国之眼与异域风景

风景与性别、种族、民族、凝视、权力等有密切关系，具有隐喻的意识形态效力。“风景的再现并非与政治没有关联，而是深度植于权力与知识的关系之中。”③ 迈克·克朗指出，殖民者与被殖民者是相辅相成、互相依存的关系，殖民者需要以被殖民者为参照来定义自身。“如果没有‘他们’作为参照，也就无法对作为社会群体的‘我们’进行定义。”④ 而“我们”与“他们”的区分往往是以地域来划分的。“我们采用空间速记的方法来总结其他群体的特征，即根据他们所居住的地方对‘他们’进行定义，又根据‘他们’，对所住的地方进行定义。”⑤ 就此来说，西方注视者往往把自己熟悉的区域界定为亲切的、安全的，而把陌生的、遥远的异域视为不安全的、有潜在危险的，由此确立了注视者与被注视者、自我与他者、殖民者与被殖民者、欧洲与异域等一系列的二元对立的关系。W. J. T. 米切尔（W. J. T. Mitchell）认为，不论是自然风景还是人为的风景，往往总是以空间的形式出现，表征着一种权力关系。⑥ 可以说，西方注视者通过观看殖民地的风景，来建构我们的空间与他者的空间，进而建构自身作为主体的身份认同。在简·里斯《藻海无边》第二部中，罗切斯特和安托瓦内特的蜜月旅行是伴随着一场大雨而来的，他们要攀登两千英

① ［英］简·里斯：《藻海无边》，陈良廷、刘文澜译，上海译文出版社 1996 年版，第 110 页。

② ［英］迈克·克朗：《文化地理学》，杨淑华、宋慧敏译，南京大学出版社 2003 年版，第 79 页。

③ ［美］温迪·J. 达比：《风景与认同：英国民族与阶级地理》，张箭飞、赵红英译，译林出版社 2018 年版，第 9 页。

④ ［英］迈克·克朗：《文化地理学》，杨淑华、宋慧敏译，南京大学出版社 2003 年版，第 77 页。

⑤ ［英］迈克·克朗：《文化地理学》，杨淑华、宋慧敏译，南京大学出版社 2003 年版，第 77—78 页。

⑥ W. J. T. Mitchell, Introduction, in W. J. T. Mitchell, ed., *Landscape and Power*, Chicago: The University of Chicago Press, 2002, p. 2.

尺的山路才能到达度蜜月的地方。作为注视者的罗切斯特，看到的混血女仆阿梅莉、搬运工、当地的女人们，认为他们有的刻毒、狡黠、居心不善，有的身材魁梧、一脸自以为是的蠢相，有的冷冰冰的阴阳怪气。而雨水也使他感到不舒服、愁闷。与此相应，罗切斯特眼中的异域风景荒凉而险恶。

> 那条路一直往上。一边是绿树屏，另一边是直抵山下深谷的陡坡。我们勒住马，浏览一下群山和碧绿的藻海。虽然有温暖的和风吹拂，可是我明白了为什么搬运夫称这里是荒凉的地方。不但荒凉，而且险恶。那些山竟把你团团包围。①

异域风景让罗切斯特感到不安、愁闷甚至疑神疑鬼，可见他对于这片土地的根深蒂固的偏见与恐惧。伊恩·D. 怀特指出，欧洲国家对于荒野、森林有一种顽固的持续的恐惧。在加勒比地区，欧洲殖民者试图重新建立欧洲风格的稀树草原景观，大肆砍伐热带森林，造成了加勒比岛屿上的森林在17世纪末期时几乎消失。“喜好广阔景观的欧洲人，特别是英国人，对蔓延到海滩的茂密热带森林很沮丧。”② 罗切斯特在先在的偏见之下，感到异域的群山、森林都对他怀有敌意，与他作对。“荒野是一种威胁，威胁着启蒙和开化了的人类强加给自然的那种秩序感。”③

> 我已走到了森林，那可是决不会认错的。它怀着敌意。小路上杂草蔓生，不过还能沿着走。我走着走着，对两旁的高树看也不看。有一回我跨过倒在地上一棵爬满白蚁的木头。我心里想，怎样才能发现真相啊，可想来想去也想不出结果。谁也不会告诉我真相。我父亲不会，理查·梅森也不会，我娶的那个姑娘当然更不会了。我一动也不动地站着，深信准有人在监视我，不由回过头去看看。除了树和树下

① ［英］简·里斯：《藻海无边》，陈良廷、刘文澜译，上海译文出版社1996年版，第35页。

② ［英］伊恩·D. 怀特：《16世纪以来的景观与历史》，王思思译，中国建筑工业出版社2011年版，第17—18页。

③ ［英］马尔科姆·安德鲁斯：《寻找如画美：英国的风景美学与旅游，1760—1800》，张箭飞、韦照周译，译林出版社2014年版，第61—62页。

> 的绿光，什么都没有。正巧看见一条小道，我就继续向前走，一边东张西望，有时还赶紧回头看看。因此才绊在石头上，差点儿摔倒。[①]

外部的异国空间与叙述者的内部空间之间具有一种同构的关系，异国空间能够复制与表现叙述者的精神空间。“在地理空间和心理空间之间可建立起一些关系来，至少在隐喻层面。”[②] 在上述这段关于罗切斯特迷路的描写中，罗切斯特将自己置于幽深神秘、充满敌意的森林，可见，客观的地理景观承载了罗切斯特内心深处的恐慌。“我迷路了，陷入这些敌意重重的树林中心里真感到害怕，深信处处有危险，所以听见了脚步声和叫喊声我也不敢回答。”[③] 由此，异域空间成为罗切斯特内在精神空间的表征。迈克·克朗认为，地理景观是一个价值观念的象征系统，总是与特定的文化相关联，比如种植园景观代表了技术和文化的结合及其形成的独特模式，这一模式以极为不平等地控制土地为基础。就此来说，“我们不能把地理景观仅仅看作物质地貌，而应该把它当作可解读的‘文本’，它们能告诉居民及读者有关某个民族的故事，他们的观念信仰和民族特征”[④]。也就是说，地理景观作为一个内涵丰富的文本，可从不同的角度进行解读，探究某一个地理景观对于不同的人的不同意义，以及其背后的深层文化内涵与权力之争。

一方面，对于罗切斯特来说，西印度群岛作为一片远离文明中心的异域，荒凉、野蛮而危险。作品中多次讲到罗切斯特感到周围的地理景观对他怀有敌意，构成一种威胁。因此，当他在书中看到关于“奥比巫术”的描写后，更加恐惧，并开始以安托瓦内特母亲的名字来称呼自己的妻子。通过界定安托瓦内特这样一个异己的作为客体的他者，罗切斯特确立了作为观看主体的帝国意识。另一方面，罗切斯特也描写了西印度群岛的神秘与原始之美。

---

① ［英］简·里斯：《藻海无边》，陈良廷、刘文澜译，上海译文出版社1996年版，第61页。

② ［法］达尼埃尔－亨利·巴柔：《从文化形象到集体想象物》，孟华译，载孟华主编《比较文学形象学》，北京大学出版社2001年版，第135页。

③ ［英］简·里斯：《藻海无边》，陈良廷、刘文澜译，上海译文出版社1996年版，第62页。

④ ［英］迈克·克朗：《文化地理学》，杨淑华、宋慧敏译，南京大学出版社2003年版，第51页。

> 这地方真美——荒凉，一片原始状态，首先是保持一片原始状态，带有一种异样的、令人不安的、神秘的美。这地方自有不可告人的秘密。我不觉想着："我看到的都算不上什么——我要看的是隐藏着的实质——那才算得上什么呢。"①

温迪·J. 达比论述了风景的性别化视角，认为风景在某种程度上一直属于男性的领域，男性追寻、捕获、揭开和洞穿女性的自然含有一种潜在的性意象。② 伊恩·D. 怀特则提到，关于新英格兰的早期描述就像"一位美丽的处女正在婚床上热切渴望见到她的爱人"③。罗切斯特将西印度群岛描述为一片荒凉、原始的处女地，而探究隐藏秘密的欲望则表达了一种侵占野心。从某种程度上来说，罗切斯特对于异域风景的凝视蕴含着政治性隐喻，表现了殖民者对殖民地与殖民地财富的开拓与占有的野心。正如丹尼斯·科斯格罗夫（Denis Cosgrove）指出的："虽然父权制采用了不同并的确是矛盾的方式说明'女性特质'——非理性、任性和野性，有时也感性、温柔和驯服——但自然屈从于男性理性和独创性的控制力，则是一个一贯的比喻。"④

### 四　作为主体的凝视者：对他者及其风景的控制

达尼埃尔－亨利·巴柔指出了自我与他者之间的镜像关系，作为主体的"我"在观看他者的时候，他者形象也折射了我自己的某些形象。"在个人（一个作家）、集体（一个社会、一个国家、一个民族）或半集体（一种思想流派、一种'舆论'）的层面上，他者形象不可避免地同样要表现出对他者的否定，对我自身、对我自己所处空间的补充和外延。我想言说他者（最常见的是由于专断和复杂的原因），但在言说他者时，我却否认了他，而言说了自我。我也以某种方式同时

---

① ［英］简·里斯：《藻海无边》，陈良廷、刘文澜译，上海译文出版社1996年版，第49页。

② ［美］温迪·J. 达比：《风景与认同：英国民族与阶级地理》，张箭飞、赵红英译，译林出版社2018年版，第64页。

③ ［英］伊恩·D. 怀特：《16世纪以来的景观与历史》，王思思译，中国建筑工业出版社2011年版，第61页。

④ ［美］丹尼斯·科斯格罗夫：《景观和欧洲的视觉感——注视自然》，载［英］凯·安德森等主编《文化地理学手册》，李蕾蕾、张景秋译，商务印书馆2009年版，第375页。

说出了围绕着我的世界，我说出了‘目光’来自何处及对他者的判断：他者形象揭示出了我在世界（本土和异国的空间）和我之间建立起的各种关系。”[①] 根据比较文学形象学的理论，西方注视者眼中的异国异族形象真实与否，在多大程度上忠实于现实并不是最重要的，关键不在于被言说的他者和被注视者，而在于作为注视者和言说者的西方。巴柔明确指出：“所有的形象都源自一种自我意识（不管这种意识是多么微不足道），它是对一个与他者相比的我，一个与彼处相比的此在的意识。形象因而是一种文学的或非文学的表述，它表达了存在于两种不同的文化现实间能够说明符指关系的差距。”[②] 也就是说，通过注视和言说他者形象，通过对他者形象这一文化现实的描述，来揭示和说明他们置身于其间的文化和意识形态空间。在近代以来西方文明成为强势和主导文明时，形象学理论能很好地解释西方中心论的观点，即西方注视者对非西方文明形象的言说与描写，是为了凸显西方文明的优越。“在被称作‘他者化’的过程中，‘自我’和‘他者’的特性以一种不平等的关系建立了起来。”[③] 罗切斯特把自己界定为文明的欧洲人，把安托瓦内特界定为排斥在欧洲以外的野蛮人。西方殖民者往往以他者的自然属性来阐释他者的文化，由此区分出文明与愚昧的边界，进而确定自我的文明、高级以及他者的未开化与低级。“多种多样殖民主义意识形态正是建立在这种对他者生理、精神低下或（与一个被认为是高级的叙事者提出的标准相比）不正常性的错误证明之上的。”[④]

“西方人依据他们自己对时间和历史的认识，对其他民族、地区、物种以及过程进行命名，而这种思想认识总是将其他民族文化看成居于从属地位的文化。”[⑤] 罗切斯特对安托瓦内特的妖魔化命名体现了他内心深处的

① ［法］达尼埃尔 - 亨利 · 巴柔：《从文化形象到集体想象物》，孟华译，载孟华主编《比较文学形象学》，北京大学出版社 2001 年版，第 123—124 页。

② ［法］达尼埃尔 - 亨利 · 巴柔：《从文化形象到集体想象物》，孟华译，载孟华主编《比较文学形象学》，北京大学出版社 2001 年版，第 121 页。

③ ［英］迈克 · 克朗：《文化地理学》，杨淑华、宋慧敏译，南京大学出版社 2003 年版，第 78 页。

④ ［法］达尼埃尔 - 亨利 · 巴柔：《形象》，孟华译，载孟华主编《比较文学形象学》，北京大学出版社 2001 年版，第 161 页。

⑤ ［英］迈克 · 克朗：《文化地理学》，杨淑华、宋慧敏译，南京大学出版社 2003 年版，第 100 页。

恐惧与控制欲。一方面，罗切斯特知道安托瓦内特的母亲疯了的事情，以疯人的名字伯莎来称呼安托瓦内特，可见作为文明、理性的西方注视者对于疯癫、非理性、野蛮的他者的恐惧，正如罗切斯特自己所认为的：“我总觉得那份陌生和敌意很厉害。‘我觉得自己在这里完全是个陌生人，’我说。‘我觉得这地方同我敌对，跟你站在一边。’”① 另一方面，罗切斯特对于自己不爱的妻子怀有一种占有欲和控制欲。他称安托瓦内特为马里奥内特，即提线木偶，显示了他不过是把安托瓦内特当作他的玩偶。他用伯莎来称呼安托瓦内特显示出一种通过命名达成的控制。“无论从文化人类学还是从知识社会学的角度看，给予陌生的东西以熟悉的名字，其根本的动机是为了控制被呼唤的事物，使之成为主体可掌控之物。”② 正如安托瓦内特所说的：“伯莎不是我的名字。你用别的名字叫我是想法把我变成另一个人。我知道，这也是奥比巫术。”③ 斯皮瓦克认为，罗切斯特粗暴地将安托瓦内特的名字改为伯莎，暗示的是帝国主义政治能够决定个人或者人的身份这样隐秘的事情，因此，安托瓦内特作为一个白克里奥尔人，就被置于英国帝国主义和黑人本土之间的尴尬地位。④ 正是在这个意义上，张德明指出：“罗彻斯特想通过剥夺安托瓦内特的名字，剥夺她的身份，使她成为自己的驯服对象。因此我们不妨说，罗彻斯特在剥夺安特瓦内特的财产之前，首先剥夺了她的名字；在用铁链将安托瓦内特绑起来之前，已经用名字先将她绑起来了。”⑤ 当克里斯托芬说，安托瓦内特可以离开罗切斯特去找别人结婚，彻底忘了他，过上幸福生活时，罗切斯特心里充满了愤怒和忌妒。因此，他把安托瓦内特带回英国，囚禁在阁楼上，见不到其他人。“她再也不会在阳光下欢笑了。她也不会梳妆打扮，对着那面讨厌的镜子里的身影露出笑容了。不会那样得意，那样称心了。聪明面孔笨肚肠啊。生来就是为了谈情说爱？是啊，不过她再也没有情人了，因为我不

① ［英］简·里斯：《藻海无边》，陈良廷、刘文澜译，上海译文出版社 1996 年版，第 80 页。

② 张德明：《〈藻海无边〉的身份意识与叙事策略》，《外国文学研究》2006 年第 3 期。

③ ［英］简·里斯：《藻海无边》，陈良廷、刘文澜译，上海译文出版社 1996 年版，第 92 页。

④ ［美］加亚特里·查克拉沃尔蒂·斯皮瓦克：《三个女性文本和一种帝国主义》，载罗钢、刘象愚主编《后殖民主义文化理论》，陈永国等译，中国社会科学出版社 1999 年版，第 167 页。

⑤ 张德明：《〈藻海无边〉的身份意识与叙事策略》，《外国文学研究》2006 年第 3 期。

需要她了，而她也见不到别人了。”① 罗切斯特对安托瓦内特全无爱意，阴险又精于算计，他只想要她的钱，不想要她的人，而且妄图通过控制安托瓦内特的人身自由来实现其占有欲。“她虽是疯了，但她是我的人，我的人呀。我才不管它什么神啊，鬼啊，命运啊。假如她笑了，或哭了，或是又哭又叫。都是为了我呢。安托瓦内特——我也会温情脉脉的。把你的脸藏起来。只是藏在我怀里。你马上就会看到我有多温柔。我的疯女人。我的疯妻子。”②

在夏洛蒂·勃朗特的《简·爱》中，罗切斯特的疯妻子伯莎·梅森作为“属下”没有话语权，不能发出自己的声音，关于她的故事都是由他人来言说的。那么，伯莎拥有话语权之后呢？在《藻海无边》中，第一个部分由安托瓦内特讲述自己童年和少女时代的故事；第二个部分基本是罗切斯特的视角，有一节穿插了安托瓦内特的声音；最后一个部分以安托瓦内特的声音来讲述自己被带到英国囚禁起来，精神崩溃，放火烧了庄园。尽管小说中安托瓦内特的声音贯穿始终，作为“属下”的她拥有了话语权，可以讲述属于自己的故事，但是，她最终还是被罗切斯特诱惑并掌控、死亡。

让我们再回到作品第二部分罗切斯特和安托瓦内特的蜜月旅行部分，罗切斯特讲到他们要攀登两千英尺的山路，周围的一切景观都充满了敌意。而在第二部分临近尾声，当安托瓦内特几乎被罗切斯特逼疯，罗切斯特决定带安托瓦内特离开，他眼中的风景变得赏心悦目。

> 在夹竹桃下……我凝视着隐秘的群山和笼罩着山峦真面目的薄雾。今天天气凉爽；就像英国的夏天一样凉爽、无风、阴沉。不过无论什么天气，这里都是一个可爱的地方，无论我走到多远，都看不到比这里更可爱的地方。③

无疑，此时的风景是惬意的、可爱的，甚至能带来好运，“我们还要再次观赏暮色——还要多次观赏暮色，或许我们会看到绿宝石耳坠，那种

① ［英］简·里斯：《藻海无边》，陈良廷、刘文澜译，上海译文出版社 1996 年版，第 105 页。
② ［英］简·里斯：《藻海无边》，陈良廷、刘文澜译，上海译文出版社 1996 年版，第 106 页。
③ ［英］简·里斯：《藻海无边》，陈良廷、刘文澜译，上海译文出版社 1996 年版，第 104 页。

带来好运的绿色霞光”①。而在此之前，当安托瓦内特发现罗切斯特与阿梅莉发生关系，愤怒至极，在争执中咬了他的胳膊。罗切斯特在看周围的风景时，觉得一切都对他怀有敌意。“树木都危机四伏，慢慢在地板上挪动的树影威胁着我。那种绿色的威胁。自从我看见这地方起我就感到那种威胁了。没有一样我熟悉的东西，没有一样东西可以安慰我。”② 问题是，是什么造成了这种视觉和心理上的巨大差异？

通过细读作品可以发现，罗切斯特将异域风景与英国风景并置，在凝视西印度群岛的异域风景的同时，回忆的是遥远的英国。

> 我又喝了几口朗姆酒，喝着喝着我画了一幢房子，四周都是树木。画的是幢大房子。我把三层楼隔成几间房间，在一间房里画了一个站着的女人——像孩子的涂鸦，一个小圆点儿算作脑袋，一个大圆点儿算作身体，一个三角算作裙子，几根斜线算作胳臂和腿。不过房子画的是英国式的。③

迈克·克朗曾谈到风景与归家意识之间的关联。他认为，文学作品中的地理总是在创建一个家园，不论是失去的家园还是回归的家园。家园可以作为一个安全的、有归属感的却又受限的地方。“为了证明自己，男主人公们离开家（或是由于犯错或是出于自愿）走入了一个男性的冒险世界。”④ 罗切斯特来到西印度群岛的经历在某种程度上可以看作一场历险，在这个过程中，他不断地证明自己，树立了自己作为一个男性的气概与价值。伊恩·D. 怀特指出，英国和法国等欧洲国家在其建立的海外殖民地国家里，往往以如画美学等欧洲的景观美学特征来解释异国的殖民景观。⑤在遥远的宗主国家园与异域景观之间，作为殖民主体的罗切斯特衡量与判

① ［英］简·里斯：《藻海无边》，陈良廷、刘文澜译，上海译文出版社 1996 年版，第 108 页。

② ［英］简·里斯：《藻海无边》，陈良廷、刘文澜译，上海译文出版社 1996 年版，第 93 页。

③ ［英］简·里斯：《藻海无边》，陈良廷、刘文澜译，上海译文出版社 1996 年版，第 104 页。

④ ［英］迈克·克朗：《文化地理学》，杨淑华、宋慧敏译，南京大学出版社 2003 年版，第 60 页。

⑤ ［英］伊恩·D. 怀特：《16 世纪以来的景观与历史》，王思思译，中国建筑工业出版社 2011 年版，第 67 页。

断的审美标准无疑是英国式的如画美。罗切斯特所画的四周都是树木的英国式的房子，体现了他的思乡与怀旧情结。而这种对于英国风景的怀旧，属于典型的殖民主义认知暴力。“殖民主义不仅仅涉及军事征服和土地占领，也涉及欧洲中心主义意识形态的传播。大英帝国的一个重要成就就是将英式教育体制全面移植到殖民地，传授其文学、历史和地理知识，以实现思想和精神殖民的目的。”① 在此，理想的英国风景就作为西方文明优越性的符号被输入殖民地，从而在意识形态上引起殖民主体对于英国风景的民族认同。简言之，罗切斯特所画的英国式房屋成为归家意识与民族认同的表征，进而构成了其心灵的内部景观。当罗切斯特以这样一种带有殖民主义认知暴力的标准来凝视与评判西印度群岛的风景时，更加强化了这种认知。丹尼斯·科斯格罗夫（Denis Cosgrove）认为，欧洲人在以帝国之眼去凝视他者空间的时候，往往是以有秩序、有文化的欧洲景观为判断标准的，这是一种具有比喻意义的凝视。“他们的表达是将富有异国情调的‘他者’地方的知识返回到帝国中心的强大要素，既构成了又强化了帝国的想象地理。一旦展开批判性检视，这些景观形象也就显示出杂糅制造物的特点，反映了形成于家乡的各种不同观看传统的汇合以及真实记录的所见形式、现象和氛围的必要性。”② 可以说，风景是罗切斯特内心情感的表征。罗切斯特正是在实现了对安托瓦内特物质与情感的控制与奴役之后，通过与安托瓦内特的主奴关系的确立，彰显了自己作为主人的自信、地位和权力。罗切斯特由一个被动闯入西印度群岛、将近三个星期因为发烧而睡在床上、虚弱不堪、犹豫不决的人转变成不再惶惑、能镇定自若地回击克里斯托芬的战斗者，并最终实现了对安托瓦内特的全面控制。大卫·邦恩（David Bunn）认为，殖民地的风景反映了对于权力关系的争夺，也受到宗主国生产关系与自我塑造的影响。殖民地的风景总是与凝视、监控有关。③

---

① 曾魁：《拷问遗产话语与怀旧——〈抵达之谜〉的后殖民视野》，《当代外国文学》2021年第3期。

② ［美］丹尼斯·科斯格罗夫：《景观和欧洲的视觉感——注视自然》，载［英］凯·安德森等主编《文化地理学手册》，李蕾蕾、张景秋译，商务印书馆2009年版，第380页。

③ David Bunn, “‘Our Wattled Cot’: Mercantile and Domestic Space in Thomas Pringle's African Landscapes”, in W. J. T. Mitchell, ed., *Landscape and Power*, Chicago: The University of Chicago Press, 2002, p. 128.

安托瓦内特与其生活的西印度群岛是一种同构关系。对于罗切斯特来说，西印度群岛的风景及生活于中的安托瓦内特，既意味着野性、蛮荒、愚昧、低等，又意味着财富、富饶、神秘、魅力。由此，罗切斯特形成了一种既痛恨、恐惧又渴望、意欲占有的矛盾情感。“我对这些人腻烦了。我讨厌他们的笑声和泪痕，他们的奉承和猜忌，自负和欺骗。而且我痛恨这个地方。我痛恨峰峦、山丘、江河、雨天。我痛恨不管什么色彩的晚霞。我痛恨晚霞的美景、魅力和我无从知晓的秘密。我痛恨晚霞的冷漠和残酷，这原是它美妙之处。我尤其痛恨她。因为她属于魅力和美妙。她留给我的是渴望，我这一生在没找到丢失的东西之前总是这么渴望着、惦念着。”① 正是在这个意义上，罗切斯特通过安托瓦内特实现了对于异域风景的占有与控制。丹尼斯·科斯格罗夫认为，景观和种族、性别有密切关联。在论述景观与性别的内在关系时，科斯格罗夫指出，文化往往被界定为“男性”的属性，而自然则被界定为“女性”的属性，男性是积极的、理性的，而女性是被动的、被征服的。通过对自然的性别化，荒野就成为野蛮人、半人半兽、恶魔所在之地。女性处于自然之景中，作为一种被动的财产，被男性凝视、控制和占有。②

综上所述，在由罗切斯特所注视并建构的西印度群岛的异域风景中，安托瓦内特被确定为一个无知、疯癫的他者，这一过程伴随着作为主体的帝国之眼对于客体的凝视，伴随着注视者对于他者的区分与建构，伴随着注视者对他者在言语、行为上的暴力与控制，从而凸显了西方文明外衣下隐匿的邪恶。温迪·J. 达比指出了英国民族认同与风景之间的内在关联。“英国风景和异国风景之间这种话语关联表达了大英帝国意义层面的英国民族主义，也为英国的风景作为民族性赏景的定义性空间这种理念增加了另一维度。”③ 可见，风景成为国家的象征，在异域风景与英国风景之间，以英国风景为标准实质上表达了一种民族认同。亨利·列斐伏尔指出，自

---

① ［英］简·里斯：《藻海无边》，陈良廷、刘文澜译，上海译文出版社 1996 年版，第 110 页。

② ［美］丹尼斯·科斯格罗夫：《景观和欧洲的视觉感——注视自然》，载［英］凯·安德森等主编《文化地理学手册》，李蕾蕾、张景秋译，商务印书馆 2009 年版，第 374 页。

③ ［美］温迪·J. 达比：《风景与认同：英国民族与阶级地理》，张箭飞、赵红英译，译林出版社 2018 年版，第 159—160 页。

然往往被政治化了，成为统治阶级有意或无意的战略工具。[①] 由此，风景并不是客观中性的可供欣赏的对象，而是一种文化媒介。我们要注意到风景内部的权力关系机制，是谁的视野，是谁在观看，风景背后的文化内涵、社会等级关系、帝国意识是如何呈现的？“我们现在知道的是，风景本身就是一种媒介。藉此，邪恶被遮蔽和自然化。”[②]

① ［法］亨利·列斐伏尔：《空间与政治》，李春译，上海人民出版社2018年版，第41页。

② W. J. T. Mitchell, "Imperial Landscape", in W. J. T. Mitchell, ed., *Landscape and Power*, Chicago: The University of Chicago Press, 2002, p. 30.

# 第四章　生态之伤：征服、反思与修复

19 世纪以来，人类的工业生产与科学技术得到了突飞猛进的发展与进步，但是工业的发展和科技的进步却不是以正确认识人与自然的关系、合理利用自然界的资源为基础，而是以征服自然、破坏自然为代价。因此，全球范围内的生态危机日益严重。人类由于自己的贪欲对自然进行征服、蹂躏造成的自然界的创伤又反过来影响着、危害着人类的生活，造成了整个生态系统之伤。比如气候的变化、干旱和荒漠化的加剧、水体污染、冰川的消融以及飓风、暴风雨雪、酸雨等极端异常天气的频繁发生。因此，敏感、有良知的知识分子倡导以生态整体主义的思想取代人类中心主义，不再以人类的利益为标准进行价值判断，而是以整个生态系统的利益为最高价值，认为人类与自然是平等的关系，人是自然之子，是自然的一部分，主张人类应该承担起对于生态系统的责任，修复生态之伤，回归人与自然的和谐。文学作为现实世界的反映，对生态危机以及人类征服自然所造成的生态之伤进行了书写，对自然与人的关系进行了探究、反思。王诺认为，生态文学的核心特征是考察自然与人的关系，反对人类中心主义，以生态系统的整体利益为最高价值，承担生态责任。“生态文学以生态整体主义或生态整体观作为指导考察自然与人的关系，它对人类所有与自然有关的思想、态度和行为的判断标准是：是否有利于生态系统的整体利益，即生态系统和谐、稳定和持续地自然存在。不把人类作为自然界的中心、不把人类的利益作为价值判断的终极尺度，并不意味着生态文学蔑视人类或者反人类；恰恰相反，生态灾难的恶果和生态危机的现实使生态文学家认识到，只有把生态系统的整体利益作为根本前提和最高价值，人类才有可能真正有效地消除生态危机。而凡是有利于生态系统整体利益的，最终也一定有利于人类的长远利益或根本利益。”①

日益严重的生态危机是由人类对自然的无休止开采、利用、破坏造成的，地球生态已经伤痕累累。因此，人类应该承担起修复自然之伤、生态之伤的责任和义务，通过努力去缓解、改善、消除生态危机，重建自然与人的关系，进而恢复生态系统的平衡与和谐。只有这样，人类才可能安全而长久地生存在这个星球上。首先，人类承担生态责任，进行生态保护，修复生态系统之伤，要克制对财富、对物的占有欲，追求简单的物质生活和丰富的精神生活。美国作家梭罗在 1845 年 3 月底，来到瓦尔登湖边的森林里，准备建造小屋，并在 7 月 4 日住进了房子，开始独自在瓦尔登湖畔过着一种远离尘嚣的简朴生活。在《瓦尔登湖》一书中，梭罗提倡人们过一种简单的生活，对现实社会中人类的生活方式进行反思，“为什么有人能够享受六十英亩田地的供养，而更多人却命定了，只能啄食尘土呢？为什么他们刚生下地，就得自掘坟墓？他们不能不过人的生活，不能不推动这一切，一个劲儿地做工，尽可能地把光景过得好些。我曾遇见过多少个可怜的、永生的灵魂啊，几乎被压死在生命的负担下面，他们无法呼吸，他们在生命道上爬动，推动他们前面的一个七十五英尺长、四十英尺宽的大谷仓，一个从未打扫过的奥吉亚斯的牛圈，还要推动上百英亩土地，锄地、芟草，还要放牧和护林”②。梭罗认为，现实社会中的人之所以生活得如此辛苦，背负着生命的重担而艰难前行，在大地上操劳、日复一日地劳动，原因就在于人类对于物的占有欲过多，以致成为物的奴隶，没有空闲来丰富自己的精神生活。“原始人生活得简简单单，赤身露体，至少有这样的好处，他还只是大自然之中的一个过客。当他吃饱睡够，神清气爽，便可以再考虑他的行程。可不是，他居住在苍穹的篷帐下面，不是穿过山谷，便是踱过平原，或是攀登高山。可是，看啊！人类已经成为他们的工具的工具了。”③ 正是在这个意义上，梭罗呼吁：“简单，简单，简单啊！我说，最好你的事只两件或三件，不要一百件或一千件；不必计算一百万，半打不是够计算了吗，总之，账目可以记在大拇指甲上就好

① 王诺：《欧美生态文学》，北京大学出版社 2005 年版，第 7—8 页。

② ［美］梭罗：《瓦尔登湖》，徐迟译，上海译文出版社 2006 年版，第 3 页。

③ ［美］梭罗：《瓦尔登湖》，徐迟译，上海译文出版社 2006 年版，第 31 页。

了。……简单化，简单化！不必一天三餐，如果必要，一顿也够了；不要百道菜，五道够多了；至于别的，就在同样的比例下来减少好了。”[①] 人对物的占有欲与追求不仅使人生活在忙忙碌碌却不知为何而活的生存困境中，也使人最终成为物的奴隶。同时，对于物的强烈占有欲让人们处于一种不知节制、不知满足的状态下，向自然进军，疯狂地掠夺自然界的各种资源，造成难以愈合的生态之伤，并最终危及人类自身的生存。正是在这个意义上，梭罗倡导人们要回归一种原始简单的生活，而且身体力行。可以说，梭罗的生态思想对于今天的人们来说具有非常重要的借鉴价值。

其次，人类进行生态保护，修复生态系统之伤，还要对现有的思想文化、价值观念进行批判。有学者指出：“生态保护最为重要的任务是树立和普及生态的世界观和价值观，是创建生态的文明和变革非生态和反生态的思想文化和生活方式。因为，生态危机从根本上说不是科技的危机、经济的危机、工业的危机，而是思想文化的危机。”[②] 这种思想文化的危机源于人类无视生态系统的整体利益，通过征服自然、控制和改造自然来追求经济和技术发展的人类中心主义思想。而生态文学不仅书写人类的这种思想文化所造成的生态危机，还对人与自然的关系进行反思，目的在于追求人与自然的融合。比如美国作家海明威的小说《老人与海》，表现了人对自然的征服以及对人与自然关系的反思。老人圣地亚哥一方面将自然界中的飞鸟、鱼称为朋友，将大马林鱼称为兄弟；另一方面，圣地亚哥为了证明人的尊严，为了满足自己对物的占有欲，又要杀死他称为兄弟的大马林鱼。在小说中，圣地亚哥和大马林鱼展开了殊死搏斗并杀死了马林鱼，这体现了他对自然的破坏与征服。然而，圣地亚哥返航的途中遇到了鲨鱼的袭击，和鲨鱼展开了搏斗，鲨鱼把马林鱼的肉全部吃光了。当圣地亚哥筋疲力尽地回到岸边的时候，马林鱼只剩下一副巨大的鱼骨架。这体现了自然对人的惩罚，也就是说，人类从自然界中所夺走的东西必将返回自然之中。圣地亚哥还表现出对自己征服自然行为的反思，认识到自己的人类中心主义思想是错误的，认为自己不应该出海太远，不应该进入不属于自己的领域并且杀死他认为非常高贵、美丽的马林鱼。当鲨鱼吃掉了马林鱼身

① ［美］梭罗：《瓦尔登湖》，徐迟译，上海译文出版社 2006 年版，第 79—80 页。

② 刘青汉主编：《生态文学》，人民出版社 2012 年版，第 19 页。

上四分之一的肉时，圣地亚哥说：“但愿这是一场梦，我压根儿没有钓上它。我为这事感到抱歉，鱼啊。这把一切都搞糟啦”①，“‘我原不该出海这么远的，鱼啊，’他说。‘对你对我都不好。我感到抱歉，鱼啊。’”②。当马林鱼被鲨鱼吃得只剩下一半的时候，圣地亚哥说：“半条鱼，你原来是条完整的。很抱歉我出海太远了。我把你我都毁了”③，“也许我运气好，能把这前半条带回去。我总该多少有点运气吧。不，他说。你出海太远了，把好运给冲掉啦”④。从上述圣地亚哥对自己行为的反思可以看出，人类和自然各有其疆界和领域，人类不应该超越自己的疆界去冒犯自然、征服自然，否则将会受到自然的惩罚，自吞苦果。

在《蝇王》中，英国作家威廉·戈尔丁用细致的笔墨描绘了孩子们所降落到的荒岛的原始风景，充满了神秘、野性与灵动的意蕴。孩子们到达岛上之后进行了历险，对如此美好的自然世界充满了征服欲与占有欲。他们以集体暴力完成了对象征着自然之母的老母猪的血腥杀戮，接着以同样的逻辑完成了对西蒙、猪崽子等同伴的暴力杀戮。以杰克为代表的猎手们为了追捕、猎杀拉尔夫，不惜放火烧毁整个小岛，呈现了人的野蛮化所造成的生态灾难。概言之，人性深处的嗜血冲动、野蛮本性，使一群天真的孩子对自然与同伴施暴，给包括人类、自然在内的整个生态系统造成了不可愈合的创伤，进而体现了戈尔丁对启蒙运动以来的理性与进步话语的反思与批判。美国作家 E. B. 怀特在小说《夏洛的网》中也建构了一个生态幻想世界，通过对自然世界与人类世界的双峰并峙现象的书写，表现了他对自然与人的关系的思考。怀特塑造了寓意深刻的动物形象，并以动物之口表现了人对物质的占有欲、对自然的疯狂掠夺和破坏，由此展开对人类中心主义思想的批判。

综上所述，人类中心主义思想使人类将自然工具化，对自然进行掠夺、破坏，造成了自然之伤，自然之伤又反过来影响和危害着人类的生活，自然惩罚着人类，造成整个生态系统之伤。生态文学就是通过对自然与人的关系的书写，通过对生态之伤的书写，反思人类中心主义思想，进

① ［美］海明威：《老人与海》，吴劳译，上海译文出版社 2012 年版，第 84 页。
② ［美］海明威：《老人与海》，吴劳译，上海译文出版社 2012 年版，第 85 页。
③ ［美］海明威：《老人与海》，吴劳译，上海译文出版社 2012 年版，第 89 页。
④ ［美］海明威：《老人与海》，吴劳译，上海译文出版社 2012 年版，第 90 页。

而修复生态之伤。在具体的批评实践中，生态文学批评往往通过对文学作品中人与自然的关系的发掘，揭示出人对自然的征服与破坏、自然对人的惩罚以及人与自然的融合等，目的在于反思、批判人对自然的征服与占有欲，唤醒人的生态意识，实现人与自然和谐相处的理想。

## 第一节　海洋生态：征服与惩罚

在整个生态系统中，海洋无疑占据着非常重要的角色。由于海洋蕴含着丰富的资源，许多国家将海洋利益化，将海洋作为进行血腥的财富积累的工具。尤其是随着科技与文明的不断发展，人类失去对广袤而神秘的海洋的敬畏，对于海洋的征服与掠夺变得日益疯狂。正因如此，海洋生态被破坏得非常严重，许多海洋生物逐渐灭绝。“海洋环流系统紊乱极其可能导致的北半球冰期，生物生长繁衍模式的紊乱和物种灭绝，海平面上升，等等。”① 李松岳指出：“到了工业文明阶段，人类彻底跨出了与自然相对和谐、互相依存的界线，科技的迅猛发展使人类对抗和改造自然的能力大大提高，进一步确立了人与自然的主客体关系，人类的自我意识大大膨胀，自然彻底变成了人的异己物与对立面，以科技为标志的工具理性成为主宰世界秩序的新的‘神话’。”②

海洋在欧美国家的发展过程中起着重要的作用。以美国为例，它在处于资本主义上升初期时，就是通过进军海洋，凭借先进的设备进行疯狂的捕鲸活动，积累了大量的财富，也使海洋的生态环境受到很大破坏。正如美国作家赫尔曼·梅尔维尔《白鲸》中以实玛利所说的：“我们美国的捕鲸人的总数如今比全世界其他结伙的捕鲸人加起来还要多，这是怎么回事？他们的船队数目达七百艘；人员达一万八千人；每年消耗四百万美元；船队以航行开始时的价值计，总值两千万美元；每年运回我们港口的丰厚收获总值七百万美元。如果捕鲸这一行没有点儿油水，又哪来所有这一切呢？”③ 人类由自己的贪婪、欲望所造成的海洋之伤，通过海洋文学形

---

① 刘青汉主编：《生态文学》，人民出版社 2012 年版，第 3 页。

② 李松岳：《海洋文学与生态文明建设》，《浙江海洋学院学报》2010 年第 4 期。

③ ［美］梅尔维尔：《白鲸》，成时译，人民文学出版社 2013 年版，第 125—126 页。

象地表现出来。杨中举指出，海洋不仅与生命起源、进化以及人类文明的产生和发展有着密切的关联，还与文化、文学的生成息息相关，“文学自其诞生之日起就和海洋相依相联，从神话传说、英雄史诗，到诗歌、小说、散文、戏剧，世界无数的艺术家歌颂海洋、描绘海洋、探索海洋，她雄伟博大、神秘危险而又平静柔和，具有内涵丰富的自然品格和人性品格，她不仅向人类提供巨大的物质财富，而且孕育出无限的精神财富”①。海洋文学或者描写海洋、海洋精神，或者以海洋为背景来描写人的生活，或者将人、物与海洋联系起来，赋予其一种海洋气息，这些文学作品都可以归入海洋文学的范畴。总的来说，海洋文学蕴含着一种海洋精神，能够表现作家的海洋意识。② 笔者认为，海洋文学所蕴含的这种海洋精神、海洋意识体现了作家对人与海洋关系的理解。海洋文学以人与海洋的关系为书写对象，表现了人类对海洋的征服与掠夺、对于海洋生命的践踏以及海洋对于人类的惩罚，从而折射出作家对人与自然关系的反思与探索。美国作家梅尔维尔的《白鲸》与海明威的《老人与海》就是表现和反思海洋生态的经典文学作品。

梅尔维尔的《白鲸》，是一部描写海洋题材的小说。梅尔维尔于1850年开始创作《白鲸》，1851年完成。这本书被称为“全世界文学中最伟大的海洋传奇小说之一”，“无人能及的海上史诗”。③《白鲸》描写了以实玛利厌倦陆地上枯燥的生活，决定到海洋上生活，他在一家客栈与一个叫季奎格的印第安人结为朋友。之后两人一起在一条叫“披谷德号”的捕鲸船上工作。船长埃哈伯的一条腿被白鲸莫比·迪克撕掉了，所以他对白鲸恨之入骨，并且迫使船员们跟他一起去航行和追杀白鲸。埃哈伯的疯狂复仇表明，人对自然的侵略和占有是以人类的失败甚至灭亡为最终代价的。美国建国初期，通过捕鲸业向海洋进军，通过设备先进的捕鲸船进行资本主义生产与资本积累，超过了英、法、荷兰等捕鲸大国。《白鲸》对捕鲸业

① 杨中举：《从自然主义到象征主义和生态主义——美国海洋文学述略》，《译林》2004年第6期。

② 杨中举：《从自然主义到象征主义和生态主义——美国海洋文学述略》，《译林》2004年第6期。

③ 转引自成时《前言》，载［美］梅尔维尔《白鲸》，成时译，人民文学出版社2013年版，第3页。

的描写反映了资本主义社会进行财富积累的血腥来源，描写了人们对于鲸鱼的疯狂捕杀，海洋的生态环境被破坏，大批鲸鱼被杀死。“随便哪一头鲸鱼，不管它在这方面如何特别，一旦把它宰了，熬成了一种特别值钱的油，它的种种特点也就都不存在了。”① 以实玛利叙述了人们对海洋的征服与掠夺，把海洋看成自己的财产。“就这样，这些赤身裸体的南塔克特人，这些由海上蚁冢里出来的隐士活像多少个亚历山大大帝似的侵夺了、征服了这水的世界；他们瓜分了大西洋、太平洋和印度洋，如同那三个海盗国家瓜分了波兰一般。让美国将墨西哥的领土并给得克萨斯州、让加拿大吞了古巴；让英国人蜂拥而来抢走印度全境，把他们的火烧旗在太阳之下挂出来；这有水有陆的圆球的三分之二是南塔克特人的。因为海洋是他们的，归他们所有，有如帝国归皇帝所有。”②

《老人与海》是海明威晚年完成的代表作。该作品于 1952 年问世，使海明威于 1953 年获美国普利策奖，并且主要由于这部小说的成就而获得 1954 年的诺贝尔文学奖。海明威认为《老人与海》是他这一辈子所能写出的最好的一部作品。《老人与海》讲述了老渔民圣地亚哥出海捕鱼的故事。老人已经八十四天没有捕到鱼了，但他并没有丧失信心。在第八十五天的早晨，他继续独自出海并捕获一条比他的渔船还要长的马林鱼。经过三天两夜的较量，老人杀死了马林鱼，把它绑在小船的舷边。然而在返航的途中一再遭到鲨鱼袭击，最后回到港口时只剩下鱼头、鱼尾和一条脊骨。《老人与海》不仅是海明威十年沉寂后的一部新的力作，也是作家数十年的心理积淀，内涵十分丰富，具有多层次意义。《老人与海》鲜明地体现了海明威创作的“冰川原则”。所谓“冰川原则”，又被称为“八分之一”原则，即冰山在海洋上移动之所以显得庄严和宏伟，是因为它只有八分之一露出水面，剩下的八分之七是隐藏在水下的。那么，在这部小说中，隐藏于水下的八分之七是什么？尽管海明威曾说，这部作品中并没有象征主义的意蕴，“大海就是大海，老人就是老人。男孩就是男孩，鱼就是鱼。鲨鱼就是鲨鱼……”③，然而他又说：“我试图描写一个真实的老人，

① ［美］梅尔维尔：《白鲸》，成时译，人民文学出版社 2013 年版，第 223 页。

② ［美］梅尔维尔：《白鲸》，成时译，人民文学出版社 2013 年版，第 82 页。

③ 转引自吴劳《译本序》，载［美］海明威《老人与海》，吴劳译，上海译文出版社 2012 年版，第 3 页。

一个真实的男孩，真实的大海，一条真实的鱼和许多真实的鲨鱼。然而，如果我能写得足够逼真的话，他们也能代表许多其他的事物。”① 可以说，《老人与海》这部看似简单的小说蕴含着深层的意蕴，可以从不同角度进行解读。从生态文学批评的角度来看，小说中的老渔夫圣地亚哥、追随老人的小男孩马诺林、浩瀚多变的海洋、高贵的大马林鱼、凶狠的鲨鱼，这一切构成了一个表现人类与海洋关系的复杂生态世界。20 世纪 30 年代，美国在古巴沿岸地区建立了大规模的以鲨鱼、鳕鱼为原料的鱼肝油加工工业。这一方面造成了古巴的传统渔业开始解体，另一方面也使得大量的当地渔民追逐财富，通过汽艇、拖网渔船等追捕鲨鱼、鳕鱼和金枪鱼，并使得金枪鱼在20 世纪末趋于灭绝。而海明威曾经在古巴居住多年，对此肯定是深有感触。在《老人与海》中，海明威描写了当地的收鱼站和鲨鱼加工厂，“当天打鱼得手的渔夫都已回来，把大马林鱼剖开，整片儿横排在两块木板上，每块木板的两端各由两个人抬着，摇摇晃晃地送到收鱼站，在那里等冷藏车来把它们运往哈瓦那的市场。逮到鲨鱼的人们已把它们送到海湾另一边的鲨鱼加工厂去，吊在组合滑车上，除去肝脏，割掉鱼鳍，剥去外皮，把鱼肉切成一条条，以备腌制”②。老人圣地亚哥对大马林鱼的征服与捕杀象征了人类对自然的掠夺与破坏。如果说大马林鱼象征了大自然美好和高贵的一面，那么，鲨鱼则象征了大自然暴力的一面。大马林鱼被大海中的鲨鱼吃掉，暗示着人类从自然界中所掠夺的东西必将回归自然，人类对自然的征服将自食恶果，最终受到自然的惩罚。

以生态批评的视角对《白鲸》和《老人与海》进行比较探究，可以发现，这两部作品都表现了人与自然的关系，都喻示了在人与自然的征服与反征服、斗争与反斗争过程中，人都会受到自然的惩罚，都是失败者。在《白鲸》中，埃哈伯对自然的态度是完全负面的，他对白鲸充满了仇恨，并且捕杀白鲸。在海明威的《老人与海》中，圣地亚哥对自然的态度是矛盾的。一方面，圣地亚哥尊重自然，将自然界中的鸟、鱼等作为自己的朋友和兄弟；另一方面，由于人类中心主义思想，为了证明自己作为人的能

① 转引自吴劳《译本序》，载［美］海明威《老人与海》，吴劳译，上海译文出版社 2012 年版，第 3 页。

② ［美］海明威：《老人与海》，吴劳译，上海译文出版社 2012 年版，第 5 页。

耐和尊严，他又要与自然斗争、征服自然。从埃哈伯和圣地亚哥的结局来看，他们都是失败者，都体现出自然对人的惩罚。然而，埃哈伯和圣地亚哥所付出的代价是不一样的，埃哈伯失去了自己的生命，不仅如此，整个捕鲸船上除以实玛利以外的所有船员都命丧大海，而老人圣地亚哥只是失去了原本就不属于他的大马林鱼。问题在于，在这两部作品中，是什么造成了埃哈伯和圣地亚哥两人悲剧命运的差异？这样的结局是否蕴含着深层寓意？对上述问题的分析与探究，有助于我们深入认识和理解海洋文学所具有的生态思想。

## 一　埃哈伯与自然的关系

梅尔维尔的《白鲸》以 19 世纪前期美国人的捕鲸生活为背景，通过水手以实玛利讲述了“披谷德号”捕鲸船船长埃哈伯由于被一只叫作莫比・迪克的白鲸咬掉了一条腿，从此阴郁、暴怒，并不顾劝阻，迫使船员和他一起环球航行，追遍世界，疯狂追杀白鲸，最终和白鲸相遇并展开三天的激战，“披谷德号”上除以实玛利外的所有人都命丧大海。在《白鲸》中，埃哈伯对自然的态度是完全负面的，蔑视、仇恨自然。他性格暴戾、喜怒无常，对白鲸充满了愤恨，并且决心捕杀白鲸。这是埃哈伯和圣地亚哥对自然的态度的根本差异。首先，埃哈伯毫无对自然的敬畏之心，这位头发花白、不敬上帝的老头像一位高高在上的暴君，他蔑视地称白鲸为“白脑袋、皱额头、歪下巴的鲸鱼”，“右尾部有三个枪窟窿的鲸鱼”①。埃哈伯的假腿是用抹香鲸的颚骨打磨成的，他的凳子是用鲸骨做的，即使是捕鲸船上的餐桌也镶有鲸骨。这些都可以看出人对自然的征服与毁灭。在作品中，人们只是把鲸鱼作为获取利益的工具和手段，没有把它们当作和人一样平等的生命体来看待，对它们根本就没有尊重。以实玛利描写了人们对自然的征服、破坏，比如把打磨好的鳕鱼的颈椎骨当作饰品戴在脖子上，用陈年的鲨鱼皮作为账本的封面。尽管很多捕鲸人命丧大海，但是以实玛利却试图证明捕鲸人是值得人们尊敬的，“我认识一个人，他一辈子捕了三百五十条鲸鱼。我把这个人看得比古代那个自夸攻下了三百五十

① ［美］梅尔维尔：《白鲸》，成时译，人民文学出版社 2013 年版，第 178 页。

座城池的伟大首领还重”[①]。

其次，埃哈伯的一条腿被白鲸咬走了之后，他对白鲸怀有一种疯狂的报复之心。“到后来，他终于有了一种丧失理性的病态心理，不仅把他的所有身体的伤残，而且把他的心智和精神上的愤激情绪都算在它的账上；这样一来，报复心就更加厉害了。白鲸成为所有那些恶毒力量的偏执狂的化身；有些深沉的人感觉到这种力量一直在腐蚀他们的内脏，直到最后他们只剩下半颗心半拉肺活着。”[②] 可见，埃哈伯对白鲸的报复欲已经达到一种根深蒂固的病态的程度，将白鲸作为极端的恶的化身。“他不惜以自己的伤残之躯与白鲸为敌。凡是一切最最使人痛苦发狂的东西，一切足以引发出困难危险的东西，一切包容有恶意的成分的真理，一切足以使人力竭神枯的东西，生命和思想中一切深藏的对魔鬼的信仰，一切邪恶，在疯狂的埃哈伯看来都显然体现在莫比·迪克身上，因而可以实际加以攻击。”[③] 可以看出，埃哈伯由于身体的创伤和残废致使精神上处于一种近乎疯狂的状态，对白鲸莫比·迪克斯怀有一种极度的恼怒与愤恨。“他把自从亚当以来所有人类所感到的全部恼怒与愤恨都集中在那头鲸鱼的白色背峰之上；于是他的胸膛仿佛就是一尊迫击炮，他的滚烫的心便是一颗炮弹，他就用这炮这炮弹来轰它。”[④] 斯塔勃克曾劝说埃哈伯不要去追捕白鲸，因为白鲸咬了他的腿只是出于盲目的本能，如果非要去杀死白鲸报仇雪恨，是有伤天理的。埃哈伯不仅不听斯塔勃克的劝告，还狂妄地宣称：“我看到它全身力大无穷，还有不可思议的歹毒心肠支撑着它。这不可思议的东西正是我憎恨的主要东西。白鲸是代理人也好，白鲸是主犯也好，我要把我的憎恨发泄在它身上。伙计，别跟我讲什么有伤天理；太阳要是侮辱了我，我照样要揍它；因为太阳可以这样干，我也就可以那样干；自从世上存在着一种公道以来，嫉妒就主宰着所有的人和物。不过，伙计，连这种公道也不是我的主子。谁能管住我？”[⑤] 由此，埃哈伯将自己所有的愤恨都发泄在白鲸身上，认为白鲸是所有恶毒力量的化身，这种对白鲸的仇恨让

① ［美］梅尔维尔：《白鲸》，成时译，人民文学出版社 2013 年版，第 128 页。
② ［美］梅尔维尔：《白鲸》，成时译，人民文学出版社 2013 年版，第 202—203 页。
③ ［美］梅尔维尔：《白鲸》，成时译，人民文学出版社 2013 年版，第 203 页。
④ ［美］梅尔维尔：《白鲸》，成时译，人民文学出版社 2013 年版，第 203 页。
⑤ ［美］梅尔维尔：《白鲸》，成时译，人民文学出版社 2013 年版，第 181 页。

他喜怒无常、脾气暴躁，成为一个执意复仇的偏执狂，率领一船的水手为他一人的私仇而追遍世界去捕杀白鲸。“喝吧，发誓吧，你们这些站在捕鲸艇头的伙计们——杀死莫比·迪克！我们要不捕到莫比·迪克，宰了它，上帝便要猎捕我们大家！”①

最后，《白鲸》描写了自然对人的惩罚。埃哈伯的腿被白鲸咬掉，许多水手因为出海捕鲸被鲸鱼咬伤、残废、失踪、死亡。“至于那些早先听说过这头白鲸、后来又碰巧见过它的人，最初几乎没有一个不是勇敢无畏地放下小艇去捕杀它，就像他们猎它的其他同类一样。可是在这样的攻击中他们终于吃了大苦头，不止是拧了手腕子或脚踝，断了胳膊腿或是被咬掉了四肢的一肢，而且还有人断送了性命。这些一再发生的灾难性的反击日积月累地把它们的恐怖都算在莫比·迪克名下；它们极大地动摇了许多勇敢的捕鲸人的意志，而白鲸的故事终于从这些人嘴里传了开来。”② 小说描写了由于鲸鱼的攻击，许多捕鲸船船毁人亡，还以不同的例子表明抹香鲸的异常凶恶和巨大力量，它们不仅能让捕鲸船艇损毁，还能在身中多支标枪后依然负伤作战，不顾一切地反击。以实玛利讲述他在教堂里看到的水手、水手的妻子和寡妇们，他们沉默的哀痛，以及悼念死者的石碑。在捕鲸业中，不知有多少没有被记录下来的灾祸与创伤。“因此面前有好几位妇女即使不在衣饰上，也在面容上显然多少露出无尽的哀思，由此我可以断定：我眼前必然聚着一些断肠人，她们一见那惨淡的碑石，本未平复的旧创口便又在重新滴血。”③ “干捕鲸这营生，死人是常事——把人胡乱一卷，一句祷文不念就把他发送了。”④ 可以看出，捕鲸业确实非常危险，造成了很多捕鲸人的伤亡。但是，如果人类不去侵犯自然，不去大海中捕杀鲸鱼，鲸鱼就不会伤害人类，他们对人类的反抗只是一种自我保护的本能。埃哈伯不顾及其他船员的生命，在海上追了白鲸两天。斯塔勃克劝说他及时放弃这场危险的复仇，“这是第三天啦，罢手吧。你瞧莫比·迪克没有找你一决输赢。是你，你在发狂似的在找它算账”⑤。显然，埃哈伯对

---

① ［美］梅尔维尔：《白鲸》，成时译，人民文学出版社 2013 年版，第 183 页。

② ［美］梅尔维尔：《白鲸》，成时译，人民文学出版社 2013 年版，第 198 页。

③ ［美］梅尔维尔：《白鲸》，成时译，人民文学出版社 2013 年版，第 56—57 页。

④ ［美］梅尔维尔：《白鲸》，成时译，人民文学出版社 2013 年版，第 57—58 页。

⑤ ［美］梅尔维尔：《白鲸》，成时译，人民文学出版社 2013 年版，第 578 页。

白鲸的复仇以及最后的惨烈失败属于咎由自取。人对自然的掠夺、征服，是出于人类中心主义的观念，通过捕杀鲸鱼，占有物质财富，进行资本积累。无数像“披谷德号”一样的捕鲸船，远航大海，大肆捕杀鲸鱼。除了埃哈伯是为了对白鲸进行复仇，大多数船员甘于冒着生命危险登上捕鲸船，血腥屠杀鲸鱼，是为了发财致富。在《白鲸》中，埃哈伯对水手们说，如果有谁能够打到一头白脑袋、皱额头、歪下巴、右边尾部有三个枪窟窿的鲸鱼，就能得到金币。水手们听了以后都欢呼起来。捕鲸船成为大海上漂浮的加工鲸脂、炼取鲸油的工业流水线与加工基地。“《白鲸》时代，美国正处于资本主义上升阶段。大海因其既能满足人们对物质财富的追求，又能满足人们对精神和自我的探寻而成为浪漫求索的好去处。这一时期的大海，无论是在物质层面还是在精神层面，都是人类力图征服的对象。”[①] 因此，捕鲸船是人类为了实现自己无止尽的野蛮欲望而对自然进行征服与榨取的工具。梅尔维尔通过《白鲸》表明，建国初期的美国正是凭借着先进的捕鲸船进军海洋，赶上了英、法、荷等捕鲸大国，一跃而居世界首位。人类对自然的疯狂索取，必然会遭到自然的报复。埃哈伯正是将象征着自然的白鲸完全作为自己的对立面，一意孤行，妄想战胜自然，证明自己的伟力，才导致悲剧。也就是说，“如果坚持‘人类至上’的观念，人类的生存与发展就会破坏‘生物环链’中其他物种的生存与发展，那就必然造成其他物种的毁灭，同时也必然危及到人类自身的生存”[②]。在小说结尾，埃哈伯、捕鲸船上除以实玛利外的所有船员都命丧大海，就表明了这一点。

有学者将生态文学批评界定为“向自然延伸的文学批评新视野”，认为生态文学批评就是要复活自然在文学再现中的身份，尽管这并不能立时彻底地扭转工业文明对自然造成的破坏潮流，但可以批判征服自然、占有自然、肆意挥霍自然资源的人类中心主义的思想，唤醒人类麻木的意识，消解人与自然的对立状态，重建在工业文明中遗失的天人合一理想。[③] 生态文学批评的一个重要作用就是生态预警，《白鲸》对于我们的意义也正

---

① 易建红：《人·大海·启示——以〈白鲸〉、〈海狼〉和〈老人与海〉为例》，《北京第二外国语学院学报》2012 年第 6 期。

② 刘文良：《试论生态批评的原则》，《当代文坛》2007 年第 2 期。

③ 宋丽丽：《生态批评：向自然延伸的文学批评视野》，《江苏大学学报》2006 年第 1 期。

在于为我们敲响了生态警钟，它提示我们，人类必须消解与自然的对立状态，尊重自然，如果像埃哈伯一样固守人类中心主义的观念，仇视自然，侵略自然，必然会受到自然的惩罚。李松岳指出："面对全球性的生态危机，海洋文学理应担当起重新恢复人与自然和谐共存关系的历史责任。这种担当的前提是正视人类犯下的错误，并对自我的不断完善充满信心，而人的自我完善，只有在与一切生命的共享共荣中完成。"① 就此来说，《白鲸》作为一部生态主义经典之作的独特地方在于它"是从反面教导着人类如何实现与自然的和平共处"②。由此说来，《白鲸》是一部以人与自然共同毁灭的悲剧为结局，以反生态的面貌出现的弘扬生态思想的海洋文学典范。

## 二 圣地亚哥与自然的关系

从生态批评的角度来考察文学作品中所反映的人与自然的关系，具体包括"自然对人的影响（物质的和精神的两个方面），人类在自然界的地位，自然整体以及自然万物与人类的关系，人对自然的征服、控制、改造、掠夺和摧残，人对自然的保护和对生态平衡的恢复与重建，人对自然的赞美和审美，人类重返和重建与自然的和谐等"③。在《老人与海》中，老渔夫圣地亚哥出海捕鱼连续八十四天都没有捕到鱼，可他的希望和信心从未消失。在第八十五天，圣地亚哥依然坚持独自出海捕鱼并捕到了一条大马林鱼。经过几天的搏斗，他成功地杀死了马林鱼，但在归程中遭到了成群的鲨鱼的袭击，尽管他和鲨鱼进行了勇敢的斗争，马林鱼还是被鲨鱼吃掉了。当圣地亚哥回到岸边时，马林鱼只剩下鱼头、鱼尾和一条巨大的脊骨。在《老人与海》中，圣地亚哥所象征的人类与大海、大马林鱼、鲨鱼所象征的自然的关系，表现为征服与反征服、斗争与反斗争，人类对征服自然的反思以及自然对人的惩罚。

圣地亚哥对自然的态度是矛盾的。一方面，圣地亚哥尊重自然，将自然界中的鸟、鱼等作为自己的朋友和兄弟，体现出他与自然的和谐、平等

---

① 李松岳：《海洋文学与生态文明建设》，《浙江海洋学院学报》2010 年第 4 期。

② 徐明、李欣：《论〈白鲸〉的生态意识》，《东北师大学报》2006 年第 6 期。

③ 王诺：《欧美生态文学》，北京大学出版社 2005 年版，第 8 页。

关系。海明威多次写到圣地亚哥非常喜爱飞鱼、鸟、海龟、海豚等，将它们当成自己的朋友、兄弟，还为艰难地飞翔却寻找不到食物的黑色小燕鸥而难过。“他非常喜爱飞鱼，因为它们是他在海洋上的主要朋友。他替鸟儿伤心，尤其是那些柔弱的黑色小燕鸥，它们始终在飞翔，在找食，但几乎从没找到过，于是他想，鸟儿的生活过得比我们的还要艰难，除了那些猛禽和强有力的大鸟。”① 他为人们对海龟的残酷无情而悲伤，“因为一只海龟给剖开、杀死之后，它的心脏还要跳动好几个钟点。然而老人想，我也有这样一颗心脏，我的手脚也跟它们的一样”②。夜里有两条海豚游到圣地亚哥的船边，圣地亚哥赞美了它们，并称它们为兄弟，“它们嬉耍，打闹，相亲相爱。它们是我们的兄弟，就像飞鱼一样”③。从上述圣地亚哥对这些动物的态度来看，他并没有将人作为自然的对立面，而是同情、尊重自然界中的生命，对它们怀有同理心。此外，人们往往把大海当作男性，一个冷酷的竞争者甚至一个敌人，圣地亚哥却总是把大海看作一个女性，对大海充满了包容、理解、热爱。“他们提起她时，拿她当做一个竞争者或一个去处，甚至当做一个敌人。可是这老人总是拿海洋当做女性，她给人或者不愿给人莫大的恩惠，如果她干出了任性或缺德的事儿来，那是因为她由不得自己。月亮对她起着影响，如同对一个女人那样，他想。”④ 此外，海明威还描写了老人圣地亚哥所看见的海洋的优美风景，海岸远处高耸而立的青山、云朵、海水的绚烂色彩以及海洋中的浮游生物等，就像一幅色彩生动绚丽的画卷。“他眼下已看不见海岸的那一道绿色了，只看得见那些青山的仿佛积着白雪的山峰，以及山峰上空像是高耸的雪山般的云块。海水颜色深极了，阳光在海水中幻成彩虹七色。”⑤

另一方面，圣地亚哥又要与自然斗争，征服自然，要杀死自己称之为朋友、兄弟的自然界的其他生命。尽管圣地亚哥对大马林鱼怀有怜悯之情，认为它出色、机灵、奇特而强大。但是他想到的却是这是条很大的鱼，如果鱼肉良好，就可以在市场上卖一人笔钱。圣地亚哥还回忆起有一

① ［美］海明威：《老人与海》，吴劳译，上海译文出版社 2012 年版，第 21 页。
② ［美］海明威：《老人与海》，吴劳译，上海译文出版社 2012 年版，第 27 页。
③ ［美］海明威：《老人与海》，吴劳译，上海译文出版社 2012 年版，第 36 页。
④ ［美］海明威：《老人与海》，吴劳译，上海译文出版社 2012 年版，第 22 页。
⑤ ［美］海明威：《老人与海》，吴劳译，上海译文出版社 2012 年版，第 30 页。

次他钓上了一对大马林鱼中的一条。雄鱼总是让雌鱼先吃，所以雌鱼上了钩，惊慌失措地挣扎。在雌鱼拼命挣扎的过程中，雄鱼一直待在雌鱼身边没有离开，却不知怎么帮助雌鱼，只能够在钓索下窜来窜去，陪着雌鱼打转。圣地亚哥把雌鱼钩上来并用棍子打它，而雄鱼还是始终待在船边不肯离开。“老人用鱼钩把雌鱼钓上来，用棍子揍它，握住了那边缘如砂纸似的轻剑般的长嘴，连连朝它头顶打去，直打得它的颜色变成和镜子背面的颜色差不多，然后由男孩帮忙，把它拖上船来，这当儿，那雄鱼一直待在船舷边。随后，当老人忙着解下钓索、准备好去拿鱼叉时，雄鱼在船边高高地跳到空中，看看雌鱼在哪里，然后钻进深水，它那淡紫色的翅膀，实在正是它的胸鳍，大大地张开，于是它身上所有的淡紫色宽条纹都露出来了。它是美丽的，老人想起，而它始终待在那儿不走。”[①] 无疑，这样的情景不仅让老人和男孩感到伤心，也让所有读者的心里涌起一股深深的悲伤。持有人类中心主义思想的人们，往往认为大自然中的生命没有人类之间的情感，理所当然地杀死其他的动物，把它们当作食物吃掉或者换取金钱，却不知道这些动物在被杀死时也会感到疼痛和绝望，不知道这些动物之间也存在不离不弃、相亲相爱的情感。雄鱼看到雌鱼被钓到，却一直不肯离去，陪伴在雌鱼身边，甚至高高地跳到空中，只为了看一眼雌鱼在哪里，至此，我们能深深地感受到雄鱼无法解救雌鱼的痛苦与无望，以及它对雌鱼不离不弃的情感。正如圣地亚哥所说的，这是让人伤心难过的场景。而圣地亚哥面对雄鱼的徘徊、不肯离去，只是请求雌鱼原谅并无情地杀死了它。

海明威描写了圣地亚哥又一次钓到了一条大马林鱼，尽管他认为这条马林鱼是他的兄弟，“有三样东西是兄弟：那条鱼和我的两只手”[②]，也认为马林鱼比人类更加高尚、更有能耐。但是，他还是要征服它，认为马林鱼不如人类有智慧。在圣地亚哥看来，这条马林鱼勇敢、强大、了不起，然而他还是要征服并杀死它，目的是证明人类优越于动物的精神力量和重压下的优雅风度。“然而这是不公平的，他想。不过我要让它知道人有多少能耐，人能忍受多少磨难。‘我跟那男孩说过来着，我是个不同寻常的

① ［美］海明威：《老人与海》，吴劳译，上海译文出版社 2012 年版，第 37 页。
② ［美］海明威：《老人与海》，吴劳译，上海译文出版社 2012 年版，第 48 页。

老头儿，’他说。‘现在是证实这话的时候了。’他已经证实过上千回了，这算不上什么。眼下他正要再证实一回。每一回都是重新开始，他这样做的时候，从来不去想过去。”① 圣地亚哥对大马林鱼说：“我爱你，非常尊敬你。不过今天我得把你杀死。”② 圣地亚哥为大马林鱼伤心，但“要杀死它的决心绝对没有因为替它伤心而减弱”③。为此，他告诫疲乏的自己鼓起信心，强迫自己吃鱼补充能量，保持沉着冷静，并想着种种策略去杀死大马林鱼。“可是我必须把它拉得极近，极近，极近，他想。我千万不能扎它的脑袋，我该扎进它的心脏。”④ 正是在与马林鱼斗智斗勇的过程中，圣地亚哥显示出了他的坚持、勇敢、沉着，也显示出了他之前批评的人们对海龟的冷酷和残忍。问题是，既然圣地亚哥同情自然界中的那些被人类捕杀的生命，为什么他自己却成为他所批评的那类人？

通过对文本的细读可以发现，虽然圣地亚哥多次称马林鱼为自己的兄弟，但事实上，他并没有真正地将它作为一个和自己平等的生命体，他的思想中流淌着人类中心主义的暗流，而这种人类中心主义思想让他失去了对自然界其他生命的悲悯和珍惜。在圣地亚哥与马林鱼斗争的过程中，他除了赞美大鱼的高尚、美丽，想的更多的却是“它是条大鱼，我一定要制服它”、“它们没有我们这些要杀害它们的人聪明；尽管它们比我们高尚，更有能耐”⑤。圣地亚哥之所以费尽心机要杀死马林鱼，主要有三个方面的原因。其一，他站在人类的角度，以人的利益为标准来判断和评价，认为庞大的马林鱼可以为人类提供食物，“它能供多少人吃啊”⑥。他为马林鱼的庞大而震惊，“这条鱼可以供养一个人整整一冬”⑦。圣地亚哥的这种思想是典型的人类中心主义。

其二，人对自然的征服与占有欲。尽管圣地亚哥的生活很简单，但在大马林鱼面前，他没有掩饰自己的占有欲，“我想看看它，他想，碰碰它，

---

① ［美］海明威：《老人与海》，吴劳译，上海译文出版社 2012 年版，第 50 页。
② ［美］海明威：《老人与海》，吴劳译，上海译文出版社 2012 年版，第 41 页。
③ ［美］海明威：《老人与海》，吴劳译，上海译文出版社 2012 年版，第 57 页。
④ ［美］海明威：《老人与海》，吴劳译，上海译文出版社 2012 年版，第 69—70 页。
⑤ ［美］海明威：《老人与海》，吴劳译，上海译文出版社 2012 年版，第 48 页。
⑥ ［美］海明威：《老人与海》，吴劳译，上海译文出版社 2012 年版，第 57 页。
⑦ ［美］海明威：《老人与海》，吴劳译，上海译文出版社 2012 年版，第 85 页。

摸摸它。它是我的财产，他想”①。圣地亚哥想占有马林鱼是为了挣钱，满足物质需要。尽管他认为马林鱼高尚而强壮，把马林鱼当作自己的兄弟，但从他的言行中还可以看出他只是把马林鱼作为一种胜利品，当作他辛苦杀死的一只动物，考虑的是这条鱼是否肉质鲜美，是否能卖个好价钱。“他把身子探出船舷，从鱼身上被鲨鱼咬过的地方撕下一块肉。他咀嚼着，觉得肉质很好，味道鲜美。又坚实又多汁，像牲口的肉，不过不是红色的。一点筋也没有，他知道在市场上能卖最高的价钱。”② 可以看出，圣地亚哥此时根本没有把马林鱼作为兄弟和朋友，把马林鱼和牲口的肉进行比较，想的只是马林鱼的物质价值。就此来说，《白鲸》中的以实玛利和圣地亚哥有着相似之处。以实玛利在对鲸鱼进行分类时，多次提到鲸鱼对于人类的商业价值与使用价值，认为抹香鲸的鲸脑是很贵重的；座头鲸的油不很值钱；独角鲸的角可以用来作为文件夹，它的油质优异而清纯，但量很少；露脊鲸海豚满嘴面粉，它的油和普通海豚差不多。可以看出，以实玛利对于鲸的分门别类的介绍体现了人类中心主义思想，从人的利益与价值出发，将鲸鱼作为被人类利用的一种物质。“一头吃饱吃好的胖乌扎海豚可以提供给你足足一加仑的好油。而从它的嘴提炼出来的清纯的汁液尤为名贵，为珠宝首饰和钟表制造商所必备。水手们把它抹在细的磨刀石上。你知道，海豚肉很好吃。你也许永远也想不到一头海豚会喷水。”③ 王诺指出：“随着人类社会的发展，人们对物质的需求急剧膨胀，人的无限欲望与自然的有限供给的矛盾越来越尖锐。”④ 人类的欲望不断膨胀，导致了对自然的掠夺，也扼杀了人的灵魂和美好的天性。如果说圣地亚哥之前对自然界的鸟、鱼、海豚等还怀有一颗热爱的心，还在为这些生命的饥饿而心生同情，为它们所承受的痛苦、为它们的死亡而悲伤甚至感同身受，那么，此时，圣地亚哥的人类中心主义思想、他的占有欲，已经战胜了他对自然界中其他生命的爱与尊敬。他对马林鱼的捕杀与占有象征了人类对自然的冷酷侵略，而包括圣地亚哥在内的所有人类根本没有任何权利去夺走自然界中的其他生命！正如圣地亚哥之前所说的，这些生命在被人类的

① ［美］海明威：《老人与海》，吴劳译，上海译文出版社 2012 年版，第 73 页。
② ［美］海明威：《老人与海》，吴劳译，上海译文出版社 2012 年版，第 82 页。
③ ［美］梅尔维尔：《白鲸》，成时译，人民文学出版社 2013 年版，第 159 页。
④ 王诺：《欧美生态文学》，北京大学出版社 2005 年版，第 192 页。

工具和武器伤害的时候，和人一样，也会流血，也会疼痛，也会因对死亡的恐惧而本能的挣扎、反抗，也会因为人类夺走了亲密伴侣的生命而徘徊、悲伤得不愿离去。最终，圣地亚哥的灵魂与天性中的美好、善，屈从于他对自然的征服与占有欲。

其三，圣地亚哥为了证明自己作为人的能耐和尊严。在小说的开头，我们知道，圣地亚哥已经连续八十四天没有捕到一条鱼。有个男孩一直跟随他，但男孩的父母认为老人很倒霉，吩咐男孩去上了另一条船。不少渔夫拿老人开玩笑，也有一些渔夫同情他。老人的乐观难掩他心底的失落。海明威安排圣地亚哥回忆起自己年轻时候和一个黑人比手劲并成为冠军，他还经常梦见象征力量的狮子，这些都在暗示，圣地亚哥怀念昔日的荣耀和骄傲，他不愿做一个被人同情、看不起的无能之人。圣地亚哥杀死马林鱼是出于职业和生存需要，更重要的原因却是为了证明自己，“他忍住了满腔的痛楚，拿出剩余的力气和丧失已久的自傲，用来对付这鱼的痛苦”①。

### 三 埃哈伯与圣地亚哥征服自然的悲剧异同

首先，埃哈伯与圣地亚哥都表现了人类的精神力量，但从两人的结局来看，他们都是失败者。在《白鲸》中，埃哈伯是一个经验丰富的船长，尽管被白鲸咬掉一条腿，身体遭受重大的伤残，心灵也备受折磨，却仍保持无所畏惧的精神、坚忍不拔的顽强意志。在和白鲸搏斗的过程中，他的假腿被折断了，心力交瘁，几乎动弹不得，而他毫不动摇最初捕杀白鲸的决心。“你们眼前所见的是一个给咬掉了一条腿的老头儿；拄着支哆哆嗦嗦的长矛，靠自己的独脚站着。这就是我埃哈伯——身子已经残缺，可埃哈伯的灵魂却有一百只脚，用一百条腿走动。”② 在《老人与海》中，当圣地亚哥回到岸边的时候，历经艰辛而获得的胜利果实大马林鱼被鲨鱼吃掉，只剩下一副鱼头、鱼尾和一条长脊骨。作为一个以捕鱼为生的渔夫，他是失败的。埃哈伯最后葬身大海，失去性命，失败得更为彻底。然而，这两个失败者的身上都具有一种共同的因素，那就是勇敢、冷静、不屈不挠的精神。圣地亚哥作为一个“硬汉子”，在与大马林鱼、鲨鱼斗争的过

① ［美］海明威：《老人与海》，吴劳译，上海译文出版社 2012 年版，第 72 页。
② ［美］梅尔维尔：《白鲸》，成时译，人民文学出版社 2013 年版，第 571 页。

程中体现出了不屈不挠的精神以及重压之下的优雅风度。当他遭到成群的鲨鱼的袭击时，明知道自己无法战胜鲨鱼，还是用糊着鲜血的双手，忍住疼痛，忍住累乏，把鱼叉朝鲨鱼扎去，不能用棍子打鲨鱼了，就用桨、舵把，“我要跟它们斗到死”①。圣地亚哥无疑代表了人类强盛不息的精神力量，代表了人类在征服自然过程中的信心、尊严与荣誉。有学者指出，圣地亚哥的故事是一曲英雄主义的赞歌，表现了人在厄运面前勇敢而有风度地承受。② 但从生态批评的角度来看，埃哈伯与圣地亚哥身上所体现的这种精神力量，正是他们不断地征服自然、与自然搏斗的原因，最终受到自然的惩罚。

其次，从他们失败的原因来看，都体现出自然对人的惩罚。在《白鲸》中，埃哈伯为了一己的私仇，置全体船员的生命于不顾，执意捕杀白鲸，而他如此偏执的一个重要原因就是人类中心主义思想。白鲸咬掉了他的一条腿，只有杀死白鲸才能重拾他的尊严，抹掉自己所受的侮辱。在追杀白鲸、与白鲸斗争的过程中，斯塔勃克不止一次劝他停止对白鲸的攻击和追杀，但埃哈伯执迷不悟，至死也没有意识到自己的错误，更没有丝毫愧疚与后悔。事实上，埃哈伯的死蕴含着深意。当他向白鲸投掷镖枪后，船上的曳鲸索拧到一起，他俯身去解，“哪知道索子飞起来转了一圈正巧套住了他的脖子。好像被沉默的土耳其人一言不发地勒死的受害者一样，他箭也似的飞出了艇子，甚至连水手们一时也不知道他已经不在了”③。可以看出，埃哈伯的死，既是自然对他的惩罚，也是他自己毁灭了自己。

在《老人与海》中，当圣地亚哥所捕获的大马林鱼被鲨鱼吃掉时，他曾反省，认为自己不应该出海太远。出海太远意味着人类已经超越自己的生活领域侵犯到了不属于自己领域的深海，这种侵略的后果只有一个，那就是失败的悲剧。圣地亚哥历经艰辛终于战胜了大马林鱼，然而这种胜利是暂时的。一群鲨鱼吃掉了马林鱼。我们可以把鲨鱼看作自然界中不可控制的力量的象征，即尽管人类在征服自然的过程中取得了胜利，但如果人类竭泽而渔式地征服自然，毫无敬畏之心，那么，人类所获得的胜利果实

① ［美］海明威：《老人与海》，吴劳译，上海译文出版社 2012 年版，第 89 页。

② 吴劳：《译本序》，载［美］海明威《老人与海》，吴劳译，上海译文出版社 2012 年版，第 3—4 页。

③ ［美］梅尔维尔：《白鲸》，成时译，人民文学出版社 2013 年版，第 584 页。

最终都会重回大自然，得之于自然的，也必失之于自然。圣地亚哥出于人类中心主义思想，以人的利益为标准来判断和评价，认为大马林鱼能为许多人类提供食物。他为了征服与占有大马林鱼，更为了证明自己作为人的能力和尊严，侵犯与掠夺超越自己领域的资源和生命。事实上，圣地亚哥很清楚地意识到，自己对自然的侵略会受到惩罚，“这条鲨鱼的出现不是偶然的”①，“老人此刻头脑清醒正常，充满了决心，但并不抱着多少希望。光景太好了，不可能持久的”②。可以看出，圣地亚哥在征服与占有了马林鱼之后，内心其实是不安的，他知道自己不可能真正地战胜自然，“老人看来胜利了，但知道要受到报应”③。人类对自然的占有和胜利只是暂时的，从长远来看，在人与自然的斗争中，人只能是失败者。尽管作品中多处表明老人在精神上是勇敢的、不败的，比如老人梦见狮子、回忆起年轻时的荣耀等。但是，如果以生态整体主义的思想来衡量老人的成败，就可以发现不能简单地说老人圣地亚哥是一个悲剧性的英雄，是一个精神上的胜利者。因为人类对自然的征服必然导致自然对人类的惩罚，人类将会自食生态危机的苦果。正如王诺所指出的：“人都被毁灭了，又何谈不败？假若人类这个物种有一天终于在这个星球上被彻底毁灭，难道他的不败的精神、胜利的精神还能在那个荒凉的、无生命的星球上永远闪光？人类太看重精神，太看重尊严，太看重面子，这种精神或虚幻的东西如果过度膨胀，膨胀到失去基本的自然物质和自然环境的支撑和保障的程度，那就必然要走向极端的唯心、极端的虚妄。”④

最后，埃哈伯和圣地亚哥都是失败者，都因对自然的侵略与征服而遭受到自然的惩罚。然而，他们所付出的代价是不一样的。埃哈伯为自己对白鲸的复仇付出了生命代价，并且不仅是他一个人的生命，整个捕鲸船上除以实玛利以外的所有船员都命丧大海。老人圣地亚哥只是失去了大马林鱼，而大马林鱼是属于大海的，也就是说，老人只是失去了原本不属于他的东西。那么，是什么造成了这种差异？

---

① ［美］海明威：《老人与海》，吴劳译，上海译文出版社 2012 年版，第 76 页。

② ［美］海明威：《老人与海》，吴劳译，上海译文出版社 2012 年版，第 77 页。

③ 吴劳：《译本序》，载［美］海明威《老人与海》，吴劳译，上海译文出版社 2012 年版，第 7 页。

④ 王诺：《欧美生态文学》，北京大学出版社 2005 年版，第 165 页。

在《白鲸》中，埃哈伯为了复仇，不顾别人的反对和劝阻，不顾所有船员的生命和安危，固执地坚持追杀白鲸，没有丝毫悔意。最终与白鲸同归于尽。但在《老人与海》中，我们发现，尽管在圣地亚哥与自然的关系中呈现出互相斗争、互相征服的一面，然而，他对自然毕竟怀有怜悯、尊重与爱，当大马林鱼被鲨鱼咬掉约四十磅肉的时候，他流露出一种对于自己出海太远的自责与后悔。“但愿这是一场梦，我根本没有钓上这条鱼，正独自躺在床上铺的旧报纸上。”[①] 圣地亚哥看到鲨鱼把马林鱼咬得残缺不全，心里充满了悔恨，他仿佛感到鲨鱼袭击的是自己。他意识到，尽管生而为人应该具有一种永不言败的精神，但是如此美丽而高贵的生命却被毁灭了，这让他感到痛心，他不应该杀死大马林鱼。此外，圣地亚哥还表现出人类对征服自然行为的反思，他认识到自己的人类中心主义思想是错误的，认为人类优越于自然界中其他生命的看法也是错误的。“人跟伟大的鸟兽相比真算不上什么。我还是情愿做那只待在黑暗的深水里的动物。”[②] 在与马林鱼搏斗的时候，圣地亚哥认为尽管马林鱼比人类高尚，但它们不如人类聪明。当他受到鲨鱼袭击的时候，他意识到自己并不比鲨鱼更聪明，“这条登多索鲨是残忍、能干、强壮而聪明的。但是我比它更聪明。也许并不，他想。也许我仅仅是武器比它强”[③]。

圣地亚哥在与马林鱼、鲨鱼斗争的过程中，一再告诫自己要勇敢、坚持，要证明人类比它们聪明，有耐力，即使被毁灭，也不会屈服，不会承认自己精神的失败。正如文中所说：“人不是为失败而生的，一个人可以被毁灭，但不能给打败。”[④] 然而，在小说的结尾，老人却表示自己被打垮了，“它们把我打垮了，马诺林，它们确实把我打垮了”[⑤]。那么，圣地亚哥的思想是否前后矛盾？从现实层面看，作为渔夫的圣地亚哥没有打到鱼，确实是失败者。但从精神层面看，他并没有退缩，也没有屈服，相反，他表现了人类在厄运面前的优雅风度和永不言败的力量。对于圣地亚哥这样一个“硬汉子”而言，即使他命丧大海，即使他的肉体生命被毁

---

① ［美］海明威：《老人与海》，吴劳译，上海译文出版社 2012 年版，第 79 页。
② ［美］海明威：《老人与海》，吴劳译，上海译文出版社 2012 年版，第 52 页。
③ ［美］海明威：《老人与海》，吴劳译，上海译文出版社 2012 年版，第 79 页。
④ ［美］海明威：《老人与海》，吴劳译，上海译文出版社 2012 年版，第 79 页。
⑤ ［美］海明威：《老人与海》，吴劳译，上海译文出版社 2012 年版，第 95 页。

灭，他也不会承认自己精神上的失败。那么，是什么让他坚持认为自己被打垮了？仅仅是因为他失去了一条马林鱼？

事实上，圣地亚哥已经意识到自己失败的原因仅仅在于越出了不属于自己的领域，捕杀、占有了不属于自己的生命。当鲨鱼把马林鱼完全吃掉时，圣地亚哥明白自己被打垮了，那么，是什么把他打垮的？是鲨鱼吗？是大海吗？是自然界吗？从表面上看，他辛苦捕杀的马林鱼被鲨鱼吃掉了，他是被鲨鱼打败的，是自然在惩罚他。但从深层来看，马林鱼被鲨鱼吃掉喻示着自然界的生命重新回归于自然，老人只是失去了自己原本不应该占有的东西。这一切皆源于他的越界与征服，他知道自己不是被鲨鱼打败的，他是被自己打败的，被自己的征服欲、占有欲打败的。“那么是什么把你打垮的，他想。‘什么也没有，’他说出声来。‘只怪我出海太远了。’”①

此外，当鲨鱼围攻马林鱼时，圣地亚哥多次强调，出海太远对马林鱼和自己都不好，“很抱歉我出海太远了。我把你我都毁了”②。如果说，圣地亚哥因为出海太远而捕杀了马林鱼，让它失去生命，是把它毁了，那么我们可以理解。问题是，老人为什么说出海太远把他自己也毁了？在小说中，尽管圣地亚哥八十四天没有捕到鱼，尽管一直跟随他的小男孩马诺林也在父母的吩咐下跟别的船打鱼，尽管他独自一人漂泊于汪洋大海，与马林鱼、鲨鱼搏斗，流血、疲惫、痛楚和孤独，但他都保持乐观的精神。当马林鱼被鲨鱼吃掉，圣地亚哥才明白自己的错误，由于自己出海太远，毁灭了一个美丽而崇高的生命，由于自己的征服欲、占有欲、人类的骄傲之心，他将自己灵魂中原本的善与美毁灭了。正是在这个意义上，圣地亚哥毁灭的是自然界的生命，也是自己的赤真灵魂。

综上所述，《白鲸》和《老人与海》这两部作品都描写了人与自然的关系，表现了人对自然的征服以及自然对人的惩罚。有学者提出，在生态危机的新语境下，发掘文本的生态价值，一方面可以丰富文学文本的内涵和文学批评范式，从而拓展文学研究的学术视野；另一方面生态批评还承

---

① ［美］海明威：《老人与海》，吴劳译，上海译文出版社 2012 年版，第 93 页。

② ［美］海明威：《老人与海》，吴劳译，上海译文出版社 2012 年版，第 89 页。

担着社会责任，有利于促进生态危机的消解与和谐生态的实现。① 也就是说，“生态批评担负的任务不仅仅是对作品起‘释义’的作用，它最终要担负起以理论指导实践的任务……推动人、社会、自然三者和谐发展……”②。因此，以生态批评的视角对《白鲸》和《老人与海》进行分析、比较，探究这两部作品中人与自然的关系、埃哈伯和圣地亚哥悲剧结局的异同，目的不仅仅是对文本内的自然进行阅读与研究，更重要的目的在于，通过生态预警来唤醒人类对自然的尊重与保护之心，保护文本之外的自然。正如劳伦斯·布依尔所说的：“谁要是只执着于文学研究与文学理论本身是无法做一个生态批评家的。”③ 在《白鲸》和《老人与海》中，埃哈伯和圣地亚哥不同的悲剧结局，其实蕴含着深刻的寓意，即人类已经在征服自然、掠夺自然、破坏自然的道路上走得很远，然而，只要人类意识到并反省自己的行为，只要人类放弃人类中心主义思想，将整个生态系统作为一个整体，给予大自然中其他的生命体以平等、友爱、关怀与尊重，就可以与自然和谐相处，就可以修复生态系统之伤。相反，如果人类执迷不悟地征服与破坏自然，最终会受到自然的惩罚。

## 第二节　风景、施暴与净化：《蝇王》中的荒岛生态

《蝇王》是英国作家威廉·戈尔丁的小说，1954 年出版。戈尔丁凭借《蝇王》的成就于 1983 年获得诺贝尔文学奖。《蝇王》讲述了在一次未来的核战争中，一架载着英国儿童的飞机在飞到一座荒岛上空时被击中着火了，驾驶员把孩子们空投到小岛上。小岛风景优美，有野果子可以吃，有椰子汁可以喝，有小溪可以洗澡，孩子们对此感到很满意。“这是咱们的岛。一个美好的岛。在大人找来之前，咱们可以在这儿尽情玩耍。”④ 从此，这座岛就成为孩子们的生存空间与斗争场所。由此，《蝇王》成为继

① 朱振武、张秀丽：《生态批评的愿景和文学想象的未来》，《外国文学》2009 年第 2 期。

② 刘文良：《试论生态批评的原则》，《当代文坛》2007 年第 2 期。

③ ［美］劳伦斯·布依尔、韦清琦：《打开中美生态批评的对话窗口——访劳伦斯·布依尔》，《文艺研究》2004 年第 1 期。

④ ［英］威廉·戈尔丁：《蝇王》，龚志成译，上海译文出版社 2007 年版，第 35 页。

笛福的《鲁滨逊漂流记》、史蒂文森的《金银岛》、巴兰坦的《珊瑚岛》等荒岛小说之后的又一部重要的荒岛文学作品。如果说《鲁滨逊漂流记》通过鲁滨逊崇尚历险，流落荒岛后以勇敢、独立、坚韧的品格建构起一个理想的资本主义殖民世界来表现英国民族性格，《金银岛》《珊瑚岛》则表现了英国维多利亚时代后期英国少年所具备的教养、智谋、英勇等优秀品格与男子汉气概，从而表现了日不落帝国的骄傲与自信，那么，《蝇王》则表现了一群天真烂漫的孩子在被抛到荒岛之后的堕落，成为一个个嗜血、残酷的野蛮人，反思了英国民族性格中的阴暗面以及人类文明、科技发展的弊端。原因在于戈尔丁经历了第二次世界大战，对战争的创痛、人性的邪恶深有感触，意识到文明社会的外衣下隐藏着人性深处的黑暗。戈尔丁曾痛心地谈到自己创作《蝇王》时的动机："在第二次世界大战之前，我相信社会中人的可完善性（perfectibility of social man）。只要社会的结构正确合理，人类的良善就会被激发出来。因此，所有社会弊端都可以通过社会改造得以清除……但是，战后我再也不相信这一套，因为我做不到。我发现人对人竟然能做出如此行径……不仅有那么多犹太人被残害，那么多人被清算（多么可爱、文雅的字眼！），简直让人难以启齿，而且还有种种恶行，让我一想起来就倍觉不适。这些不是新几内亚境内猎人头族的恶行，也不是亚马逊丛林中原始部落的作为，而是出自那些技术精巧却冷酷无情的受教育人士、医生和律师之手。他们背靠一个文明的传统，却对自己同类做出如此勾当……"①

## 一　风景、历险与施暴

戈尔丁在《蝇王》中描绘了岛屿的原始风景，充满了粗犷、野性、灵动之美。

> 海岸边长满棕榈。有的树身耸立着，有的树身向阳光偏斜着，绿色的树叶在空中高达一百英尺。树下是铺满粗壮杂草的斜堤，被乱七八糟的倒下的树划得东一道西一道的，还四散着腐烂的椰子和棕榈树

① 转引自杨国静《共同体的绝境时刻——论〈蝇王〉中现世民主与猎猪部落的双重崩塌》，《国外文学》2020 年第 3 期。

苗。之后就是那黑压压的森林本体部分和孤岩的空旷地带。①

这儿开满了蓝蓝的野花——一种岩生植物；溢流顺着口子垂荡下去，水沫乱溅地落到森林的翠顶上。空中满是翩翩飞舞，忽上忽下的各种彩蝶。②

湛蓝而辽阔的大海，雪白的浪花拍打着珊瑚礁，环礁湖的湖水平静幽深，无边的海滩伸向远方。一群群鱼儿在水里欢快地游来游去。原始森林里藤蔓密布，各种各样的岩石、峭壁、树梢，遍地都是浓绿的丛林。总之，这是一处原始之地，未经人类的足迹践踏和污染。但是，随着一群孩子的到来，这块自然之地被破坏，失去了昔日的安宁。在小说开端，戈尔丁描写了拉尔夫、杰克、西蒙三个男孩登山的场景。“困难倒不在于沿着崎岖的山脊向上登攀，而在于不时地要穿越矮灌木树丛到达新的小路。在这儿，无数藤蔓的根茎紧缠在一起，孩子们不得不像穿针引线似的在其中前进。除开褐色的地面和偶尔透过树叶闪现的阳光，他们唯一的向导就是山坡的倾斜趋势：看那些四周长满粗大藤蔓的洞穴，是不是这一个高于那一个。孩子们渐渐地、想方设法地向上攀爬着。”③ 尽管山路崎岖、困难重重，但是三个孩子却感到兴奋和快乐。

“这才是真正的探险。”杰克说道。“我敢打赌，以前这儿准没人来过。”

“咱们该画张地图，”拉尔夫说，“可就是没纸。”

“咱们可以往树皮上划，”西蒙说道，“再使劲把黑的东西往里嵌。”④

风景书写与男性气概、权力、凝视、控制等有密切关联。在《蝇王》中，三个孩子登山的场景表面上写的是孩子们的探险，从深层来看，登山

① ［英］威廉·戈尔丁：《蝇王》，龚志成译，上海译文出版社 2007 年版，第 4 页。
② ［英］威廉·戈尔丁：《蝇王》，龚志成译，上海译文出版社 2007 年版，第 27 页。
③ ［英］威廉·戈尔丁：《蝇王》，龚志成译，上海译文出版社 2007 年版，第 24 页。
④ ［英］威廉·戈尔丁：《蝇王》，龚志成译，上海译文出版社 2007 年版，第 25 页。

则隐喻着对人对自然的征服，隐喻着文明对野性的掌控。孩子们想要画张地图以及把地图画在树皮上的意图则凸显了人对自然的规划、探索与占有。在此，地图是权力的表征，意味着人对未知的自然世界的管控以及人对自然的征服欲。王诺指出，人类的欲望膨胀导致了对自然的疯狂掠夺，也扼杀了人的灵魂和美好天性。“这种发展的必然结果是‘用自己的身体来喂养自己’，为争夺其有限的资源而互相残杀，直至把全人类彻底毁掉。”① 人类文明的发展需要消耗地球上的各种资源，贪婪的欲望让人类在破坏自然的路上越走越远。在《蝇王》中，戈尔丁写出了本该有一片纯净的赤子之心的孩子们对自然的占有欲。

> 孩子们眼睛闪闪发亮，兴奋得合不拢嘴，他们凯旋而归，品尝着占有的欢乐。他们精神振奋，全是好朋友。②

> 拉尔夫伸开双臂。
>
> “全是咱们的。”③

从上面可以看出，登上山顶之后，孩子们俯瞰着所有的一切，充满了胜利的喜悦和占有的快乐。孩子们对风景的观看体现了主体对客体的赤裸裸的觊觎之心与贪婪欲望，也显示出了人与自然之间不平等的二元对立关系。此外，戈尔丁还描写了自然的神秘莫测、强力，人类并未完全认识到自然的全貌。

> 在那种不可测度的深蓝的海水之中，似乎蕴藏着无穷无尽的可能；他们默默地倾听着风吹树叶的飒飒声，倾听着从礁石处传来的轻微的海水击拍声。
>
> 莫里斯开口了——他说得那么响，把大家吓了一跳。
>
> “爸爸说过，人们还没有发现海中所有的动物呢。”④

---

① 王诺：《欧美生态文学》，北京大学出版社 2005 年版，第 191—192 页。

② ［英］威廉·戈尔丁：《蝇王》，龚志成译，上海译文出版社 2007 年版，第 28 页。

③ ［英］威廉·戈尔丁：《蝇王》，龚志成译，上海译文出版社 2007 年版，第 29 页。

④ ［英］威廉·戈尔丁：《蝇王》，龚志成译，上海译文出版社 2007 年版，第 97 页。

戈尔丁写出了自然的神秘以及孩子们对未知的野兽的恐惧。“黑暗中传来一阵微弱的呜咽声，吓得他们毛骨悚然，赶快互相抓住。接着呜咽声越来越响，显得那么遥远而神秘，又转成一种急促而含糊不清的声音。”① 孩子们想象着野兽的样子，野兽来自哪里，感受到可怕的无名之兽的威胁，恐惧的情绪在群体中扩散，就连拉尔夫也害怕这未知的野兽。孩子们经常在夜里做噩梦，尖叫乱喊，放声大哭。只有西蒙不相信有什么野兽，他一针见血地指出：“大概野兽不过是咱们自己。”② 在此，人通过将自然确定为一个野蛮化、兽化的他者，堂而皇之地侵占自然、屠戮自然中的动物。以杰克为代表的自然的破坏者残忍地猎杀野猪。戈尔丁在作品中以集中的笔墨写了孩子们与老母猪之间的人猪之战。这头老母猪是野猪群中最大的一只，黑色里带着粉红色，正躺在树丛下，享受着天伦之乐，一排小猪崽挤在它的大肚子上。孩子们围猎老母猪的场景血腥而暴力，正是对野猪的屠杀激起了他们心中的兽性。老母猪的身上被孩子们扎进了几根长矛，伤口流着血，但它还是挣扎着逃命。

老母猪流着血，发疯似的在他们前头摇摇摆摆地夺路而逃，猎手们紧追不放，贪馋地盯住它，由于长久的追逐和淋淋的鲜血而兴奋至极。这下他们能看到野猪，差不多就要追上它了，可野猪死命一冲，又跑到了他们的前头去。老母猪摇摇晃晃地逃进了一块林间空地，那儿鲜花盛开，争妍斗芳，蝴蝶双双，翩翩起舞，空气却既闷热又呆滞，这时候他们正赶到野猪的后面。

到了这儿，在热得逼人的暑热之下，老母猪倒了下去，猎手们蜂拥而上。这种来自陌生世界的可怕爆发使老母猪发了狂，它吱喳尖叫，猛跳起来，空气中充满了汗水、噪声、鲜血和恐怖。罗杰绕着人堆跑动，哪里有猪身露出来就拿长矛往哪里猛刺。杰克骑在猪背上，用刀子往下猛捅。罗杰发现猪身上有块地方空着，他用长矛猛戳，并用力地往里推，直把自己身体的全部重量都压在长矛上。长矛渐渐地往里扎，野猪恐怖的尖叫变成了尖锐的哀鸣。接着杰克找到了猪的喉

① ［英］威廉·戈尔丁：《蝇王》，龚志成译，上海译文出版社 2007 年版，第 105 页。
② ［英］威廉·戈尔丁：《蝇王》，龚志成译，上海译文出版社 2007 年版，第 99 页。

> 咙，一刀下去，热血喷到了他的手上。在孩子们的重压之下老母猪垮掉了，野猪身上叠满猎手。林中空地上的蝴蝶仍然在翩翩飞舞，它们并没有分心。①

由上可见，孩子们在猎杀老母猪时，心中全然没有对生命的怜悯、尊重，甚至没有对屠杀本身的恐惧，而是以乌合之众的野蛮之力完成了人对自然的集体暴力。他们享受着追逐、围攻、猎杀的快感与兴奋。林间空地开满了鲜花、蝴蝶飞舞，如此美丽宁静的地方却是老母猪遇害的血腥之地，而造成这一切的罪魁祸首正是这群孩子。正是人，在对自然的美丽施暴，在对自然的生命施暴。“人类自视为世界主宰、万物灵长，就意味着脱离了自然、站到自然之外；人类企图征服和统治自然，又意味着站到了自然的对立面，成为自然的敌人。人类与自然之间的疏远、紧张、敌对的关系，完全是由人类自己造成的。”② 由此，作品进行了无声的反讽与谴责。肖明文指出，男孩猎手们对母猪的猎杀场景带有性暗示的意味，他们将长矛一次次地插入母猪的身体内，象征着作为主宰者的男性为了确立自己的权威而对自然和女性实行血腥的征服和杀戮。“野猪身上散发出浓浓的母爱，而猎手们却丧失了孩子的天性和人性。岛上唯一具有女性特征的生命体是惨遭杰克等人杀害的野母猪，她是大自然的产物，却被男孩们当成满足他们食肉欲望的对象。”③

从根本上说，对自然施暴与对人施暴根植于同一种逻辑，在人与自然、强者与弱者，男人与女人、西方人与非西方人、白种人与非白种人等一系列的二元对立之间，前者正是通过将后者确定为他者，建构起自身的意义与认同感。孩子们在林间空地通过围猎老母猪完成了对自然的屠杀，也激活了潜藏在心灵深处的恶。此后，他们用同样的逻辑杀害了西蒙、猪崽子。他们在脸上和身上涂满了野蛮人打仗前涂的涂料，甚至装作野猪的样子，模仿着狩猎的场景，一遍遍地唱着“杀野兽哟！割喉咙哟！放它血哟”。在近乎疯癫的状态下，通过这种具有集体仪式感的方式，人完成了

① ［英］威廉·戈尔丁：《蝇王》，龚志成译，上海译文出版社2007年版，第155—156页。

② 王诺：《欧美生态文学》，北京大学出版社2005年版，第215页。

③ 肖明文：《乌托邦与恶托邦：〈蝇王〉中的饮食冲突》，《外国文学》2018年第3期。

兽化，转变成残暴的野蛮人。正如作品中所说的："使人隐藏起真相的涂脸带来的是野性的大发作。"[①] 西蒙就死于他们的群体暴力中。他们跳到西蒙身上，叫喊着、打着、撕咬着，"没有话语、也没有动作，只有牙齿和爪子在撕扯"[②]。西蒙就这样被他们活活打死，鲜血染红了沙滩，尸体漂向大海。西蒙的尸体最后回归了自然，漂到大海中，既是放逐，也是净化。之后，猪崽子被罗杰从悬崖高处推下来的巨石打死，仰面摔倒在海中的礁石上，"脑壳迸裂，脑浆直流，头部变成了红色。猪崽子的手臂和腿部微微抽搐，就像刚被宰杀的猪的腿一样"[③]。猪崽子的尸体也被海浪卷走了。大自然接纳了西蒙和猪崽子。人类并不是自然的主体，而是自然的一部分，最终会回归自然的怀抱。正是在这个意义上，姜峰指出，《蝇王》体现了戈尔丁的生态伦理意识，即人类社会与自然是互相联系和作用的有机统一的生态整体，人类只是整个生态系统的一部分。"自然万物都有其存在的内在价值，人与自然平等地存在于生态关系网中。在生态有机体中，所有的存在都是由与其他存在物的关系构成的，因此，尊重自然就是对人类自身的尊重。"[④] 为了排除异己，杰克带领孩子们追杀拉尔夫。为了逼迫躲在丛林里的拉尔夫出来，杰克不惜放火烧岛。整个岛屿陷入一片火海之中。那么，拉尔夫的命运将会如何？浑身创伤的拉尔夫在逃亡中思索着"罗杰把一根木棒的两头都削尖了"这句话。

> 拉尔夫一声惊叫。这是一种恐怖的、愤怒的、绝望的惊叫，他绷直了腿，惊叫声拖长了，并变得凶了。他朝前一弹，冲出了乱丛棵子，在林间空地上狂吼乱嗥。他挥舞标桩，野蛮人被打翻在地；然而还有别的野蛮人在大叫大嚷地朝他冲来。一枝长矛朝拉尔夫飞来，他忙侧身让过，也不再喊叫，赶快逃开去。突然，在他面前闪烁着的一道道光线混合成一片，森林的吼叫变成雷鸣般的响声，挡在他正前面路上的一簇高大的灌木猛地烧将起来，熊熊的火焰形状像一把巨大的扇子。他朝右一折，拼命地飞跑，在他左面，热浪逼人，火焰像一股

① ［英］威廉·戈尔丁：《蝇王》，龚志成译，上海译文出版社 2007 年版，第 202 页。

② ［英］威廉·戈尔丁：《蝇王》，龚志成译，上海译文出版社 2007 年版，第 177 页。

③ ［英］威廉·戈尔丁：《蝇王》，龚志成译，上海译文出版社 2007 年版，第 212 页。

④ 姜峰：《〈蝇王〉中的后现代生态伦理意识》，《南华大学学报》2021 年第 5 期。

> 潮流滚滚向前。他的身后又响起了呜呜的叫声，还有一连串短促而尖响的叫声——这是表示看到了猎物的招呼声——在传扬开来。在他的右边出现了一个褐色的人影，又消失了。他们全在奔跑，在发疯似的喊叫。他听得见他们在下层树丛中咔嚓咔嚓的脚步声；而在他左边是发出很大声响的熊熊烈火，热气腾腾。他忘掉了自己的创伤和饥渴，心惊胆战；一面在飞快地逃跑，一面充满了绝望的恐惧，他冲过森林，直奔开阔的海滩。①

上述这段描写与老母猪在林间空地被以杰克为首的猎手们围猎是何其相似！在林间空地，拉尔夫被已经退化成野蛮人的曾经的同伴们追杀，此时的他只是他们的猎物。他发出的喊叫如老母猪垂死挣扎前所发出的哀鸣一样充满了恐惧、绝望、悲伤、疯狂。在人与自然、自我与异己者的关系模式中，戈尔丁呈现了作为主体的自我对作为客体的自然与异己者的施暴。在这样一种压制性的关系中，人是自然万物的主人，行使着主人的不容置疑的权力，自然成为人的奴隶，应该为人所利用所规训，甚至被人毁灭；异己者的命运也是如此。由此，作品表现了本该良善的孩子们心底的嗜血冲动、野蛮本性，反思与否定了启蒙运动以来所谓的理性与进步观念以及人的野蛮化所造成的生态灾难。

在小说的结尾，当拉尔夫处于无路可逃的绝境中时，一个穿着白色军服、戴着白色帽子的海军军官救了他，也结束了这场荒诞却又真实的闹剧。当海军军官以为这群孩子在闹着玩时，烈火已经蔓延到了海滩边的椰子树林。整个岛屿被大火包围，如同世界末日。此时，拉尔夫看到昔日美丽的小岛被烧焦了，想到西蒙、猪崽子已经死了，杰克、罗杰等孩子退化为野蛮人，不禁悲从心中来，流出了滚滚热泪，全身抽搐地呜咽起来。“这是他上岛以来第一次尽情地哭；巨大的悲痛使他一阵阵地抽搐，似乎把他整个身子扭成一团。头上黑烟翻滚，拉尔夫面对着正被烧毁的岛屿，越哭越响；别的小孩受到这种情感的影响，也颤抖着抽泣起来。拉尔夫在这伙孩子当中，肮脏不堪，蓬头散发，连鼻子都未擦擦；他失声痛哭：为童心的泯灭和人性的黑暗而悲泣，为忠实而有头脑的朋友猪崽子坠落惨死

---

① ［英］威廉·戈尔丁：《蝇王》，龚志成译，上海译文出版社 2007 年版，第 232—233 页。

而悲泣。”① 朱迪斯·赫尔曼认为，心理创伤的痛苦源于人在面临创伤事件时的无力感。② 拉尔夫在经历了好朋友的惨死、同伴变得野蛮与残暴等一系列的事件后，看到了孩子们赤子之心的泯灭、童真不再，看到了人性深处的阴暗、邪恶。他深深地知道，假如没有那个海军军官“从天而降”，那么他也会像西蒙和猪崽子一样惨死于同伴之手。“医学和精神病学将心理创伤定义为某种非同寻常的威胁或灾难性事件所引发的精神紧张状态，包括无能为力感、无助感、无法抵抗甚至麻痹感；有些人在应激之后会进一步发展成为创伤后应激障碍。”③ 创伤后应激障碍会使受创者的自我认同以及社会关系等受到破坏。朱迪斯·赫尔曼指出：“在成人阶段发生的持续性创伤，会侵蚀已经定型的性格结构；而在儿童期发生的持续性创伤，则会扭曲尚未成形的性格，使她朝不正常的方向发展。”④ 赵冬梅也指出：“幼年期是形成无意识的关键时期，还没有形成足够的整合能力，还不能对创伤事件进行正确的加工，也不能用语言清晰地表达出创伤体验、创伤过程等，所以，创伤事件就留在了当事人的无意识当中，对其日后的生活会有很大的影响。”⑤ 可见，人类在儿童时期遭遇创伤性事件，更容易形成创伤后应激障碍，儿童受创者也更容易遭受创伤记忆的反复冲击，影响其性格的发展以及身份认同。正是在这个意义上，朱迪斯·赫尔曼指出：“长大成人后的儿童受害者，似乎注定要再度体验她的创伤经历，不仅是在记忆里，而且是在真实人生中。”⑥ 可想而知，尽管拉尔夫被解救了，但他已经不再是那个刚登上小岛时的天真明朗的男孩了，内心的创痛将永远伴随他。

与此同时，人性中的丑恶与阴暗也造成了自然世界的生态之伤，原本宁静美好的岛屿陷入一片火海中。岛屿上的鸟、蝴蝶等小动物、各种植物

① ［英］威廉·戈尔丁：《蝇王》，龚志成译，上海译文出版社 2007 年版，第 236 页。

② ［美］朱迪斯·赫尔曼：《创伤与复原》，施宏达、陈文琪译，机械工业出版社 2015 年版，第 90 页。

③ 赵冬梅：《心理创伤的理论与研究》，暨南大学出版社 2011 年版，第 2—3 页。

④ ［美］朱迪斯·赫尔曼：《创伤与复原》，施宏达、陈文琪译，机械工业出版社 2015 年版，第 90 页。

⑤ 赵冬梅：《心理创伤的理论与研究》，暨南大学出版社 2011 年版，第 5 页。

⑥ ［美］朱迪斯·赫尔曼：《创伤与复原》，施宏达、陈文琪译，机械工业出版社 2015 年版，第 105 页。

和花朵等都沦陷于火海中，整个小岛就像一棵枯树一样被烧焦了。让人如此痛心的生态灾难源于人对自然的集体暴力。生态文学批评的一个重要方面是工业与科技批判。工业和科技文明征服自然、破坏自然，使生态系统失去平衡。“工业化和高科技早已使人类具备了将地球毁灭 N 次的巨大而令人恐怖的能力，因此，一旦科技与工业发展失控，它所导致的后果很可能比政治集权的后果更为严重，很可能是整个人类和整个生态环境的毁灭性的灾难!”[①] 在《蝇王》中，孩子们之所以来到荒岛，是源于未来的一次核战争。龚志成指出，《蝇王》之所以获得成功的一个重要原因在于其出版之际正值东西方冷战、核战争的阴影威胁着全球，人们担忧核武器将会危害到人类的生存，而《蝇王》则大胆地预言了人类未来可能发生的核战争，从而迎合了人们对核战争的忧虑与反思的心理诉求。[②] 在作品中，猪崽子的眼镜象征着知识与科学技术，由眼镜而点燃了火种，最终造成了杰克等人放火烧岛这种行为。也就是说，知识与科技的发展不仅意味着文明与进步，能改善人们的生活，也意味着对自然的破坏，有可能造成生态灾难。放火烧岛不仅给自然带来灾难，也给人类自身带来了毁灭性的打击。“真是傻瓜！真是笨蛋！大火一定已经烧到野果树林了——明天他们吃什么呢?”[③] 可见，人如果不能正确地运用科技，科技反而会成为支配人、破坏自然的工具，最终给人类自身的生存带来不可弥补的严重后果。

### 二　精神生态：污染与净化

人作为生态系统的一部分，与自然界中的鱼、蝴蝶、鸟等生命体一样，都是生态学的研究对象。但是，人具有更突出的社会与精神属性。正是在这个意义上，鲁枢元提出，在地球的生物圈内部存在着自然生态、社会生态、精神生态的三重生态架构。简言之，自然生态表现为人与自然的关系，社会生态表现为人与他人的关系，精神生态表现为人与自我的关系。而精神属性是人的重要属性，包括人的价值取向、情感欲求、宗教信仰等，并且对自然生态有着主导性的影响。自然界的生态危机与人的精神

① 王诺：《欧美生态文学》，北京大学出版社 2005 年版，第 178 页。

② 龚志成：《译本序》，载［英］威廉·戈尔丁《蝇王》，龚志成译，上海译文出版社 2007 年版，第 9 页。

③ ［英］威廉·戈尔丁：《蝇王》，龚志成译，上海译文出版社 2007 年版，第 231 页。

危机往往是同步发生的，自然环境的污染往往伴随着人类精神的污染。①由此看来，人类的精神危机是自然界的生态危机的根本原因。目前全球性的整个生态系统的困境，根源不在于生态系统本身，而在于人的精神生态系统的困境。因此，要寻求自然界生态危机的救赎之道，首先要洞察并认清人类的精神生态危机，认识到人类的精神生态对自然生态的关键影响。就荒岛小说中的海岛来说，海岛是整个生态系统的一部分，在海洋生态系统中占据着重要的地位，具有独特的不可替代的生态价值。海岛生态系统的失衡势必会导致海洋生态系统甚至整个生态系统的失衡。贾宝金认为，人对自然应该有道德关怀与道德义务，保护生态平衡，海岛的存在并不是为了人类。“海岛不是为了人类的存在而生，也不是为了人类的存在而亡，海岛是海洋生态系统结构中的海岛，而不是人类的海岛。当人类踏上海岛之前，人类与海岛的关系是一种自然上的生态关系，这种生态关系是海岛与人类自然性联系的纽带。当人类踏上海岛之后，将获取财富的双手伸向海岛的时候，人类的社会性与海岛建立了联系，将人类的伦理行为带上了海岛，海岛由自身的海岛转化成人类的海岛。”② 在《蝇王》中，孩子们踏上海岛后，感叹其风景优美、物产丰富，并产生了对海岛的征服欲与占有欲，不仅采摘植物的果实，吃野果子、喝椰子汁，还猎杀野猪，烤野猪肉吃，并疯狂地猎杀了作为自然之母的象征的老母猪。孩子们在踏上海岛之后，之所以如此贪婪、野蛮，根本原因在于他们的精神生态恶化，精神被污染，不再纯净。“当人类的行为作用于海岛，对海岛生态的演化方向会产生两种情况：一是有利于人类生存；二是不利于人类生存。”③ 由此，海岛生态的演化成为人的权力意志的产物。从表面上看，人与海岛的关系体现了人与自然的关系，然而，从深层来看，人与海岛的关系体现了人与他人以及人与自我的关系。正是人的精神生态处于污浊状态，才导致了人对自然的施暴、对同伴的施暴。

在《蝇王》中，孩子们刚登上岛屿时，整个世界清新有序。有成片的野果树，孩子们不用费力就可以找到吃的，到处都是果实成熟的香味。高

---

① 鲁枢元：《我与“精神生态”研究三十年——后现代视域中的天人和解》，《当代文坛》2021 年第 1 期。

② 贾宝金：《从生态伦理的视角论对海岛的保护》，《生态经济》2012 年第 8 期。

③ 贾宝金：《从生态伦理的视角论对海岛的保护》，《生态经济》2012 年第 8 期。

大的树上开满了淡雅的花朵、小动物在喧闹、密密的藤条，花儿的幽香弥漫。此时，人与自然处于和谐状态。戈尔丁描写了西蒙一个人与自然独处的场景。

> 藤蔓和矮灌木丛长得如此稠密，西蒙往前挤着，汗水都被刮到枝条上；他身子刚一过去，身后的枝条就又合拢了。他终于安然地到达了正中，到了一个叶子稀疏、又跟林中空地隔开的小角里。……夜幕正在降落；毛色艳丽的怪鸟的啁啾声，蜜蜂的嗡嗡声，正在飞回到筑在方岩石上窝巢的海鸥的哑哑声，都变得越来越轻。几英里之外，深沉的海水撞击着礁石，发出低微的声音，轻得简直令人难以觉察。[①]

可以看出，西蒙成为大自然的一部分，与海岛上的鸟、蜜蜂、海鸥等生命体一样，构成了海岛的一部分。而自然也容纳了西蒙，对他张开怀抱，使他顺利地钻过了茂密的藤蔓与树枝，来到了一片怡然自得的“自留地”，享受着与自然相处的自在。孩子们开始逐渐适应岛上的生活。“孩子们开始习惯的第一种生活节奏是从黎明慢慢过渡到来去匆匆的黄昏。他们领略了早晨的各种乐趣、灿烂的阳光、滚滚的大海和清新的空气，既玩得痛快，生活又如此充实，‘希望’变得不是必要的了，它也就被忘却了。”[②] 于是，一个理想的乌托邦被建构起来。此时，即使是看上去阴沉沉的不好相处的罗杰，内心深处也还有着文明社会的禁忌。罗杰弯腰捡起石子朝亨利扔去，但他只是朝向亨利周边扔，不敢径直扔向亨利。尽管孩子们来到了一个远离人类文明的荒岛，尽管人类文明可能已经在核战争中毁灭，只剩下这些幸存的孩子们流落荒岛，但原来的生活禁忌依然在对他们施加着影响。“席地而坐的孩子的四周，有着父母、学校、警察和法律的庇护。罗杰的手臂受到文明的制约，虽然这文明对他一无所知并且已经毁灭了。”[③] 文明社会的禁忌也制约和影响着杰克。孩子们在森林里发现一头被厚厚的藤蔓缠住的小野猪。小野猪发疯似的挣扎与嚎叫。杰克拔出刀

---

① ［英］威廉·戈尔丁：《蝇王》，龚志成译，上海译文出版社 2007 年版，第 60 页。
② ［英］威廉·戈尔丁：《蝇王》，龚志成译，上海译文出版社 2007 年版，第 62 页。
③ ［英］威廉·戈尔丁：《蝇王》，龚志成译，上海译文出版社 2007 年版，第 66 页。

子，高举起手臂，但是他停顿了一下。趁着他停顿的间隙，小野猪挣脱了藤蔓，跑走了。孩子们都羞愧地笑起来。

> “我正在选地方，”杰克说。“我正等机会拿主意往哪儿下手。”
>
> “你该用刀戳下去，”拉尔夫狂热地说道。“人们老是说杀猪的事。”
>
> “割猪的喉咙放血，”杰克说，“要不就吃不成肉。”
>
> “那你为啥不——?”
>
> 孩子们很清楚他为啥没下手：因为没有一刀刺进活物的那种狠劲；因为受不住喷涌而出的那股鲜血。①

戈尔丁通过孩子们的对话写出了杰克停顿的原因，此时的杰克还保留着内心的善良以及对作恶的本能的迟疑。人类文明社会生活的痕迹以不在场的方式发挥着它看不见的影响。而让杰克彻底摆脱文明社会禁忌的行为是涂脸。杰克把一边的脸涂成白色，另一边的涂成红色，从右耳到左下巴涂成黑炭色，仿佛戴上了一个假面具。涂脸之后的杰克让大家充满了畏惧。杰克兴奋地又笑又跳，渐渐摆脱文明的禁忌，走向野蛮。“他开始跳起舞来，他那笑声变成了一种嗜血的狼嚎。他朝比尔蹦跳过去，假面具成了一个独立的形象，杰克在面具后面躲着，摆脱了羞耻感和自我意识。”②从此，孩子们摆脱了文明的禁忌，把脸涂上颜色，把羞耻心、善良等都藏在假脸的后面，唱着杀野猪的歌，兴奋地看着野猪被他们打死时的鲜血淋漓，甚至有的孩子模仿野猪，另一些孩子模仿猎手，模仿着屠杀野猪的场景，陷入一场杀戮的集体无意识的狂欢之中，沦为肮脏、堕落的野蛮人。拉尔夫意识到了他们的退化，并试图通过制定规则来改变。他规定了饮用水的来源，即要求孩子们从瀑布下面的水潭里打水，而不是从陈椰子壳里喝水。与饮水相关的是厕所的地点。孩子们经常随地大小便，甚至在吃的野果子附近大小便，这样就容易造成污染，使生活环境越来越肮脏。他对孩子们说：“那实在太肮脏了。要是你们急着要大小便，就应该一直沿着

---

① ［英］威廉·戈尔丁：《蝇王》，龚志成译，上海译文出版社 2007 年版，第 30 页。

② ［英］威廉·戈尔丁：《蝇王》，龚志成译，上海译文出版社 2007 年版，第 68 页。

海滩走到岩石处去。懂吗？”[①] 拉尔夫认为火堆是岛上最重要的事情，但是孩子们差不多要把整个岛都烧光了，因此，他规定只有山上才可以生火。这些都可以看出，拉尔夫试图重建人类社会生活的秩序。玛丽·道格拉斯认为，从身体里释放出来的东西、身上的伤口里流出的血液都是不洁的来源。[②] 就此来说，孩子们随地大小便、猎杀野猪时涌出的鲜血，都属于污染。玛丽·道格拉斯还指出，熟食容易传播污染，而生食不会。[③] 在《蝇王》中，戈尔丁提供了两种饮食模式，一种是以吃野果子为代表的生食，另一种是以吃烤野猪肉为代表的熟食。从表面上看，杰克带领猎手们猎杀野猪，烤野猪肉吃，是一种更加文明的方式。而直接从树上采摘野果子吃则更为原始。“他们白天大部分时间都在搞吃的，可以够得着的野果都摘来吃，也不管生熟好坏，现在对肚子痛和慢性腹泻都已经习惯了。”[④] 孩子们吃烤熟的野猪肉能够给身体提供更多的营养，也避免了吃野果子而导致的肚子痛和腹泻。但是，以杰克为代表的猎手们猎杀野猪的场景极为残忍、血腥，他们对野猪的宰杀和加工也很简单粗暴。在残忍地杀死野母猪之后，杰克满手都是猪血。“杰克把自己沾血的双手往岩石上擦擦。然后杰克开始宰割这头猪，他剖膛开胸，把热气腾腾的五颜六色的内脏掏出来，在岩石上把猪内脏堆成一堆，其他人都看着他。”[⑤] 猪内脏招来了一群群的苍蝇，静谧的森林里最响的噪声就是苍蝇的嗡嗡声。满是血污的猪头成为供品。在被污染的土地上，堆放着猪内脏、滴着血的猪头，聚集着成群的苍蝇。因而，连蝴蝶也放弃了这块土地。只有西蒙没有离开。

> “别梦想野兽会是你们可以捕捉和杀死的东西！”猪头说道。有一阵子，森林和其他模模糊糊地受到欣赏的地方回响起一阵滑稽的笑声。“你心中有数，是不是？我就是你的一部分？过来，过来，过来

---

① ［英］威廉·戈尔丁：《蝇王》，龚志成译，上海译文出版社 2007 年版，第 88 页。

② ［英］玛丽·道格拉斯：《洁净与危险：对污染和禁忌观念的分析》，黄剑波、柳博赟、卢忱译，商务印书馆 2020 年版，第 47 页。

③ ［英］玛丽·道格拉斯：《洁净与危险：对污染和禁忌观念的分析》，黄剑波、柳博赟、卢忱译，商务印书馆 2020 年版，第 42 页。

④ ［英］威廉·戈尔丁：《蝇王》，龚志成译，上海译文出版社 2007 年版，第 63 页。

⑤ ［英］威廉·戈尔丁：《蝇王》，龚志成译，上海译文出版社 2007 年版，第 156 页。

点！我就是事情没有进展的原因吗？为什么事情会搞成这副样子呢？”①

“我们就会要你的小命。明白吗？杰克、罗杰、莫里斯、罗伯特、比尔、猪崽子，还有拉尔夫要你的命。懂吗？”②

从上面蝇王对西蒙说的话可以看出，人并不比野兽更高明，兽性存在于每个人的内心深处，也预示了西蒙将要死于已经兽化的同伴之手的悲剧命运。蝇王是粪便和污秽之王，与丑恶同义。戈尔丁通过蝇王之口表达了人类失去文明的制约之后，精神被污染，已经退化和堕落为野蛮的兽类。在犹太教中，不能食用猪肉，猪肉是一种禁忌食物。肖明文指出，《蝇王》中所表现的生食与熟食的对立，隐藏着文明与野蛮的较量。作品强化了猪肉与犹太人的关联，猪与人类行为中最为黑暗的部分存在着某种密切的联系。“小说中最强有力的狂欢元素是猪的意象，戈尔丁通过描写在狂欢气氛中食用猪肉的场景，从文化层面上抨击了猖獗一时的种族优劣论，揭露了二战中针对犹太人实施的暴行，对种族主义分子具有深刻的警醒意义。”③

那么，应该如何避免污染、实现净化？玛丽·道格拉斯认为，污秽不是一个孤立的事件，意味着对于某种秩序的背离。“有污秽的地方必然存在一个系统。污秽是事物系统排序和分类的副产品，因为排序的过程就是抛弃不当要素的过程。这种对于污秽的观念把我们直接带入到象征领域，并会帮助建立一个通向更加明显的洁净象征体系的桥梁。”④ 也就是说，不能孤立地看待污秽，要将污秽放在一个系统的秩序观念中去考察和认识。污秽是由于位置不当，被排除在正常的稳定秩序之外。比如《蝇王》中的孩子们随便大小便就是位置不当造成了污秽，要维持人类文明的生活方式，就需要将污秽或不洁排除在外。清洁和净化需要仪式，而仪式中的清

① ［英］威廉·戈尔丁：《蝇王》，龚志成译，上海译文出版社2007年版，第166页。

② ［英］威廉·戈尔丁：《蝇王》，龚志成译，上海译文出版社2007年版，第167页。

③ 肖明文：《乌托邦与恶托邦：〈蝇王〉中的饮食冲突》，《外国文学》2018年第3期。

④ ［英］玛丽·道格拉斯：《洁净与危险：对污染和禁忌观念的分析》，黄剑波、柳博赟、卢忱译，商务印书馆2020年版，第48页。

洁具有象征性。“最洁状态只有通过某种沐浴仪式才能达到。”[①] 在《蝇王》中，拉尔夫注意到了自己以及同伴们的肮脏。尽管孩子们的外表并不是浑身泥浆，但是他们头发太长，缠绕在一起，脸上有黑色的污垢，衣衫褴褛。作品多处表现了拉尔夫对于干净、整洁的心理诉求。“他厌恶地扯扯灰衬衫，吃不准是不是要把它洗洗。即使是对于这个岛来说，这会儿的暑热似乎也是异乎寻常的，坐在这样的暑热之下，拉尔夫筹划着如何清洗一番。拉尔夫希望有一把剪子来剪剪他这头发——他把乱糟糟的长发往后一甩——把这脏透的头发剪到半英寸长。他希望洗个澡，擦上肥皂真正地洗一洗。拉尔夫试用舌头舔舔牙齿，断定随手要是有把牙刷也很好。还有他的指甲——拉尔夫把手翻过来细细查看。”[②] “‘洗澡，’拉尔夫说，‘只有这件事可做。’”[③] 拉尔夫对于衣服、头发、指甲等方面的整洁欲求，表现了他对于人类文明生活秩序的恪守。而以杰克为代表的猎手们把泥巴涂到脸上和身上，则表现了他们对文明的背弃，回归原始野蛮的生活状态。但是，即使是拉尔夫这样的文明秩序的守护者，也加入了以杰克为首的猎手们的集体狂欢中。“罗杰模仿着野猪受到惊吓的样子，小家伙们在圆圈的外围跑着、跳着。猪崽子和拉尔夫受到苍穹的威胁，感到迫切地要加入这个发疯似的，但又使人有点安全感的一伙人当中去。他们高兴地触摸人构成的像篱笆似的褐色的背脊，这道篱笆把恐怖包围了起来，使它成了可以被控制的东西。”[④] 在这样一种集体迷狂状态中，大家把西蒙当作野兽进行杀戮。由此，戈尔丁通过拉尔夫对西蒙的谋杀表现了文明在人性深处的污垢面前的退化与溃败。陈彦旭认为，《蝇王》是一部关于“英国性”的小说，通过反乌托邦叙事塑造的英国孩子，实现了对英国民族身份的反思。“英国性”需要与他者进行对比，在差异与对立中建立起来。英国绅士的体面、爱干净是英国性的体现。而小说中这些英国白人的孩子却成为残酷的野蛮人。他们在身上涂满了颜料，实现了从白皮肤的文明人到有色肤色的野蛮人的转化，其中的种族歧视意味异常明显，也表现了二战后英

---

① ［英］玛丽·道格拉斯：《洁净与危险：对污染和禁忌观念的分析》，黄剑波、柳博赟、卢忱译，商务印书馆 2020 年版，第 45 页。

② ［英］威廉·戈尔丁：《蝇王》，龚志成译，上海译文出版社 2007 年版，第 123—124 页。

③ ［英］威廉·戈尔丁：《蝇王》，龚志成译，上海译文出版社 2007 年版，第 170 页。

④ ［英］威廉·戈尔丁：《蝇王》，龚志成译，上海译文出版社 2007 年版，第 176 页。

国对外来移民的态度。由此，“在传统的文学作品中，‘英国性’通过对比、征服、击溃‘邪恶的他者’从而实现对自身的建构，〈蝇王〉则解构了这个二元对立的意义结构”[①]。综上所述，与其他的荒岛小说所塑造的英雄形象相比，《蝇王》塑造的是一群不顾文明社会的禁忌，精神世界被污染，沦为野蛮人的丑恶少年，体现了戈尔丁对文明与野蛮、英国民族身份等诸多问题的反思与批判。要而言之，《蝇王》呈现了人类的精神生态危机所带来的种种弊端。

## 第三节　E. B. 怀特的生态幻想世界

E. B. 怀特是美国著名的散文家与儿童文学作家，曾长期担任《纽约客》的特约编辑和作者。怀特一共写有三部儿童小说，即《精灵鼠小弟》(1945)、《夏洛的网》(1952)、《吹小号的天鹅》(1970)。其中，《夏洛的网》被公认为他的代表作，也是世界儿童文学的经典之作。《夏洛的网》主要讲述了一群动物的故事，尤其是一只叫威尔伯的小猪和一只叫夏洛的蜘蛛。怀特长期生活在农村，自己喂养过猪，于是，他把对生活的一些感悟通过动物童话的形式表现出来。但怀特笔下的幻想世界在本质上反映的却是作者对人与自然的关系、生死、爱、友情等问题的深刻思考。目前学界对《夏洛的网》缺乏足够的关注，已有的研究主要从作品的叙事时间、主题等层面来展开，比如黄贵珍在《论〈夏洛的网〉的叙事时间》一文中，分析了作品的时序、时距，并结合热奈特所分的停顿、概要、场景、省略四种叙述运动形式来阐述《夏洛的网》在时距上的特点。[②] 刘丽在《解读小说〈夏洛的网〉中的成长主题》一文中，从性格和心理路程的成长、人性的成长两个方面阐释了小说中的成长主题，认为夏洛的爱促使威尔伯完成了性格蜕变，展示了人性的成长蜕变路程。“夏洛的爱挽救了威尔伯的生命，同时也挽救了自己，因为夏洛的爱使威尔伯知道了人性中最本质、最光辉的品质，这种品质也让它知道了感恩也是人性中的一面，这

① 陈彦旭：《〈蝇王〉中的“邪恶”与“英国性”问题》，《当代外国文学》2019 年第 3 期。
② 黄贵珍：《论〈夏洛的网〉的叙事时间》，《文学教育》2011 年第 23 期。

也是它不惜牺牲自己最喜欢的美食来挽救夏洛的后代的原因。”[①] 相反，这种人性的成长在人类身上体现甚少。上述研究对于我们更全面地认识和理解《夏洛的网》具有一定意义，然而，目前的研究较少专注到这本小说所蕴含的生态意识。事实上，从生态批评的视角来看，我们会发现，E. B. 怀特通过《夏洛的网》建构了一个生态幻想世界，表现了自然世界与人类世界的双峰并峙。在两者的双峰对峙中，怀特呈现了人类世界的人类中心主义、对自然的破坏以及自然世界的清新美好、动物的友爱互助，从而表现了对人与自然关系的思考，传达了深刻的思想内涵。在《夏洛的网》所呈现的生态幻想世界中，夏洛、坦普尔顿等动物有深刻的寓意，并形成对比映衬关系，显示出作者深沉的人文关怀与生态意识。

## 一　人类世界与自然世界的双峰并峙

在《夏洛的网》中，E. B. 怀特以生动幽默的笔触构筑了人类世界与自然世界，并对它们之间的关系进行了思考。首先，怀特描写了以阿拉布尔先生、朱克曼先生等为代表的人类及其人类中心主义思想。人类中心主义以人的价值、利益为评价标准，认为在人与自然的关系中，人是主体，自然是客体，人通过征服自然、利用自然为自己服务。生态文学家则反对人类中心主义，“生态文学家非常反对人类纯功利地、纯工具化地对待自然”[②]。在小说中，一只落脚猪因为瘦弱而不能为人类带来最大的价值，因而刚出生就要被主人阿拉布尔先生杀死。人类饲养动物，将它们喂养得很胖，就是为了杀死它们。在此，怀特借一只老羊之口讽刺了人类中心主义思想，“‘杀你，把你变成熏肉火腿’，老羊说下去，‘一到天气变得实在太冷时，几乎所有的猪年纪轻轻地就都被农民杀了。在这里，圣诞节杀你们是一种固定的阴谋活动。人人参与——勒维，朱克曼，甚至约翰·阿拉布尔’”[③]。

鲁枢元认为，随着人类文明的不断发展与进步，人类凭着科学知识与技术工具征服自然、奴役自然，自然只不过是受人类支配的资源，这一方

---

① 刘丽：《解读小说〈夏洛的网〉中的成长主题》，《短篇小说》2012 年第 14 期。

② 王诺：《欧美生态文学》，北京大学出版社 2005 年版，第 9 页。

③ ［美］E. B. 怀特：《夏洛的网》，任溶溶译，上海译文出版社 2008 年版，第 39 页。

面推进了现代化进程，实现了人类物质生活的富裕与都市的繁荣，另一方面也导致了对自然的控制与掠夺，造成了人与自然的对立。[①] 人类征服自然、支配自然的一个重要原因就是人类的欲望。法国思想家卢梭在《爱弥儿》《论人类不平等的起源和基础》等著作中指出，欲望是人类生存下去的主要工具，而文明社会强加给人类无穷尽的欲望，在满足了基本的生存需要之后，还要追求更多的安逸、财富，如果人类的欲望无限膨胀，最终会吞并整个自然界，因而卢梭主张限制人的欲望。在《夏洛的网》中，人类不仅不尊重动物的生命，还将它们作为满足自己欲望的工具，满足自己的物欲与虚荣心理。朱克曼本来要杀死小猪威尔伯做熏肉火腿，但当他看到夏洛在蜘蛛网的中央织了“王牌猪”几个字后，感到很兴奋并告诉了牧师，说他的农场出现了奇迹，他有一只非同寻常的猪。消息很快在全县传开了，大家都知道朱克曼家里有一只王牌猪，周围的人都赶来看威尔伯。朱克曼的虚荣心得到了极大的满足，穿着最好的衣服接待来客，给威尔伯喂最好的伙食。当夏洛在蜘蛛网上织出“了不起”的字样时，朱克曼满心欢喜，让太太给《周报》记者打电话，认为整个州都没有一只猪能够比得上他的猪，还决定带着猪去赶县城的集市，进行炫耀。去集市的前夜，朱克曼梦见威尔伯赢得了集市上所有的奖项，身上披着深蓝色的绸带。在集市的比赛中，威尔伯遇到了强劲的对手，但在夏洛的帮助下，成了王牌猪，获得特别奖。朱克曼和阿拉布尔两家人都感到极大的幸福，“在朱克曼先生的一生中，这是一个最伟大的时刻。当着那么多人的面赢得一个奖，再没有比这更让人心满意足的了”[②]。可以看出，威尔伯的出名，满足了人类的欲望与虚荣，而这种欲望的满足是以自然界中动物的生命为代价的，夏洛为了帮助威尔伯，最终死去。

其次，小说描写了以弗恩为代表的生态平等主义思想，维护生态正义。弗恩反对爸爸杀掉小猪，可是，阿拉布尔先生认为只不过是杀掉一只小猪罢了，不值得大惊小怪。弗恩伤心地哭了，说杀掉小猪是不公平的。“小猪生下来小，它自己也没办法，对不对？要是我生下来的时候很小很

---

① 鲁枢元：《走进生态学领域的文学艺术》，载党圣元、刘瑞弘选编《生态批评与生态美学》，中国社会科学出版社 2011 年版，第 28—46 页。

② ［美］E. B. 怀特：《夏洛的网》，任溶溶译，上海译文出版社 2008 年版，第 129 页。

小，你也把我给杀了吗？”[①] 在她的再三哀求下，爸爸终于决定不杀小猪，把它送给弗恩作为礼物。弗恩像养一个小宝宝一样地养着它，喂它牛奶，带它散步，并给了它一个漂亮的名字——威尔伯。威尔伯的生命是一个孩子争取来的。也许，只有在孩子的眼里，所有的生命，无论是动物、植物，还是人类，都是平等的，都是需要珍视与呵护的。成人世界，充满着利益与争斗，遵循的是弱肉强食、适者生存的哲学，缺少一种超越自然与人类二元对立的思想以及建立在整个生态环境之上的悲悯情怀与温情关照。20世纪美国著名的生态文学作家雷切尔·卡森认为，人与自然融合的基本前提是人要忘掉自我，放弃把自然当成实现利益、满足欲望的工具，真正无目的、忘我地感受自然，为此，人类要摆脱文明和理性的束缚，回归人的自然天性，像孩子一样天真、好奇。[②] 未受工业文明熏染的孩子，心地清澈透明，和自然，和动物都离得很近，所以弗恩能听得懂动物们的谈话，经常到动物们居住的谷仓去，静静地坐在凳子上，牲口都把她当成自己人。弗恩代表了一种与阿拉布尔先生相对的生态平等思想，在她的眼中，自然界的动物与人类一样，享有生命的自由与权利，人类不能随意夺去动物的生命。然而，当弗恩慢慢长大，已经不再热爱独自坐在一个小凳子上，花上一个下午的时间，去听，去看小猪、蜘蛛、鹅一家等动物的生活，而是把兴趣转向了男生。我们可以想象，当弗恩转向世俗生活，读书、恋爱、工作、结婚、生子，当她一日一日地远离自然，她还能听得懂一只小猪的语言吗？

再次，怀特叙述了与人类世界相对应的自然世界。生活在自然世界中的动物，也和人类一样，需要友谊、关爱，惧怕孤独与死亡。威尔伯五周大的时候，被卖给了弗恩的舅舅朱克曼先生。从此它生活在一个谷仓底下。谷仓里住着许多动物，有羊，有鹅，有公鸡，有老鼠……但是它们都不肯和威尔伯做朋友，不肯和它一起玩。威尔伯很孤独。它需要爱，需要一个肯和它一起玩的朋友。威尔伯很伤心，无精打采，甚至不爱吃饭了。夜幕降临的时候，在黑暗里，威尔伯忽然听见一个细小的声音：“‘你要一个朋友吗，威尔伯？’那声音说，‘我可以做你的朋友。我观察你一整天

---

① ［美］E. B. 怀特：《夏洛的网》，任溶溶译，上海译文出版社2008年版，第2页。

② 刘青汉主编：《生态文学》，人民出版社2012年版，第73页。

了，我喜欢你。'"[①] 于是，一只叫夏洛的灰色蜘蛛成了威尔伯的朋友。它们的友谊直接而纯粹。威尔伯的日子过得很快乐，无忧无虑，吃饭，睡觉，做梦，玩耍。它有一个叫夏洛的朋友，它不再孤独。直到有一天，一只老羊对它说，人们喂养你，让你长胖，是为了要杀你，把你做成熏肉火腿。威尔伯吓得大哭，大喊大叫。老羊说，这就是动物的命运、人类的阴谋，不可改变，没什么可奇怪的。可威尔伯很伤心，很害怕，它哭着说："我要活，我要活在这舒服的肥料堆上，和我所有的朋友在一起。我要呼吸美丽的空气，躺在美丽的太阳底下。"它尖叫着："我不要死！"[②] 正当威尔伯感到非常无助、惶恐的时候，夏洛轻轻地说："你不会死"，"我救你"。[③] 威尔伯的生死掌握在人的手中，作为动物，就要被喂养和宰杀，这是它不能改变的命运。然而，威尔伯却要反抗自己的命运，它不接受这种安排。古希腊悲剧家索福克勒斯的《俄狄浦斯王》体现了人在命运面前的无法逃脱，越是反抗命运，越是更近地走向命运，人所能做的只是徒劳的挣扎。当人类一本正经、严肃地思考如何让生活更美好，如何让肉体和精神的生命更长久时，命运正在暗处发笑。命运是海明威的那片大海，是卡夫卡的那个城堡，是加缪的鼠疫肆虐的城市。人类确实可以决定某一片森林，某一只动物，某一个城市，某一些种族的生存与毁灭。但是在无边的汹涌的大海面前，在近在眼前却永远无法到达的城堡面前，在因鼠疫肆虐苦苦挣扎的城市面前，人是无力的。因而，人类的心中应该有所敬畏。在小说中，威尔伯改变了自己的命运，最重要的原因是他有一个叫夏洛的朋友。可以说，夏洛的付出与牺牲，让威尔伯改变了一直以来的约定俗成的规矩、习惯，改变了猪就是人类喂来做熏肉火腿的命运。

怀特还以诗意的笔触描写了自然世界的清新与美好。"田野上，房子周围，谷仓里，林子里，沼地里——到处是小鸟在谈情说爱，在唱歌，到处是鸟窝，是鸟蛋。"[④] 谷仓是自然世界的一个典型代表，里面有干草的气味、肥料的气味，冬天的谷仓很暖和，夏天很凉爽。夏日的农场开满了丁香花、苹果花，人们收割高高的草，并把干草运到谷仓，整个谷仓就像是

---

① ［美］E. B. 怀特：《夏洛的网》，任溶溶译，上海译文出版社 2008 年版，第 24 页。
② ［美］E. B. 怀特：《夏洛的网》，任溶溶译，上海译文出版社 2008 年版，第 40 页。
③ ［美］E. B. 怀特：《夏洛的网》，任溶溶译，上海译文出版社 2008 年版，第 40 页。
④ ［美］E. B. 怀特：《夏洛的网》，任溶溶译，上海译文出版社 2008 年版，第 34 页。

一张用猫尾草与红花草做成的大草床。同时，怀特叙述了人类对自然的破坏，朱克曼先生把所有的垃圾和不要的东西都扔在一小块空地上，这个垃圾场是老鼠的乐园，有一堆一堆的旧瓶子、空罐子、脏布头、废电池、过期的杂志、抹布、破套靴、水桶、锈钉子等各种各样没用的垃圾。县城的集市是人类活动场所的象征，这里热闹、繁华，却也堆满了各种瓶子、垃圾，是老鼠聚集的场所。老羊的一段话非常清晰地道出了集市的肮脏：

> 集市里人人扔食物。老鼠夜里可以出来大吃特吃。在马棚里，你会找到马洒落的燕麦；在场地上践踏过的草丛中，你会找到扔下的旧饭盒，里面有吃剩的花生酱三明治、煮鸡蛋、饼干屑、炸面圈屑、干酪屑；在游艺场的硬泥地上，等到闪亮的灯关了，人们回家睡觉去了，你会找到真正的宝贝：累坏的孩子们扔下的爆米花、一滴滴奶油冰淇淋、冰糖苹果，还有棉花糖、盐水杏仁、冰棍、咬剩的冰淇淋蛋卷筒、棒棒糖棍。到处都是老鼠的好东西——在帐篷里，在货亭里，在干草阁楼上——这还用说，集市上留下了足够的让人恶心的食物，够大队老鼠吃个痛快。①

怀特以动物之口表现了人对物质的占有与享受、对自然环境的肆意破坏，对人与自然的关系进行了深刻的反思。由此可见，怀特在《夏洛的网》中构筑了人类世界与自然世界。其中，人类世界又同时包括两个层面，即以阿拉布尔先生、朱克曼先生等为代表的人类及其人类中心主义思想和以弗恩为代表的人类及其生态平等主义思想。在人类世界与自然世界的双峰对峙中，怀特呈现了自然世界的清新美好、动物们的友谊、关爱、生死，从而表达了对人与自然的关系、爱、孤独、友谊等问题的思考，传达了深刻的思想内涵。正如斯科特·斯洛维克所说的：“通过探索我们与自然界的关系，我们在探索家的问题、亲族关系的问题以及生存的问题。我们也在询问关于我们是谁、我们在哪里以及我们应该如何生活等深刻的

① ［美］E. B. 怀特：《夏洛的网》，任溶溶译，上海译文出版社 2008 年版，第 98—99 页。

哲学问题。”①

## 二 寓意深刻的动物形象

在《夏洛的网》中，E. B. 怀特建构与幻想出一个多姿多彩的动物世界，他以威尔伯与夏洛为基本的叙述重心，同时描绘了老鼠、老羊等形象，并形成对比映衬的关系。夏洛在威尔伯最孤单的时候接受了它，与它成为好朋友。当威尔伯知道自己要被杀掉做熏肉火腿时，夏洛想出办法救它，在蜘蛛网上织出“王牌猪”三个字，而夏洛的网被作为奇迹轰动了周围四方，人们都来看威尔伯这只王牌猪，威尔伯也受到主人的垂爱。接着，夏洛又在网上织出“了不起”、“光彩照人”的字样，使得威尔伯成为家喻户晓的名猪，并到集市中参加比赛。夏洛拼尽最后的力气织了一个写着“谦卑”的网，威尔伯获奖了。然而，夏洛却永远留在了集市。临死之前，夏洛对威尔伯说，朱克曼不会在圣诞节的时候杀死它做熏肉火腿了，它应该享受一年四季的美好景物，珍惜这个美好的世界。威尔伯问夏洛为什么要牺牲生命来救自己，它毕竟没有为夏洛付出过什么。夏洛说：“你一直是我的朋友”，“这件事本身就是一件了不起的事。我为你结网，因为我喜欢你。再说，生命到底是什么啊？我们出生，我们活上一阵子，我们死去。一只蜘蛛，一生只忙着捕捉和吃苍蝇是毫无意义的，通过帮助你，也许可以提升一点我生命的价值。谁都知道人活着该做一点有意义的事情”②。可见，夏洛象征着生态系统中爱的力量。夏洛无私的付出与牺牲换取了威尔伯继续生活下去的机会，而通过成全威尔伯，夏洛也告别了过去那个浑浑噩噩地生活的自己，赋予生命不凡的意义，提升了自我存在的价值。

德国著名的宗教哲学家马丁·布伯在著作《我与你》中指出，关系是相互的，不存在一个单独的“我”，只有处于“我—它”、“我—你”关系中的“我”，也就是说，“我”只有在关系中才能彰显自己的存在。“我—它”关系是一种建立在“主体”与“客体”的区分基础上的不平等的经验和利用

---

① ［美］斯科特·斯洛维克：《序一》，载刘青汉主编《生态文学》，人民出版社2012年版，第1页。

② ［美］E. B. 怀特：《夏洛的网》，任溶溶译，上海译文出版社2008年版，第132页。

的关系。“我—你”关系解构了这种“主体”与“客体”的对立，是一种真正无功利的纯粹、和谐关系。在布伯看来，“我—你”关系呈现的是一个自由的世界，因而入于纯净关系里领悟到在其他任何关系中无从体悟的情感，即人自身的仰赖依附，但同时也领略到在其他任何时空中无从领略的感受，即人自身的无穷自由。[①] 在《夏洛的网》中，蜘蛛夏洛与小猪威尔伯的关系是一种无功利的纯粹关系。夏洛救了威尔伯的命，忠诚于它们之间的友谊。夏洛无私的爱让威尔伯带着荣誉奖章回到了谷仓底下它心爱的肥料堆上，生活得很快乐，长得又肥又大，也不用再担心被杀掉了，它知道主人朱克曼先生会养它一辈子。同时，威尔伯也将夏洛的卵袋带回谷仓，并像护卫自己的孩子一样照看卵袋，对它来说，生活中的任何东西都比不上这个卵袋重要。尽管夏洛死去了，威尔伯依然生活在对它的怀念中。“每天威尔伯会站在那里，看着那张破了的空网，喉咙一阵哽塞。没有人有过这样一个朋友——那么深情，那么忠诚，那么有本事。”[②] 夏洛的子女出生、长大，与威尔伯和谐相处，却无法取代夏洛在它心中的独特位置。可以说，夏洛与威尔伯的友谊因为超越了利益、生死而永恒。

与这种关系形成对比的是，老鼠坦普尔顿和威尔伯的关系。当孤独的威尔伯邀请坦普尔顿一起玩时，坦普尔顿表示，它根本不知道玩这个字的意思，它宁愿把时间花在吃、啃、窥探和躲藏上，也不愿去游戏、玩耍，“我是个大食鬼而不是个寻欢作乐的”[③]。坦普尔顿通常白天睡觉，晚上出来活动，非常好吃、诡计多端，它的地道遍布朱克曼先生的整个农场，还偷偷钻进自己挖的地道去吃威尔伯的食物。不仅如此，坦普尔顿十分自私、冷漠。当动物们请求坦普尔顿去垃圾场找旧杂志给夏洛织网救威尔伯时，它无情地说：“让它死掉算了”，“我才不在乎呢”[④]。老羊利用它卑劣的本性劝说它，如果威尔伯死了，它也就没有食物了，因为威尔伯吃剩的东西是它主要的食物来源。考虑到自己的利益，坦普尔顿答应去垃圾场找旧杂志。可以看出，坦普尔顿帮助威尔伯，并不是像夏洛、老羊那样纯粹出于朋友之间的关爱，而是出于利益得失的权衡。对坦普尔顿来说，它与

① ［德］马丁·布伯：《我与你》，陈维纲译，生活·读书·新知三联书店2002年版，第70页。
② ［美］E. B. 怀特：《夏洛的网》，任溶溶译，上海译文出版社2008年版，第140页。
③ ［美］E. B. 怀特：《夏洛的网》，任溶溶译，上海译文出版社2008年版，第23页。
④ ［美］E. B. 怀特：《夏洛的网》，任溶溶译，上海译文出版社2008年版，第72页。

威尔伯是一种利益关系，不仅不主动帮助威尔伯，还冷嘲热讽、吓唬威尔伯："如果朱克曼先生对你改变了主意，我也不会觉得奇怪。等着他来想吃新鲜猪肉、烟熏火腿和松脆熏咸肉吧！他会拿着刀向你走来，我的伙计。"[①] 当威尔伯请坦普尔顿帮忙把夏洛的卵袋拿下来时，被它拒绝，直到威尔伯表示以后可以把自己的食物给它先吃，它才帮忙。也就是说，尽管坦普尔顿帮了威尔伯，但这种帮助是建立在利益和交换基础上的，正是因为坦普尔顿只顾自己，从不考虑别人，它在谷仓中不受欢迎，不被信任，大家都认为它不讲道德、没有良心、没有高尚的感情和恻隐之心。由此，坦普尔顿象征了人类社会的功利主义和自我享受，所有的行为和付出，都要有利可图且服务于这种享受。最后，坦普尔顿通过吃威尔伯的食物长得非常胖，大得像只小旱獭。

在与威尔伯的关系中，坦普尔顿的自私自利、冷漠与夏洛的高尚、奉献形成鲜明的对比，正是这种对比，凸显了夏洛作为爱的力量的化身，也表达了作者对于善与真的审美理想，寄予了深沉的人文关怀。此外，怀特还创造了老羊这一智者的形象。小说中提到，老羊在谷仓很久了，作为一个老者，它支持夏洛救威尔伯，巧用智谋让坦普尔顿到垃圾场找旧杂志、到集市去帮忙。而怀特之所以要创造出夏洛、威尔伯、坦普尔顿、老羊等动物形象，其目的并不仅仅在于通过这些形象建构一个童话般的幻想世界，更在于通过对这些动物形象及其之间关系的对比来思考人类世界的局限、人与自然界生命的关系。有学者认为，生态主义作为一种全新的世界观，主旨可以概括为自然为本、反人类中心主义、理性激情。[②] 也就是说，人类不能只关心人本身，也应该关注自然，尊重自然界中的所有生命，以整个生态系统的和谐为根本。在《夏洛的网》中，怀特通过对动物生命的关注与构建，显示了以自然为本的思想，也显示了其理性激情。所谓理性激情，是一种认知性感奋，用充满温情的心灵与理解的态度去看待自然界中的生命。[③] 当夏洛为了救威尔伯而死去，怀特写道："夏洛死了。集市场

---

① ［美］E. B. 怀特：《夏洛的网》，任溶溶译，上海译文出版社2008年版，第119页。

② 赵白生：《生态主义：人文主义的终结?》，载党圣元、刘瑞弘选编《生态批评与生态美学》，中国社会科学出版社2011年版，第62—67页。

③ 赵白生：《生态主义：人文主义的终结?》，载党圣元、刘瑞弘选编《生态批评与生态美学》，中国社会科学出版社2011年版，第73页。

面很快就空无一人。棚子和建筑物空了，被遗弃了。场地上满是瓶子和垃圾。在来过集市的数以千计的人中，没有一个知道，一只灰蜘蛛曾经起过最重要的作用。在它死的时候，没有任何一个谁陪在它身边。"① 从这段充满伤感的文字中，可以看出怀特将夏洛当成一个与人类平等的生命体，用一种充满了理解与同情的态度去看待夏洛的死亡，为之动情，为之痛惜。就此来说，怀特是一个对自然具有理性激情的人。

综上可见，美国作家 E. B. 怀特在《夏洛的网》中建构了双峰并峙的人类世界与自然世界，表达了对人与自然关系的深刻反思，对人类中心主义思想的批判，对自然界的赞美。"生态文学是考察和表现自然与人的关系的文学。生态责任是生态文学的突出特点。"② 正是因为文学家具有强烈的自然责任感和社会使命感，意识到了人类中心主义思想对自然的危害，才将深深的忧虑与理想反映在创作中。从这个意义来说，《夏洛的网》的最终意旨是要表达作者的生态思考与人文关怀，表达对自然界生命的尊重，以小女孩弗恩传达出人与自然和谐相处的期待，以蜘蛛夏洛来唤起人类的爱的力量。

---

① ［美］E. B. 怀特：《夏洛的网》，任溶溶译，上海译文出版社 2008 年版，第 137—138 页。
② 王诺：《欧美生态文学》，北京大学出版社 2005 年版，第 8 页。

# 第五章　现代人的生存困境之伤：以卡夫卡的作品为例

奥地利小说家弗朗茨·卡夫卡（Franz Kafka），作为西方现代派文学的开山鼻祖，其地位是至关重要的，向来被公认为西方现代主义文学“三大师”（乔伊斯、普鲁斯特、卡夫卡）之一。英国诗人奥登曾说：“就作家与其所处时代的关系而论，当代能与但丁、莎士比亚和歌德相提并论的第一人是卡夫卡……卡夫卡对我们至关重要，因为他的困境就是现代人的困境。”① 卡夫卡生活于19世纪末20世纪初，当时的西方社会正值世纪之交的转型时期，旧的信仰已经失落，新的出路、信仰尚未找到，无所不在的物的暴力，加之第一次世界大战带给人精神上的毁灭性打击，使整个欧洲社会流露出一种普遍的悲观无望情绪，人们处于一种两难的境遇之中，无路可走。而卡夫卡的作品就真实地反映了当时孤独无望的西方人在这个非理性的荒诞世界中的生存困境。可以说，卡夫卡的作品反映了现代人的生存困境之伤。

## 第一节　现代人精神“沦陷”之伤

卡夫卡的《城堡》《地洞》《绝食表演者》等作品，呈现了现代西方人精神上的“沦陷”之伤。一方面，他作品中的人物在社会中找不到属于自己的位置，在精神上失去对终极目标的探寻与追求，看似有目标，在坚持，实则处于被动、无奈的状态，生活在“有目标的无目标性”的悖谬中；另一方面，他们不甘于被这种荒诞的困境毁灭、吞噬，生存的本能使

① 转引自袁可嘉《欧美现代派文学概论》，上海文艺出版社1993年版，第259页。

他们在“沦陷”的状态中挣扎、反抗。由此，卡夫卡作品中人物的坚持与抗争无疑是绝望的，反映了孤独无望的现代西方人在这个非理性的荒诞世界中的艰难境遇。

## 一　“有目标的无目标性”

卡夫卡作品中的人物看似在为一个目标而坚持，而奔波忙碌。但是这种目标不再是终极意义上的真理、上帝、至善等，而只是弱小的生命在不甘于被毁灭的情况下所做的一种挣扎。因此，笔者将卡夫卡作品中体现出来的这种看似有目标，实际没有终极目标的特点称为“有目标的无目标性”。

卡夫卡的长篇小说《城堡》描写了一个叫K的土地测量员，在一个风雪交加的夜晚来到城堡下属的一个村子。K为了进入城堡费尽心机，接近与城堡有关的一切，等待城堡的官员克拉姆，勾引、利用克拉姆的情妇弗丽达，接近城堡的信使巴纳巴斯……但是每次都失败了。城堡就在附近的山岗上，看似近在眼前，却又无比遥远。不论K怎么努力，都到达不了城堡，得不到城堡的认可。小说没有写完，但有一次卡夫卡的好朋友马克斯·勃罗德问起这部小说将如何结尾时，卡夫卡说：“那个名义上的土地测量员至少将得到部分的满足。他不放松斗争，但却终因心力衰竭而死去，在他弥留之际，村民们聚集在他的周围，这时总算下达了城堡的决定，这决定虽然没有给与K在村中居住的合法权利——但是考虑到某些其他情况，准许他在村里居住和工作。”①

这是一个看起来很荒诞的故事。在这个故事里，K的一生都在为进入城堡、得到城堡的认可而努力。从表面上看，城堡就是K坚持不放弃的目标。但是我们也要看到，K想得到城堡的认可只是出于一种生存需求，而并非对终极目标的关注。虽然K一直在坚持，没有放弃，但事实上，他的坚持只是在原地徘徊。K对自己为什么不远千里来到完全陌生的城堡并不清楚。可以说，他是被命运抛到了城堡，于是，理所当然地要进入城堡。但实际上，他对自己的目标并没有一种明确的意识。他不知道城堡是什么，不知道进入城堡对他有什么意义。从某种程度上说，他只是为进入城

① ［德］马克斯·勃罗德：《〈城堡〉第一版后记》，载叶廷芳编《论卡夫卡》，中国社会科学出版社1988年版，第18页。

堡而进入城堡，为了坚持而坚持。

马克斯·勃罗德曾这样分析这部小说："这部作品与歌德的'谁不停地努力奋斗，我们便可以解放他'的格言是相似的（其相似程度极其微小，似乎讽刺性地减少到最低限度），——所以也许可以称之为弗兰茨·卡夫卡的浮士德诗剧的这部作品本来正想以此告终的。这当然是一个故意衣着朴素，乃至衣衫简陋的浮士德，这个浮士德有一个本质的不同，推动这个新浮士德前进的不是对最后目标以及对人类终极认识的渴望，而是最起码的生存条件，对安居乐业、对加入公众生活的一种需求。"[①] 从中我们可以看出，K与浮士德虽然都在坚持，都在不停地为目标奋斗。但是，他们有一个本质的不同，即浮士德的目标是最终意义上的目标以及人类的终极认识。这种目标决定了他知道自己追求和坚持的是什么，并且为之不断奋斗。而K的目标是最起码的生存条件。村子里的人都对他这个异乡人持怀疑、拒绝态度，甚至没有地方愿意留他过夜，他不得不屈辱地住到学生们上课的教室，还要忍受老师的责骂。因此，只有进入城堡，得到城堡的认可，他才可以在村子里生活和居住，才能拥有一个正常人所需要的安身之地。造成浮士德与K的区别的主要原因在于，浮士德的心中有上帝，有一个至高的善，一个终极的意义中心。所以他的坚持是一种有目标的坚持。到了20世纪，随着"上帝死了"的呐喊，人们的心中不再有一个最高的善、真理，事物的背后不再有任何的意义中心，世界处于混乱、非理性之中，人们失去了方向和归依。刘建军指出："在卡夫卡的小说里，也是上帝死了。或者说，传统基督教文化中所承认的那个上帝已经成为了压迫人、捉弄人的一种莫名其妙的力量；而人心中也没有上帝了，或者说人的心中只有对自己位置的关注而已经再没有了对人终极目标的关注了——里外的上帝都死了，所以人类才非常悲哀，才异化成了不能支配自己命运的可怜虫。"[②] 在这种情况下，人所谓的目标也只是不甘于毁灭的"活着"状态。事实上，这种目标根本不能称为目标，因为确立一个目标的时候，人必须是有意识的，能清醒地意识到自己为什么要将之作为目标。

---

① ［德］马克斯·勃罗德：《〈城堡〉第一版后记》，载叶廷芳编《论卡夫卡》，中国社会科学出版社1988年版，第18页。

② 刘建军：《基督教文化与西方文学传统》，北京大学出版社2005年版，第276页。

但是K对城堡这一目标并没有清醒的认识。用一句“卡夫卡式”的话可以概括为，K既有目标，又没有目标，体现了“有目标的无目标性”的特点。

在卡夫卡的一则微型小说《起程》中，“我”骑上马要走的时候，仆人问“我”去什么地方。“我”却说不知道，“只想离开这儿，只想离开这儿。经常地离开这儿，只有这样，我才能达到我的目标”①。仆人说：“那么你知道你的目标？”②“我”说：“我刚才不是说了嘛，‘离开此地’，这就是我的目标。”③这则小说中的“我”只是为了离开而离开，离开本身就是目标。这体现出人对自身的不确定，对前途和未来的不确定，只是坚持往前走，但是不知道终极目标在何处。之所以要离开，只是不甘于生命的静止和停顿状态，想为自己寻找一个目标和生活的方向。行走的本身就是度过、耗费生命的一种方式，就是目标本身。表面上看起来，文中的“我”是有目标的，但实际上“我”并没有终极目标，只是走一步算一步。

《地洞》中那个不知名的小动物总是在不停地挖地洞。即使它的地洞已经足够庞大，足够安全，它也坚持向更深广的地方挖下去。这是因为它时刻处于一种惶惶不安的状态，害怕被侵袭。哪怕是一点轻微的响声，也会让它感到惊吓不安。为此，它寝食难安，整日都在忧心忡忡的神经质的恐惧中，不停地挖地洞。但是地洞挖得越深，它越没有安全感。“即使从墙上掉下的一粒砂子，不弄清它的去向我也不能放心。”④事实上，文中的小动物坚持挖地洞只是为了免于被敌人发现，不甘于被毁灭，正如它自己所说的：“当我设想我是出于危险之中时，那么我就要咬紧牙关，用尽意志的全部力量来证明这地洞不是别的，而仅仅是拯救我生命而存在的一个窟窿，它必须尽可能完美地完成这个明确地赋予它的任务，而

---

① ［奥］卡大卡：《卡大卡短篇小说全集》，叶廷芳编，赵登荣、张荣昌等译，文化艺术出版社2003年版，第465页。

② ［奥］卡夫卡：《卡夫卡短篇小说全集》，叶廷芳编，赵登荣、张荣昌等译，文化艺术出版社2003年版，第465页。

③ ［奥］卡夫卡：《卡夫卡短篇小说全集》，叶廷芳编，赵登荣、张荣昌等译，文化艺术出版社2003年版，第465页。

④ ［奥］卡夫卡：《卡夫卡短篇小说全集》，叶廷芳编，赵登荣、张荣昌等译，文化艺术出版社2003年版，第387页。

别的一切任务我都给豁免了。”① 小动物的地洞已经很庞大复杂的时候，它的内心还是感到恐惧，所以到最后，不停地挖地洞似乎就变成了它的生存方式，变成了一种机械的没有任何意义和创造性的行为。它失去了对更高的更有价值的目标的探求，只是日复一日地重复着同样的目标。挖地洞似乎是它坚持的目标，但是连它自己也承认这种目标是毫无意义的。它并没有一个终极的有意义的目标，只是“迟钝地、执拗地去挖掘，仅仅为了挖掘而挖掘，几乎就像那些小畜牲那样，它们不是毫无意义地掘地，就是仅仅为了啃泥而挖土吗”②？所以，小动物的坚持也体现出“有目标的无目标性”的特点。

另外，这种“有目标的无目标性”的特点决定了卡夫卡笔下人物的坚持只是一种免于被毁灭的“沦陷”中的挣扎，一种被动的无奈选择。在卡夫卡的小说《绝食表演者》中，绝食表演者为了艺术坚持绝食，值夜班的看守故意远远地聚在一个角落里打牌，有意让他稍稍吃点东西。绝食表演者为了艺术荣誉感，一直不吃东西，还在看守值夜班期间不断地唱歌，证明他并没有趁机偷吃东西。他甚至希望无限期地绝食下去，正如小说中所写的：“虽然他还是自己把皮包骨的胳膊递给了躬身向他伸出援助之手的女士们，但他却不想站起来。为什么偏偏在过了四十天之后要停止呢？他宁愿再长些，无限期地坚持下去；为什么偏偏在他刚刚接近最佳状态（他还从未达到过最佳状态）时停下来呢？为什么要夺走他的荣誉，不让他坚持下去呢?”③ 尽管如此，人们并不理解他，不但不相信他、肯定他的价值，反而怀疑他偷吃东西，甚至最后都没有人去注意他的存在，没有人去数代表他成就和荣誉的绝食天数。他成了一个完全被世界遗弃的局外人。在他快死的时候，人们在一个笼子的烂草堆里发现了他。最后，绝食表演者悲惨地死去，并且很快被人们遗忘。尽管无人理解和相信，绝食表演者一直没有放弃绝食。但是，我们也要看到，他坚持绝食并非一种主动的积

① ［奥］卡夫卡：《卡夫卡短篇小说全集》，叶廷芳编，赵登荣、张荣昌等译，文化艺术出版社2003年版，第383页。

② ［奥］卡夫卡：《卡夫卡短篇小说全集》，叶廷芳编，赵登荣、张荣昌等译，文化艺术出版社2003年版，第391页。

③ ［奥］卡夫卡：《卡夫卡文集（第3卷）》，谢莹莹、张荣昌等译，上海译文出版社2003年版，第328页。

极的选择，而是被动的无奈的。事实上，他也不愿意绝食，只是因为没有符合他胃口的食物，除了绝食，他别无选择。正如他在临死前所说的："因为我没有发现符合我胃口的食物。如果我已经发现了，请相信我，那我早就会像你和所有人一样吃得饱饱的，也不会引人注目了。"①

与《绝食表演者》相似的是《女歌手约瑟菲妮或耗子民族》，女歌手约瑟菲妮的歌唱艺术不被人们理解，虽然大家都聚集在台下听她唱歌，但他们并没有认真听，而是忙着完全不相关的事，有的人甚至头也不抬，把脸贴在同伴的裘皮大衣上。结果，在台上竭力争取观众的约瑟菲妮似乎是徒劳无功的。她的口哨声多少传到了人们的耳朵里，他们好像在听，但大量的观众都在想自己的事。尽管如此，约瑟菲妮还是自信地忘我地歌唱着，她那坚定不移而又微不足道的声音，她那毫无成就可言的声音坚持着，劈开了通向观众的道路。虽然这个民族像父亲照顾女儿一样呵护约瑟菲妮，纵容她，对她做出很多让步，但是这种纵容和让步都是有限制的。当约瑟菲妮提出免去她的工作、专心唱歌时被他们拒绝了。开始时，约瑟菲妮似乎屈服了，但很快她就又唱歌了。尽管她的艺术得不到人们的理解和赞赏，她还是一直坚持唱歌，希望有一天，人们能对她的艺术进行公开的赞赏。但是她的这种坚持到后来已经变成了一种无奈，成为一种被动的选择。正如小说中所写的："也许一开始她就应该把进攻的目标指向另一个方向，也许她现在已认识到了这一失误，不过现在她已无法回头了，走回头路就意味着背叛自己。不管成败与否，只有坚持下去。"② 由此我们可以看出，约瑟菲妮坚持为艺术而唱歌以及为此进行的斗争，只是因为已经没有回头路可走，除了被动地坚持下去，她别无选择。

在《给某科学院的报告》中，一只猴子被人抓起来，关在木箱子里，没有出路。开始时它还反抗，想办法从箱子里逃出去。"唔，我不要自由，只要一条出路。要是我到了随便哪一个地方，我就不想被一面木箱壁或相似的什么东西拘留住，而是要有一条出路，右边，左边，不管去哪儿，我不提别的要求，哪怕出路只是一种错觉，这要求不高，错觉就不会更大。

① ［奥］卡夫卡：《卡夫卡文集（第3卷）》，谢莹莹、张荣昌等译，上海译文出版社2003年版，第333页。

② ［奥］卡夫卡：《卡夫卡文集（第3卷）》，谢莹莹、张荣昌等译，上海译文出版社2003年版，第414页。

往前走，一个劲儿往前走，只要不高举双臂，一动不动地紧挨一面箱壁站着。”① 后来它发现箱子太坚固了，根本无路可逃。但是生存的本能决定了它不甘心站着等死，所以它给自己找了一个出路。即学习成为人。这个过程是艰难的。但它一直坚持，没有放弃，克制自己忍受烧酒的气味，学习像人那样喝酒；模仿人的发音；与猴子的本性作斗争……最后终于成功了。但是猴子的这种坚持是被动的，它对人的模仿只是为了生存，不甘于被毁灭。因为如果它不坚持，就会被永远关在箱子里。正如它在困境中所说的：“我没有出路，但必须给自己找到一条出路，因为没有出路我就没法活。老是摸着这木箱壁——我就死定了。”② 可见，猴子坚持模仿人的行为，并不是主动的，而是出于一种生存的需要，一种被动的无奈选择。

## 二 两难境遇中的挣扎

19 世纪末 20 世纪初，整个西方世界变得荒诞、非理性，成为一种压迫和控制人的强大力量，使得人们在精神上感到无望、焦虑、恐惧不安、无所适从，处于一种没有出路的两难境遇中。卡夫卡作品中的人物都是在精神沦陷的两难境遇中苦苦挣扎着。在《绝食表演者》中，绝食艺术家不论怎么忍饥挨饿，严格地要求自己，不偷吃东西，仍然得不到人们的理解和信任。在《城堡》中，不论 K 怎么努力，怎么费尽心机，都到达不了城堡。城堡象征着不可知的命运的强大力量与神秘莫测。K 明明看到城堡就在离村子不远的一个小山岗上，但是当他想去那里时，却发现无路可走。城堡的力量是强大的，而且是无处不在的，它无影无声，却能控制人的行为和生活。阿玛丽亚一家的遭遇很好地说明了这一点。他们并没有任何过错，全村人却都自动地集体疏远他们，孤立他们，不与他们往来，甚至不卖东西给他们吃。这只是因为阿玛丽亚拒绝了一个城堡官员的羞辱，把他的信撕碎。只要与城堡有关的一切都沾上了神秘色彩。城堡的官员克拉姆来去不定，有人说他长得这样，有人说他长得那样，没有人能确定他到底长什么样子。即使是信使巴纳巴斯，经常出入于城堡中，也不能具体地说

---

① ［奥］卡夫卡：《卡夫卡短篇小说全集》，叶廷芳编，赵登荣、张荣昌等译，文化艺术出版社 2003 年版，第 147 页。

② ［奥］卡夫卡：《卡夫卡短篇小说全集》，叶廷芳编，赵登荣、张荣昌等译，文化艺术出版社 2003 年版，第 146 页。

出克拉姆的特征。城堡永远是高高在上、无法接近的。K 用了一生去追求它的认可，用尽各种办法去接近与它有关的一切，甚至勾引克拉姆的情妇弗丽达，但始终寸步难行。K 好像陷入了一个迷宫般的境遇中，做着徒劳的挣扎与努力。最后在他快死的时候，城堡当局才允许他在村子里生活、居住，只是没有合法权。这似乎只是城堡对他的怜悯。但是这对将要死去的他是没有意义的。K 好像是一只被城堡玩弄于股掌之间的小蚂蚁，东奔西走，拼命挣扎。无疑，城堡具有一种超乎寻常的力量，一直以高高在上的姿态看着 K 徒劳地坚持下去，直到奄奄一息。

同时，K 的反抗与坚持是被动的。在一个暴风雪之夜，K 来到城堡下属的一个小村庄。但村里人不允许他居住。于是 K 为了争取得到城堡的认可，为了争取自己合法的居住权，为了生存下去，而不断地奔波忙碌。可以说，K 的反抗与坚持是完全被动的，是命运先把他抛到了城堡下属的村子，继而不允许他在此生活，所以他才被动地迎接这个挑战。K 不知道自己为什么要来到这个村子，缺乏明确的目的，后来为争取居住权与城堡进行的斡旋也是在应战，为了进入城堡而进入城堡。在 K 身上，我们看不到积极主动的精神，也看不到高尚的理想，以及伟大的人生目标，这一点，从他为了进入城堡费尽心机，甚至不惜勾引城堡官员克拉姆的情妇弗丽达可以看出。K 所不断坚持的行动只是为了满足生存的需要，无所谓尊严，也无所谓勇气，只是不甘于被命运毁灭而维持一种精神“沦陷”时的“活着”的状态。

### 三　绝望的反抗者

在《城堡》中，K 为了得到城堡的认可，去接近城堡当局的一个官员克拉姆，但克拉姆是来去不定的。所以 K 又去接近克拉姆的情人弗丽达。但弗丽达后来也离开他而投入城堡派来的助手的怀抱中。K 所做出的一切努力都表明，人生注定是一场徒劳的旅程，人所有的抗争都是毫无意义的，不论怎么走，都无法达到目标，怎么努力都无法成功。接下来的问题是，既然人活在世界上是那么孤独与绝望，那么人继续这样生活在这个荒诞的世界上还有意义吗？人究竟应该怎样去面对这样一个世界，应该怎样去活，是放弃还是坚持？出路何在？

卡夫卡的答案是：即使所有的努力、所有的抗争都是徒劳的，也要坚持下去。即使人生是一场旷日持久的漂泊旅程，永远没有所谓的爱与温暖的归宿，也要在这个旅程中不停地走下去。在《城堡》中，K 作为一名土地测量员，却不被城堡下属的村子认可，只好与爱人在学生上课的教室里过夜，被教师责骂，替教师打扫卫生，成为一个仆人似的勤杂工。可以说，他受尽屈辱。但穷其一生，K 都没有放弃，没有掉过头去另一个地方生活，也没有选择退缩、逃避。他坚持直面惨淡的人生，为了实现自己的目标而进行各种各样的努力。卡夫卡在一篇随笔《斗争》中这样写道："我并不希望胜利，我在斗争中感到快乐，并非因为它是斗争，使我快乐的唯一理由是有事可干。"① 尽管 K 的努力是徒劳的，并没有取得胜利，但正是在这个过程中，他体现了人的价值，体会到一种"有事可干"的奔忙的充实感。所以也可以说，K 有理由感到快乐。K 为了进入城堡而与其斡旋，即使不知道前面等待自己的是什么，也不停地走下去，并为之用尽心计。虽然他最后也没有得到城堡的承认，没有取得合法的居住权，但毕竟城堡容许他在村子里居住和工作。假如 K 在一开始遇到困难时就放弃了，那么他便不会取得这样的结果，而是很可能被城堡赶出村子，最重要的是，他在不断的争取与斗争中获得了一种精神上的胜利。

从对待外在的异己力量所表现出的斗争与坚持精神来看，卡夫卡《城堡》中的 K 和海明威《老人与海》中的硬汉子圣地亚哥有相似之处。尽管从生态批评的角度来看，圣地亚哥到深海捕鱼并杀死他赞美的大马林鱼属于对自然的征服与破坏。但不可否认的是圣地亚哥作为一位老迈倔强的渔民，体现了人类精神力量的强盛。圣地亚哥出海捕鱼八十四天都空手而归，但他并没有放弃。在第八十五天，他选择出海，并捕到一条大马林鱼。圣地亚哥与大马林鱼展开了一场生死搏斗，终于把大马林鱼杀死。但大马林鱼却引来一群鲨鱼。圣地亚哥又与鲨鱼展开搏斗。作为一个老渔民，圣地亚哥在与大马林鱼、鲨鱼的搏斗中体现了人的坚持与不屈精神。就此来说，圣地亚哥是个精神上的胜利者。在连续捕鱼八十四天却一无所获时，他可以选择放弃，选择收网，但他选择了坚持下去。在无边无际的海洋上，圣地亚哥，一个老人，是那么渺小，那么孤独，可他还是坚持与

① ［奥］卡夫卡：《卡夫卡文集（第 3 卷）》，林骧华主编，安徽文艺出版社 1998 年版，第 324 页。

风暴，与大鱼作斗争。圣地亚哥坚持不懈的斗争精神和 K 坚持为进入城堡而努力的精神在本质上是一样的，在强大的自然与命运面前，他们虽然都很渺小，并且最终也以失败结尾，但他们并没有放弃自己所坚持的东西。从某种程度上说，他们都是精神上的胜利者，象征了人类的自强不息精神，也给困境中的现代人指明了一条出路。即不论外在世界是多么荒诞无情，我们都要保持内在精神世界的独立性，保持行动的自由。人有自由选择的权利。

法国著名的存在主义哲学家加缪在《西绪福斯的神话》中讲述了西绪福斯的故事。西绪福斯由于触犯天神被罚每天不停地推石头上山，但石头刚刚推到山顶就又滚落下来，于是又要重新开始。西绪福斯不断地推巨石上山的过程是痛苦的，也是幸福的。痛苦是因为他所做的一切都是徒劳无用的劳动，用尽全部心力而一无所成。推巨石上山的劳动，其实也是现代人的写照。随着科技的进步，社会生产力的发展，人日益成为劳动的奴隶，每天像个机器人一样地运行，做着重复的机械劳动。人类变得越来越强大，作为个体的人却变得越来越渺小。但是人可以选择盲从于荒诞的世界，也可以保持独立的自我意识，坚持精神世界的完整性。西绪福斯选择了后者，所以他是幸福的，因为他有自我意识，是自己行动的主人，明知道一切都是徒劳的，也没有放弃推着巨石向上攀登。正如加缪所说的："登上顶峰的斗争本身足以充实人的心灵。"① 西绪福斯在坚持中获得了一种精神上的强大力量。这也是现代人在困境中的选择与出路。即不论外在的世界多么荒诞，不论命运多么强大，不论斗争的路程多么漫长，人多么渺小，都要坚持不放弃。徒劳的努力，或者失败，或者重复劳动都不重要，重要的是人可以赋予自己的行动过程以意义。人可以在心中确立一个目标，或者进入城堡，或者与大海、大鱼斗争，或者推巨石上山，并为之而进行永不放弃的努力与奋争。这个坚持的过程本身就是人类精神的张扬，就是有意义的。

世人给卡夫卡封了一个"弱的天才"的称呼。从很多方面来看，他确实是个弱者，比如内向、优柔寡断、自卑。但有时候，最弱的人一旦强大起来，也会变得让人吃惊。卡夫卡的作品几乎都是精神自传，写了一群孤

---

① ［法］阿尔贝·加缪：《加缪文集》，郭宏安等译，译林出版社 1999 年版，第 709 页。

独无望的小人物在这个非理性的荒诞世界上的境遇，但是他们面对强大的异己力量，执拗地不肯放弃。《绝食表演者》中的绝食表演者为了艺术坚持绝食，在看守值夜班期间不断地唱歌，证明他并没有趁机偷吃东西，他还希望无限期地绝食下去。人们不但不理解他，反而怀疑他。尽管如此，绝食表演者也从未放弃，一直坚持绝食，直至孤独地死去。正如卡夫卡在《代言人》一文中所说的："如果你已开始走上一条路，那就不论如何也要走下去，你只会成功，没有任何危险，也许最后你会倒下，但如果你迈出头几步就已转回来，跑下楼去，那你一开始就会倒下，而且不是也许，而是确定无疑的……只要你不停止攀登，楼梯就不会终止，在你攀登的双脚下，它们会向上长。"① 不论结局如何，既然选择了一个目标，就要坚持走下去，成为一个精神上的成功者。

综上，卡夫卡的作品真实地反映了当时孤独无望的西方人的生存困境。他作品中的主人公大多是"弱的英雄"，他们一方面柔弱无助、恐惧不安，生活孤独而无望，另一方面又在绝望中挣扎着、坚持着、反抗着。就此来说，卡夫卡在绝望中的抗争与中国的鲁迅有相通之处。鲁迅作为20世纪中国最忧患的灵魂，他对国民性问题的反思与批判，他的探索与失望、呐喊与彷徨、反抗与挣扎的精神世界，深刻地影响了中国现当代思想与文化。"他从人的生命价值中升发出的现实精神与为人生的精神，开辟了中国现代文学广阔的道路……鲁迅代表了中国人不畏艰难、积极进取的社会脊梁的形象，他的出现不是新文化的完成，而是新文化的开始。"② 面对满目疮痍、军阀混战、民不聊生的中国社会和一群愚昧、麻木的国民，鲁迅再现了中国社会铁屋子般的黑暗、窒息，忧愤地揭示了人吃人的病态社会的症结，同时又不满于现状，寂寞而勇敢地呐喊，表达了叛逆与反抗的精神。

鲁迅与卡夫卡虽然有着国度、文化背景等种种不同之处，但是作为20世纪最敏感的知识分子，他们都能够超越时代语境，对人以及人的生存处境有着十分清醒的认识与思考，并用文学作品阐释了他们的绝望与反抗。他们

---

① ［奥］卡夫卡：《卡夫卡文集（第3卷）》，谢莹莹、张荣昌等译，上海译文出版社2003年版，第325页。

② 孙郁：《20世纪中国最忧患的灵魂》，群言出版社1993年版，第16页。

的作品都在诠释着一个这样的问题：既然人活在世界上是那么孤独与绝望，那么人继续这样生活在这个荒诞的世界上还有意义吗？人究竟应该怎样去面对这样一个世界，应该怎样去活，是放弃还是坚持？可以说，绝望与反抗在他们的文学作品中占据着十分重要的位置，是两个彼此矛盾的对立统一体。那么，鲁迅与卡夫卡的绝望与反抗是如何通过文学作品体现出来的？

现实的黑暗与虚无、荒诞与病态，让鲁迅感到深深的绝望与孤独。"鲁迅把一种压抑感投射到小说之中，在极为郁闷的旋律里，展示了绝望与反抗的主题。"①《祝福》中的祥林嫂既丧夫又失子，无人能够理解她的痛苦，她默默地承担着人们对她的厌烦、冷漠和嘲笑。由于无知，她还害怕阴间两个男人争夺自己而去捐门槛，因为有无灵魂的问题而恐惧不安、担惊受怕。祥林嫂的悲剧深刻地反映了鲁镇风俗习惯、文化气氛对人的戕害。《在酒楼上》《故乡》《孤独者》中的人物都对自己的故乡有一种挥之不去的忧虑，身在故乡，却像一个无法融入的陌生人、局外人。正如孙郁指出的："在鲁迅看来，无论是魏连殳还是吕纬甫，他们仿佛陷入了无物之阵。周围是惨烈的冷漠，人们的心是隔膜的，生存只是单调的重复。在这些极度苦闷的调子里，我们可以隐隐地感觉到小说叙述者在用带泪的声音控诉着中国社会的罪恶。"②

鲁迅在寂寞灵魂的思索中，竖起反抗的旗帜，以唤醒那些在黑暗中沉睡的人们。"'绝望'是真实的，对'绝望'的反抗作为一种生存态度赋予了孤独的、荒诞的个体以意义。因此，构成鲁迅人生哲学特点的，不是'绝望'，而是对'绝望'的反抗。"③ 但是，这种反抗在强大的现实暴力和不可把握的命运面前，又显得有些力不从心，既然无力改变现实，反抗就成为一种仪式。鲁迅清醒地认识到，在当时的现实情况下，希望和出路只能存在于这种反抗本身。就此来说，虽然"鲁迅没有为我们寻找到什么，但他的那种状态，那种在没有路的地方踏出新路的悲壮之举，确实是我们灵魂的前导"④。《过客》中的"我"，不知从哪里来，也不知要到哪

---

① 孙郁：《20 世纪中国最忧患的灵魂》，群言出版社 1993 年版，第 47 页。

② 孙郁：《20 世纪中国最忧患的灵魂》，群言出版社 1993 年版，第 47 页。

③ 汪晖：《反抗绝望：鲁迅及其文学世界》，生活·读书·新知三联书店 2008 年版，第 104 页。

④ 孙郁：《当代文学与鲁迅传统》，载孙郁主编《倒向鲁迅的天平》，中国社会科学出版社 2004 年版，第 53 页。

里去，彷徨于天地间，无所归依，孤独而无望，就像是被抛弃到这个世界上来的。他存在的唯一意义便是不停地往前走，走向远方，走向未来。可是远方和未来又在哪里呢？老翁说前面是坟。但是走完坟地之后是什么却没有人知道。尽管如此，困顿与疲倦的“过客”还是坚持要往前走，因为“回到那里去，就没一处没有名目，没一处没有地主，没一处没有驱逐和牢笼，没一处没有皮面的笑容，没一处没有眶外的眼泪。我憎恶他们，我不回转去”①。“过客”为了摆脱和逃离现实世界的虚伪与黑暗，不停地往前走，他生命的意义就在于这种奔走。“‘过客’显然是梦醒后无路可走而又不停地奔走者的形象。在绝望中，徘徊不前是没有希望的。走便是出路，走便是意义。没有义无反顾的精神，就无法达到人生的彼岸。‘过客意识’的全部内涵就在这里。在‘过客’看来，世界是一个不真实的虚妄的存在，全部实在的意义都凝聚在人自身的行动中。生命意志向人们展示的正是在奔走中所形成的抗争情绪和创造情绪。”②

卡夫卡作品中的人物在精神上都是漂泊者，焦虑、孤独无望、恐惧不安、无所适从，处于一种没有出路的两难境遇中。《审判》中的约瑟夫·K无缘无故被判有罪，于是他同司法机构展开斗争，证明自己是无罪的，但不论他怎么坚持，结果都是一种徒劳的挣扎，最后甘愿认罪死去。在《变形记》中，一向善良、有责任感，为了工作尽职尽责的格里高尔却在一夜之间变成一只巨大的甲虫。《判决》中的父亲竟然命令儿子投河自杀。在卡夫卡的笔下，生命就像一个无法摆脱的噩梦。他的故事也许是荒诞不经的，但表现的却是最为真实的情感体验。一方面，人在强大的外在现实世界面前感到无望和无力，没有出路和未来；但是另一方面，生存的本能又使他们在困顿的境遇中坚持着，做出被动的选择和反抗。《绝食表演者》中的艺术家尽管得不到人们的尊重与承认，但还是为了纯粹的艺术荣誉感而坚持挨饿，并献出生命。《变形记》中的格里高尔虽然变成了甲虫，亲人也渐渐对他不耐烦，觉得他是个负担和累赘，但他至死都保持着人的情感，都在挂念着亲人。绝食的艺术家和格里高尔正是以自身的坚持、行动来控诉与反抗着现实的不合理。

---

① 鲁迅：《鲁迅经典全集》，北京出版社 2008 年版，第 271 页。

② 孙郁：《20 世纪中国最忧患的灵魂》，群言出版社 1993 年版，第 73 页。

可见，鲁迅与卡夫卡的文学作品中的人物，都表现了人的生存困境。他们作品中的人物大多是被现实世界挤压的“边缘”人，在社会中找不到属于自己的位置，孤独而绝望，同时又不甘于被这种荒诞的困境毁灭、吞噬，只能不断地挣扎与反抗。他们的作品充分地表现了理想与现实之间巨大的落差感与幻灭感，表现了世界的荒诞、冷漠，甚至是无情残忍，表现了有形或者无形的无所不在的暴力对人的压迫和奴役以及命运的不可把握，表现了在这样的世界中生活、挣扎着的人们的人性之扭曲和生命的毁灭。从这个意义上说，鲁迅与卡夫卡都在通过揭示世界与人的这种生存状态来进行艰难而寂寞的反抗。由此，中国的鲁迅与奥地利的卡夫卡虽处于不同的地理空间，但是他们都深刻地思考了20世纪人类的生存状况以及出路何在等问题，他们的孤独与绝望中都含有抗争精神。他们所处的时代环境及个人经历的相似性是造成他们这种共通之处的重要原因。19世纪末20世纪初，整个东西方世界都处在剧烈的动荡和变革之中。处于这样一种时代语境中的鲁迅和卡夫卡也感受到了世界的裂变对人的心灵所带来的强烈震撼与冲击。同时，鲁迅与卡夫卡在个人经历、精神气质上也有许多相似之处。正是他们精神世界中的绝望与反抗影响并反映到文学创作中。鲁迅青少年时期的很多记忆都是抑郁和苦涩的。由于家庭的变故，从小康变为困顿，13岁的他要经常到当铺去典当衣物首饰。这使他过早地品尝到了人情冷暖、世态炎凉、社会的虚伪和无情。年少的他不仅要默默忍受祖父和父亲的“苛刻暴决”，还要忍受别人的轻蔑、歧视和冷漠。可以说，少年的这段记忆影响了他的一生，直到晚年，他仍不能摆脱这段灰暗的记忆。他的作品《五猖会》就深刻地揭示了孩子幼小的心灵因成年人的训斥而痛苦的情景。青年的鲁迅在南京、日本求学，屡遭异族的歧视和羞辱，后来又在母亲的压力和包办下，无奈地接受了一桩不幸的婚姻。此外，政局的变幻莫测、理想的破灭、同胞的愚昧麻木等，也都使他的性格变得更加忧郁激愤、悲观绝望。“鲁迅的内心是极苦的，他越是尖锐地看清自我与社会的本质，就越难以摆脱恍惚与凄然。当他超越了蒙在人们视角上的现实的虚幻的外壳之后，他的理性曾一度瓦解了。他走到了一片精神的荒原。在那里，一切都是陌生的，虚无的，仿佛是绝望之所在。”[①] 但是，也

① 孙郁：《20世纪中国最忧患的灵魂》，群言出版社1993年版，第111页。

正是这份深沉的绝望让鲁迅不断地反思与批判，在孤独与绝望中抗争。

综上所述，我们看到了处于不同地域空间中的鲁迅与卡夫卡的共通之处，他们都生动而形象地展示了20世纪人类的生存状态，并且探讨了一个共同的问题，即在一个荒诞、强大、黑暗的世界面前，人应该往何处去，出路何在。他们的答案是：在绝望中反抗，尽管这种反抗可能是一种无力的挣扎，但是人们应该以自身的行动来展示人之为人的生命意志，生命不息，奋斗不息。鲁迅与卡夫卡作为20世纪人类生活图景的展示者，不仅生动真实地描写出了人类的生存困境，更重要的是，他们都在试图探索出路，给出答案。他们通过文学作品指出了现实世界的黑暗、不合理以及人们的生存困境，这其实暗含着“不能这样下去”的声音，表明他们渴望的是一种更和谐更美好的生活，这种探索本身就充满了意义，表现了生生不息的生命意志。

## 第二节　父与子的关系之伤

卡夫卡的作品几乎都带有精神自传性质。从某种程度上说，他作品的主人公就是他自己的折射，与他本人有着相似的人格属性与情感体验。而缠绕他一生的父亲情结，对父亲的恐惧感和负罪感，以及由此引发的反抗与惩罚，则在他的作品中打下了深深的烙印。可见，“父子矛盾一直是卡夫卡创作中的重要主题”①。由此，笔者将根据卡夫卡本人的成长经历以及日记、书信等，对《判决》中蕴含的父与子的关系进行解读。事实上，《判决》中的父子冲突折射了西方现代社会对个体的压抑、人与人关系的异化以及个体的反抗，揭示了现代西方人的生存困境。

### 一　恐惧与反抗

《判决》是卡夫卡最喜欢的一篇作品。在1912年9月22日至23日，卡夫卡从晚上10点到清晨6点，一气呵成地写完了《判决》，一大早就跑到妹妹奥特拉的房间读给她听，并且一反以前掩藏其作品的常态将它朗读

① 曾艳兵：《“耗子王国”的歌手——论卡夫卡与犹太文化的关系》，《外国文学评论》2003年第1期。

给所有的朋友听。在 1913 年的日记中，卡夫卡称《判决》是“从我身上自然而然生下来的产儿，满身污垢和泥浆”①。

这篇小说的情节很简单，围绕着格奥尔格和他父亲之间的冲突展开，表现了格奥尔格的矛盾心理，从对父亲的恐惧与不满，进行消极反抗，到对父亲产生负罪感，产生自我惩罚的需要。最终被父亲以及自我判决而死。母亲去世前，“父亲在经营上独断独行”，阻碍了格奥尔格真正按自己的意愿行事，他的才华得不到发展。母亲的去世对父亲打击很大，而且随着年龄的增大，他“已经精力不济”、“记忆力也在逐渐衰退”，商行里的许多事情无法全部由他顾及，所以格奥尔格就可以按照自己的想法与意愿管理商业，并且使商行有了很大的发展，职工人数增加了一倍，营业额增加了五倍，生意更加兴隆。即使格奥尔格已在商行及别的事情上有了很大的自主权，不再受父亲独断专制的阻碍，但他长久以来对父亲所形成的根深蒂固的恐惧感却使他时刻处于提心吊胆之中。他与父亲的这种对立的关系，让他有意无意地疏远父亲，并时刻保持警惕，仔细地观察一切，以免被父亲的打击弄得惊慌失措。

无疑，格奥尔格对父亲的专制独断是反感的，但同时他的内心又充满畏惧。他想摆脱父亲的控制，反抗他的专断。商行的生意兴隆，与一个富家小姐订婚，使他赢得了一定的自信。当他把这个消息告诉远在俄罗斯的孤独而生意清淡的朋友时，“想得出神而在微笑”，不难看出他内心的得意。格奥尔格写完信走进父亲的房间告诉他时，其实也有一种示威炫耀之意，让他强壮的父亲看到他并不是全无能力的。从“他已经有好几个月没有来过了”可以看出他与父亲的关系的疏远，即使住在对面，也几个月不去看他一次。格奥尔格常常在晚上出去见朋友或者看望未婚妻，即使待在家里不出去，与父亲也是各干各的，在共同的起居室里坐着，各看各的报纸，更不用说互相问候、谈心了。他们的关系是极其冷淡的，仿佛是同住在一个屋檐下的两个互不相关的陌生人。事实上，这种对父亲的疏远与冷淡正是格奥尔格无言反抗的一个手段。他甚至几乎没有考虑过他结婚后怎样安置父亲，而是理所当然地认为父亲是在他和妻子的生活之外的。他过

① ［奥］卡夫卡：《卡夫卡书信日记选》，叶廷芳、黎奇译，百花文艺出版社 1991 年版，第 35 页。

他的婚姻生活，父亲继续留在老宅子里，独自生活。他们继续向两条平行线一样，互不相干。一种局外人的冷漠是格奥尔格对性情专断的父亲的反抗。

卡夫卡所写的都是他内心世界的独白。正如一位奥地利学者瓦尔特·H. 索克尔所说的："卡夫卡的作品可称之为由隐喻伪装起来的精神自传。"① 因此，卡夫卡笔下的格奥尔格就不可避免地有卡夫卡自己的影子。与格奥尔格的父亲一样，卡夫卡的父亲是一切事情的独裁者与权威，卡夫卡的母亲虽然袒护儿子，但她从来不会因为儿子而站在反对丈夫的立场上。卡夫卡在家里觉得异常孤独，没有人知道他内心真正想要的是什么，他的灵魂一直找不到家的归宿感。在 1919 年写给父亲的那封著名长信的开头，卡夫卡写道："最近您问起过我，为什么我说畏惧您。同往常一样，对您的问题我无从答起：一来是我确实畏惧您，二来是要阐明这种畏惧涉及具体细节太多，凭嘴很难说得清楚。"② 在信中，卡夫卡还讲述了童年的一件往事，一天夜里，卡夫卡孩子气地哭闹着要水喝，被父亲一把从被窝里拉出来，拽到晾台上，并让小卡夫卡一个人穿着单衣面对关上的房门站了很长时间。这件事给卡夫卡的伤害很大。"那个身影庞大的人，我的父亲，那最高的权威，他会几乎毫无道理地走来，半夜三更将我从床上揪起来，挟到晾台上，他视我如草芥，在那以后好几年，我一想到这，内心就受着痛苦的折磨。"③ 对父亲的惧怕以及对他粗暴的教育方式而产生的不满，使卡夫卡渴望逃遁，渴望远离这份无处不在的压迫感。他曾经把自己的作品称为从他父亲身边逃脱出来的一种企图。由此可以看出卡夫卡对父亲的精神上的逃遁，想摆脱父亲对他的心灵所造成的创伤。在家里，卡夫卡躲避着父亲，除了有时和父亲寒暄几句，平时几乎不说话。即使有事问父亲，也要通过母亲传话。他的《致父亲》也没有亲自交给父亲，而是要母亲转交，但由于母亲担心父子关系恶化，并没有把信给父亲。卡夫卡和父亲的关系是比陌生人还要陌生的。有一次，卡夫卡和母亲吵架时说：

---

① 叶廷芳编：《论卡夫卡》，中国社会科学出版社 1988 年版，第 185 页。

② ［奥］卡夫卡：《致父亲：天才卡夫卡成长的怕与爱》，张荣昌译，广西师范大学出版社 2004 年版，第 2 页。

③ ［奥］卡夫卡：《致父亲：天才卡夫卡成长的怕与爱》，张荣昌译，广西师范大学出版社 2004 年版，第 12—13 页。

“你们大家对于我都是陌生的，存在的只有血缘，但它不表现自己。”① 存在于父亲和他之间的，只有表层的注定无法改变也无法摆脱的父子血缘关系，以及深层的本质上的疏离感。这种对父亲的疏离是卡夫卡对父亲不满的排斥与反抗。他甚至在暗中默默地观察、收集并在心里嘲弄父亲身上的滑稽好笑的事情。他只能以这样的方式与父亲进行抗争，并在精神上获得一些满足感。

卡夫卡的作品写的都是一种精神自传，他在作品里表达了不能向父亲倾诉的悲伤。无疑，《判决》是卡夫卡长久以来压抑着的情感的一次释放，他通过格奥尔格来诉说自己的心声，对父亲专断的不满与恐惧，疏远与反抗。格奥尔格走进父亲的房间时，对光线的阴暗感到惊讶，那种感觉就像一个人从一个世界走进另一个不熟悉的世界，是他所不习惯的。尽管父亲没有吃多少早餐，但他并没有表示丝毫关心或者心疼，只是维持着在父亲面前的无动于衷的态度。他只是“茫然”地看着父亲收拾杯盘，心里想着“在商行里他可完全是另外一种样子”。虽然此时父亲表现出一个老鳏夫独自生活的孤单无靠，但他对父亲的印象还是停留于商行里那个独断的魁伟的巨人父亲，也是他所畏惧与不满的父亲。因此，格奥尔格保持着他一贯的冷漠来表达他对父亲的不满与反抗。

## 二　负罪与惩罚

父亲外形上的魁伟与精神上的强悍让卡夫卡感到恐惧与不满的同时，也让他自惭形秽，总觉得自己不如父亲，而且没有按照父亲希望的那样成为一个勇敢强大的人，而是更加自卑、懦弱。所以他感到辜负了父亲的希望，有一种负罪感。卡夫卡由于对父亲的恐惧感与不满而形成的对他的漠然，让父亲指责他忘恩负义、不孝顺、背叛。工作后，卡夫卡除了为保险公司奔波，把主要精力都放在了写作上，和家里人很少沟通，“比一个陌生人还要陌生”②，也不关心家里的生意。为此，父亲经常责怪他。卡夫卡一方面觉得十分内疚，“我的罪过的存在是毫无疑问的，即使不象父亲说

---

① ［奥］卡夫卡：《卡夫卡书信日记选》，叶廷芳、黎奇译，百花文艺出版社 1991 年版，第 38 页。

② ［奥］卡夫卡：《卡夫卡书信日记选》，叶廷芳、黎奇译，百花文艺出版社 1991 年版，第 39 页。

的那么严重"[1]。但是，由于懦弱孤僻的本性使然，他无力改变什么。在1912年12月29日至30日致菲莉斯的信中，卡夫卡写道："家庭的和睦实际上只受到我的干扰，而且随着一年年的流逝越演越烈，我经常感到不知怎么办才好，感到自己对父母和所有人都犯有罪过。……只是与你相比我更是罪有应得。以前我曾一夜间走到窗前数次，玩弄着窗把，我觉得我完全应该打开窗子，一跃而出。"[2] 这种负罪感根植于卡夫卡的内心，并成为他一生都难以摆脱的创伤与噩梦。因此，他笔下的人物也不可避免地受其影响。

格奥尔格起先对父亲十分冷淡。但当他看着父亲牙齿已经脱落的嘴，听着他可怜兮兮地说他已经精力不济了，记忆力也在减退，请格奥尔格不要欺骗他。格奥尔格感到非常困惑。难道这样一个记忆力减退、老眼昏花、牙齿脱落的老人，这样一个轻声地恳求儿子不要欺骗他的无助的老人，这样一个整日生活在对妻子去世的打击中的伤心的老人，就是他平时所恐惧的仇恨的专断蛮横的父亲，就是他一直用冷漠与疏远为武器去反抗的人吗？此时，格奥尔格开始感到内疚。他内心深处潜藏着的对父亲的爱开始浮现出来。于是，他要父亲搬到前面房间去，睡在他的床上，要父亲享受充足的阳光、新鲜的空气，并且要多吃早餐，增加营养。而这些正是他以前所漠然置之的。之所以到现在才提出来，是因为父亲以一种苍老而病弱的形象打动了他。这个父亲并不是他想战胜想反抗的那个独揽一切事务、强大蛮横的人。内疚感与负罪感占了上风。他开始责怪自己，没有好好照顾父亲，没有尽到一个儿子的责任，让父亲穿着不干净的内衣，住在黑暗的房间里，靠读报和怀念死去的妻子度日，而自己却几个月都不到他的房间里看望他。

由于对父亲根深蒂固的恐惧感还在，当父亲在他怀里玩弄表链时，他仍感到惊恐。但良心上的负罪感已经紧紧抓住了他。所以，当父亲假装用亲切的目光看着他，狡黠地问他现在是否已经盖严实了，格奥尔格并没有像以前那样提高警惕地提防父亲。他并没有怀疑父亲为什么特别急于得到

---

① ［奥］卡夫卡：《卡夫卡书信日记选》，叶廷芳、黎奇译，百花文艺出版社1991年版，第45页。

② ［奥］卡夫卡：《卡夫卡文集（第4卷）》，林骧华主编，安徽文艺出版社1998年版，第163页。

答案。于是，他掉进了父亲专为他设的陷阱里，憨厚而老实地回答父亲说他盖得很严实。此时，父亲忽然用力将被子掀开，直挺挺地站在床上，一语双关地指责儿子怀着要埋葬他的恶意把他“完全盖上”，并且用一种理所当然的语气说他当然认识格奥尔格的朋友。而在这之前，他一直说不知道儿子的这个朋友。格奥尔格对“虚弱”的父亲忽然变得如此“骇人”，忽然如此了解远方的朋友而感到惊讶，不知所措。接着父亲讥讽他与未婚妻订婚是因为无法抵抗她的诱惑，由此侮辱了对母亲的神圣的怀念，欺骗了朋友，并给他加了一个企图把“父亲按倒在床上，不叫他动弹”的大逆不道的罪名。格奥尔格先是本能地反抗着恢复了以前那个专断的权威者形象的父亲，离父亲远一点，忍不住说父亲是个滑稽演员，嘲笑父亲连衬衣里也有口袋，寻思着如果把这些谈话内容公之于世，就会使父亲名誉扫地。但内心的负罪感让他“咬住舌头”、“两眼发直，由于咬疼了舌头而弯下身来”，看到父亲身体往前弯曲就担心父亲倒下来摔坏了，不断地忘记原来对父亲的提防和反抗，本来要嘲笑父亲的话还没有说出来就变了语调，“变得严肃认真”。最后他终于知道了父亲一直在暗中监视他。他的关于亲近父亲、证明自己的幻想全部幻灭。

格奥尔格的理想世界忽然之间坍塌了。一直通信的青年时代的朋友对他的信“连读也不读就揉成了一团”，却拿着父亲的信“读了又读”；生意上的兴隆只是因为父亲“已经做了准备”，为他轻松地把生意做成打下基础，而且他的顾客的名单也在父亲的手中；与未婚妻订婚只是因为忍受不了她的诱惑。正如卡夫卡在日记中所说的，父亲“从那个共同物，即从那个朋友那儿突出自己，并把自己放在与格奥尔格对立的地位，他通过其他那些较次要的共同点而加强自己的地位，诸如通过母亲的爱和依从，通过对母亲的始终不渝的缅怀，通过最初确实是由父亲为商店争取到的顾客”①。格奥尔格则什么也没有，一无所能。这让原本就被压抑的潜藏在他心中的与父亲对比而形成的自卑感更加强烈。而父亲对他的指责更是火上加油，骂他是一个没有人性的人！这句话宣告了格奥尔格的彻底失败。他既没有做到完全疏离父亲，反抗父亲，也没有做到与父亲靠近，得到父亲

① ［奥］卡夫卡：《卡夫卡书信日记选》，叶廷芳、黎奇译，百花文艺出版社 1991 年版，第 35 页。

的认可。他已经成为一个一无是处的人，已经完全被父亲打败了，没有丝毫存在的价值。格奥尔格顺从地投河淹死，这是他对自己的百无一用的惩罚与判决。同时也是内心积淀已久的负罪感使然。

弗洛伊德提出了三重人格理论，即“把心理区分为本我、自我和超我”①。其中，“本我”是人性中最本能的东西，原则是快乐本能。“自我”是现实化了的本我。“超我”是道德化了的自我，并以良心和负罪感等形式规范“自我”。当“超我”和“自我”的关系紧张时，人就可能产生负罪感，而负罪感又会衍生出自我惩罚的需要。当格奥尔格被父亲判决投河淹死的时候，他急忙冲下楼梯，迫不及待地向河边跑去。如果说父亲对他的判决是荒谬的，是一种失去理智的非理性行为，那么格奥尔格为什么要如此顺从如此迫不及待呢？在生死攸关的关键时刻，他却想等到公共汽车驶来时再跳水，考虑到了公共汽车的噪声“可以很容易地盖过他落水的声音”这样的细节。这说明他并没有失去理性，而是非常清醒。从他“象饿极了的人抓住食物一样紧紧地抓住桥上的栏杆”可以看出，他是把死亡当作一种解脱，仿佛是他的救命稻草。原因在于，他对父亲的内疚感、负罪感迫使他对自己做出惩罚。而父亲对他的判决就是最严厉的惩罚。

在松手落水的那一瞬间，格奥尔格还表示一直爱着自己的父母亲。这是一个儿子多么沉重的创伤。被爱的父亲并不理解也没有探究过儿子的这种复杂矛盾的爱。同时，这种爱的表白里也有一个儿子不满的反抗。一个父亲一直在监视自己的儿子并且让他投河淹死，这也许是儿子最大的悲哀了。从某种程度上说，判决格奥尔格的虽然是父亲，但最主要的还是他自己，是他自己良心上的负罪感迫使他自我惩罚。他对父亲的根深蒂固的恐惧感和不满仍是存在的，无法消除。而只要有不满，就会有反抗。矛盾并没有解决。卡夫卡在 1916 年 7 月 20 日的日记中写道：“如果我被判决了，那么我并非仅仅被判完蛋，而且被判处抗争到底。”② 格奥尔格的反抗因为最严厉的惩罚而得以无限地延伸。

---

① ［奥］西格蒙德·弗洛伊德：《自我与本我》，林尘、张唤民、陈伟奇译，上海译文出版社 2011 年版，第 232 页。

② ［奥］卡夫卡：《卡夫卡书信日记选》，叶廷芳、黎奇译，百花文艺出版社 1991 年版，第 52 页。

### 三　深层寓意

作为西方现代派文学的开山鼻祖，卡夫卡所写的既是个体性的体验，又具有普遍意义。很多人都可以在他的作品中找到自己的影子。可以说，卡夫卡的小说不仅仅是他的精神自传，更蕴含着深意。

首先，格奥尔格、父亲、朋友之间的三角关系蕴含着卡夫卡对资本主义社会中人与人之间关系的反常与异化、冷漠与虚伪的深刻透析，表现了社会对人的挤压。从上面的论述中我们可以发现，格奥尔格与父亲的关系是非正常的、极为荒诞的。格奥尔格由于不满父亲的专制而对他冷漠疏远，几个月都不到他的房间去看他，没有为父亲的健康、饮食、居住条件考虑过。父亲对儿子则极不信任，极为专断。他先是假装成虚弱的老态龙钟的样子，让儿子良心上产生内疚感、负罪感，并放松警惕。当儿子开始关心他，帮他脱掉衣服，抱到床上，盖上被子时，父亲竟然毫无道理地怪罪儿子居心叵测，想要把他埋葬。刚才还可怜兮兮的病弱的老人忽然变得强大，“只用一只手轻巧地撑在天花板上”，并给了儿子一顿迅雷不及掩耳的指责。一阵狂风暴雨般的怒气之后，父亲判决自己的孩子投河淹死。一个有着正常的父子亲情关系的父亲是不会如此无情、如此残暴地对待自己的儿子的。可见他们父子之间已经没有丝毫温情可言，父不父，子不子。人与人之间的关系已经反常和异化，最亲密的人成为对立者，成为最陌生的人。父子之间尚且如此，更不用说别人了。卡夫卡通过格奥尔格与父亲之间的关系在更深的层次上揭示了资本主义社会人伦关系的异化。生活在这样一个冷漠的世界上，哪怕是父子之间，也充满了欺骗和猜疑、防备和监视，比陌生人还要陌生。人失去了赖以生存的精神上的根基，灵魂无依无靠，没有归宿感，处于绝对的孤独状态。

另外，格奥尔格与远在俄罗斯的朋友虽然一直保持通信联系，但那只是个可有可无的形式。在本质上，他们都不能直接抵达对方的内心，更不用说坦诚以对、彼此理解了。格奥尔格在给朋友的信中，始终写些无关紧要的琐事。正常的朋友之间应该是同甘共苦的。可格奥尔格从来不与自己的朋友交心，不是把朋友当成自己灵魂的一个最真实的观众，而是给心灵戴上了面具，从不袒露真实情况。关于他鸿运高照、生意兴隆的变化朋友则一无所知。他宁愿在信中接连三次把“一个无关紧要的男人和一个同样无关紧要的女人的订婚的事告诉了他的朋友"，也不愿意告诉朋友自己订婚这样的大事。朋友对格奥尔格也不说真话，关于三年多不回国的解释是俄国政局不稳，哪怕离开几天都不行。事实上却有成百上千的俄国人出国去世界各地旅行。由此可见，朋友完全是在敷衍格奥尔格，而不是告诉他实情。

卡夫卡在1913年2月11日的日记中写道："那位朋友是父子之间的联系，他是他们之间最大的共同性。独自坐在窗前时，格奥尔格喜不自胜地玩味着这一共同物，以为已经赢得了父亲。"① 从"玩味"一词可以看出格奥尔格并没有把朋友放在眼里，而是把他当作自己战胜父亲的一种手段。他对朋友的态度是"漫不经心"的。朋友只是被他利用的赢得父亲的一个参照物，通过一无所成的朋友获得心理上的满足感。那个朋友独自在异乡俄国，人际关系不好，不和任何人来往，徒劳无益地苦心经营着一家商店，"长久以来生意显然清淡"，而且感情上是空白的，准备独身一辈子。而格奥尔格则恰恰相反，他在自己的国家，有属于自己的交际圈子，人缘不错，常出去会朋友，生意上十分兴隆，一个月前又同一个富家小姐订了婚，可谓友情、事业、爱情三丰收，春风得意。与各个方面都不如自己的朋友相比，格奥尔格更加凸显出自己的成功与幸福。格奥尔格通过朋友的不幸而印证了自己的幸福。他对朋友的同情是建立在自己成功的基础上的。出于优越感，他认定朋友参加他的婚礼时会感到很勉强，自尊心受到损害，会嫉妒他，并且会感到不满意。可以看出，格奥尔格通过贬低朋友而抬高自己，对朋友的孤苦生活并没有真心的关怀与疼惜。朋友对格奥尔格也是虚伪的。父亲一直写信给朋友，告诉他格奥尔格身边发生的一切事情。他虽然几年没有回国，但"什么都知道"，甚至比格奥尔格本人"还清楚一百倍呢"。而朋友对这一切一直讳莫如深，他瞒着格奥尔格和父亲达成了一致。他左手拿着格奥尔格的信，"连读也不读就揉成了一团"，右手却拿着格奥尔格一直想战胜的父亲的信"读了又读"，和自己朋友的敌人父亲成了同盟者，这无疑是对格奥尔格最大的背叛。

因此，格奥尔格与朋友之间是徒有形式的不真诚的虚伪关系。这种关系是资本主义社会人与人之间冷漠、虚伪、自私关系的一种折射。最后，

---

① ［奥］卡夫卡：《卡夫卡书信日记选》，叶廷芳、黎奇译，百花文艺出版社1991年版，第35页。

格奥尔格与朋友之间的友情以及他和父亲之间的亲情全都败给了父亲与朋友之间的代理关系。这从一个侧面说明了，在当时的社会，人情已经沦落，取而代之的是物质利益关系。这是一种不符合常态的、非正常的异化关系。“人类创造了文明，但却成了文明的奴隶，这就是异化；现代化程度越高，异化程度越高；特别进入20世纪以后，以发达的物质或商品构成现代文明给予人精神的挤压已是不可忽略的问题。”① 人与人关系的异化是现代工业文明社会的一个普遍问题，主要表现为他人与本人的对立，彼此之间存在着一堵墙，无法逾越，也无法沟通。人都戴着面具，已经失去了原来无间的亲近感，而代之以冷漠、虚伪。在生活中，敌人把自己作为敌人并不可怕，可怕的是自己的亲人、朋友把自己当作敌人，被亲人和周围的人遗弃，成为精神上的孤独者，无所归依。卡夫卡冷漠而残忍地把人与人之间的关系异化后的状态描述出来。他以一种冷静而客观的笔调写出了人类在这个失去人情的极其冷漠极其空洞极其虚假自私的世界上的无所适从感。格奥尔格在自己的父亲那里找不到自己的位置，在朋友那里也没有自己的一席之地，亲情、事业、友情、爱情都不过是一场虚幻。于是，格奥尔格成为一个没有位置的人，他不能接受这个世界，也不被这个世界接受，唯一的出路就是死亡。

人类社会的发展使得越来越多的人发现人类文明，特别是现代工业文明，给人的生存带来一种威胁，由此呈现出个体与社会的冲突。申丹指出，《判决》作为西方现代派文学的代表作，其情节中的父子冲突蕴含着隐性的个人与社会的冲突，表现了西方现代社会中人的生存困境，即西方现代社会对个体的压抑和扭曲以及个体在社会重压之下的孤独、压抑和绝望的情绪。在作品“隐性进程”的叙事中，“儿子、父亲以及其他人物均成为社会压力的牺牲品。卡夫卡通过叙事暗流里的这种冲突，既微妙又强化地勾勒出现代西方社会中个体在社会压力下的异化，使作品暗暗成为现代西方人生存困境的一个缩影，并使《判决》与卡夫卡随后创作的《变形记》、《诉讼》等形成呼应，共同抗议现代西方社会对个体心灵的扭曲”②。

① 王化学：《西方文学经典导论》，山东人民出版社2004年版，第585页。

② 申丹：《情节冲突背后隐藏的冲突：卡夫卡〈判决〉中的双重叙事运动》，《外国文学评论》2016年第1期。

可见，《判决》的父子冲突背后隐藏的是现代西方社会普遍存在的人与人关系的异化、个体在社会中的孤独、绝望以及社会对个体的压抑与扭曲。

其次，格奥尔格对父亲的恐惧、反抗，以及由此引发的负罪与惩罚，蕴含着卡夫卡对父权与文化的反抗。卡夫卡生活在新旧世纪交替的历史时期，人们的理性世界破灭，信仰出现危机。经过两千多年的对上帝的心理畏惧之后，以尼采为代表的一批先锋人物振臂一呼“上帝死了！”他们高举非理性的大旗，对父辈权威或传统文化普遍表示绝望，进而发起攻击。从上文的论述中，我们可以看出格奥尔格的父亲是一个专制独裁的人。从某种程度上说，他代表着不容置疑的整个父权制度。格奥尔格对父亲的反抗可以看作新生的一代对父权制的反抗。但是，不论新生的一代在思想或者行为上有多么标新立异，在本质上，在骨子里，他们还是摆脱不了几千年的传统意识的浸润所留下的痕迹。这就决定了他们反抗的不彻底性与矛盾性。他们一方面不满父辈的权威与专断，另一方面又不能完全摆脱它的束缚与影响。格奥尔格虽然反抗父亲，但在骨子里，他还是承认并受到传统的父权制的影响与牵制，所以当他疏远冷淡父亲的时候会产生负罪感。正如德国学者赫伯特·克拉夫特所说的：“父与子的冲突非常典型地记载了这一社会结构；依赖者有依赖性，不能坚持反抗到底。每种社会制度之所以存下来，这是因为它被看作是理所当然的，谁如果起来反对它，就会觉得自己有罪。”[①] 于是，当父亲作为最高权威判决格奥尔格投河淹死时，他顺从地执行了。胡志明认为，卡夫卡作品中的父亲形象象征了“被剥去了圣衣”的上帝，卡夫卡通过这样的“父亲/上帝”形象揭示了现代西方人的生存境况。就此来说，卡夫卡作品中的父子关系表现了现代西方人对传统文化的复杂心态，“既难以忍受，又无从摆脱；既想叛逆，又有眷恋；既不甘绝望，又无法不绝望……这一切最终只能归结为一种对所有一切事物的‘令人痉挛的恐惧’。卡夫卡的作品把西方现代人所遭遇的几近极限状态的生存困境展现得纤毫毕露”[②]。曾艳兵则指出，犹太教或者犹太文化是卡夫卡创作的源泉之一，“卡夫卡的全部创作就是立足于犹太文化这一

---

① ［德］赫伯特·克拉夫特：《卡夫卡小说论》，唐文平译，北京大学出版社 1994 年版，第 78 页。

② 胡志明：《父亲：剥去了圣衣的上帝——试论卡夫卡作品中的父亲形象》，《外国文学评论》2001 年第 1 期。

片肥沃的土地，不论他一度曾经离开这里走得有多远；反过来，如果我们要理解卡夫卡，也应当回到犹太文化这里来寻找答案”[①]，而《判决》中的父亲形象具有《旧约》中耶和华上帝的特征，“在犹太文化中父亲常常就等同于上帝”[②]。由此，格奥尔格与父亲的关系象征了人与上帝的关系。综上可见，卡夫卡通过格奥尔格写出了新旧交替的历史时期，反抗传统的父权制度与传统文化却又深感失去传统信仰的失落、迷茫，怀着恐惧和负罪心理的知识分子的两难境地与精神创伤。

## 第三节　现代人精神之伤的形成原因

卡夫卡的作品真实地反映了现代西方人的生存困境与精神创伤。那么，卡夫卡的作品之所以呈现出这种生存困境与精神创伤的原因有哪些？笔者认为，主要有三个方面的原因：其一，信仰失落造成的精神危机，上帝之死使西方人失去了对终极意义的探寻，失去了精神家园，无所归依。其二，无所不在的物的暴力对人的奴役，使人被异化。个体在荒诞的世界中处于不安、焦虑、无望的状态。其三，卡夫卡的身份归属的不确定及其在家庭生活中形成的恐惧感、孤独感，对其创作有重要影响。

### 一　精神危机

卡夫卡所处的时代是19世纪末20世纪初，世纪之交的欧洲正处于社会转型期。当时的政治经济现实，特别是第一次世界大战带给人精神上的毁灭性打击，使欧洲社会流露出一种普遍的悲观绝望情绪。卡夫卡虽然没有参加一战，但是不能不受其影响。基督教文化长期影响下所形成的社会秩序感和道德感存在的理由便理所当然地被人们怀疑和摒弃。人们在精神上感到他们所赖以生存的世界已经变成了被上帝抛弃的世界。尼采在《快乐的科学》中，写出了这种精神上无所归依的迷茫状态：“地球运动到哪里去呢？我们运动到哪里去呢？离开所有的阳光吗？我们会一直坠落下去

① 曾艳兵：《“耗子王国”的歌手——论卡夫卡与犹太文化的关系》，《外国文学评论》2003年第1期。

② 曾艳兵：《“耗子王国”的歌手——论卡夫卡与犹太文化的关系》，《外国文学评论》2003年第1期。

吗？向后、向前、向旁侧、全方位地坠落吗？还存在一个上届和下届吗？我们是否会像穿过无穷的虚幻那样迷路呢？那个空虚的空间是否会向我们哈气呢？现在是不是变冷了？是不是一直是黑夜，更多的黑夜？在白天是否必须点燃灯笼？我们还没有听到埋葬上帝的掘墓人的吵闹吗？我们难道没有闻到上帝的腐臭吗？上帝也会腐臭啊！上帝死了！永远死了！是咱们把他杀死的！"[1] 尼采的这段话形象地表现了西方人信仰失落后的空虚和迷茫。在宇宙中，人没有一个辨别方向的出发点，从而失去了存在的根基和理由。尼采狂人般地以疯子之口宣称："上帝哪儿去了？让我们告诉你们吧！是我们把他杀了！是你们和我杀的！咱们大伙儿全是凶手！"[2] 这声振聋发聩的呐喊让西方人跌入一个精神困境中，一方面失去了传统基督教的信仰支持，精神上成为荒原，没有依靠和信赖，并且由此产生对过去一切道德、传统的怀疑心理；另一方面人们又对未来怀有一种无望的情绪，没有新的理想、价值观的指导，处于不知道从哪里来，要到哪里去的两难境地。"在这个没有上帝的世界里，人虽然身在社会中却不是社会的一部分，因为自己无法与这一社会建立起满意的联系，人已经成了被荒诞社会捉弄的可怜的玩偶，成了被抛到世界上的孤独者和局外人。"[3] 失去了信仰的人们就像失去了根和灵魂的漂泊者，游荡于世界的各个角落，没有归属感，没有位置，是一群精神和信仰的失落者。

按照基督教文化的观点，上帝与人的关系是一种本质与现象的关系。上帝代表着至高无上的创造者和权威，一种至纯的精神。上帝用泥土和自己的灵气创造了人，因而人的身上带有卑劣的动物性和纯洁的神性。这种神性决定了人们要追求上帝，追求最高的精神，以达到本真、永恒的爱，以纯洁自己的灵魂。这是基督教文化所建立的永恒的秩序。最能体现这个特征的是中世纪。但是到了19世纪末20世纪初，随着尼采"上帝死了"的呐喊，人们失去了对上帝的信仰和追求，也就失去了本质。所以，人也就异化了，成为没有本质，只作为现象存在的无意义的客体了。失去上帝这个真正的本质之后，原有的本质、现象的"二元对立"模式也宣告破

---

① ［德］尼采：《快乐的科学》，黄明嘉译，华东师范大学出版社2007年版，第209页。
② ［德］尼采：《快乐的科学》，黄明嘉译，华东师范大学出版社2007年版，第208—209页。
③ 刘建军：《基督教文化与西方文学传统》，北京大学出版社2005年版，第255页。

灭。人成为这个混沌的不确定的世界上被异化的孤独者。

艾略特的长诗《荒原》就深刻地描写出了这种精神上的荒原状态，万物枯死，毫无生机，人与动物已没有明显区别，沉迷于肉欲和物欲的横流中，空虚而迷茫，虚度光阴。其中《对弈》和《火诫》写了有欲无情的不正常的两性关系，荒唐、堕落的现代人。《水里的死亡》写出了人欲横流带来的死亡。在最后《雷霆的话》中，艾略特表达了用宗教解救荒原的希望，规劝人们要施舍、同情、克制。《荒原》以一种真实的笔触揭示了旧的信仰已经失落，新的理想尚未诞生，精神空虚、迷茫的一代人的生存状态。与但丁的《神曲》相比较，《荒原》中也有神秘的宗教意识，两者都展示了当时的时代图景，并指出拯救之路。但《神曲》是严整而清晰的，地狱、炼狱、天堂各有九重，每个人都可以在其中找到属于自己的位置或拯救方式。而《荒原》中的人们却是混乱、空虚、没有救赎希望的。虽然作者最后为人们指出用宗教解救荒原的出路，但我们仍可以感到他深深的忧虑。美国戏剧家尤金·奥尼尔的《毛猿》，以扬克象征人类，写出了现代人的精神危机，找不到自己的位置和归属，孤独而无望。在戏剧的开始，作家将背景设在一个“被白色的钢铁禁锢的一条船腹中的一个压缩的空间”，在这个笼子式的环境中，主人公扬克和工人们如同一只只毛猿。扬克认为自己是世界的动力，后来他逐渐意识到自己的可悲地位，在有钱人眼中，自己不过是畜牲毛猿而已，并且开始试图改变自己的地位，寻找自己在社会中的位置。但每次都以失败告终。在走投无路时，他来到动物园，试图向大猩猩倾诉心中的苦恼，却被大猩猩抱死。奥尼尔以扬克的悲剧写出了现代人在丧失宗教信仰与自然的和谐以后对自我的寻求以及失败的命运，写出了现代人的无望、迷茫和困惑，精神上无所归依，不能够和社会、自然建立满意的关系。

19 世纪末 20 世纪初的这种失去对上帝的信仰的现实给西方人精神上的打击是毁灭性的。上帝之死意味着终极意义和最高价值的解体，“意味着欧洲精神作为哲学和基督教的终结，意味着它指导人的思维的力量已经耗尽，它那不言而喻的统治地位已经动摇，意味着迄今被看作人类存在最重要成就的精神成果的丧失”①。也就是说，上帝之死，不仅仅意味着基督

① ［德］曼·弗兰克：《正在到来的上帝》，载［法］让－弗·利奥塔等《后现代主义》，赵一凡等译，社会科学文献出版社 1999 年版，第 31 页。

教地位的动摇、信仰的失落，更重要的是一种思维方式上的改变，不再有一个高高在上的终极意义作为指导，从而导致了对以往的价值观、人生观的普遍怀疑和失落，陷入虚无主义的泥淖中。“不论是作为最高的价值、创造世界的上帝、绝对的本质还是作为理念、绝对精神、意义或交往的关联系统，或者在现代自然科学中作为认识一切、改造一切的主体，都只不过是人的精神创造出来、用以自我安慰、自我欺骗的东西而已。用批判的目光审视一切，人们便会发现欧洲思维中的上帝和超感觉世界中的一切，尤其是超验的价值和意义，都是虚无。”① 作为生活在当时的一个敏感的作家，卡夫卡无疑会受到这种信仰失落、精神危机的时代语境的影响。“在卡夫卡的小说里，也是上帝死了。”② 因此，卡夫卡作品中的主人公大多是“弱的英雄”，柔弱无助、恐惧不安，生活孤独而无望的小人物。虽然他们也在奔波忙碌，也在坚持，但是这种坚持已经失去了对终极目标的关注，而只是为了生存下去的无奈挣扎。

## 二 物对人的奴役

西方的物质文明和科学技术在19世纪初获得了很大的发展。资本主义生产关系的出现，一方面带来了自由竞争，解放了人的个性。但另一方面，以私有制为基础的生产关系必然强调个人利益，导致了人与人之间纯粹的利益关系。不仅资本家压榨剥削工人，而且资本家之间也尔虞我诈、钩心斗角。工人之间由于失业的压力，互相之间也是竞争的关系。这样就造成了一种“他人即地狱”（萨特）的群体关系。“由于现代化过程的社会效应，人群关系遭到毁坏；个人从家长式的主宰制及层阶制中‘解放’了出来，却付出了放弃人群及社区关系这个代价。人们的关系丧失了道德义务的感觉与情绪的特质，因而日益变得单单只靠了经济利益加以维持。所有人际的互益都基于物质利得。”③ 人越来越成为金钱和物质的奴隶。人创造了各种科技成果，发明了机器，自己却成为工业流水线上的一个机

① ［德］曼·弗兰克：《正在到来的上帝》，载［法］让－弗·利奥塔等《后现代主义》，赵一凡等译，社会科学文献出版社1999年版，第31—32页。

② 刘建军：《基督教文化与西方文学传统》，北京大学出版社2005年版，第276页。

③ ［美］艾恺：《世界范围内的反现代化思潮——论文化守成主义》，贵州人民出版社1999年版，第83页。

器。人创造物质，追求金钱，原本是为了生活得更好，更能诗意地栖居于大地上，实现人之为人的自信与价值。可是相反，人却成为物的奴隶。同时，资本主义追求剩余价值也必然强化人们对物的崇拜心理，人对“物”的贪婪使得他们把“物”作为第一位的东西来追求，唯物至上，进而在精神上演化成为一种“物化意识”。所谓“物化意识”，是指人在精神上将自己所创造出来的“物”，自觉或者不自觉地当成一种异己的支配力量加以敬畏和崇拜的意识。①

为了实现人的自由，人需要不断地对物化现象进行认识与反抗。资本主义工业文明带来的对物质利益的欲望以及剥削制度和生活方式，使人们极为反感。由于认识程度的差异，他们将全部不满与恐惧都归于“暴政”、“丑恶文明”等资本主义制度的具体表现形式，并且进行反抗。比如 19 世纪初期的浪漫主义作家华兹华斯、拜伦、雪莱等，用逃向大自然或想象的方式为自己构建了一个美好、纯真的理想世界，这正是出于对现实的不满与反抗。19 世纪 30 年代，资本主义商品经济带来的金钱至上及由此产生的种种罪恶，引起有良知的作家们的反抗。法国杰出的现实主义作家巴尔扎克，完整地再现了资产阶级日益得势和贵族社会逐渐解体、灭亡，人完全被金钱化的历史。他的《人间喜剧》就是一部成功地描写金钱如何摧残人的历史。在他的笔下，金钱让贵族阶级失去社会地位，让家族关系中的亲情变得淡漠甚至冷酷；让人失去善良、仁爱等美好品格，变得贪婪、自私；让整个法国社会变成一个金钱横行的大卖场。“美德在这里受到诽谤，天真无邪在这里被出卖，激情让位于叫人倾家荡产的癖好，让位于恶习。一切都可以切碎、分析、出售、购买。这是一个杂货市场，一切都标价出售。在这里，光天化日之下进行盘算，不以为耻。”② 可以说，巴尔扎克对人被金钱化的罪恶历史的剖析是力透纸背的。19 世纪五六十年代至 19 世纪末，物的内涵由金钱扩展到贫富差距、虚伪道德、阶级对立等整个资本主义制度暴力的各个方面。左拉、托尔斯泰、易卜生、哈代等作家对此作了揭示与反抗。在英国作家托马斯·哈代的长篇小说《德伯家的苔丝》

---

① 刘建军：《基督教文化与西方文学传统》，北京大学出版社 2005 年版，第 270 页。

② ［法］费利克斯·达文：《〈哲理研究〉导言》，载［法］巴尔扎克《人间喜剧》第二十四卷，多人译，人民文学出版社 1994 年版，第 258 页。

中，我们可以看到，造成苔丝这个纯洁的女人的悲剧命运的不仅仅是乡村人们陈腐落后的封建意识，还有资产阶级虚伪的道德观念、反动的制度，以及冥冥之中的神秘力量，是多种暴力综合作用的结果。这也从一个侧面表现了物的内涵的多元性。

19 世纪末期至 20 世纪上半叶，物的内涵已经由金钱、资本主义制度等变成文化、意识形态等无所不在的暴力形式，人在精神上难以摆脱物的力量的控制，“这样，外在力量在人们头脑中的抽象化和人与外在世界之间界限的模糊，必然会导致传统的‘二元对立’认识方式和思维模式的解体，促使人与‘物的力量形式’全面对峙心理的形成”①。因此，整个西方社会流露出一种悲观无望的情绪。贝克特在《等待戈多》中描写了两个无所事事的流浪汉在荒野上等待一个叫戈多的人。剧情开始时他们不知道就已等待了多久，在剧情结束后他们还将继续等待下去。这两个流浪汉代表了在资本主义社会无所不在的暴力压迫下失去人的本质的小人物。他们整场都在做一些怪动作，如反复脱靴子、拥抱、走来走去，还说一些莫名其妙的话。这些动作和语言都没有任何的意义和目的性，只能证明他们还活着。这两个流浪汉唯一的希望就是等待戈多的到来，但是每天傍晚时，总有个小孩告诉他们，戈多今天不来了，明天准来。可日复一日，戈多始终没有到来，从而表达了世界没有希望得救的思想。在《等待戈多》中，尽管那两个流浪汉一直坚持等待戈多。但是他们的坚持已经不同于以往积极主动的坚持。强大与荒诞的外在世界、无所不在的物的暴力对人的控制，都使人们陷入一种深深的绝望之中。那两个象征着人类的流浪汉只不过是命运拨弄下的玩偶和可怜虫。不仅外在世界已经不再能够清晰把握，连人的自我主观世界也随时可能被异化。这种不确定感以及悲观无望的情绪，使得人们的坚持已经不再具有积极主动的抗争精神。同时，虽然此时人们坚持的目标是反抗物化，但由于物的内涵变得越来越模糊，难以捉摸，所以使这种坚持看起来有目标，实际上又没有一个明确的目标，一切都充满了不确定性。

物的内涵的庞杂化与抽象化，必然使一切都充满了不确定性。即使连“自我”都是难以确定的，因为它随时都可以变成任何一种物的力量的奴

① 刘建军：《演进的诗化人学》，东北师范大学出版社 1998 年版，第 348 页。

隶。捷克现代主义作家卡·恰佩克的戏剧《万能机器人》描写了人在高度的物化社会中失去“自我”的悲剧。在剧中，科学家发明了一种元素，可以制造机器人。机器人在外形上与人相似，区别只在于它们没有灵魂，没有感情，不会反抗。由于机器人在劳动中的灵巧与万能、任劳任怨而占据了各个生产领域。人越来越少，机器越来越多，直到机器人统治了人。世界变成机器人的世界。没有了人类，没有了人类的位置。最后，两个机器人产生了爱情，给作品带来一丝希望和光亮。恰佩克的高明在于描写了人不是机器，却在朝机器人发展，从而揭示了现代人被异化为非人，主体性丧失，没有归属感，失去“自我”的悲剧。这样，外在客观世界与内在主观世界都充满了不确定性，使人们觉得世界是荒诞的、非理性的、不可把握的，在精神上势必会形成一种迷惘、无望情绪。

20 世纪西方世界的这种时代语境不能不对卡夫卡产生影响。在他的作品中，一方面，外在世界充满了不确定性。如《城堡》中的城堡，你可以说它是国家机器，也可以说它是父亲、暴君，或者上帝、权威等；你可以说它是有形的，因为它就在一个小山岗上；也可以说它是无形的，因为没有一条路能够到达。《判决》中格奥尔格的父亲判他去投河淹死。你可以说“父亲”是现实生活中具体的父亲，也可以说他是暴君，或者至高无上的神，或者父权制、犹太文化等。另一方面，在卡夫卡的作品中，人与人之间的关系也充满了不确定性。在《判决》中，格奥尔格对父亲的态度是不确定的。刚开始他对父亲非常冷漠，几个月都不去看他。他们的关系极其冷淡。当他走进父亲的房间，看到父亲穿着不干净的内衣，住在黑暗的房间里，靠读报和怀念死去的妻子度日时，开始内疚。当格奥尔格知道父亲与俄国的朋友达成一致来骗他时，本能地想反抗，但最后父亲把他大骂了一顿并判他去投河淹死时，他竟顺从而急切地跑下楼梯，跳进河里。格奥尔格对父亲的态度从冷漠到内疚再到顺从，体现了一种不确定性。长篇小说《审判》这样开篇：“一定是有人造了约瑟夫·K 的谣，因为他根本没有什么过错，却在一天早上给逮捕了。”[1] 关于 K 为何被捕，如何被审判，被谁审判，为何被处死，被谁处死等都是模糊不定的。刚开始，K 对

---

① ［奥］卡夫卡：《卡夫卡中短篇小说选》，李文俊、曹庸译，上海译文出版社 1987 年版，第 137 页。

自己受到的不确定的指控持坚决反抗态度，相信自己是无罪的，并且与不合理的司法机构斗争，以证明自己的清白。根据画师的建议，K可以通过“延期审判”和“诡称无罪开释”而免受判决，但不能真正获得无罪开释。即K可以在承认自己有罪的前提下苟活于世。但是K拒绝向司法机构认罪，拒绝妥协，不断地奔波忙碌，证明自己是无罪的。经过一段无望的奔波努力之后，K的态度发生了很大的转变，最后自愿接受了死刑判决。从坚信自己无罪到甘愿受刑，显示了K的自我的不确定性。

卡夫卡的《变形记》是揭示现代人异化的经典之作。《变形记》写了一个旅行推销员被异化，变成甲虫，看似荒诞，其实隐藏着内在的真实，是现代人生存状态的写照。小说是这样开头的：“一天早晨，格里高尔·萨姆沙从不安的睡梦中醒来，发现自己在床上变成了一只巨大的甲虫。”[①]作为推销员，格里高尔变成甲虫后还想着上班，心中特别着急，怕丢掉工作。因为他要通过工作来为父母还债，送妹妹去学习音乐。但是父亲对他十分专横、野蛮，还用苹果扔中他的后背，成为他的致命内伤；柔弱的母亲也害怕见到他，只有妹妹仍同情并照顾他，但后来也逐渐变得厌倦和冷漠了。为了增加收入，家里招了三个房客。在一次妹妹为房客演奏小提琴的时候，房客们表现得很粗俗，只有格里高尔欣赏她，并被她的琴声吸引，从房间里爬出来。房客们见状大惊失色，纷纷吵着要搬走。虽然格里高尔变成了虫子，但他在情感上对妹妹还是充满了爱和欣赏。可是妹妹并不懂得他的一片苦心，甚至提出“我们一定要弄走它”，“它必须离开”。最后格里高尔终于悲惨而孤独地死去。他的家人不仅没有感到悲伤，反而像摆脱了重负似的，在一个春光明媚的日子里高兴地去旅行了。

这个荒诞的故事表现了资本主义社会中，人失去了本质，为了工作，为了挣钱和生存，被异化为虫子的命运。格里高尔的一生都在不停的奔波之中，为的是还债，自己的生活却变得毫无生趣，完全失去自我，成为挣钱的工具。当他变成甲虫后，还不忘挣扎起来去上班，去赶火车，还想乞求上门威逼的公司秘书主任允许他继续工作，不要怀疑他无故失职。劳动带给格里高尔的只是压力和不安、负担和焦虑。他已经成为劳动的奴隶。

① ［奥］卡夫卡：《卡夫卡中短篇小说选》，李文俊、曹庸译，上海译文出版社1987年版，第16页。

这就是死的劳动对活的劳动的统治，物对人的统治。在生活的重负之下，格里高尔胆小怕事，战战兢兢，逐渐失去了人的本质，不存在自由，也不存在尊严，被异化为非人。格里高尔的悲哀在于，变成虫子以后还有人的情感。在现实中，他不能够像虫子一样生活，但是同时他又不能够像人那样生活，因为他有虫子的外形。这就是被异化后的现代人自我价值与个性丧失的两难境遇，既不是物，也不是人，没有属于自己的位置。他的悲惨命运说明了，人随时随地都可能会失去自我，被异化为虫子。即使是最亲近的家人，也会异化，变成最陌生的人。对格里高尔的家人来说，他最主要的功能是挣钱，当他变成虫子后，就成为一种累赘。最后连他最疼爱的妹妹也希望他快点离开。可以说，格里高尔虽然生活在亲人中间，却丝毫感觉不到内心的温暖，甚至几天都没有人想起他，最后在黑暗与孤独中死去。

综上可见，由于物对人的奴役，卡夫卡的作品表现了种种不确定性，世界不再可以把握，而是变得荒诞、非理性，人被异化，生活在没有出路的境遇之中，无从选择，更无法自主地选择，只能够在当时的情境下做出被动的选择。而不论怎么选择，渺小的个体在强大的荒诞世界面前，都是无能为力的，都免不了失败的命运。在某种意义上，这种选择看起来更像是一种不甘于被命运毁灭的挣扎。所以，卡夫卡作品中的人物总是处于一种惶惶不安的状态。而自我主体性的丧失又决定了他们在为生存而坚持挣扎的时候不可能是积极主动的，只能是被动地维持“活着”的状态而已。

### 三 身份归属与家庭生活的影响

卡夫卡生活在奥匈帝国的布拉格。作为一个犹太人，他处于一种孤立境地，有一种漂泊感。在当时，犹太人处于德国人和捷克人的夹缝中，常常充当出气筒和替罪羊的角色。特别是说德语的犹太人，一方面会遭到日耳曼排犹情绪和基督教反犹倾向的打击和迫害，另一方面又受到对一切说德语的人怀有敌意的捷克民族的排斥，因此犹太人的生存处境极为恶劣。作为犹太人的尴尬身份让卡夫卡体会到一种无所适从的不确定之感。德国学者龚特尔·安德尔认为卡夫卡的身世决定了他的性格，他的性格决定了他只能够写出“卡夫卡式”的作品。安德尔的一段话很经典地概括了卡夫卡身份与归属的不确定性：“作为犹太人，他在基督徒中不是自己人。作为不入帮会的犹太人，他在犹太人中不是自己人。作为说德语的人，他不完全属于奥地利人。作为劳工保险公司的职员，他不完全属于资产者。他作为资产者的儿子，他又不完全属于劳动者。但他也不是公务员，因为他觉得自己是作家。但就作家来说，他也不是，因为他把精力花在家庭方面，而在‘自己家里，我比陌生人还要陌生’（卡夫卡语）。”① 卡夫卡身份、归属的不确定性必然会对他创作中的不确定性有所影响和制约。

根据心理学家们的观点，特殊的人格常常是特殊的生长环境和特殊的生活经历造成的。因此，“要了解艺术家的特殊人格，就不能无视艺术家精神发展的历史”②。卡夫卡的童年、家庭环境对他以后的人格形成有极为重要的影响，其中卡夫卡的父亲对他的影响是关键性的。卡夫卡的父亲赫尔曼·卡夫卡是一个白手起家的商人，很小就走南闯北，吃了很多苦，后来终于有了自己的店铺，是一个强悍、专制的人。他希望卡夫卡也成为他那样的人，却忽略了卡夫卡从小就是一个胆小、羞怯、瘦弱、敏感的孩子，一味地根据自己的秉性去对待他，一心想把卡夫卡培养成一个强势的接班人。但他专断的教育方式却适得其反，让天性敏感、脆弱的卡夫卡更加怯懦、内向。

在精神上，卡夫卡时刻感觉到父亲的压迫，“您坐在您的靠背椅里主宰着世界。您的看法正确，别人的看法纯属无稽之谈，是偏执狂，是神经不正常。您那样自以为是，以致您可以不讲道理，总是您常有理……在我看来，您具有一切暴君所具有的那种神秘莫测的特性，他们的权力的基础是他们这个人，而不是他们的思想”③。不论卡夫卡说什么，都得不到父亲的鼓励与支持，得到的是父亲饱含讥讽的唉叹或摇头或不耐烦。即使他们的意见相符，父亲也习惯性地反对卡夫卡，而且经常对他进行威胁和恫吓，这在卡夫卡幼小的心灵上留下了很深的伤痕。那种悬而未决的痛苦与恐惧成为影响他一生的致命内伤。同时，卡夫卡的父亲在外形上是一个高大、健壮的人，虎背熊腰，肩膀又宽又大，有很大的食欲，说话的时候声

---

① ［德］龚特尔·安德尔：《卡夫卡：20 世纪清醒的醉者》，外国文学出版社 1992 年版，第 172 页。

② 刘久明：《论卡夫卡的人格心理与自卑情结》，《外国文学研究》2002 年第 2 期。

③ ［奥］卡夫卡：《致父亲：天才卡夫卡成长的怕与爱》，张荣昌译，广西师范大学出版社 2004 年版，第 15—16 页。

如洪钟。而卡夫卡则十分瘦弱，肩膀又窄又小。在父亲这个强悍高大的权威面前，卡夫卡觉得自己就像一座铁塔旁边的一根小火柴棒，并形成一种由外而内的压迫感和恐惧感。在强大的父亲面前，卡夫卡感到畏惧，完全失去了选择与反抗的意志与能力，父亲在他心中就是一种不能反抗的权威。当卡夫卡长大成人以后，在职业选择与婚姻问题上，也没能按照自己的意愿做出独立的选择。当三十六岁的卡夫卡向父母说自己决定结婚时，父亲认为卡夫卡只是由于禁不住女人的诱惑，又没有什么能耐，于是就随便找个女人结婚。这种完全不尊重卡夫卡的充满了羞辱和轻蔑的话让卡夫卡极为悲伤和无奈。“有时我想像一张展开的世界地图，您伸直四肢横卧在上面。我觉得仿佛只有在您覆盖不着的地方，或者在您达不到的地方，我才有考虑自己生存的余地。根据我想像中的您那庞大的身躯，这样的地方并不多，仅有的那些地方也并不令人感到多少欣慰，而婚姻尤其不在此列。”① 在父亲这个蛮横专断的权威面前，卡夫卡完全不能独立做出判断和决定，以致他后来三次订婚又三次解除婚约，并终身未娶。可以说，卡夫卡的父亲对他的影响是根深蒂固的，那种恐惧感，那种不能独立自主的彷徨感、无望感，以及不被关注的悲伤感，伴随着卡夫卡的一生。

卡夫卡的母亲虽然偏袒儿子，但她从来不会因为儿子而站在反对丈夫的立场上。当卡夫卡与父亲发生争执时，母亲总是暗地里保护卡夫卡，这样做恰恰使卡夫卡失去了斗争的勇气，变得畏缩起来。在给父亲的长信中，他说：“如果说您用制造执拗、厌恶甚至憎恨的感情来教育人，在某种令人难以置信的情况下还有可能将我培养为一个能够自立的人的话，那么，母亲用宠爱、理智的谈话（在纷乱的童年，她是理智的典范）以及说情把这又给抵消了。我也就重新被逐回到您的樊笼，我采取对您我都有好处的行动，本来也许会冲破这个樊笼的。”② 随着岁月的流逝，卡夫卡的母亲越来越全盘接受父亲的判断和批判。在致女友菲莉斯的信中，卡夫卡说：“我的母亲是父亲所爱的奴隶，我的父亲是母亲所爱的暴君，所以从

① ［奥］卡夫卡：《致父亲：天才卡夫卡成长的怕与爱》，张荣昌译，广西师范大学出版社2004年版，第96页。

② ［奥］卡夫卡：《致父亲：天才卡夫卡成长的怕与爱》，张荣昌译，广西师范大学出版社2004年版，第38页。

根本上而言，家庭之和睦从来是无懈可击的。”[①] 卡夫卡感恩母亲对家庭的任劳任怨与辛勤操劳，但是在情感上，他们之间缺少一种亲密无间的温情。

在卡夫卡的感觉中，父母老是扮演着追捕者的角色，本来他对他们似乎也像对整个世界一样抱着毫不在乎的态度，装出很漠然的样子。但后来他不得不承认，那种态度只是压抑着的恐惧、忧虑和悲伤。卡夫卡在家里感到异常孤独，就好像是一个陌生人，正如他所说的：“现在我在我的家庭里，在那些最好的、最亲爱的人们中间，比一个陌生人还要陌生。近年来我和我母亲平均每天说不上二十句话，和我的父亲除了有时彼此寒暄几句几乎就没有更多的话可说。和我已婚的妹妹和妹夫们除了跟他们生气我压根儿就不说话。”[②] 总之，卡夫卡的父母、家庭生活对他的影响极深，对生活的恐惧不安、孤独、无望成为卡夫卡的深切体验，使得他作品中的人物总是处于挣扎的状态，他们虽然也想坚持下去，但对现实的无能为力和无望感决定了这种坚持只能是被动的无奈选择，而非是主动的积极进取。

综上，卡夫卡作为犹太人的身份以及家庭生活特别是父亲对他的影响，使他感到没有归属，恐惧不安，忧虑、悲伤、孤独。对他来说，生命就像一场无法摆脱的噩梦。所以，我们在读他的作品时，最突出的感受就是有一种梦魇之感。

① ［奥］卡夫卡：《卡夫卡文集（第 4 卷）》，林骧华主编，安徽文艺出版社 1998 年版，第 162 页。

② ［奥］卡夫卡：《卡夫卡书信日记选》，叶廷芳、黎奇译，百花文艺出版社 1991 年版，第 39—40 页。

# 参考文献

## 一　中文著作

陈恒、耿相新主编：《新史学·纳粹屠犹：历史与记忆（第八辑）》，大象出版社 2007 年版。

陈启能、倪为国主编：《书写历史（第一辑）》，上海三联书店 2004 年版。

陈新、彭刚主编：《文化记忆与历史主义（第 1 辑）》，浙江大学出版社 2014 年版。

党圣元、刘瑞弘选编：《生态批评与生态美学》，中国社会科学出版社 2011 年版。

刘建军：《基督教文化与西方文学传统》，北京大学出版社 2005 年版。

刘建军：《演进的诗化人学》，东北师范大学出版社 1998 年版。

刘青汉主编：《生态文学》，人民出版社 2012 年版。

刘岩等：《性别》，外语教学与研究出版社 2019 年版。

鲁迅：《鲁迅经典全集》，北京出版社 2008 年版。

罗钢、刘象愚主编：《后殖民主义文化理论》，陈永国等译，中国社会科学出版社 1999 年版。

罗婷：《女性主义文学与欧美文学研究》，东方出版社 2002 年版。

孟华主编：《比较文学形象学》，北京大学出版社 2001 年版。

邱运华主编：《文学批评方法与案例》，北京大学出版社 2006 年版。

孙郁：《20 世纪中国最忧患的灵魂》，群言出版社 1993 年版。

孙郁主编：《倒向鲁迅的天平》，中国社会科学出版社 2004 年版。

汪晖：《反抗绝望：鲁迅及其文学世界》，生活·读书·新知三联书店 2008 年版。

王化学：《西方文学经典导论》，山东人民出版社 2004 年版。

王宁、生安锋、赵建红：《又见东方——后殖民主义理论与思潮》，重庆大学出版社 2011 年版。

王诺：《欧美生态文学》，北京大学出版社 2005 年版。

王庆奖等：《冲突、创伤与巨变：美国“9·11”小说作品研究》，云南大学出版社 2015 年版。

王一川主编：《文学批评教程》，高等教育出版社 2010 年版。

王一川主编：《西方文论史教程》，北京大学出版社 2009 年版。

徐贲：《人以什么理由来记忆》，中央编译出版社 2016 年版。

徐贲：《知识分子与公共政治》，中央编译出版社 2016 年版。

叶廷芳编：《论卡夫卡》，中国社会科学出版社 1988 年版。

袁可嘉：《欧美现代派文学概论》，上海文艺出版社 1993 年版。

张京媛主编：《当代女性主义文学批评》，北京大学出版社 1992 年版。

张宁著译：《解构之旅·中国印记：德里达专集》，南京大学出版社 2009 年版。

赵冬梅：《心理创伤的理论与研究》，暨南大学出版社 2011 年版。

赵炎秋主编：《文学批评实践教程》，中南大学出版社 2011 年版。

赵一凡：《从卢卡奇到萨义德：西方文论讲稿续编》，生活·读书·新知三联书店 2009 年版。

## 二　中文译著

［奥］弗洛伊德：《精神分析引论》，高觉敷译，商务印书馆 2015 年版。

［奥］卡夫卡：《卡夫卡短篇小说全集》，叶廷芳编，赵登荣、张荣昌等译，文化艺术出版社 2003 年版。

［奥］卡夫卡：《卡夫卡文集（1—4 卷）》，林骧华主编，安徽文艺出版社 1998 年版。

［奥］卡夫卡：《卡夫卡文集（第 3 卷）》，谢莹莹、张荣昌等译，上海译文出版社 2003 年版。

［奥］卡夫卡：《卡夫卡中短篇小说选》，李文俊、曹庸译，上海译文出版社 1987 年版。

［奥］卡夫卡：《致父亲：天才卡夫卡成长的怕与爱》，张荣昌译，广西师范大学出版社 2004 年版。

［奥］卡夫卡：《卡夫卡书信日记选》，叶廷芳、黎奇译，百花文艺出版社1991 年版。

［奥］西格蒙德·弗洛伊德：《自我与本我》，林尘、张唤民、陈伟奇译，上海译文出版社 2011 年版。

［奥］西蒙·威森塔尔：《宽恕》，陈德中译，商务印书馆 2014 年版。

［德］本哈德·施林克：《朗读者》，钱定平译，译林出版社 2012 年版。

［德］龚特尔·安德尔：《卡夫卡：20 世纪清醒的醉者》，外国文学出版社1992 年版。

［德］赫伯特·克拉夫特：《卡夫卡小说论》，唐文平译，北京大学出版社1994 年版。

［德］马丁·布伯：《我与你》，陈维纲译，生活·读书·新知三联书店2002 年版。

［德］尼采：《快乐的科学》，黄明嘉译，华东师范大学出版社 2007 年版。

［俄］维克托·什克洛夫斯基等：《俄国形式主义文论选》，方珊等译，生活·读书·新知三联书店 1989 年版。

［法］阿尔贝·加缪：《加缪文集》，郭宏安等译，译林出版社 1999 年版。

［法］巴尔扎克：《人间喜剧》第二十四卷，多人译，人民文学出版社1994 年版。

［法］弗朗兹·法农：《黑皮肤，白面具》，万冰译，译林出版社 2005年版。

［法］亨利·列斐伏尔：《空间与政治》，李春译，上海人民出版社 2018年版。

［法］莫里斯·哈布瓦赫：《论集体记忆》，毕然、郭金华译，上海人民出版社 2002 年版。

［法］让－弗·利奥塔等：《后现代主义》，赵一凡等译，社会科学文献出版社 1999 年版。

［法］西蒙娜·德·波伏瓦：《第二性》，郑克鲁译，上海译文出版社 2011年版。

［荷兰］H. L. 韦瑟林：《欧洲殖民帝国：1815—1919》，夏岩等译，中国社会科学出版社 2012 年版。

［美］E. A. 罗斯：《E. A. 罗斯眼中的中国》，晓凯译，重庆出版社 2004

年版。
［美］E. B. 怀特：《夏洛的网》，任溶溶译，上海译文出版社 2008 年版。
［美］M. G. 马森：《西方的中国及中国人观念（1840—1876）》，杨德山译，中华书局 2006 年版。
［美］桑德拉·吉尔伯特、苏珊·古芭：《阁楼上的疯女人：女性作家与19 世纪文学想象（上）》，杨莉馨译，上海人民出版社 2015 年版。
［美］弗莱特等：《找到创伤之外的生活》，任娜等译，中国轻工业出版社2009 年版。
［美］阿瑟·史密斯、［日］桑原隲藏、辜鸿铭：《中国人三书》，北方文艺出版社 2006 年版。
［美］阿特·斯皮格曼：《鼠族——幸存者的故事》，王之光等译，陕西师范大学出版社 2008 年版。
［美］艾恺：《世界范围内的反现代化思潮——论文化守成主义》，贵州人民出版社 1999 年版。
［美］艾丽丝·沃克：《紫色》，杨仁敬译，北京十月文艺出版社 1993年版。
［美］爱德华·W. 萨义德：《东方学》，王宇根译，生活·读书·新知三联书店 2011 年版。
［美］爱德华·W. 萨义德：《文化与帝国主义》，李琨译，生活·读书·新知三联书店 2020 年版。
［美］海明威：《老人与海》，吴劳译，上海译文出版社 2012 年版。
［美］汉娜·阿伦特：《艾希曼在耶路撒冷：一份关于平庸的恶的报告》，安尼译，译林出版社 2017 年版。
［美］汉娜·阿伦特等：《〈耶路撒冷的艾希曼〉：伦理的现代困境》，孙传钊编，吉林人民出版社 2003 年版。
［美］梅尔维尔：《白鲸》，成时译，人民文学出版社 2013 年版。
［美］萨拉·康格：《北京信札——特别是关于慈禧太后和中国妇女》，沈春蕾等译，南京出版社 2006 年版。
［美］塞瑞娜·潘琳：《阿伦特与现代性的挑战》，张云龙译，江苏人民出版社 2012 年版。
［美］斯托夫人：《汤姆叔叔的小屋》，林玉鹏译，译林出版社 2013 年版。

［美］斯文·贝克特：《棉花帝国：一部资本主义全球史》，徐轶杰、杨燕译，民主与建设出版社 2019 年版。

［美］梭罗：《瓦尔登湖》，徐迟译，上海译文出版社 2006 年版。

［美］温迪·J. 达比：《风景与认同：英国民族与阶级地理》，张箭飞、赵红英译，译林出版社 2018 年版。

［美］希拉里·普特南：《理性、真理与历史》，童世骏、李光程译，上海译文出版社 2005 年版。

［美］伊丽莎白·扬 – 布鲁尔：《阿伦特为什么重要》，刘北成、刘小鸥译，译林出版社 2009 年版。

［美］伊丽莎白·扬 – 布鲁尔：《爱这个世界：阿伦特传》，孙传钊译，江苏人民出版社 2009 年版。

［美］朱迪斯·赫尔曼：《创伤与复原》，施宏达、陈文琪译，机械工业出版社 2015 年版。

［南非］德斯蒙德·图图、默福·图图：《宽恕》，祁怡玮译，华夏出版社 2015 年版。

［英］安妮·怀特海德：《创伤小说》，李敏译，河南大学出版社 2011 年版。

［英］巴特·穆尔 – 吉尔伯特等编撰：《后殖民批评》，杨乃乔等译，北京大学出版社 2001 年版。

［英］弗吉尼亚·伍尔夫：《伍尔夫随笔全集Ⅲ》，王斌等译，中国社会科学出版社 2001 年版。

［英］维吉尼亚·伍尔夫：《一间自己的房间》，于是译，中信出版社 2019 年版。

［英］简·里斯：《藻海无边》，陈良廷、刘文澜译，上海译文出版社 1996 年版。

［英］凯·安德森等主编：《文化地理学手册》，李蕾蕾、张景秋译，商务印书馆 2009 年版。

［英］马尔科姆·安德鲁斯：《寻找如画美：英国的风景美学与旅游，1760—1800》，张箭飞、韦照周译，译林出版社 2014 年版。

［英］玛丽·道格拉斯：《洁净与危险：对污染和禁忌观念的分析》，黄剑波、柳博赟、卢忱译，商务印书馆 2020 年版。

［英］迈克·克朗：《文化地理学》，杨淑华、宋慧敏译，南京大学出版社2003年版。

［英］齐格蒙·鲍曼：《现代性与大屠杀》，杨渝东、史建华译，译林出版社2011年版。

［英］莎士比亚：《莎士比亚全集1（〈暴风雨〉）》，梁实秋译，中国广播电视出版社2002年版。

［英］特雷·伊格尔顿：《二十世纪西方文学理论》，伍晓明译，北京大学出版社2007年版。

［英］威廉·戈尔丁：《蝇王》，龚志成译，上海译文出版社2007年版。

［英］威廉·莎士比亚：《莎士比亚喜剧悲剧集》，朱生豪译，译林出版社2012年版。

［英］夏洛蒂·勃朗特：《简·爱》，黄源深译，译林出版社2017年版。

［英］伊恩·D. 怀特：《16世纪以来的景观与历史》，王思思译，中国建筑工业出版社2011年版。

［英］约翰·格雷：《自由主义的两张面孔》，顾爱彬、李瑞华译，江苏人民出版社2002年版。

［英］约·罗伯茨编著：《十九世纪西方人眼中的中国》，蒋重跃、刘林海译，时事出版社1999年版。

［英］约瑟夫·康拉德：《黑暗的心·吉姆爷》，黄雨石、熊蕾译，人民文学出版社2011年版。

## 三　中文期刊

陈家琪：《个人以死为国家谢罪——我看〈朗读者〉》，《社会科学论坛》2010年第2期。

陈李萍：《白皮肤、白面具——〈藻海无边〉中的身份认同障碍》，《当代外国文学》2013年第2期。

陈彦旭：《〈蝇王〉中的“邪恶”与“英国性”问题》，《当代外国文学》2019年第3期。

程巍：《〈汤姆叔叔的小屋〉与南北方问题》，《外国文学》2004年第1期。

崔娃：《〈汤姆叔叔的小屋〉的家庭伦理解读》，《社会科学战线》2012年第3期。

丁伟祥、房春光:《诵读与启蒙，拯救与逍遥——试论〈朗读者〉中朗读的启蒙隐喻意义》,《解放军外国语学院学报》2013 年第 4 期。

段方:《普洛斯彼罗的魔法和凯列班的诉求——后殖民主义视角下的〈暴风雨〉》,《外国文学研究》2005 年第 2 期。

范景兰:《论女性主义文学批评的矛盾与困惑》,《宁夏社会科学》2008 年第 4 期。

郭红、魏艳辉:《记忆、死亡与时间——库尔特·冯内古特〈五号屠场〉中的创伤写作》,《黑龙江社会科学》2011 年第 6 期。

胡志明:《父亲: 剥去了圣衣的上帝——试论卡夫卡作品中的父亲形象》,《外国文学评论》2001 年第 1 期。

华泉坤、张浩:《〈暴风雨〉——莎士比亚后殖民解读的一个个案》,《安徽大学学报》2004 年第 5 期。

黄贵珍:《论〈夏洛的网〉的叙事时间》,《文学教育》2011 年第 23 期。

季广茂:《精神创伤及其叙事》,《山东师范大学学报》2011 年第 5 期。

贾宝金:《从生态伦理的视角论对海岛的保护》,《生态经济》2012 年第 8 期。

贾兴蓉:《〈紫色〉中的妇女主义研究》,《西南民族大学学报（人文社会科学版)》2012 年第 8 期。

姜峰:《〈蝇王〉中的后现代生态伦理意识》,《南华大学学报》2021 年第 5 期。

李长中:《“创伤”记忆与族群身份的寓言化想象——以人口较少民族文学为中心的考察》,《青海社会科学》2012 年第 6 期。

李松岳:《海洋文学与生态文明建设》,《浙江海洋学院学报》2010 年第 4 期。

李伟民:《从殖民主义到后殖民主义的双重空间——对莎士比亚〈暴风雨〉的两种解读》,《外国语文》2009 年第 4 期。

林达:《面对今日奥斯威辛》,《随笔》2005 年第 3 期。

林庆新:《创伤记忆的“重演”与“修通”——解读科辛斯基的〈彩绘鸟〉》,《国外文学》2013 年第 1 期。

林庆新:《创伤叙事与“不及物写作”》,《国外文学》2008 年第 4 期。

刘秉毅:《价值多元主义与相对主义》,《科教文汇》2008 年 8 月下旬刊。

刘戈：《〈汤姆叔叔的小屋〉与美国文学中的性别歧视》，《郑州大学学报》2008 年第 3 期。
刘久明：《论卡夫卡的人格心理与自卑情结》，《外国文学研究》2002 年第 2 期。
刘丽：《解读小说〈夏洛的网〉中的成长主题》，《短篇小说》2012 年第 14 期。
刘万勇：《论俄国形式主义诗学的“文学性”与“陌生化”》，《山西大学学报》1997 年第 2 期。
刘文瑾：《不可能的宽恕与有限的“宽恕”》，《读书》2014 年第 10 期。
刘文良：《试论生态批评的原则》，《当代文坛》2007 年第 2 期。
刘英：《汉娜·阿伦特关于“恶”的理论》，《武汉大学学报》2009 年第 3 期。
鲁枢元：《我与“精神生态”研究三十年——后现代视域中的天人和解》，《当代文坛》2021 年第 1 期。
马睿：《从伍尔夫到西苏的女性主义批评》，《外国文学研究》1999 年第 3 期。
孟华：《形象学研究要注重总体性与综合性》，《中国比较文学》2000 年第 4 期。
邵凌：《库切与创伤书写》，《当代外国文学》2011 年第 1 期。
申丹：《情节冲突背后隐藏的冲突：卡夫卡〈判决〉中的双重叙事运动》，《外国文学评论》2016 年第 1 期。
师彦灵：《再现·记忆·复原——欧美创伤理论研究的三个方面》，《兰州大学学报》2011 年第 2 期。
宋丽丽：《生态批评：向自然延伸的文学批评视野》，《江苏大学学报》2006 年第 1 期。
孙海芳：《解读莎士比亚戏剧中的父权意识》，《戏剧文学》2005 年第 9 期。
孙坚、杨仁敬：《后殖民主义理论视阈下的〈暴风雨〉》，《外国语文》2009 年第 5 期。
陶东风：《文化创伤与见证文学》，《当代文坛》2011 年第 5 期。
陶家俊：《创伤》，《外国文学》2011 年第 4 期。
王成宇、王平：《试析〈紫色〉的语言策略》，《外国文学研究》2002 年第

3 期。
王成宇：《〈紫色〉的空白语言艺术》，《外国文学研究》2000 年第 4 期。
王晓升：《道德相对主义的方法论基础批判——兼谈普遍伦理的可能性》，《哲学研究》2001 年第 2 期。
王欣：《个人创伤和集体创伤——〈国王的人马〉中的历史叙事研究》，《国外文学》2013 年第 2 期。
肖明文：《乌托邦与恶托邦：〈蝇王〉中的饮食冲突》，《外国文学》2018 年第 3 期。
肖淑芬：《〈宠儿〉与〈汤姆大伯的小屋〉的互文性及其启示》，《武汉大学学报》2011 年第 2 期。
徐明、李欣：《论〈白鲸〉的生态意识》，《东北师大学报》2006 年第 6 期。
杨国静：《共同体的绝境时刻——论〈蝇王〉中现世民主与猎猪部落的双重崩塌》，《国外文学》2020 年第 3 期。
杨中举：《从自然主义到象征主义和生态主义——美国海洋文学述略》，《译林》2004 年第 6 期。
易建红：《人·大海·启示——以〈白鲸〉、〈海狼〉和〈老人与海〉为例》，《北京第二外国语学院学报》2012 年第 6 期。
曾魁：《拷问遗产话语与怀旧——〈抵达之谜〉的后殖民视野》，《当代外国文学》2021 年第 3 期。
曾艳兵：《"耗子王国"的歌手——论卡夫卡与犹太文化的关系》，《外国文学评论》2003 年第 1 期。
张德明：《〈暴风雨〉：荒岛时空体的文化叙事功能》，《外国文学》2011 年第 4 期。
张德明：《〈藻海无边〉的身份意识与叙事策略》，《外国文学研究》2006 年第 3 期。
张峰：《"属下"的声音——〈藻海无边〉中的后殖民抵抗话语》，《当代外国文学》2009 年第 1 期。
张宁：《德里达的"宽恕"思想》，《南京大学学报》2001 年第 5 期。
张汝伦：《正义是否可能》，《读书》1996 年第 6 期。
张悦：《〈朗读者〉：爱情寓言与人性审判》，《艺术百家》2009 年第 7 期。
章汝雯：《〈紫色〉中的叙事策略》，《外语与外语教学》2009 年第 3 期。

赵冬梅:《弗洛伊德和荣格对心理创伤的理解》,《南京师大学报》2009 年第 6 期。

赵云梅、段晓玲:《女性批判主义视角下的李尔王——王权、父权、男权主体意识下的悲剧》,《作家杂志》2011 年第 7 期。

郑丽:《从对黑人无意识的他者化看斯托夫人潜在的殖民意识——〈汤姆叔叔的小屋〉的后殖民主义解读》,《外国语言文学》2009 年第 1 期。

朱峰:《破碎的家园梦想:〈藻海无边〉中安托瓦内特的流浪》,《外语研究》2014 年第 1 期。

朱振武、张秀丽:《生态批评的愿景和文学想象的未来》,《外国文学》2009 年第 2 期。

庄新红、逄金一:《神话原型视阈下莎士比亚戏剧人物形象阐释》,《东岳论丛》2010 年第 5 期。

[德] 狄泽林克:《论比较文学形象学的发展》,《中国比较文学》1993 年第 1 期。

[法] 雅克·德里达:《宽恕:不可宽恕和不受时效约束》,杜小真译,《江苏社会科学》2002 年第 1 期。

[美] R. T. 汪:《转向语言学:1960—1975 年的历史与理论和〈历史与理论〉(续)》,陈新译,《哲学译丛》1999 年第 4 期。

[美] 劳伦斯·布依尔、韦清琦:《打开中美生态批评的对话窗口——访劳伦斯·布依尔》,《文艺研究》2004 年第 1 期。

[美] 李彼得:《南京大屠杀:记忆、创伤与和解》,王山峰译,《日本侵华史研究》2010 年第 1 期。

[美] 乔治·伊格斯:《介于学术与诗歌之间的历史编纂——对海登·怀特历史编纂方法的反思》,《史学史研究》2008 年第 4 期。

## 四 外文文献

Burrows Victoria, *Whiteness and Trauma: The Mother-daughter Knot in the Fiction of Jean Rhys, Jamaica Kincaid, and Toni Morrison*, New York: Palgrave Macmillan, 2004.

Carolyn J. Dean, "History and Holocaust Representation", *History and Theory*, Vol. 41, No. 2, May 2002.

Hans Kellner, " 'Never Again' is Now", *History and Theory*. Vol. 33, No. 2, May 1994.

Hayden White, "Response to Arthur Marwick", *Journal of Contemporary History*, 1995 (2).

Hayden White, *The Content of the Form: Narrative Discourse and Historical Representation*, Baltimore and London: The Johns Hopkins University Press, 1987.

Hillary Chute, " 'The Shadow of a Past Time': History and Graphic Representation in 'Maus' ", *Twentieth Century Literature*, 2006 (2).

KareinGoertz, "Transgenerational Representations of the Holocaust: From Memory to 'Post-Memory' ", *World Literature Today*, 1998 (1).

Maren Linett, " 'New Words, New Everything': Fragmentation and Trauma in Jean Rhys", *Twentieth Century Literature*, Winter, Vol. 51, No. 4, 2005.

Michael E. Staub, "The Shoah Goes on and on: Remembrance and Representation in Art Spiegel man's Maus", *MELUS*, 1995 (3).

Michael Rothberg and Art Spiegelman, " 'We Were Talking Jewish': Art Spiegelman's 'Maus' as 'Holocaust' Production", *Contemporary Literature*, 1994 (4).

Peter Hulme, "The place of wide Sargasso Sea", *Wasafiri*, Vol. 3, September 1994.

Robert Audi, ed., *The Cambridge Dictionary of Philosophy* (second edition), Cambridge, New York: Cambridge University Press, 1999.

Robert Braun, "The Holocaust and Problems of Historical Representation", *History and Theory*, Vol. 33, No. 2, May 1994.

Romita Choudhury, " 'Is there a ghost, a zombie there?' Postcolonial intertextuality and Jean Rhys's Wide Sargasso Sea", *Textual Practice* 10 (2), 1996.

Saul Friedlander, ed., *Probing the limits of Representation: Nazism and the "Final Solution"*, Cambridge, Massachusetts and London: Harvard University Press, 1992.

Sharon Wilson, "Bluebeard's Forbidden Room in Rhys's Post-Colonial MetaFairy Tale, 'Wide Sargasso Sea' ", *Journal of Caribbean Literatures*, Vol. 3, No. 3, Summer 2003.

Silvia Cappello, "Postcolonial Discourse in Wide Sargasso Sea: Creole Discourse vs. European Discourse, Periphery vs. Center, and Marginalized People vs. White Supremacy", *Journal of Caribbean Literatures*, Vol. 6, No. 1, Summer 2009.

Vivian Nun Halloran, Race, "Creole, and National Identities in Rhys's Wide Sargasso Sea and Phillips's Cambridge", *Small Axe*, Number 21, October 2006.

W. J. T. Mitchell, ed. , *Landscape and Power*, Chicago: The University of Chicago Press, 2002.

# 后　记

本书以西方文学中的创伤书写为研究对象，以殖民之伤、种族之伤、女性之伤、生态之伤、现代人的生存困境之伤五个部分来建构本书的框架，试图对约瑟夫·康拉德《黑暗的心》、莎士比亚《暴风雨》与《李尔王》、阿特·斯皮格曼《鼠族》、海明威《老人与海》、梅尔维尔《白鲸》、简·里斯《藻海无边》等作品进行文本细读与阐释，力求呈现一幅较为完整的西方文学创伤书写的认知和研究图景。当然，书中肯定存在诸多疏漏之处，还望方家涵谅与指正。

2011 年 7 月，我博士毕业到云南昆明工作，转眼之间已经十年有余。窗外，又是一个樱花灿烂盛开的春季。校园里的樱花灿烂如火，艳丽如霞。我想起了北方春天里的那些老杏树，粗黑的枝干上开满了密密的杏花，苍老又天真。风吹起来了，杏花吹满头了，时间还在那里，我还在那棵树下朝着杏花微笑。从刚工作时的意气风发，到如今的早生华发，生命的旅程行走至此，终于明白自己也如这天地间的一草木。站在城市的烟尘里，看到春天里的各种花朵都在用生命去绽放，我不禁从心底深处油然而生出一些柔情。正在枝头开花的、开过花的、洛地的，我都珍惜。每一种生命，都有独属于自己的轨迹，都有独属于自己的珍贵，能自然而然地存在着，已然很好了。其实，时间并没有走远，时间就藏在这些记忆里。在此，我想感谢一路走来所有关心、帮助过我的人们。我会将这些善意的种子存放在时间的大地里，我相信它们会发芽、抽苗、长大。

特别感谢云南师范大学与文学院给予我的扶持与帮助，感谢文学院拨出经费支持此书出版。本书的部分章节曾以单篇论文的形式发表于《暨南学报》《中南大学学报》《西北民族大学学报》等学术刊物上，感谢这些刊物的编辑老师们。感谢本书的责任编辑刘艳女士，从决定出版到书稿的校订等，刘艳女士给予了我很多的帮助。

最后，我想感谢我的家人。从北方到南方，我作为一个异乡人，千里迢迢、风尘仆仆而来，似乎就是为了看看只有七彩云南的时光里才有的花儿、云朵和草木，为了站在这片红土地上，把根扎得更深，把头朝向星空，把手伸向你们。感谢你们对我的爱与守护。

王 霞

2022 年春于昆明